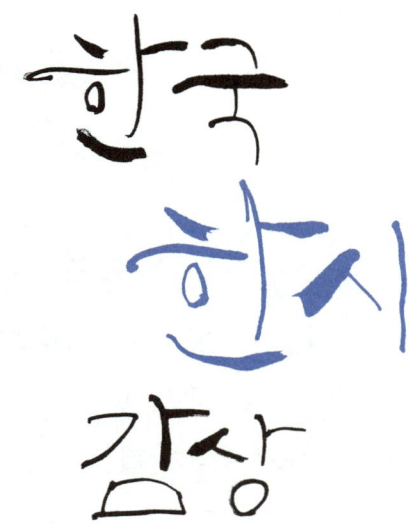

한국 한시 감상

김진영·박무영·안대회
안영훈·이종묵·정 민
정우봉 공저

보고사

머리말

시란 무엇인가. 깨어있는 한 사람 한 사람이 삶 속에서 자신을 둘러싸고 있는 일체의 세계, 곧 자연과 인간, 우주와 대면하게 되면, 거기에는 반드시 일정한 감흥과 인식이 생기게 마련이다. 그 가운데 도도한 흥취와 절실한 인식은 스스로도 억제할 길이 없어 자연히 외부로 표출될 수밖에 없다. 그것이 바로 사물이 평정을 잃게 되면 반드시 울게 되어 있는 이치가 아니겠는가.

시문학은 바로 울만한 것을 진실되게 제대로 울었을 때 태어나게 되는 언어예술의 정화라 하겠다. 거기에는 인간의 삶 속에서 빚어진 영육의 고뇌와 희락이 오롯이 담겨 있게 마련이다. 즉 훼손된 삶과 마땅히 회복되어야 할 삶의 모습은 무엇인가에 대한 증언과 소망, 자기성찰이 투영되어 있다.

조선조의 율곡 이이는 문학을 '선명(善鳴)'이라고 일컬으면서 "시는 문사(文辭) 중에서 영탄하며 넘치는 것으로서 가장 빼어나다. 오호라, 말은 소리 중에서 정(精)한 것이요, 문사는 말 중에서 정한 것이며, 시는 문사 중에서 빼어난 것이다."라고 하였다.

우리 선인들은 시문학을 생활화하면서 수많은 시문집을 남기고 있는바, 이는 풍부한 감성과 고도한 문명의식의 산물이었다.

한편 『논어(論語)』계씨편(季氏篇)에는 공자(孔子)의 아들인 백어(伯魚)의 다음과 같은 진술이 보인다.

> 일찍이 아버지[孔子]께서 "너는 시(詩)를 배웠느냐?" 하고 물으시기에 "배우지 못하였습니다."라고 대답하였더니 "시를 배우지 않으면 말을 할 수 없다."라고 하시었다. 그후 내가 물러나서 시를 배웠노라. 다른 날에 또 아버지께서 "너는 예(禮)를 배웠느냐?" 하고 물으시기에 "배우지 못하였습니다." 하고 대답하였더니, "예를 배우지 않으면 설 수 없다." 하시므로 내가 물러나와 예를 배웠노라. 아버지로부터 이 두 가지를 들었노라.

여기에서 우리는 공자께서 아들에게 간절하게 가르쳐주신 말씀이 오직 시(詩)와 예(禮) 두 가지이었음을 확인할 수 있고, 이만큼 시(문학)는 우리의 삶이나 바른 도리와는 떨어질 수 없는 존재임을 알 수 있다.

바로 『시경(詩經)』이 공자의 산정(刪定)으로 이루어져 한시의 고전이면서 동시에 유학 경전이 되었다. 또한 『당시 삼백수(唐詩 三百首)』가 엮여져, 당나라 시대의 시문학을 집성한 훌륭한 저서로 지금까지 높은 평가를 얻고 있다. 이와는 달리 우리에게는 유구하고도 빼어난 시문학의 흐름이 있었음에도 불구하고 역사 속의 명편(名篇)을 집성하여 충실한 해설과 감상을 붙인 저서는 찾아보기 힘든 것이 현실이다.

한국 한문학은 한글 창제 이전과 이후까지도 우리 선조들의 진솔한 감정과 사상을 담아내었지만, 현대에 와서는 그 해독의 문제로 일반인들에게 쉽게 다가서지 못하고 있으며, 한글 창제 이후 한글로 기록된 우리 고전시가도 한글 고어 표기의 어려움 때문에 그 가치가 현대인들에게 제대로 전달되지 못하고 있는 실정이다.

이에 우리나라 국어국문학계를 대표하는 국어국문학회에서는 대문장가인 신라의 최치원, 고려의 이규보, 그리고 조선조 도학정신의 올곧은 전승자인 퇴계 이황, 하서 김인후 선생을 위시하여 한국 문학사에서 의미 깊은 한시와 시조를 남긴 작가와 작품을 선정하여 중국의 『시경(詩經)』, 『당시 삼백수(唐詩 三百首)』 등에 필적할 수 있는 『우리 古典詩 三百選(한국한시감상 편/ 한국시조감상 편)』 집필을 구상하였다.

국어국문학회 소속 회원 중 한시와 한국 시가 문학의 권위자를 선별하여 집필진으로 모시고, 일반인들에게 우리 고전의 아름다움과 우수함을 알릴 수 있는 수준 높은 작품과 작가를 선정하여, 이에 쉽게 접근할 수 있는 현대역과 원문 및 독음, 그리고 작품과 작가에 대한 친절한 해설과 심도 있는 감상까지 덧붙인다면, 이 시대를 뛰어넘어 우리 시문학사의 큰 갈래인 한시와 시조를 정리하면서 국민 교양에도 이바지할 수 있는 의미 깊은 저서가 탄생될 수 있을 것으로 기대하였고, 그것은 우리들의 한결같은 소망이었다.

국어국문학회 회장을 맡고 있던 본인은 평소 학자들의 학술 활동을 존중하고 지원하여 우리 문화의 창달에 깊은 애정을 가져온 「하서학술재단」에 본 저술 계획을 알리고 지원을 요청하였다. 좋은 일이 성사되려면 항상 좋은 생각과 좋은 만남의 인연이 따르는 법임을 더욱 실감하면서 재단 측의 호의에 감사를 드린다.

이 책을 함께 집필해주신 동학(同學) 여러분과, 교정을 비롯한 어려운 작업을 담당해준 이의철, 서유석 교수에게도 고마움을 전한다. 그리고 이 책을 맡아 아름답게 출간해 주신 보고사의 김흥국 사장님과 이경민 님을 비롯한 편집부 직원 여러분께도 깊은 감사의 인사를 드린다.

2010년 6월 미산(渼山) 김진영

7

차례

수나라 장수 우중문에게 贈隋右翊衛大將軍于仲文 / 을지문덕 ······· 24

외로운 바위 孤石 / 정법사 ··· 26

고향을 그리며 望鄕詩 / 혜초 ··· 28

동자를 보내며 送童子下山 / 김지장 ··· 31

가을밤 비 소리에 秋夜雨中 / 최치원 ··· 34

윤주 자화사에 올라 登潤州慈和寺 / 최치원 ··································· 37

가야산 독서당에서 題伽倻山讀書堂 / 최치원 ······························· 40

장안의 봄날 長安春日有感 / 최광유 ··· 42

경주 용삭사에서 涇州龍朔寺 / 박인범 ·· 44

한송정곡 寒松亭曲 / 장연우 ·· 46

절구 絶句 / 최충 ·· 48

사주 구산사를 지나다가 使宋過泗州龜山寺 / 박인량 ····················· 50

대동강 大同江 / 정지상 ·· 52

개성사에서 開聖寺八尺房 / 정지상 ·· 55

감로사에서 題松都甘露寺次惠遠韻 / 김부식 ································· 57

산장에 비오는 밤 山庄夜雨 / 고조기 ··· 59

석죽화 石竹花 / 정습명 ·· 61

잡흥 雜興 / 최유청 ··· 63

산에 살면서 山居 / 이인로 ·· 65

천수사 벽에 쓰다 書天壽僧院壁 / 이인로 ····································· 67

시골집 村家 / 김극기 ··························· 69

고기잡이 늙은이 漁翁 / 김극기 ··················· 71

늦은 봄 꾀꼬리 소리를 듣고 暮春聞鶯 / 임춘 ········· 73

가을의 회포 秋日書懷 / 진화 ····················· 76

우물 속의 달 詠井中月 / 이규보 ··················· 78

눈 내리는 날 친구를 찾았다 만나지 못하다
　　雪中訪友人不遇 / 이규보 ····················· 80

농부를 대신하여 代農夫吟 / 이규보 ················ 82

한가롭게 읊조리다 閑中雜詠 / 원감 ················ 84

연꽃 감상 賞蓮 / 곽예 ·························· 86

남쪽 언덕 버드나무 南堤柳 / 최자 ················· 88

영호루 映湖樓 / 우탁 ··························· 90

이른 아침 말 위에서 早朝馬上 / 홍간 ·············· 92

떨어진 배꽃 落梨花 / 김구 ······················ 94

학교 題學宮 / 안향 ····························· 96

밤 잔치 夜宴次韻 / 권부 ························· 98

눈 오는 밤 縣齋雪夜 / 최해 ····················· 100

북으로 가는 윤신걸을 보내며 送尹樂正莘傑北上 / 최해 ······· 102

관동와주 關東瓦注 / 안축 ······················ 105

급한 돛 帆急 / 김구용 ························· 108

9

양주에서 정든 이와 이별하며 梁州客館別情人 / 정포 ·············· 110

산중에 눈 내린 뒤 山中雪後 / 이제현 ···················· 112

금강산 보덕굴 普德窟 / 이제현 ·························· 115

도중에 비를 피하다가 途中避雨有感 / 이곡 ·············· 117

예성강에서 바람에 막혀 禮成江阻風 / 이곡 ·············· 119

합포영에서 題合浦營 / 전록생 ·························· 122

시골 아낙의 탄식 田婦歎 / 이달충 ···················· 124

산중의 비 山中雨 / 설손 ······························· 126

한포에서 달과 놀다 漢浦弄月 / 이색 ·················· 128

회포를 풀다 遣懷 / 이색 ···························· 130

부벽루 浮碧樓 / 이색 ································· 132

밤에 앉아 두시에 차운하다 夜坐次杜工部詩韻 / 한수 ··········· 135

정주 가는 길에 定州途中 / 정추 ······················ 137

봄의 흥취 春興 / 정몽주 ······························ 139

일본에 사신 가며 洪武丁巳奉使日本作 / 정몽주 ·············· 141

군인 아내의 원망 征婦怨 / 정몽주 ···················· 143

문득 흥이 일어 卽事 / 조운흘 ······················· 145

봄빛 春色 / 설장수 ································· 147

시골집 村居 / 이숭인 ······························· 149

절 題僧舍 / 이숭인 ································· 151

10

첫눈 新雪 / 이숭인 ·· 153

뜻을 적다 述志 / 길재 ····································· 155

양구읍을 지나며 過楊口邑 / 원천석 ··············· 157

김거사를 찾아가다 訪金居士野居 / 정도전 ··········· 159

산중 山中 / 정도전 ··· 161

죽장사에서 竹杖寺 / 정이오 ···························· 163

풍악으로 가는 스님에게 送僧之楓岳 / 성석린 ········· 165

봄날 성남에서 春日城南卽事 / 권근 ·················· 167

밤에 앉아 次子剛夜坐韻 / 변계량 ····················· 169

우연히 짓다 偶題 / 유방선 ······························ 171

누추한 마을 陋巷 / 정총 ································· 173

자적 自適 / 이첨 ·· 175

경포대 鏡浦坮 / 황희 ······································ 177

각로의 화폭에 題閣老畵幅 / 안평대군 ··············· 179

남포 南浦 / 김종서 ··· 181

자규 소리에 聞子規 / 단종 ······························ 183

죽음에 임하여 臨死賦絶命詩 / 성삼문 ··············· 185

도롱이 준 사람에게 감사하며 謝人贈簑衣 / 하위지 ········ 187

어버이 생각 思親 / 박팽년 ······························ 189

배꽃 梨花 / 이개 ·· 191

11

함흥 咸興 / 유성원 ··· 193

제운루에 올라 上霽雲樓 / 신숙주 ······························· 195

산수 그림에 부쳐 題山水畫 / 강희안 ·························· 197

앓고 나서 病餘獨吟 / 강희맹 ······································ 199

봄날 春日 / 서거정 ·· 201

여름날 夏日卽事 / 서거정 ··· 204

국화가 피지 않아 슬퍼 짓다 菊花不開 悵然有作 / 서거정 ········ 206

나홍곡 囉嗊曲 / 성간 ··· 208

홍겸선의 제천정 시에 화답하다
　　和洪兼善濟川亭 次宋中樞處寬韻 / 김종직 ···················· 211

보천탄에서 寶泉灘卽事 / 김종직 ································· 213

치술령 鵄述嶺 / 김종직 ··· 215

산길을 가다가 山行卽事 / 김시습 ······························ 217

어떤 나그네 有客 / 김시습 ··· 220

제목이 없는 시 無題 / 김시습 ····································· 222

비를 마주하고서 청주 동헌에 쓰다 對雨題淸州東軒 / 성현 ······ 224

조령에 올라 登鳥岾 / 유호인 ······································ 226

두류산을 유람하다 화개현에 이르러
　　遊頭流到花開縣 / 정여창 ··· 228

옛 절에서 꽃을 찾아 尋花古寺 / 월산대군 ··················· 230

12

서강에서 한식날에 西江寒食 / 남효온 ················· 232

삼짇날 성남에서 上巳城南 / 남효온 ················· 234

회포를 적다 書懷 / 김굉필 ················· 236

우연히 읊다 偶吟 / 조신 ················· 238

성산의 기생에게 寄星山妓 / 강혼 ················· 240

밤에 앉아 夜坐 / 이주 ················· 244

통주에서 通州 / 이주 ················· 246

압록강 봄 조망 鴨江春望 / 정희량 ················· 248

신광사에 쓰다 題神光寺 / 남곤 ················· 250

궁녀의 노래 宮詞 / 이희보 ················· 252

정한림의 이별시에 답하여 酬鄭翰林留別韻 / 박상 ················· 254

영남루에 붙은 시에 차운하다 次嶺南樓韻 / 박상 ················· 256

탄금대에서 彈琴臺 / 박상 ················· 258

분성에서 헤어지며 주다 盆城贈別 / 김안국 ················· 260

태수 박조가 술을 싣고 찾아왔기에 朴太守稠載酒見訪 / 김안국 ··· 262

8월 18일 밤 八月十八夜 / 이행 ················· 264

4월 16일 동궁 이어소의 숙직하는 방 벽에 쓰다
　　四月十六日 書東宮移御所直舍壁 / 이행 ················· 266

천마록 뒤에 쓰다 題天磨錄後 / 이행 ················· 268

영보정에서 永保亭 / 박은 ················· 270

13

다시 택지에게 화답하다 再和擇之 / 박은 ·········· 272

복령사에서 福靈寺 / 박은 ·········· 274

미인도 美人圖 / 어무적 ·········· 276

유민의 노래 流民歎 / 어무적 ·········· 278

영동의 고을원으로 가는 당질 원량과 헤어지면서
　　贈別堂姪元亮潛之任嶺東郡 / 신광한 ·········· 282

동년 최익령의 경포 별장에서 창방의 시에 차운하다
　　崔同年鏡浦別墅次昌邦韻 / 신광한 ·········· 284

보락당 保樂堂 / 신광한 ·········· 286

도심 스님에게 贈釋道心 / 김정 ·········· 288

강남땅에서 江南 / 김정 ·········· 290

절해고도에서 絶國 / 김정 ·········· 292

좌의정 상진의 기러기 화첩에 쓰다
　　題尚左相震畵雁軸 / 소세양 ·········· 294

허백당에 쓰다 題虛白堂 / 서경덕 ·········· 296

금강산을 유람하고 遊楓岳 / 정사룡 ·········· 298

회포를 적다 紀懷 / 정사룡 ·········· 300

양근에서 밤에 누워 즉석에서 시를 지어 동료에게 보이다
　　楊根夜坐卽事示同事 / 정사룡 ·········· 302

가을날 성 위에서 秋日城頭 / 기준 ·········· 304

원숭이 그림 題畵猿 / 나식 ·········· 306

하는 일 없어 無爲 / 이언적 ······················· 309

취대에 올라 登吹臺 / 김인후 ······················· 312

친구 조원기 집에서 솔뿌리 샘물을 길어 마시고
抵遠期家 汲松根水以飮 / 김인후 ······················· 315

그리움 有所思 / 김인후 ······················· 317

삼척 죽서루에서 竹西樓 / 임억령 ······················· 320

벗에게 준다 示友人 / 임억령 ······················· 322

진도 벽파정에서 사람을 기다리며 碧亭待人 / 노수신 ······· 324

대탄에서 大灘次韻 / 노수신 ······················· 326

낙화암에서 落花岩 / 홍춘경 ······················· 328

강가의 정자에서 아침에 일어나 우연히 읊조리다
湖亭朝起偶吟 / 강극성 ······················· 330

친우의 시에 차운하다 次友人寄詩求和韻 / 이황 ············· 332

의주에서 義州 / 이황 ······················· 334

지리산 천왕봉 天王峰 / 조식 ······················· 336

강가 정자에서 江亭偶吟 / 조식 ······················· 338

삼일포에서 三日浦 / 전우치 ······················· 340

배로 저자도를 지나며 舟過楮子島 / 정렴 ······················· 342

국도에서 國島 / 양사언 ······················· 344

진주 촉석루에서 矗石樓 / 권응인 ······················· 346

산속의 집 山居 / 권응인 ·· 348

절구 絶句 / 이후백 ·· 350

마천령에서 聞赦到摩天嶺 / 조헌 ······································ 352

우연히 짓다 偶題 / 기대승 ·· 354

부벽루에서 浮碧樓 / 기대승 ·· 356

산속에서 山中 / 이이 ··· 358

화석정 花石亭 / 이이 ··· 360

처음 산을 나와 심장원에게 주다
　　　初出山贈沈景混長源 / 이이 ···································· 362

조처사의 집을 찾아서 訪曹處士山居 / 박순 ······················ 364

독서당에 비가 내린 뒤의 풍경 湖堂雨後卽事 / 박순 ············ 366

청풍 한벽루에서 淸風寒碧樓 / 박순 ·································· 368

고기잡이 배를 그린 그림에 漁舟圖 / 고경명 ······················ 370

우연히 읊다 偶吟 / 성혼 ··· 372

작은 복숭아 次玉堂小桃韻 / 황정욱 ·································· 374

우연히 읊다 偶吟 / 송한필 ·· 376

이 늙은이 此翁 / 이산해 ··· 378

작은 배 小艇 / 이산해 ·· 381

한강을 떠나며 漢江留別 / 김성일 ····································· 383

산에 살며 山居雜詠 / 성수침 ··· 385

시를 지어 뜻을 보이다 作詩見志 / 김덕령 ┈┈┈┈┈┈┈ 387

불일암에서 佛日菴贈因雲釋 / 이달 ┈┈┈┈┈┈┈ 389

농가 아낙네 田家行 / 이달 ┈┈┈┈┈┈┈ 391

대추 터는 아이들 撲棗謠 / 이달 ┈┈┈┈┈┈┈ 393

삼각산 문수사 次文殊僧卷 / 최립 ┈┈┈┈┈┈┈ 395

삼일포에서 三日浦 / 최립 ┈┈┈┈┈┈┈ 398

그네타기 鞦韆曲 / 임제 ┈┈┈┈┈┈┈ 400

말없이 헤어지다 無語別 / 임제 ┈┈┈┈┈┈┈ 404

대동강 노래 浿江歌 / 임제 ┈┈┈┈┈┈┈ 406

산중 객관에서 題高峰郡山齋 / 최경창 ┈┈┈┈┈┈┈ 409

변방에서 邊思 / 최경창 ┈┈┈┈┈┈┈ 412

대은암 남지정의 고택에서 大隱巖南止亭故宅 / 최경창 ┈┈┈┈┈ 414

홍경사 弘慶寺 / 백광훈 ┈┈┈┈┈┈┈ 416

한강에서 성보와 헤어지며 龍江別成甫 / 백광훈 ┈┈┈┈┈┈┈ 418

봄날 春望 / 백광훈 ┈┈┈┈┈┈┈ 420

잠자리에서 일어나 睡起有述 / 신흠 ┈┈┈┈┈┈┈ 422

스님의 시축에 차운하여 次僧軸韻 / 신흠 ┈┈┈┈┈┈┈ 424

연밥 따는 노래 採蓮曲 / 신흠 ┈┈┈┈┈┈┈ 426

중국 사신 가는 길에 朝天途中 / 이정구 ┈┈┈┈┈┈┈ 428

용천사 운봉 스님에게 주다 龍泉寺 贈雲峰上人 / 이정구 ┈┈┈┈┈ 430

용만 행재소에서 삼도의 병사들이 한양으로 진격한다는
　소식을 듣고 龍灣行在 聞下三道兵進攻漢城 / 이호민 ………… 432

일본으로 사신을 가는 사명대사에게 주다
　贈四溟山人往日本 / 이수광 ……………………………… 435

길을 가다가 途中 / 이수광 ……………………………………… 439

과부 孀婦 / 유몽인 ……………………………………………… 441

이천에서 伊川 / 유몽인 ………………………………………… 444

송강의 무덤을 지나며 過松江墓有感 / 권필 ………………… 446

군인의 아내 征婦怨 / 권필 …………………………………… 449

충주석 忠州石 效白樂天 / 권필 ……………………………… 451

강가의 밤 江夜 / 차천로 ……………………………………… 455

화판에 글을 쓰다 書畵板 / 차천로 ………………………… 457

사월 십오일 四月十五日 / 이안눌 …………………………… 459

노래 소리를 듣고 聞歌 / 이안눌 …………………………… 463

사면을 받고 함원역에서 赦後到咸原驛 / 허봉 …………… 465

낭천의 사랑 노래 狼川艶曲 / 허봉 ………………………… 467

금전화 金錢花 / 허봉 …………………………………………… 469

밤에 앉아서 夜坐 / 이항복 …………………………………… 471

한산도의 밤 閑山島夜吟 / 이순신 ………………………… 473

술을 끊고 已斷酒 / 정철 ……………………………………… 475

산사의 저녁 山寺夜吟 / 정철 ·· 477

송강정에서 머물러 자면서 宿松江亭舍 / 정철 ········· 479

보름달 望月 / 송익필 ·· 481

관직에서 파직되었다는 소식을 듣고 聞罷官作 / 허균 ········· 483

부인의 죽음을 애도하며 婦人挽 / 이계 ·················· 486

봄의 애상 傷春曲 / 박엽 ·· 488

제주에서 濟州 / 광해군 ·· 490

심양에서 아내 남씨에게 瀋陽寄內南氏 / 오달제 ········· 492

월계 가는 길에 月溪途中 / 유희경 ······························ 494

취하여 읊다 醉吟 / 백대붕 ·· 496

후서강에서 後西江 / 한호 ··· 499

심양 감옥에서 가을을 보내며 瀋獄送秋日感懷 / 김상헌 ········· 501

영동에서 고향 생각 嶺東歸思 / 임숙영 ····················· 504

감흥 感興 / 장유 ·· 506

새로 온 제비 詠新燕 / 이식 ·· 510

수종사 水鍾寺 / 이명한 ··· 513

원사 怨詞 / 최기남 ··· 515

처마 밑을 걸으며 步檐 / 이민구 ·································· 517

전원 즉사 田園卽事 / 정두경 ·· 519

단군사당 檀君祠 / 정두경 ··· 522

19

꿈을 적다 記夢 / 송준길 ······················ 524

낙서재 우음 樂書齋偶吟 / 윤선도 ················ 526

북쪽 변방으로 귀양 가며 被謫北塞 / 윤선도 ········ 528

금강산 金剛山 / 송시열 ························ 530

바람을 읊다 詠風 / 송시열 ···················· 532

들판에서 잠을 자며 野宿 / 정희교 ·············· 534

산 기운 山氣 / 허목 ·························· 536

종정도 놀이 從政圖 / 홍우원 ·················· 538

단오첩 端午帖 / 김만중 ······················ 541

참새 黃雀 / 남구만 ·························· 543

삼전도 비를 지나며 느낌이 있어 읊다
　　過三田碑感吟 / 남용익 ···················· 545

수락산 허리를 넘으며 踰水落山腰 / 박태보 ········ 547

산사 山寺 / 조성기 ·························· 549

수종사 水鍾寺 / 김창집 ······················ 551

산 백성 山民 / 김창협 ························ 553

갈역잡영 葛驛雜詠 / 김창흡 ···················· 557

스님에게 주다 贈僧 / 홍만종 ·················· 560

기러기 울음소리를 듣고 聞雁 / 홍세태 ············ 563

금릉에서 金陵 / 이병연 ······················ 565

일본 죽지사 日本竹枝詞 / 신유한 ······················· 568

늙은 소를 탄식함 老牛歎 / 이광사 ····················· 572

느낌이 있어 有感 / 최성대 ···························· 575

태고음 太古吟 / 이만부 ······························· 577

북한 北漢 / 이광려 ·································· 580

배를 띄우고 泛舟 / 이천보 ···························· 582

우연히 짓다 偶題 / 윤두서 ··························· 584

느낌이 있어 有感 / 이용휴 ···························· 586

동대 東臺 / 신광수 ·································· 588

길 위에서 본 것을 읊다 路上有見 / 강세황 ··············· 591

동양서재 東陽書齋 / 정내교 ···························· 593

가을의 회포 秋懷 / 최북 ····························· 595

회령 마시장 會寧市 / 홍양호 ························· 597

형님 燕岩憶先兄 / 박지원 ······················· 599

등 燈 / 이언진 ···································· 601

새벽길 曉發延安 / 이덕무 ······················ 603

번민 遣悶 / 이가환 ·································· 606

고려 高麗 / 유득공 ·································· 609

세검정 洗釰亭水上余結趺石坡草畫處 / 박제가 ············· 611

일섭원 日涉園 / 천수경 ····························· 613

21

저녁 산보 早秋埽洞陰弊廬晚步溪上作三首 / 이서구 ····················· 616

손님께 答賓 / 장혼 ···················· 618

아조 雅調 / 이옥 ···················· 620

양물 자른 사건 哀絶陽 / 정약용 ···················· 622

농가의 여름 又次陸放翁農家夏詞六首 / 정약용 ···················· 626

선죽교 善竹橋 / 조수삼 ···················· 628

평양 西京次鄭知常韻 / 신위 ···················· 631

연못 정자 池亭 / 신위 ···················· 633

박연폭포 朴淵 / 신위 ···················· 635

모내기 노래 秧歌五章 / 이학규 ···················· 638

친구 김태욱 만사 挽睡軒故人金泰郁 / 박윤묵 ···················· 642

가을날 누대에 올라 秋日登樓 次圃翁韻 / 홍석주 ···················· 644

시냇가에서 出溪上得一絶 / 김매순 ···················· 646

시골집 村舍 / 김정희 ···················· 648

유배지에서 아내를 보내며 配所輓妻喪 / 김정희 ···················· 650

길 위의 꿈 車中記夢 / 이상적 ···················· 652

삿갓 노래 詠笠 / 김병연 ···················· 654

제목을 잃다 失題 / 정지윤 ···················· 656

쌍계사 방장 雙溪方丈 / 강위 ···················· 658

안중근이 나라의 원수를 갚다 聞義兵將安重根報國讐事 三首
／김택영 ·· 661

목숨을 끊으며 絶命詩四首／황현 ··································· 663

울며 어머님을 이별하다 泣別慈母／신사임당 ················ 665

연밥 따는 노래 採蓮曲／허초희 ····································· 668

아이들을 곡하다 哭子／허초희 ······································· 671

자적 自適／이옥봉 ··· 674

소세양 판서를 보내며 奉別蘇判書世讓／황진이 ············ 676

박연폭포 朴淵瀑布／황진이 ·· 679

한숨 自恨／이매창 ··· 681

새장의 새 籠鶴／이매창 ··· 683

밤에 夜吟／김호연재 ··· 685

운을 부르다 呼韻／서영수합 ·· 688

밤에 앉아 夜坐／강정일당 ·· 690

앓고 나서 病後／박죽서 ··· 692

번역 시제목 색인 / 694
원문 시제목 색인 / 701
작가 색인 / 707

수나라 장수 우중문에게

을지문덕

신기한 계책은 천문을 꿰뚫고
묘한 계산은 지리에 통달했네.
싸움에 이겨 공 이미 높으니
족함을 알고서 그만두길 바라겠소.

贈隋右翊衛大將軍于仲文 증수우익위대장군우중문

神策究天文 신책구천문
妙算窮地理 묘산궁지리
戰勝功旣高 전승공기고
知足願云止 지족원운지

고구려 영양왕 때의 장군으로 평양 사람이다. 612년 수나라 양제(煬帝)가
대규모 군사를 이끌고 고구려를 침공했을 때 맞서 싸워 살수(薩水, 지금의
청천강)를 건너는 수나라 군대를 대파한 '살수대첩'으로 고구려에 큰 승리를
가져다주었다.

● 해설 및 감상

『동문선(東文選)』에 이 제목으로 실려 있고, 〈여수장우중문(與隋
將于仲文)〉 또는 〈유우중문(遺于仲文)〉으로도 알려져 있다. 고려조
문인 이규보(李奎報) 찬(撰)으로 되어 있는 그의 시화 〈백운소설(白
雲小說)〉의 첫 머리에는 이 시를 두고 "구법(句法)이 기고(奇古)하다"
고 높이 평가했다. 별다른 꾸밈없이 5언 4구 20자의 고체시(古體詩)
에 전하고자 하는 뜻을 간결하게 담았다. 1, 2구는 상대를 칭찬하고
높이는 말이지만 그것으로 그만이다. 예로부터 전쟁에 이기는 장수
는 천문(天文)과 지리(地理) 그리고 인화(人和)에 통달해야 한다고
했다. 그런데 둘만 있고 하나가 빠진 것이다. 인화는 군사를 부리는
용병술이자 사람의 마음을 읽어내는 심리 전술이다. 30만이 넘는
수나라 대군을 맞아 수적으로는 열세에 놓여 있으면서도 지략과
심리로는 전혀 밀리지 않는 여유와 기상이 3, 4구에 잘 드러난다.
여러 차례 유인책에 휘말려 전의를 상실하고 후퇴의 구실을 찾던
수나라 군사가 회군하는 데 결정적인 역할을 한 이 작품은 시의
소용이 참으로 넓고 다양함을 느끼게 한다.

외로운 바위

정법사

높은 바위 공중에 솟아 있고
평평한 호수 사방으로 트여 있네.
바위뿌리는 언제나 물결에 씻기고
나뭇가지는 늘 바람에 흔들리네.
물에 누우니 그림자도 잠기고
노을에 드니 붉은 빛이 오르네.
홀로 뭇 봉우리 밖에 우뚝 서서
외로이 흰 구름 속에 빼어나다.

孤石 고석

逈石直生空 형석직생공
平湖四望通 평호사망통
巖限恒灑浪 암외항쇄랑
樹杪鎭搖風 수초진요풍
偃流還漬影 언류환지영
侵霞更上紅 침하갱상홍
獨拔群峰外 독발군봉외
孤秀白雲中 고수백운중

● 해설 및 감상

작자에 대해서는 자세히 알려진 바가 없고 대상이 되는 바위는 중국 강서성의 파양호에 있다고 한다. 이 시는 승려인 작자가 이 국땅의 자연 경물에다 자신을 비유한 작품이다. 호숫가에 우뚝 솟은 바위의 모습을 원근과 상하, 심지어 물에 비친 그림자까지 낱낱이 묘사하여 그 특징을 잡아내고 있다. 1, 2구에서 사방으로 트여 있는 호수를 수평적 배경으로 삼고, 3~6구에서는 수면과 바위 꼭대기를 수직적으로 오가며 대구적 표현을 거듭 구사하였으며, 7, 8구에서는 마침내 올올한 바위의 형상을 부조적으로 드러내고 있다. 지상의 뭇 봉우리와 천상의 흰 구름까지 벗어날 만큼 홀로 우뚝한 바위의 모습은 기실은 높고 소슬한 작자의 정신세계를 표상하고 있는 것이다.

고향을 그리며

혜초

달밤에 고향길을 바라보니
뜬 구름 시원스레 떠가는구나.
가는 편에 편지라도 부치렸더니
바람 세차 들은 체 않고 돌아가누나.
내 나라는 하늘가 북쪽에 두고
이국땅 서쪽 모퉁이에 와 있네.
남방이라 기러기도 오지 않으니
어느 누가 계림을 향해 날아가리오.

望鄕詩 망향시

月夜瞻鄕路 월야첨향로
浮雲颯颯歸 부운삽삽귀
緘書參去便 함서참거편
風急不聽廻 풍급불청회
我國天崖北 아국천애북
他鄕地角西 타향지각서
日南無有雁 일남무유안
誰爲向林飛 수위향림비

28

● 혜 초 慧超, 704~787

신라의 고승으로 『왕오천축국전(往五天竺國傳)』을 지었다. 719년 중국 광주(廣州)에서 인도 승려 금강지(金剛智)에게 밀교를 배우고 만 4년 동안 인도에서 구법여행을 하였다. 해외에서 오랫동안 불경 번역 사업에 힘을 기울였는데, 그에 관한 기록이나 저술에서는 언제나 '신라인'임이 강조되고 있다.

● 해 설 및 감 상

혜초는 여정을 통해 견문한 바를 불교 유적에 관한 것이거나 그곳 인간과 풍속, 풍물에 관한 것이거나를 막론하고 산문으로 세세하게 구체적으로 기록해나갔다. 그러다가 어떤 절실한 감회를 갖게 되었을 때에는 그것을 시로 풀어냈는데 『왕오천축국전』에는 그같은 시가 다섯 편이 전한다. 이 시는 그 중 두 번째 것으로 남천축국에서 고국을 그리며 읊은 것이다. 또 다른 제목이 〈남천로 위언(南天路爲言)〉이다. 1구에서는 하늘의 달을 매개로 하여 고향을 보고 있다. 월인천강(月印千江)이라 했듯이, 하늘에 떠있는 달은 지상의 모든 곳 모든 사물을 두루 비추는 존재이므로, 지금 남천축국 순례길의 자신뿐만 아니라 고국 신라의 밤하늘도 동시에 비출 것이기에, 이 달을 중개자로 삼아 천축국과 신라의 엄청난 공간적 거리를 뛰어넘어 고향땅을 그려보고 있는 것이다. 철 따라 이동하는 기러기 편에라도 간절한 사연을 전하고 싶지만 이곳은 기러기도 날아오지 않는 머나먼 남방 타국이라 달리 소식 전할 길도 없다. 고향으로부터 철저하게 격절되어 있는 나그네의 외로움이야 수도자라고 해서 덜할 것인가. 새삼 안타까움에 젖는다. 5, 6구의 표현은 가장 사실적인 진술이면서도 가장 절실한 감회를 담고 있다. 무엇이 나의 발길을 이곳까지 이르게 하였던가 하는 자기 성찰

은 우선 한 나그네로서의 외롭고 고통스러움을 뼈저리게 한다. 그
러나 그 절박한 정감은 구도자로서의 자기 인식을 거치면 험난한
순례길을 중도에 포기하지 않고 끝까지 밀어나가게 하는 추동력이
될 것이다. 혜초의 이후의 계속되는 순례 여정이 바로 그 점을 증
명한다.

동자를 보내며

김지장

적막한 절간에서 집 생각 때문에
승방을 하직하고 구화산을 내려가네.
죽란에서 죽마 타기 좋아하고
금지에서 금모래 모으기엔 게을렀지.
시냇물 병에 채우다 달 부르기 그치고
그릇에 차 끓이다가 꽃 희롱도 그만두었지.
잘 가거라, 부디 눈물 자주 흘리지 말고
이 노승이야 짝이 될 노을과 안개가 있지 않으냐.

送童子下山 송동자하산

空門寂寞汝思家 공문적막여사가
禮別雲房下九華 예별운방하구화
愛向竹欄騎竹馬 애향죽란기죽마
懶於金地聚金沙 나어금지취금사
添瓶澗屋休招月 첨병간옥휴초월
烹茗甌中罷弄花 팽명구중파농화
好去不須頻下淚 호거불수빈하루
老僧相伴有煙霞 노승상반유연하

31

신라 고승으로 호는 교각(喬覺)이다. 신라 왕손으로 태어나 24세에 출가하여 중이 되었으며, 중국으로 들어가서 강남(江南) 구화산(九華山)에 머물렀다. 803년 여름에 함 속에 들어가 가부좌하고 죽었는데, 함 속의 얼굴이 3년을 지나도 살아 있는 것과 같았다. 그 자리에 탑을 세웠으며, 최근에 탑 속을 확인한 결과 아직도 죽을 때의 모습이 그대로 보존되어 있다고 한다. 중국에서는 그를 지장보살(地藏菩薩)의 화신으로 추앙하고 있다.

● 해설 및 감상

『전당시(全唐詩)』에 "김지장은 신라 왕자로서 지덕(至德) 초년에 바다를 건너와 구화산에 살았는데, 이 시는 거기서 지은 것이다."라고 기록되어 있다. 데리고 있던 동자가 제 놀던 고향으로 가고 싶어 하므로 세속으로 떠나보내면서 느끼는 늙은 스님의 감회를 잘 보여주고 있다. 집을 떠나 산사에서 생활하던 동자는 집 생각 때문에 모든 게 적막하기만 하다. 노승으로서도 억지로 붙잡아둘 수만은 없는 노릇이다. 마음이 떠나면 제 아무리 몸을 붙여 두어도 불성을 밝힐 수 없는 일. 그러기에 이별을 아쉬워하면서도 하산을 허락해준다. 천진한 본마음을 해치지 않는 것이 보다 소중하기에 때가 이르기를 기다리자는 것일까. 동자를 전송하는 노승은 혼자 남게 되는 쓸쓸함과 눈물까지도 표면적으로는 감추고 있다. 노승의 벗이야 노을과 안개가 있지 않느냐고 하면서 떠나는 동자를 안심시키고 스스로를 위로한다. 노승의 경지에서 노을과 안개를 벗삼을 수 있다면, 동자는 어린마음에 제 놀던 동네에서 동무들과 죽마 타기를 그리워함이 당연한 사리이니, 불도를 닦음도 순리에 맡길 일이지 억지로 할 것이 아님을 알려준다. 불가에서는 모든 게 마음에서 빚어지는 것[一切唯心造]이므로, 그 마음을 순수하고 온전하게 간직하지 못한다면 이루어지는 것들도 결코 순수하고 온전할 수 없을 것이다. 당장은 동자가 떠나는 아쉬움이 크지만 그가 순수한 본마음을 깨닫고 언젠가는 다시 돌아올 것을 기대하는, 탈속하고 여유 있는 노승의 소망이 행간에 숨어 있다.

가을밤 비 소리에

최치원

가을바람에는 괴로운 시뿐이던가
세상에는 지음이 드물구나.
창 밖에는 한밤중 비 내리는데
등불 앞에 내 마음 아득하여라.

秋夜雨中 추야우중

秋風惟苦吟 추풍유고음
世路少知音 세로소지음
窓外三更雨 창외삼경우
燈前萬里心 등전만리심

● **최치원 崔致遠, 857~?**

신라 문인으로 본관은 경주(慶州), 자는 고운(孤雲) 혹은 해운(海雲)이다. 12세에 당에 유학하여 6년 만에 빈공과(賓貢科)에 합격하였다. 당에서 지은 시문이 1만여 편에 달하였으며, 귀국 후 정선하여 『계원필경(桂苑筆耕)』 20권을 이루게 되었다. 이 중 〈격황소서(檄黃巢書)〉는 명문으로 이름 높다. 6두품 출신으로 진골귀족 중심의 신분체제의 한계와 국정의 문란함을 깨닫고 외직(外職)을 자원해 천령군(天嶺郡) 등 여러 곳의 태수(太守)를 역임하였다. 시무책(時務策) 10여 조를 왕에게 올려서 문란한 정치를 바로잡으려고 노력하기도 하였으나 신라왕실에 대한 실망과 좌절감을 느낀 나머지 관직을 버리고 떠돌다가 마침내는 가야산에 들어가 은거하였다. 그 뒤의 행적은 알 수 없으며 신선이 되었다는 속설도 전해오고 있다. 사후 문창후(文昌侯)에 추시(追諡)되어 문묘에 배향되었다. 저술로 오늘날 전하는 것은 『계원필경』 외 〈사산비명(四山碑銘)〉 등이 있다.

● **해설 및 감상**

자기를 참으로 알아주는 사람이 드문 세상에서 괴로이 시를 읊조리기만 하는 고독한 자아의 비애를 그린 작품이다. 지금까지 결구의 의미 내용을 어떻게 파악하느냐에 따라 최치원의 귀국 이전의 작품이라고도 하고, 또는 귀국 후의 작품이라고도 한다. 당나라 시절 시문을 모은 『계원필경』에는 실려 있지 않다. '萬里心(만리심)'은 만 리 먼 곳을 그리워한다는 것보다 마음이 아득히 먼 곳을 떠돈다는 뜻이다. 귀국 이후의 작품까지 모은 『고운집』에는 '萬古心(만고심)'으로 되어 있는데 이때는 만고의 역사를 생각한다는 뜻이다. 우선 제목을 보면 가을과 밤과 비의 조합으로 이미 외롭고 서늘한 분위기를 조성한다. 가을 밤 비는 내리고 아무도 찾는 이 없는 상황에서 할 수 있는 거라곤 시를 읊조리는 것밖에 없다. 시를 읊조리다보니 한밤중 생각은 자꾸만 깊어지고 세상과 자신을 되돌아보게 된다. 되짚어본 세상사는 모든 게 뜻 같지가 않다. 그러니 나를 진정으로 알아 줄 이도 없고 알아줄 세상도 없는 것이다. 그래서 마음은 끝없이 아득해진다.

윤주 자화사에 올라

최치원

산에 오르니 티끌길 잠시 멀어졌는데
흥망을 생각하니 한은 더욱 새로워라.
뿔피리 소리 속에 아침저녁 물결이 일고
청산 그림자 속엔 고금의 인물 어리네.
서리 맞은 옥수엔 꽃은 임자도 없고
바람 따스한 금릉엔 풀만 홀로 봄이네.
사가의 남은 경지 아직도 있어
길이 시인의 정신을 상쾌하게 하네.

登潤州慈和寺 등윤주자화사

登臨暫隔路岐塵 등림잠격노기진
吟想興亡恨益新 음상흥망한익신
畫角聲中朝暮浪 화각성중조모랑
靑山影裏古今人 청산영리고금인
霜摧玉樹花無主 상최옥수화무주
風暖金陵草自春 풍난금릉초자춘
賴有謝家餘景在 뇌유사가여경재
長敎詩客爽精神 장교시객상정신

37

속세와는 격절되어 있는 산중의 절에 올라 세속의 인간사에서 빚어지는 흥망성쇠를 되돌아보고 있다. 그것은 하나의 자기 성찰이요 자기 갱신의 의미를 지닌다. 사람이 세속에 묻혀 지낼 때는 세속적 부귀공명에 모든 가치와 의미를 두고 그로부터 자유로울 수가 없다. 그러나 어떤 계기를 맞아 세속적 삶과 일정한 거리를 갖고 사태를 직시하게 되면 지나온 삶이, 흥망성쇠에 대한 희로애락이 기실 덧없는 것이었음을 깨닫게 된다. 이 시에서도 바로 그 같은 인식과정이 나타나 있다. 속세와 떨어진 절을 찾아와 산수자연에 처하고 보니 지금까지 몰두했던 세간의 일들이란 한갓 사소한 일이었음을 자각하게 된다. 이것은 되돌아봄의 여유에서 얻어진, 관조적 삶에서만 가능한 새로운 인식인 것이다. 1, 2구에서 그 같은 인식이 표출되고, 3, 4구와 5, 6구에서는 대구적 표현을 통하여 이를 구상화하고 있다. 즉 인위적 뿔피리 소리와 자연적 물결, 시간과 더불어 영속하는 청산과 그 산자락에 누운 유한한 옛날과 오늘의 사람들이 대조적으로 그려짐으로써, 자연과 인간사 사이의 괴리를 똑바로 헤아리고 있다. 유한자가 무한의 경지를, 순간적 인생이 영속적인 자연을 동경하는 것은 지극히 당연한 일이나, 그것이 결코 실현될 수 없는 것임을 간파하고 자각하게 되면, 속세적 가치의 성취에만 모든 보람을 걸고 매달려온 자아의 실상이 얼마나 부질없었던가를 비로소 체득하게 되는 것이다. 율시에서 특히 대구의 기법이 중시되는데, 이 시에서도 인위와 자연, 단절과 영속, 소리와 색채 등의 대비가 절묘하게 구사되어 있어 시적 효과를 다면적, 중층적으로 고조시키고 있다. 그러다가 시인은 시를 통해서 이를 일찍이 포착하고 깨달음의 시경을 개척한 사씨 가문 시인[謝朓, 謝靈運]을 떠올림으로써 문학을 통한 덧없음의 극복과 깨달음의 획득을 확인하게 되고, 정한에 잠겼던 자세에서 벗어나 삽상한 정신을 담지하게 되었음을 7, 8구에서 보여준다. 서거정(徐居正)의 『동인시화(東人詩話)』에 따르면 특히 3, 4구는 신라 사람들이 당나라에 들어가 시를 사려고 했을 때 바로 이 대목을 써주었다고 하여, 당시 이 시가 당나라에서도 높은 평가를 받고 애송되었음을 알게 한다. 삶의 덧없음 또는 깨달음은 민족이나 시간을 뛰어넘어 문학의 한 항구적 주제의식임을 이 작품은 단적으로 보여주고 있다.

가야산 독서당에서

최치원

돌 사이 세찬 물에 온 산이 부르짖어

곁에 사람 말소리도 알아듣기 어려워라.

옳다 그르다 시비 소리 귀에 들까 늘 두려워

일부러 흐르는 물로 온 산을 에워쌌네.

題伽倻山讀書堂 제가야산독서당

狂奔疊石吼重巒 광분첩석후중만
人語難分咫尺間 인어난분지척간
常恐是非聲到耳 상공시비성도이
故敎流水盡籠山 고교유수진롱산

이 제목 외에 '농산정(籠山亭)' 또는 '가야산홍류동(伽倻山紅流洞)'
이라고도 불린다. 가야산에 은거한 40세 이후의 작품으로 추정할
수 있다. 이 시는 세상과 결별한 자의 격절감과 자위적인 심사를
표출하고 있다. 시인은 자기가 은거하고 있는 가야산 계곡과 물소
리의 실제 경물을 서경적으로 묘사하면서도 그가 떠나온 속세의
시비소리로 연상 작용이 뻗어가는 것을 보면 그가 귀국하여 꿈꾸었
던 치국의 이상을 실현하지 못한 것에 대한 깊은 안타까움이 반어
적으로 노출되고 있다. '狂(광)' 자로 그려본 미친 듯한 물살, 미친
듯 돌아가는 신라 말의 정세, 시끄러운 시비소리를 시끄러운 물소
리로 격리시켜보려는 안간힘 속에서, 은거하여 자위하면서도 결코
담담하지 못한 그의 내심의 소용돌이를 읽어볼 수 있는 것이다.
이인로(李仁老)의 『파한집(破閑集)』에서는 "벼슬에 뜻이 없어 가야
산에 숨었다가 하루아침에 일찍 일어나 집을 나간 뒤에는 그의 간
곳을 알지 못하였다"고 하였다.

장안의 봄날

최광유

삼베옷으로 갈림길의 티끌 털기 어려워
흰 머리 여윈 얼굴이 새벽 거울에 낯서네.
상국의 좋은 꽃은 시름 속에서 곱고
고향의 꽃다운 나무는 꿈속의 봄이어라.
쪽배의 어스름달에 바다에 뜬 일 생각하고
여윈 말로 관하의 나루 묻기에 고달프다.
다만 형설의 뜻을 이루지 못했기에
버드나무의 꾀꼬리 소리에 마음이 너무 슬프다.

長安春日有感 장안춘일유감

麻衣難拂路岐塵 마의난불노기진
鬢改顏衰曉鏡新 빈개안쇠효경신
上國好花愁裏艶 상국호화수리염
故園芳樹夢中春 고원방수몽중춘
扁舟煙月思浮海 편주연월사부해
羸馬關河倦問津 이마관하권문진
祗爲未酬螢雪志 지위미수형설지
綠楊鶯語太傷神 녹양앵어태상신

42

● 최광유崔匡裕

신라 문인으로 본관은 경주(慶州)이다. 885년 숙위학생(宿衛學生)으로 유학
하여 당나라 빈공과(賓貢科)에 급제하였다. 시에 능하여 당나라에서 최치원
(崔致遠)·최승우(崔承祐)·박인범(朴仁範) 등과 함께 신라 10현(賢)의 한 사
람으로 일컬어졌다.『동문선』에 칠언율시 10수가 실려 있고, 고려시대에
간행된『십초시(十抄詩)』에도 시가 수록되어 있다.

● 해설 및 감상

유학 중이던 당나라 서울 장안에서의 봄날 느낌을 노래한 것이
다. 장안에 봄이 되어 꽃과 나무는 새 옷을 갈아입고 만물이 소생하
는 그야말로 좋은 시절인데, 시인의 몰골은 영 볼품이 없다. 티끌을
뒤집어쓴 삼베옷에 흰 머리 야윈 얼굴은 스스로도 낯설다. 계절은
봄인데 거울에 비친 자기 모습에 놀라 자기 처지를 돌아본다. 바다
건너 먼 타국으로 유학 올 당시며 이리저리 학문의 길을 탐색하던
지난 일이 떠오르는데 정작 이룬 건 무엇이란 말인가. 형설의 뜻을
이루지 못했기에 봄날임을 거듭 알리는 꾀꼬리 소리가 더욱 가슴
아프게 들린다. 당시 유학생으로서의 좌절과 고민을 담아내었는데
애상조가 짙다.

43

경주 용삭사에서

박인범

나는 듯한 신선의 집 푸른 하늘에 솟아
달 속의 피리 소리 역력히 들려오네.
등불은 반딧불을 흔들어 새의 길을 밝히고
사다리는 무지개 그림자를 돌아 바위 문에 걸렸네.
인생은 흐르는 물을 따라 언제나 그칠는고
대숲은 찬 산을 둘러 만고에 푸르렀네.
그 속에 옳고 그름과 공과 색을 묻고자 하니
백년의 시름과 취함이 앉아서 깨네.

涇州龍朔寺 경주용삭사

輩飛仙閣在靑冥 휘비선각재청명
月殿笙歌歷歷聽 월전생가역력청
燈撼螢光明鳥道 등감형광명조도
梯回虹影倒巖扃 제회홍영도암경
人隨流水何時盡 인수유수하시진
竹帶寒山萬古靑 죽대한산만고청
試問是非空色裏 시문시비공색리
百年愁醉坐來醒 백년수취좌래성

44

● 박인범朴仁範

신라 문인으로 당나라에 유학하여 빈공과(賓貢科)에 급제하였고, 귀국한 뒤
한림학사·수예부시랑(守禮部侍郎) 등을 역임하였다. 특히 시문에 뛰어나
명성이 높았는데 현전하는 작품으로는 찬문(贊文) 2편과 칠언율시 10수가
있다.

● 해설 및 감상

이 시는 작자가 당나라에 있을 때 주목왕이 서왕모(西王母)와 만
나 잔치하였다는 요지(瑤池)가 있는 경주의 용삭사에서 지은 것이
다. 속세와 격절한 절간의 승경과 인생의 무상함을 대비시키고 이
를 다시 불교 진리에 비겼다. 1~4구까지는 시각과 청각을 동원하
여 용삭사와 주변의 험하면서도 빼어난 선경을 묘사하였고, 5, 6구
에서는 삶의 유한성과 변함없는 푸른 자연을 대비시켰다. 7, 8구에
서는 시비(是非)와 공색(空色)의 이치를 깨달으면 백년 인생의 시름
도 깨칠 수 있음을 말하였다. 이규보는 〈백운소설〉에서 3, 4구를
들어 최치원(崔致遠)의 〈등윤주자화사(登潤州慈和寺)〉, 박인량(朴寅
亮)의 〈사송과사주구산사(使宋過泗州龜山寺)〉의 경구(警句)와 함께
문장으로 나라를 빛낸[以文華國] 명구라 하였다. 높은 곳에 올라 인
생을 돌아보는 가운데, 자연과 영원의 이치를 떠올리며 세속을 초
탈한 심경을 읊었는데, 서경의 묘사와 서정의 깊이가 잘 어우러진
절창이다.

한송정곡

장연우

달 밝은 한송정 밤에
물결 잔잔한 경포의 가을.
슬피 울며 오고가는 건
믿음 있는 한 마리 갈매기.

寒松亭曲 한송정곡

月白寒松夜 월백한송야
波安鏡浦秋 파안경포추
哀鳴來又去 애명래우거
有信一沙鷗 유신일사구

● 장연우張延祐, ?~1015

고려 전기의 관인으로 본관은 흥덕(興德)이다. 거란 침략 시 현종을 나주로
호종한 공으로 중추사(中樞使)를 거친 뒤 판어사대사(判御史臺事), 병부상서
(兵部尙書)를 지냈고, 사후 상서우복야(尙書右僕射)로 추증되었다.

● 해설 및 감상

조용하다. 달빛만 비치는 누정, 물결도 숨죽인 호수에 가을이
드니 텅 비어 있는 풍광을 보는 듯하다. 오직 움직임은 갈매기 하
나에만 부여하여 가을 맞은 한송정 주변의 정밀감을 한층 더하고
있다. 이 한송정곡은 원래 고려시대 가요로 악지(樂志)에 유래만
전할 뿐 가사는 전하지 않는다. 일찍이 이 가요가 거문고 밑바닥에
적혀 중국 강남까지 흘러간 일이 있었다. 그곳 사람들은 끝내 그
뜻을 몰라 궁금히 여기던 차, 고려 광종 때 그곳에 사신으로 간
장진공(張晉公, 장연우)이 이것을 보고 이와 같이 해석했다는 이야
기가 전한다.

절구

최충

뜰에 가득한 달빛은 연기 없는 촛불이요
들어와 앉은 산빛은 부르지 않은 손님이네.
거기에 솔거문고가 악보 밖을 연주하니
다만 혼자 즐길 뿐 남에게는 전할 수 없네.

絶句 절구

滿庭月色無烟燭 만정월색무연촉
入座山光不召賓 입좌산광불소빈
更有松絃彈譜外 갱유송현탄보외
只堪珍重未傳人 지감진중미전인

● 최 충崔冲, 984~1068

고려 전기의 문인으로 본관은 해주(海州), 자는 호연(浩然), 호는 성재(惺齋)·월포(月圃)·방회재(放晦齋)이다. 1005년에 문과 장원으로 급제한 후 승승장구하여 문하시중에 오르는 등 관인으로 현달했을 뿐만 아니라 치사 후에는 교육과 인재 양성에도 힘썼다. 사학십이도(私學十二徒)의 하나인 문헌공도(文憲公徒)의 창시자이며 해동공자(海東孔子)로 칭송되었다.

● 해설 및 감상

이 시는 존심양성(存心養性)의 자세로 자연을 대하고 즐기는 시인의 그윽한 기품과 내밀한 흥취가 서경과 서정의 적절한 안배와 교직을 통하여 미묘하게 살아있음을 느끼게 한다. 뜰에 가득한 달빛, 자리에까지 드는 산 빛, 거문고 못지않은 솔바람 소리를 향유하고 즐기는 일은 그 기쁨을 깨닫는 사람만이 가능한 일이니 전하고 가르쳐서 될 일은 아니라고 하였다. 오직 자연 속에 내재적으로 구현된 도리와 흥취는 발견하고 누리는 자의 몫이라는 인식을 형상화해 놓은 것이라 하겠다. 즉 '未傳人(미전인)'의 표현은 가르칠 수 있는 것과 가르칠 수 없는 것, 배워서 알 수 있는 것과 스스로 터득해야 할 것의 구분이 있음을 일깨운 것이 된다. '愼其獨(신기독)'하면서도, 또한 홀로서도 즐길 수 있는 것이 바로 작자의 군자다운 삶의 모습이 아닐까.

그런데 이 시는 작자 문제가 있다. 『동문선』에는 최충의 작으로 되어 있으나, 앞선 시기 최자(崔滋)의 『보한집』에 실려 있는 바로 보면 이종문, 안대회 교수의 작자 변증대로 권신(權臣)이었던 최항(崔沆)의 작품임이 분명하다. 여기서는 관례대로 『동문선』의 기록에 따랐다.

49

사주 구산사를 지나다가

박인량

높은 바위와 괴이한 돌이 산을 이루고
그 위에 절이 있어 물이 사방으로 돌았다.
탑그림자는 물결을 뒤치는 강 밑에 거꾸러졌고
풍경 소리 달을 흔들며 구름 속에 사라진다.
문 앞의 나그네 배에는 큰 물결이 빠르고
대숲 아래 중의 바둑에는 한낮이 한가하다.
한번 황화 받들어 차마 이별 아끼나니
여기 또 시를 남겨 다시 오르기 기약한다.

使宋過泗州龜山寺 사송과사주구산사

巉巖怪石疊成山 참암괴석첩성산
上有蓮坊水四環 상유연방수사환
塔影倒江飜浪底 탑영도강번랑저
磬聲搖月落雲間 경성요월낙운간
門前客棹洪波疾 문전객도홍파질
竹下僧棋白日閒 죽하승기백일한
一奉皇華堪惜別 일봉황화감석별
更留詩句約重攀 갱류시구약중반

50

● 박인량朴寅亮, ?~1096

고려 중기의 문인으로 본관은 평산(平山), 자는 대천(代天)이다. 문종 때 과거에 급제하여 문한(文翰)의 여러 벼슬을 거쳤다. 『소화집(小華集)』이라는 이름으로 송에서 간행된 시문집에 그의 글이 실려 중국에까지 문명을 날리었다. 저술로는 『고금록(古今錄)』과 『수이전(殊異傳)』이 있다고 하나 지금은 전하지 않는다.

● 해설 및 감상

칠언율시로 여러 시선집에 두루 실려 있다. 제목에서 볼 수 있는 바와 같이 1080년 유홍(柳洪), 김근(金覲)과 함께 송나라에 사신으로 갔다가 사주의 구산사에서 소감을 읊은 시이다. 시어의 격조가 청신한 것이 두드러진다. 느낌을 나타내되 천상적인 것과 지상적인 것, 높은 것과 낮은 것, 세차고 급한 것과 부드럽고 한가한 것, 움직임과 고요함, 만남과 이별 등 다양하면서도 대극적인 경물과 인정의 기미를 한 화폭 속에 뭉뚱그려 조화시켜 놓았다.

대동강

정지상

비 개인 긴 둑엔 풀빛이 짙은데
그대 보내는 남포엔 슬픈 노래 울먹이네.
대동강 물이야 어느 때 마를 건가
해마다 이별 눈물 푸른 강물 더하는 것을.

大同江 대동강

雨歇長堤草色多 우헐장제초색다
送君南浦動悲歌 송군남포동비가
大同江水何時盡 대동강수하시진
別淚年年添綠波 별루연년첨록파

52

● 해설 및 감상

여러 시선집에 실린 정지상의 대표작이다. '송인(送人)'으로 불리기도 하는데, '송인'이라는 제목의 오언율시가 또 따로 있다. 부제가 '송우인(送友人)'으로 정지상이 등과(登科) 이전의 젊은 날 대동강변에서 친구와 이별하며 부른 것이다. 증별시(贈別詩)는 응당 참지 못할 이별의 정을 두텁게 드러내는 법인데, '긴 둑'과 '남포'가 갖는 수평적 연장은 이별의 공간적 단절감을 증폭시키는 역할을 한다. 기승전결의 전개방식 가운데 전구(轉句)에서 절묘한 시상의 전환이 이루어진다. 즉 '어느 때'라는 체념적 설의를 마련하여 '해마다'라는 결구(結句)를 이끌어 오게 한 것이다. 그리하여 해마다 겪는 이별은 봄풀처럼 늘 새롭게 돋아나는 아픔이며, 물결처럼 출렁이는 슬픈 노래가 되어 역동적인 이미지를 형성하는 것이다. 그리고 이별의 순간에 부르는 노래가 온전한 소리를 갖출 리 없어 그 노래는 입이 아닌 몸이 들썩여지는 것[動]으로, 그리하여 대동강의 출렁이는 물결과 함께 파상(波狀)의 이미지로 지속적인 공감을 자아내게 하는 것이다. 여기에 운자(韻字) '다(多)', '가(歌)', '파(波)'의 운모(韻母) '아~' 음도 그 지속성을 보장하는 장치로서의 역할을 한다.

〈대동강〉은 시인이 나고 자란 고장을 노래한 '향토의 노래'이다. 서경은 고구려의 옛 도읍지로 건국 초기에 고려가 고구려를 계승한다고 하였지만 이미 중심에서 밀려난 서경인들의 마음에는 늘 소외감과 개경에 대한 대결의식이 자리 잡고 있었다. 정지상은 이러한 향토적 정서를 기반으로 하여 젊은 날의 좌절을 한 편의 시로 승화시켰다고 하겠다. 이 시는 또한 이별의 비애라는 보편적인 정서를 결 고운 서정으로 확보하였기에 절창이 되었고 두고두고 뒷사람들에게 차운시(次韻詩)로 전승되었던 것이다.

개성사에서

정지상

백 걸음에 아홉 굽이 높은 산을 오르니
반공에 있는 절간 오직 두어 칸이네.
신령스런 맑은 샘에 찬 물이 떨어지고
암담한 오랜 벽에 파란 이끼 아롱졌네.
돌 위의 늙은 솔엔 한 조각달이요
하늘 끝에 낮은 구름 천 점의 산이네.
속세의 어떤 일도 닿지 못하나니
유인이 홀로 긴 한가로움 누리네.

開聖寺八尺房 개성사팔척방

百步九折登巑岏 백보구절등찬완
家在半空惟數間 가재반공유수간
靈泉澄淸寒水落 영천징청한수락
古壁暗淡蒼苔斑 고벽암담창태반
石頭松老一片月 석두송로일편월
天末雲低千點山 천말운저천점산
紅塵萬事不可到 홍진만사불가도
幽人獨得長年閒 유인독득장년한

정지상의 시 중에는 사찰이나 누정을 소재로 한 것이 많다. 한
폭의 그림 같은 작품이 많은데 이 시에서도 경치를 그리는 솜씨가
빼어나다. 구절양장(九折羊腸) 같은 산길을 따라 힘들게 오른 산꼭
대기에는 문득 공중에 떠 있는 듯한 작은 절간이 그려진다. 그 다음
은 절간에 딸린 샘에서 방울방울 떨어지는 맑은 물과 절간 벽에
아롱진 파란 이끼가 묘사되고, 다시 절간에서 고개를 돌리면 펼쳐
지는 풍경, 즉 가까이는 바위 위 솔가지에 걸린 흰 달, 멀리는 구름
에 닿을 듯한 푸른 산들이 배경으로 제시된다. 이런 그림 속에 그윽
이 들어앉은 사람은 속세와 인연이 멀 수밖에 없고 그걸 보는 사람
또한 그 긴 한가로움을 따르고 싶어지기 마련이다.

감로사에서

김부식

속된 사람은 오지 않는 곳

올라와 보니 마음이 맑아지네.

산의 모습은 가을이라 더욱 좋고

강물 빛깔은 밤에 오히려 밝구나.

흰 새는 높이 날아 사라지고

외로운 배는 홀로 가벼이 가네.

부끄러워라, 달팽이 뿔 위에서

반평생 공명만 찾았구나.

題松都甘露寺次惠遠韻 제송도감로사차혜원운

俗客不到處 속객부도처

登臨意思淸 등림의사청

山形秋更好 산형추갱호

江色夜猶明 강색야유명

白鳥高飛盡 백조고비진

孤帆獨去輕 고범독거경

自慚蝸角上 자참와각상

半世覓功名 반세멱공명

● 김부식金富軾, 1075~1151

고려 중기의 문인으로 본관은 경주(慶州), 호는 뇌천(雷川), 시호는 문열(文烈)이다. 그의 4형제의 이름은 송나라 문인 소식(蘇軾) 형제의 이름을 따서 지었는데, 4형제 모두 과거에 합격해 관직에 진출하였다. 오랫동안 문한직(文翰職)에 종사하였고 여러 관직을 거쳐 승승장구하였다. 원수(元帥)로 임명되어 묘청(妙淸)의 난을 직접 진압하기도 하였다. 『삼국사기(三國史記)』를 편찬하는 등 여러 실록 편찬을 주도하였다. 문장에 있어서는 당시 유행하던 사륙변려문체(四六騈儷文體) 대신 고문체(古文體)를 주장하였다. 문집은 20여 권이 되었으나 현전하지 않으며, 많은 글이 『동문선』 등에 전한다.

● 해설 및 감상

이 시는 개성 근방의 감로사라는 절에서 지은 것으로 그곳 스님의 시에 차운한 것이다. 감로사는 고려 문종 때 이자연(李子淵)이 원나라에 사신으로 갔다가 윤주(潤州)에 있는 감로사의 빼어난 경치에 감탄하여 귀국 후 그와 같은 장소를 6년 동안 물색하여 창건하였다는 절이다. 속세의 발길이 닿지 않는 절간에 올라 주변 경치에 취하면서 지난 생애를 반성하는 내용이다. 3, 4구와 5, 6구의 대구가 잘 짜여졌다. 홍만종은 『소화시평』에서 속세를 벗어난 아취가 있다고 하였고, 서거정은 『동인시화』에서 걸출한 기상이 드러나 있다고 한 바 있다. 김부식은 속세의 공명 욕구에서 벗어나고 싶은 심경을 절을 찾을 때나 절을 제재로 한 시에서 자주 토로하였는데 이 시가 대표적이다. 결코 한가롭지 않은 관직 생활을 영위했던 김부식의 삶도 대자연의 섭리에 비추어 되돌아보면 달팽이 뿔 같은 하찮고 미혹한 허망한 세계이다.

산장에 비오는 밤

고조기

어젯밤 송당의 비에

베개 서편 시냇물소리 들리더니

새벽녘 뜰의 나무를 보니

자던 새 아직도 둥지를 뜨지 않았네.

山庄夜雨 산장야우

昨夜松堂雨 작약송당우

溪聲一枕西 계성일침서

平明看庭樹 평명간정수

宿鳥未離棲 숙조미리서

● 고조기高兆基, ?~1157

고려 중기의 문인으로 본관은 제주(濟州), 초명은 당유(唐愈), 호는 계림(鷄林)이다. 예종 초 과거에 급제해 시어사(侍御史), 정당문학판호부사(政堂文學判戶部事), 중서시랑평장사(中書侍郎平章事) 등을 역임하였다. 예종과 인종·의종 세 임금을 섬기면서 지절 있는 재상으로 이름 높았다. 성품은 의롭지 못한 것을 보면 참지 못하였고 경사(經史)에 널리 통하였으며 시에도 능숙하였다. 『동문선』에 몇 편의 시가 전한다.

● 해설 및 감상

비 내리는 어느 날 산장에서 밤을 지내고나서 맞이한 산중 정경을 읊은 작품이다. 홍만종은 『소화시평』에서 이 시의 핍진성을 자기 경험을 통하여 소개하였다. "내가 일찍이 단양(丹陽) 봉서루(鳳棲樓)에서 잔 적이 있었다. 그때는 가을비가 밤새도록 내려 시냇물소리가 귀를 시끄럽게 했다. 새벽잠을 막 깨고 창호를 열고 밖을 내다보니 짙은 구름은 골짜기에 가득차서 나무는 희미한 빛으로 서 있었으며 자던 새는 아직도 나뭇가지 사이에 앉아 물기에 젖은 날개를 털고 있었다. 그때 문득 평장사 고조기의 시가 생각났다. 이 시는 마치 오늘 아침 정경을 묘사한 것 같아 매우 좋았다." 홍만종의 진술은 마치 동일한 정경을 똑같이 경험한 것을 친절히 부연했다고 여길 정도로 모든 게 흡사하다. 이것은 거꾸로 보면 이 시가 최대한으로 어휘를 절제하고 시상을 압축하면서도 그 정경을 얼마나 효과적으로 이미지화했는가를 알게 한다.

석죽화

정습명

세상 사람들은 붉은 모란 좋아해
온 집안에 모두 가꾸네.
누가 알리, 풀 거친 들에도
또한 좋은 꽃떨기 있는 줄을.
마을 못둑 달 아래 그 빛깔 투명하고
언덕 나무 바람에 그 향기 불려 오네.
구석진 시골이라 찾는 공자 없기에
아리따운 맵시는 촌로에게 맡겨졌네.

石竹花 석죽화

世愛牡丹紅 세애목단홍
裁培滿院中 재배만원중
誰知荒草野 수지황초야
亦有好花叢 역유호화총
色透村塘月 색투촌당월
香傳壟樹風 향전농수풍
地偏公子少 지편공자소
嬌態屬田翁 교태촉전옹

● 정습명鄭襲明, ?~1151

고려 중기의 문인으로 본관은 영일(迎日), 호는 형양(滎陽)이다. 향공(鄕貢)으로 문과에 급제해 내시(內侍)에 보임되었고, 예부시랑, 한림학사, 추밀원 지주사 등을 역임하였으며, 묘청의 난을 진압하는 데 참여하였다. 오랫동안 간관의 직에 있었는데 왕의 잘못을 간하다가 미움을 사기도 하였다.

● 해설 및 감상

오언율시로 동문선에 실려 있다. 불우한 자신의 처지를 들에 핀 패랭이꽃에 비유한 작품이다. 꽃으로 자신을 노래한 작품은 최치원의 〈촉규화(蜀葵花)〉에서도 시도된 바 있다. 어느 환관(宦官)이 시를 읊는 것을 예종(睿宗)이 듣고 즉시 작자를 옥당(玉堂)에 보임하였다는 일화가 『파한집』에 전한다. 이에 따른다면 〈석죽화〉는 바로 정습명의 출세작이 된 셈이다. 평범한 산문의 조직을 연상하게 하는 구법(句法)을 하고 있으면서도 풍유(諷諭)의 기법은 높은 수준을 보인다. 초야에 묻혀 사는 자신의 처지를 패랭이꽃에 비유하여, 세속에서 사랑받는 모란과 대응시키고 있다.

잡흥

최유청

봄풀은 어느새 푸르렀고
뜰에는 나비 가득 날으네.
동풍은 잠을 꼬드기다가
침상 옷자락을 불어 일으키네.
깨어나니 고요히 아무 일 없고
숲 밖 석양 빛만 비춰오네.
기둥에 기대 한숨지으려다가
어느새 가만히 세상을 잊었네.

雜興 잡흥

春草忽已綠 춘초홀이록
滿園蝴蝶飛 만원호접비
東風欺人睡 동풍기인수
吹起床上衣 취기상상의
覺來寂無事 교래적무사
林外射落暉 임외사낙휘
倚楹欲歎息 의영욕탄식
靜然已忘機 정연이망기

● **최유청崔惟淸, 1095~1174**

고려 중기의 문인으로 본관은 창원(昌原), 자는 직재(直哉)이다. 예종 때 과
거에 급제했으나 아직 학문을 이루지 못했다며 바로 벼슬길에 나가지 않았
고, 뒤에 간의대부(諫議大夫), 한림학사(翰林學士), 병부상서(兵部尙書), 중
서시랑평장사(中書侍郞平章事) 등을 역임하였다. 1170년 정중부(鄭仲夫)의
난 때 무인들의 보호로 화를 면하였다. 경사자집(經史子集)에 밝았고 불경
(佛經)에도 조예가 깊었다.

● **해설 및 감상**

작자가 만년에 양주(楊州)에 있을 때에 지은 작품으로 연작 아홉
수 중 첫 수이다. 봄날 전원의 한가로움과 그것을 즐기는 심경을
읊었다. 뜰에는 봄기운이 가득하고 봄바람에 저도 모르게 깜박 낮
잠이 들었다. 문득 깨어보니 잠들기 전이나 다를 것도 특별할 것도
없는 일상이 그대로인데 한나절이 훌쩍 지나 벌써 해는 기울고 있
다. 일없이 보낸 하루에 한숨이 나오려하지만 그것도 잠시 봄날의
한가로움 속에 모든 걸 잊어버린다. 봄날은 짧다. 인생도 짧다. 일
장춘몽(一場春夢)이다. 그래서 봄의 흥취에는 항상 시름이 따르고
복잡하다. 실은 다루고 있는 게 춘흥인데 제목을 잡흥으로 삼은
것도 그래서 이해가 된다.

산에 살면서

이인로

봄은 갔건만 꽃은 그대로 있고
하늘은 맑건만 골짜기는 그늘졌네.
한낮인데도 두견새 슬피 우니
비로소 사는 곳이 깊음을 알겠네.

山居 산거

春去花猶在 춘거화유재
天晴谷自陰 천청곡자음
杜鵑啼白晝 두견제백주
始覺卜居深 시각복거심

● 이인로李仁老, 1152~1220

고려 무신집정기 때 문인으로 본관은 경원(慶源), 초명은 득옥(得玉), 자는 미수(眉叟), 호는 쌍명재(雙明齋)이다. 고려 전기 3대 문벌 귀족의 후예였으나 일찍 부모를 여의고 19세 때는 무신란을 만나 불문(佛門)에 귀의하였다. 뒤에 환속하여 진사과에 장원급제함으로써 명성이 사림에 떨쳤다. 임춘(林椿), 오세재(吳世才) 등과 어울려 이른바 '죽림고회(竹林高會)'를 이루어 활동하였고 예부원외랑(禮部員外郞), 비서감우간의대부(秘書監右諫議大夫) 등을 역임하였다. 문학 역량에 대한 자부가 컸으나 현실에서 크게 쓰이지는 못하였다. 『쌍명재집』, 『은대집(銀臺集)』, 『파한집(破閑集)』 등을 저술하였고 현재는 『파한집』만 전하고 있다.

● 해설 및 감상

〈유거(幽居)〉라는 제명으로도 알려져 있다. 대조의 수법이 극치를 이루는 작품이다. '거(去)'와 '재(在)'로 시간적 대조를 이루고 '청(晴)'과 '음(陰)'으로 공간적 대조를 형성한 가운데 두견새를 등장시켜 시각적 효과까지 곁들이고 있다. 그리고 1구와 2구에서 시인은 산골이 깊다는 말을 참고 있다. 오직 봄은 훨씬 지났건만 아직 봄꽃은 그대로 피어 있고, 골짜기가 깊어 대낮인데도 어둑하여 두견새마저 운다고 하는데 이르러서야 마침내 골짜기의 깊음을 말하고 있다. 실로 시중화(詩中畵)의 경지라 할 만하다. 깊은 산 속에서 살아가는 시인의 담담한 심정을 잘 그려낸 작품이다. 홍만종(洪萬宗)의 『소화시평(小華詩評)』에서는 이 작품이 당시(唐詩)와 매우 흡사하다고 평하였다. 20자의 짧은 말을 가지고 산 속에 숨어사는 이의 처지를 극명하게 드러낸 수작이다.

천수사 벽에 쓰다

이인로

손을 기다리나 손은 오지 않고
스님을 찾으나 스님 또한 없구나.
오직 수풀 밖에 새만 남아서
다정히 술 가지고 오라 이르네.

書天壽僧院壁 서천수승원벽

待客客未到 대객객미도
尋僧僧亦無 심승승역무
唯餘林外鳥 유여임외조
款曲勸提壺 관곡권제호

한시에서는 일반적으로 글자를 반복하는 것을 금기로 하고 있다. 그러나 여기에서는 '객(客)'과 '승(僧)'을 중복 사용함으로써 오히려 시인의 절박감을 잘 나타내고 있다. 기다려도 기다려도 와야 할 벗은 오지 않는다. 벗과 헤어져야 할 아쉬움에 젖어 있는데, 그 아쉬움을 더해주듯 이별의 정을 나누기로 한 벗은 오지 않는다. 시인은 하는 수 없이 절문을 두드린다. 그곳 역시 맞아주는 사람이 없다. 이제 아쉬움은 공허감으로 변한 것이다. 그러니 그 공허감을 달래 줄 수 있는 것은 숲에 있는 '새'일 뿐이다. 그 새는 나의 공허감을 달래주기나 하듯 '술을 드세요. 술을 드세요.' 하면서 울고 있다. '제호(提壺)'는 의성어로 새의 울음소리를 나타내기도 하고 글자의 풀이로는 '술을 들다.'라는 뜻이니 시인의 재기가 돋보인다. 특히 두 번째 행에 나타나 있는 적막감의 표현은 높이 평가할 만하다. '객'이나 '승'과 같은 글자가 자연스러우면서도 알맞게 놓여 시적 분위기를 극적으로 이끌어 가고 있다.

시골집

김극기

푸른 산 다한 곳에 촌가 두세 채
언덕을 감싸 안고 오솔길 비껴있네.
웅덩이에 비 오려나 개구리소리 개굴개굴
높은 나무에 바람 부나 까치소리 까악까악.
고요한 골목길은 거친 풀에 묻혔고
인적 없는 사립문은 낙화로 가리었네.
티끌 세상 벗어나 애오라지 즐기면서
부귀영화 찾아 분주한 이들 웃어 주네.

村家 촌가

青山斷處兩三家 청산단처양삼가
抱壟縈回一徑斜 포농영회일경사
讖雨廢池蛙閣閣 참우폐지와각각
相風高樹鵲査査 상풍고수작사사
境幽柳巷埋荒草 경유유항매황초
人寂柴門掩落花 인적시문엄낙화
塵外勝遊聊自適 진외승유요자적
笑他奔走覓紛華 소타분주멱분화

69

● 김극기金克己

고려 명종 때의 문인으로 본관은 광주(廣州), 호는 노봉(老峰)이다. 일찍이 과거에 급제하였으나 벼슬하지 못하고 있다가 명종 때 용만(龍灣, 지금의 평안북도 의주)의 좌장(佐將)을 거쳐 한림(翰林)이 되었으며, 금나라에 사신으로 가기도 하였다. 많은 시문을 지었는데 특히 농촌의 생활상과 농민들의 모습을 적극적으로 표현하였다. 고려 말에 편찬된『삼한시귀감(三韓詩龜鑑)』에서는 그의 시문집이 150권이나 된다고 하였으나 지금은 전하지 않고,『동문선』과『신증동국여지승람(新增東國輿地勝覽)』등에 시가 많이 남아 있다.

● 해설 및 감상

김극기는 시선집에 수록된 작품 수에 있어서 이규보나 이인로를 능가한다. 그러나 문집이 전하지 않아 그 전모를 알 수 없다. 남아 있는 시로 보아 기행시가 많은 편이고 농촌에 대한 관심이 남달랐다. 〈전가사시(田家四時)〉 연작 등 농민의 애환과 참상을 사실적으로 다룬 작품이 많이 있지만, 이 시의 경우에는 시골의 풍경이 그림같이 묘파되어 있다. 그야말로 시중화(詩中畵)의 솜씨이다. 푸른 산, 외딴 촌가 두세 채, 오솔길, 웅덩이의 개구리소리, 나뭇가지 위의 까치소리, 골목길, 사립문, 이 모두가 향토적 정감이 물씬 풍기는 사물들이 아닌가. 하늘과 지상, 웅덩이 속의 시각적·청각적 영상들이 복합적으로 배치되어 그야말로 공감각의 묘미를 배가시키고 있다. 이러한 아름다운 고향·전원을 버려두고, 소란하고 탐욕스런 속세에 나가 부귀영화를 찾아 헤매는 삶의 실상은 과연 무엇인가 되묻고 있다.

고기잡이 늙은이

김극기

하늘이 아직 고기잡이 늙은이에게 너그럽지 않아
일부러 강호에 순풍을 드물게 보내네.
그대 인간 세상의 험함을 비웃지 말라
제 자신도 오히려 급류 속에 있지 않은가.

漁翁 어옹

天翁尙不貰漁翁 천옹상불세어옹
故遣江湖少順風 고견강호소순풍
人世險巇君莫笑 인세험희군막소
自家還在急流中 자가환재급류중

시인들이 어부를 읊은 경우는 대개 세속을 떠난 어부의 한가로운 멋을 제재로 선택한다. 그런데 유독 김극기는 그것을 뒤집었다. 번안법(飜案法)이다. 소재, 시어는 비슷한 것을 쓰되 익숙한 사유를 뒤집는 창작 방식이다. 어부는 세상에 부대끼며 힘들게 살아가는 사람들을 보고 그 어리석음을 비웃고 세상 사람들은 여유로운 어부의 삶을 보고 일방적으로 부러워하는 것이 '어부가(漁夫歌)'의 관습적인 구도이다. 그래서 시인들은 곧잘 가어옹(假漁翁)이 되어 상상의 공간에서 한가로운 어부의 삶을 구가한다. 그러나 여기서 고기잡이 늙은이는 그런 전형적인 가어옹이 아니다. 진짜 생활인으로서의 어부일 뿐이다. 살아가기 위해 매일 바람을 거스르고 급류를 타야 하는 어부의 삶은 위태로움의 연속이다. 세속의 시인이나 고기잡이 늙은이나 모두가 늘 험하고 위태한 지경에 놓여있다는 지적은 세상 도처에 도사리고 있는 삶의 불안 즉 불안전한 삶의 본질을 환기시킨다.

늦은 봄 꾀꼬리 소리를 듣고

임춘

전가에 오디 익고 보리가 한창 자랄 때
푸른 나무에 꾀꼬리 소리 처음 들었네.
서울에서 꽃구경하던 나그네 알아보는 듯
은근히 울어대어 그칠 줄을 모르네.

暮春聞鶯 모춘문앵

田家葚熟麥將稠 전가심숙맥상조
綠樹時聞黃栗留 녹수시문황률류
似識洛陽花下客 사식낙양화하객
慇懃百囀未能休 은근백전미능휴

73

● 해설 및 감상

임춘은 일찍이 큰 포부를 지니고 과거에 응시하였으나 여러 차례 낙방하였고, 무신란을 당하여서는 재산을 다 빼앗기고 피신하여 오래도록 떠돌이 생활을 하였다. 이 시는 객지에서 처량한 신세로 맞이한 봄날의 애상을 간명하게 잘 드러내고 있다. 농가의 곡식 익는 평온한 일상과 바야흐로 때를 맞이한 꾀꼬리의 지저귐은 봄날의 전형적인 풍경일 것이다. 그러나 그것을 대하는 시인의 처지는 옛날 서울 땅에서 꽃구경 다니던 때와는 달라도 한참 달라졌다. 그런데 꾀꼬리는 시인의 비감을 아는지 모르는지 오히려 쉴 새 없이 지저귀며 행복했던 지난 봄날을 상기시켜주는 것이다. 그러니 시인에게는 그야말로 '춘래불사춘(春來不似春)'이 아닐 수 없고, 이러한 봄날은 더 괴롭게 뇌리에 각인될 수밖에 없다. 이 시에서 임춘은 인간사를 다룬 작품에서 흔히 실의와 비분의 격정을 직설적으로 토로하는 작법을 구사한 것과 달리, 매우 섬세하고 미묘한 필법으로 대상물을 포착하면서 서경과 서정을 조화시키고 있다. 특히 대조의 수법이 묘하게 구사되고 있다. 초록빛 나무와 노란 꾀꼬리의 색조의 대조, 유성·무성 소리의 대조가 돋보인다. 꾀꼬리도 자신을 알아주는데 사람들로부터는 인정받지 못한다는 느낌이 절반의 언표로 형상화되고 있어, 말 밖의 무궁한 뜻을 함축하고 있다.

가을의 회포

진화

부귀 누려도 가을은 슬프다는데
하물며 헌옷 걸친 외로운 시인임에랴.
사람들 겪으며 사랑받음도 욕됨도 많았지
어느 날에야 이 몸 돌아가 편히 쉬랴.
낙엽 쌓여 우물을 메워버린 듯
다듬이 소리는 성글게 누다락을 울리네.
벼슬살이 놀던 흥취도 이제 싫증나
베개에 기대어 선경(仙境)을 꿈꾸네.

秋日書懷 추일서회

富貴也悲秋 부귀야비추
孤吟況弊裘 고음황폐구
閱多人寵辱 열다인총욕
問幾日歸休 문기일귀휴
落葉埋金井 낙엽매금정
踈砧響石樓 소침향석루
聊將倦遊興 요장권유흥
欹枕夢滄州 의침몽창주

76

고려 후기의 문신으로 본관은 여양(驪陽, 지금의 홍성(洪城)), 호는 매호(梅湖)이다. 어려서부터 글재주가 있어 1198년 사마시에 수석으로 합격하였고 1200년 문과에 급제하였다. 정언(正言), 우사간(右司諫), 지공주사(知公州事) 등을 역임하였다. 〈한림별곡(翰林別曲)〉 제1장에서 "이정언 진한림 쌍운주필(李正言 陳翰林 雙韻走筆)"이라고 하였듯이 시를 빨리 짓는 시인으로 이름났다. 그의 호에 맞추어 여러 자료에서 수습한 시문을 모은 『매호유고(梅湖遺稿)』가 현재 전하고 있다.

● 해설 및 감상

가을의 감회를 읊은 작품이다. 부귀하거나 가난하거나 가을은 다 외롭다는 서두가 인상적이다. 물론 이 시는 가난한 시인이 맞는 가을의 애상에 초점이 있고, 가을 바람 불자 깨닫게 되는 자기 각성이 주가 되고 있다. 시속의 부귀공명도 계절이 바뀌면 풍경이 바뀌듯 영욕의 교체 속에 있다는 것, 그래서 낙엽 무성하고 다듬이 소리 고고한 이 계절에는 부귀를 좇기보다는 오히려 전원으로 돌아가 천성대로 유유자적하는 삶을 누리고자 하는 것이다. 시인의 정감과 가을날 전원의 정경이 부드럽고 애틋하게 교직되어 있다. 허균(許筠)은 '진화의 시가 맑고 굳세다'고 하였는데 이 시에도 적용됨직하다.

우물 속의 달

이규보

스님이 달빛을 탐내어
병속에 물과 함께 길었다네.
절에 돌아와 비로소 깨달았네
병 기울자 달도 따라 비는 것을.

詠井中月 영정중월

山僧貪月色 산승탐월색
幷汲一甁中 병급일병중
到寺方應覺 도사방응각
甁傾月亦空 병경월역공

● 이규보李奎報, 1168~1241

고려 후기의 문인으로 본관은 황려(黃驪 : 지금의 경기도 여주), 초명은 인저(仁氐), 자는 춘경(春卿), 호는 백운거사(白雲居士)이다. 시·거문고·술을 좋아해서 삼혹호선생(三酷好先生)이라고도 불렸다. 어려서부터 문재가 뛰어났으나 사마시에는 네 번이나 응시해서 합격하였고, 예부시(禮部試) 급제 이후에는 관직을 받지 못하여 오랜 방황 시절을 보내었다. 뒤늦게 최씨 정권에 의해 등용되어 곡절 속에서도 출세 가도를 달려 고관의 지위를 누렸다. 말년 병중에는 실권자 최이에 의해 그의 문집이 발간되었다. 그것이 방대한 시문을 담고 있는 『동국이상국집(東國李相國集)』이다.

● 해설 및 감상

이규보는 꿈에서 규성(奎星, 천상에서 문장을 관장하는 별)의 도움을 받아 과거에 장원급제하였고, 이름도 규보(奎報)로 고치게 되었다고 한다. 그만큼 천부의 재능을 타고 난 문인이었다. 작품 세계가 워낙 다양하여 수미산(해발 약 120만km에 달한다는 인도인들의 상상의 산)만큼 큰 것과 겨자씨(지름이 약 1~2mm)만큼 작은 것을 두루 갖춘 시인으로 평가된다. 우물 속 달을 노래한 이 시도 겨자씨 속에서 수미산을 보는 격이다. 산승(山僧)이 달빛을 탐내어 물을 길으며 달을 함께 담아오지만, 절에 이르러서는 물병을 기울이자 달도 사라져버린다는 내용이다. 각 행의 끝 글자를 세로로 읽으면 공교롭게도 현상 속의 본질을 깨닫는다는 '색중각공(色中覺空)'이 되어 산뜻한 이미지 가벼운 필치 속에 깨달음을 심어두었다.

눈 내리는 날
친구를 찾았다 만나지 못하다

이규보

하얀 백지보다 눈부신 눈밭에

채찍으로 내 이름자를 써보네.

바람아, 제발 쓸어가지 말아라

친구 올 때까지라도 기다려다오.

雪中訪友人不遇 설중방우인불우

雪色白於紙 설색백어지

擧鞭書姓字 거편서성자

莫教風掃地 막교풍소지

好待主人至 호대주인지

동진(東晉)의 왕헌지(王獻之)는 친구 대안도(戴安道)가 보고 싶어 배를 띄워 강을 건넜다. 그러나 저편 강안에 닿을 즈음 뱃머리를 돌려 되돌아오고 만다. 이미 흥이 다했기 때문이다. 친구와 만나 흥을 나눈 뒤 돌아올 때의 쓸쓸함을 생각해서라는 얘기도 있다. 고려의 이 시인도 겨울밤 눈은 내리고 친구가 보고 싶어 눈길에 말을 몰아 친구를 찾는다. 만날 채비를 하고 나서면 벌써 그림처럼 친구와 만나는 모습이 그려진다. 길은 눈발에 자꾸 지워져도 보고 싶은 이는 눈에 또렷이 새겨진다. 그러나 친구는 이 겨울 눈 오는 밤, 어딜 갔는지 집을 비우고 눈발만 날린다. 마음은 하얀 백지처럼 멍해진다. 무작정 기다릴 수도 없는 노릇 하릴없이 눈밭에 이런 저런 얘기를 써본다. 바람이 덮는다. 다시 써본다. 또 지워진다. 떠나며 왔다간다는 표지라도 남겨야지 하며 날리는 눈발 속에 친구를 찾은 친구는 채찍을 휘둘러 눈밭에 자기 이름을 쓴다. 눈 내리는 날, 겨울의 서정과 그리움이 잘 드러나는 시다.

농부를 대신하여

이규보

햇곡식은 푸릇푸릇 논밭에서 자라는데
아전들 벌써부터 조세 거둔다고 성화로세.
힘써 농사지어 나라 부강케 한 우리 농부거늘
어찌 이리도 침탈함이 극성스러운고.

代農夫吟 대농부음

新穀青青猶在畝 신곡청청유재무
縣胥官吏已徵租 현서관리이징조
力耕富國關吾輩 역경부국관오배
何苦相侵剝及膚 하고상침박급부

◉ 해설 및 감상

이규보는 무신집권기에 새로이 진출한 신진 관인, 즉 신흥사대부의 전형적인 인물이다. 2, 30대를 방황으로 보내었던 그는 40대 이후 최충헌·최우 부자에 의해 중용되었다. 다양한 시세계만큼이나 수많은 작품을 남겼는데 그 중에는 이 시처럼 사회·민중의식이 두드러지는 작품도 남겼다. 다분히 비판적 언사의 직설적 표현으로 부패한 관원들의 농민에 대한 수탈을 그려내고 있는데, 그 시적 표출방식이 조선 후기의 다산 정약용의 사회시 못지않은 절실함을 보여주고 있다.

한가롭게 읊조리다

원감

구슬발 걷어서 산빛 들이고
대통 이어 시냇물 소릴 나누네.
아침내 아무도 오지를 않고
두견새 제 홀로 이름 부른다.

閑中雜詠 한중잡영

卷箔引山色 권박인산색
連筒分澗聲 연통분간성
終朝少人到 종조소인도
杜宇自呼名 두우자호명

● 원감圓鑑, 1226~1292

고려 후기 승려로 성은 위씨(魏氏), 속명은 원개(元凱), 본래의 법명은 법환(法桓), 뒤의 법명은 충지(冲止), 자호는 복암(宓庵)이다. 조계산 수선사(修禪社) 송광사 제6세(世) 국사이다. 어려서 총명하여 경서(經書)와 자사(子史)를 쉽게 외웠으며, 19세에 장원으로 급제하였다. 사신으로 일본에 다녀온 뒤 승려가 되었으며, 유학사상과 상교(相交)하는 선풍(禪風)을 풍겼고 선교일치(禪敎一致)를 주장하여 지눌의 종풍(宗風)을 계승하였다. 생활은 언제나 수행승이나 어려운 처지에 놓여 있던 백성들과 함께 하였다. 저서로는 문집인『원감국사집(圓鑑國師集)』이 남아 있으며,『동문선』에도 시문이 많이 수록되어 있다.

● 해설 및 감상

〈한중잡영〉이라는 제목의 연작시 중 하나이다. 발을 걷어 산빛을 방안에 끌어들이고, 대통을 이어서 시냇물 소리를 뜰 안에서 듣는다. 산빛과 시냇물 소리를 함께 하는 아침, 아무도 이 흥취를 깨는 사람이 없다. 이따금 적막을 견디다 못한 두견새가 제 이름을 부르며 울 뿐이다.

연꽃 감상

곽예

연꽃 보러 세 번이나 이 연못에 왔나니
푸른 일산 붉은 단장은 옛날과 다름없네.
이 꽃을 구경하는 옥당의 나그네
풍정은 줄지 않았으나 머리는 흰 실 같네.

賞蓮 상련

賞蓮三度到官池 상련삼도도관지
翠盖紅粧似舊時 취개홍장사구시
惟有看花玉堂客 유유간화옥당객
風情不減鬢如絲 풍정불감빈여사

86

● 곽예郭預, 1232~1286

고려 후기 문인으로 본관은 청주(清州), 자는 선갑(先甲), 호는 연담(蓮潭)이다. 1255년 장원 급제하여 첨사부녹사(詹事府錄事)·국자감대사성(國子監大司成)·감찰대부(監察大夫) 등을 지냈다. 원나라에 성절(聖節)을 하례하고 돌아오던 도중에 죽었다. 사람됨이 강직하고 소박해 높은 지위에 이르러서도 옛날과 다름이 없었다고 한다. 시서문(詩書文)에 모두 능했으며, 작품의 일부가 『동문선』에 전한다.

● 해설 및 감상

곽예가 한원(翰院)에 있을 때에 비가 오면 맨발로 우산을 쓰고 홀로 용화원(龍化院) 연못에 가서 연꽃을 감상하곤 하였는데, 후대 사람들이 그 풍치를 높이 샀다고 한다. 이를 두고 '우중상련(雨中賞蓮)'이라 하고 화시(和詩)를 지은 것이 많다. 푸른 일산과 붉은 단장은 연꽃의 푸른 잎과 붉은 꽃을 비유한 것이다. 연꽃 구경을 하느라 머리가 하얗게 센 옥당의 나그네는 다름 아닌 시인 자신의 모습을 그린 것이다. 소탕(疎蕩)한 기상을 상상할 수 있다. 곽예의 연꽃 감상 일화는 한 때의 풍류사로 그치지 않고 이제현 등에 의해 후대에 동국고사(東國故事)로 채택되어 동국사영(東國四詠)의 하나가 된다.

남쪽 언덕 버드나무

최자

저 남쪽 언덕 한 그루 버드나무
빼어난 풍표 반짝반짝 빛나네.
독한 살무사를 빈 배에 감추고
아리따운 꾀꼬리를 가는 허리로 희롱하네.
찬 겨울에는 굳센 절개가 없고
따뜻한 봄에는 그 가지가 길다.
어디에 그 재목을 쓸 것인가 물을 뿐
백척의 높이는 논하지 말아라.

南堤柳 남제류

南堤一株柳 남제일주류
濯濯秀風標 탁탁수풍표
毒虺藏空腹 독훼장공복
嬌鶯弄細腰 교앵농세요
歲寒無勁節 세한무경절
春暖有長條 춘난유장조
但問材何用 단문재하용
休論百尺喬 휴론백척교

● 최자崔滋, 1188~1260

고려의 문신으로 본관은 해주(海州), 자는 수덕(樹德), 호는 동산수(東山叟)
이며 문헌공 최충(崔冲)의 후손이다. 1212년 과거에 급제하고 여러 관직을
거쳐 수상의 지위에까지 올랐다. 이규보(李奎報)의 눈에 띄어 최이(崔怡)에
게 문한(文翰)을 담당할 사람으로 추천되었는데, 시문에 뛰어나 문명을 떨
쳤으며 문신이면서도 무신집권기에 대표적 문벌로서 활동했다. 저서로『최
문충공가집(崔文忠公家集)』·『보한집(補閑集)』이 있다.

● 해설 및 감상

　오언율시인 이 시는 버드나무의 모습과 생리를 세밀히 그려내
면서, 아울러 송백에 견주어 절조도 없고 재목도 되지 못함을 안
타까이 여기는 시인의 정회를 드러내고 있다. 남쪽 언덕의 버드나
무가 모진 추위에는 절개를 지키지 못하다가 봄이 되면 가지가 뻗
어나는 것을 풍자하고 있다. 키가 아무리 백 척까지 자란다 해도
재목으로 쓰이지 못한다고 하여 재질이 부족한 소인배를 경계하
고 있다.

영호루

우탁

여러 해를 영남에서 방탕하게 놀면서
날로 더해가는 산수 경치를 가장 사랑하였네.
풀이 꽃다운 나루에서 나그네 길이 갈리고
푸른 버들 언덕에는 농사집이 있다.
바람 자는 수면에는 희뿌연 산이 비쳐 있고
오래 된 담 위에는 이끼가 자란다.
비 개인 사방 들에 일어나는 격양가
나무 끝에 돋는 싹을 멍하니 바라본다.

映湖樓 영호루

嶺南遊蕩閱年多　영남유탕열년다
最愛湖山景氣加　최애호산경기가
芳草渡頭分客路　방초도두분객로
綠楊堤畔有農家　녹양제반유농가
風恬鏡面橫煙黛　풍념경면횡연대
歲久墻頭長土花　세구장두장토화
雨歇四郊歌擊壤　우헐사교가격양
坐看林杪漲寒槎　좌간임초창한사

90

● 우탁禹倬, 1263~1342

고려 후기의 문인으로 본관은 단양(丹陽), 자는 천장(天章) 또는 탁보(卓甫·卓夫), 호는 백운(白雲)·단암(丹巖)인데, 세상에서 '역동선생(易東先生)'이라 일컬어졌다. 1278년 과거에 급제하여 영해사록(寧海司錄), 감찰규정(監察糾正), 성균좨주(成均祭酒)를 역임하였다. 벼슬에서 물러난 뒤에는 예안(禮安)에 은거하면서 정주학(程朱學)을 깊이 연구하고 후진 교육에 전념하였는데, 특히 역학(易學)에 조예가 깊었다. 시조 2수와 몇 편의 시가 전하고 있다.

● 해설 및 감상

안동 영호루에 올라 지은 것이다. 처음엔 영남의 산수 일반을 언급하였고 그 다음으로는 누대에서 바라본 풍경을 그대로 그린 것이다. 한편엔 강가 나루로 이어진 길이 있고 언덕받이에는 농사 짓는 민가가 보인다. 고요한 강 수면으로 눈을 돌리면 연기 낀 산 그림자가 절로 비춰고 반대편으로 고개 돌리면 오래된 민가의 담장이 눈에 든다. 사방 들에는 한창 농사일에 종사하는 농부들 노래소리 들리는데, 이 모든 것이 봄날 나뭇가지에 싹이 돋듯이 자연스럽고 평온한 광경 속에 있는 것이다.

이른 아침 말 위에서

홍간

희뿌연 새벽 하늘 아래 시냇물 흘러가니
아득한 천리의 풍경 흡사 고향 마을 같네.
돌다리 서편 어사대 길에서
홀패 잡고 산을 보니 어느덧 가을이로세.

早朝馬上 조조마상

紫翠橫空澗水流 자취횡공간수류
風烟千里似滄州 풍연천리사창주
石橋西畔南臺路 석교서반남대로
拄笏看山又一秋 주홀간산우일추

● 홍간洪侃, ?~1304

고려 후기의 문인으로 자는 평보(平甫) 또는 운부(雲夫), 호는 홍애(洪崖)요
풍산(豊山) 홍씨(洪氏)의 시조인 홍지경(洪之慶)의 장남으로 태어났다. 1266
년 과거에 급제하였고 원주목사(原州牧使), 비서윤(秘書尹), 도첨의사인(都
僉議舍人), 지제고(知制誥) 등을 지냈는데 언사(言事) 때문에 동래현령(東萊
縣令)으로 좌천되어 봉직하다가 그곳에서 죽었다. 충의와 문장으로 고려조
12대가에 꼽혔다. 역대 시선집에 수록된 작품을 수합하여 엮은『홍애선생
유고(洪崖先生遺藁)』가 전한다.

● 해설 및 감상

조선 후기 홍만종(洪萬宗)은『소화시평(小華詩評)』에서 이 시를 두
고 '당시(唐詩)의 조격(調格)을 깊이 터득하여 송인(宋人)의 버릇[氣
習]을 벗어났다. 격운(格韻)이 청월(淸越)하여 세속의 누가 섞이지
않았다.'고 적고 있다. 그런 만큼 홍간의 대표작으로 꼽을 수 있겠
다. 이른 아침 말을 타고 거칠 것 없이 산과 들을 지나다가 문득
또 한 가을이 지나감을 깨닫는 심경을 시화한 것이다. 원문의 '창주
(滄州)'는 물이 맑고 푸른 물가라는 뜻으로, '은사(隱士)가 사는 곳'
또는 '시골'을 말한다. 이른 아침이라 햇살은 공중을 가로질러 자줏
빛 기운이 시내처럼 흘러 퍼지고 바람 연기는 천리에 거침없이 흐
르는 속에 말을 달리다가 길에서 잠깐 바라본 산색은 어느새 가을
물이 들어있음을 보고, 자연의 무한함과 세월의 빠름을 대조적으로
인식하면서 담박하게 경물을 그려내고 있다. 홍만종은 이 시의 격
조와 운치가 맑고 초월적이어서 속진에 뒤섞이지 아니했다고 평하
였는데, 과연 변하는 세월, 유한한 인간사와 불변하는 대자연의 대
비적 포치(布置)에서 무궁한 회포를 자아내게 하는 빼어난 작품이
라 하겠다.

떨어진 배꽃

김구

펄펄 날아가다가 도로 돌아오고
거꾸로 불려 다시 가지에 피려 하네.
어쩌다 한 조각 거미줄에 걸리는데
때때로 거미가 나비를 잡아오나보다.

落梨花 낙이화

飛舞翩翩去却回 비무편편거각회
倒吹還欲上枝開 도취환욕상지개
無端一片粘絲網 무단일편점사망
時見蜘蛛捕蝶來 시견지주포접래

● 김구金坵, 1211~1278

고려 후기의 문인으로 본관은 부령(扶寧 : 지금의 전라북도의 부안), 초명은 백일(百鎰), 자는 차산(次山), 호는 지포(止浦)이다. 과거에 급제하여 서장관으로 원나라에 다녀온 뒤 8년 동안 한원(翰院)에 재직하였고, 우간의대부(右諫議大夫), 정당문학(政堂文學), 지첨의부사(知僉議府事), 판판도사사(判版圖司事) 등을 역임하였다. 성품이 성실하여 말이 적었으나 국사를 논함에는 강직하여 어려움을 피하지 않았다. 저서로는 『지포집』이 있다.

● 해설 및 감상

배꽃이 떨어지는 정경을 보고 쓴 시이다. 배꽃은 가벼워 한창 질 때는 마치 눈송이가 날리는 것 같다. 어떤 것은 떨어지고, 어떤 것은 다시 위로 날리기도 하고 또 어떤 것은 거미줄에 걸리기도 하는 있는 그대로의 모습을 과장 없이 그려내었다. 마지막 구는 하얀 배꽃을 흰 나비에 비유한 것으로 꽃잎을 나비인 줄 알고 거미가 잡으러 온다는 뜻이다.

학교

안향

곳곳에 향불 피워 부처에 기도하고
집마다 피리 소리 귀신을 섬기누나.
오직 몇 칸 남은 공자 사당에는
봄풀만 뜰에 가득 인적조차 없구나.

題學宮 제학궁

香燈處處皆祈佛 향등처처개기불
簫管家家盡祀神 소관가가진사신
獨有數間夫子廟 독유수간부자묘
滿庭春草寂無人 만정춘초적무인

고려 후기의 문인으로 본관은 순흥(順興), 초명은 유(裕)였으나 뒤에 향(珦)으로 고쳤다. 자는 사온(士蘊), 호는 회헌(晦軒)인데, 주자(朱子)를 추모해 그의 호인 회암(晦庵)을 모방한 것이다. 1260년 문과에 급제하여 우사의대부(右司議大夫), 고려유학제거(高麗儒學提擧), 집현전태학사(集賢殿太學士), 광정대부찬성사(匡靖大夫贊成事) 등을 역임하였으며 여러 차례 왕과 공주를 호종하였다. 원나라에 가서 주자서(朱子書)를 베껴 오고 공자와 주자의 화상(畵像)을 그려 오는 등 주자학의 수용에 기여하였으며 학교 재건과 인재 양성에도 적극적이었다. 문묘에 배향되었으며 시호는 문성(文成)이다.

● 해설 및 감상

안향은 주자학으로 당시 고려의 위기를 구하고자 한 대표적인 사대부이다. 그는 주자학을 고려에 뿌리내리게 하는 역할을 자임했으며, 양현고(養賢庫), 섬학전(贍學錢) 등을 운용하는 등 자신의 이상을 학교 재건과 인재 양성을 통해 이룩하려 하였다. 당대의 고려 풍속에 대해서도 비판의식이 남달랐다. 상주판관(尙州判官)으로 나갔을 때에는 백성들을 현혹시키는 무당을 엄중히 다스려 미신을 타파하고 민풍(民風)을 쇄신시키려 노력하였다. 이 시에서도 고려 말의 풍속이 다투어 부처와 귀신을 숭상함에 비하여, 사대부들의 학문인 유학은, 공부자의 사당조차 쓸쓸히 풀만 우거져 있는 지경으로 외면되고 있음을 탄식하고 있다. 유학이 바로 서지 못함을 깊이 한탄하고, 미신과 부처 숭상에만 빠져 있는 현실을 가슴 아파하면서 이를 물리쳐 유학의 바른 도리로 되돌리고자 애쓴 그의 선비의식이 깊이 배어있는 작품이다.

밤 잔치

권부

이슬빛 은하에는 달이 둥글고

술이 가득한 금잔에는 도리어 날씨 차다.

자천의 한 곡조에 사람은 옥 같은데

촛불은 가물거리나 밤은 아직 깊지 않았네.

夜宴次韻 야연차운

露洗銀河添月色 노세은하첨월색

酒盈金盞却天寒 주영금잔각천한

紫泉一曲人如玉 자천일곡인여옥

紅燭燒殘夜未闌 홍촉소잔야미란

고려 후기의 문인으로 본관은 안동, 자는 제만(齊滿), 호는 국재(菊齋)이다. 안향(安珦)의 문인으로 1279년 문과에 급제하고, 이듬해 전시를 거쳐 첨사부녹사(詹事府錄事), 국자학유(國子學諭), 우정언, 사림원(詞林院) 시강학사(侍講學士), 지밀직사사, 찬성사, 영도첨의사사 등을 역임했다. 박전지(朴全之)·오한경(吳漢卿)·이진(李瑱) 등과 함께 4학사의 한 사람이며, 충숙왕 이후 대원관계에서 여러 차례 어려운 정국을 해결했다. 사서집주의 간행을 상소하여 간행되게 함으로써 성리학 보급에도 기여했다.

● 해설 및 감상

당시 문신들의 풍류를 살필 수 있다. 특히 채홍철(蔡洪哲)이 국로(國老) 재상들을 중심으로 기영회(耆英會)를 열고 시가와 음주로 즐겼던 사실이 '자천일곡'의 표현에서 단적으로 언급되어 있음을 보게 된다. 서늘한 밤기운에도 아랑곳 않고 늦도록 술잔을 기울이며 풍류를 즐기는 모습을 그대로 그렸다.

눈 오는 밤

최해

삼 년 귀양살이에 병까지 잦아
한 칸 방의 생애가 흡사 중과 같구나.
사방 산에 눈이 가득 찾는 사람 없는데
솔바람 소리 속에 앉아 등불을 돋우노라.

縣齋雪夜 현재설야

三年竄逐病相仍 삼년찬축병상잉
一室生涯轉似僧 일실생애전사승
雪滿四山人不到 설만사산인부도
海濤聲裏坐挑燈 해도성리좌도등

● 최해崔瀣, 1287~1340

고려 후기의 문인으로 본관은 경주(慶州), 자는 언명보(彦明父) 또는 수옹(壽翁), 호는 졸옹(拙翁) 또는 예산농은(猊山農隱)이다. 문과에 급제하여 성균관 학유, 예문춘추검열(藝文春秋檢閱)이 되었다가 장사감무(長沙監務)로 좌천되었다. 1320년 원나라의 과거에 급제하였고, 예문응교(藝文應敎)·검교(檢校)·성균관대사성이 되었다. 말년에는 사자갑사(獅子岬寺)의 밭을 빌려서 농사를 지으며 저술에 힘썼다. 평생을 시주(詩酒)로 벗을 삼았는데 성품이 강직하여 출세에 파란이 많았다. 저술로는 고려 명현의 시문을 뽑은『동인지문(東人之文)』과 문집인『졸고천백(拙藁千百)』 등이 있다.

● 해설 및 감상

칠언절구로『동문선』에 실려 있다. 이 시는 장사감무(長沙監務)로 좌천되었을 때 지은 것이다. 타향 땅, 귀양살이와도 같은 생활 속에서, 고독과 병마에 시달리며 느끼는 비창한 감회를 노래하고 있다. 깊은 겨울밤, 아무도 오지 않는 산 속 호젓한 거처에 휘몰아치는 매서운 바람을 파도소리에 견주어, 잠 못 이루는 쓸쓸한 심회를 잘 그려낸 작품이다. 그러나 마냥 비탄으로 흐르지 않는, 차분히 가라앉은 서정으로 읽는 이의 마음을 정화시키는 힘이 있다. 최치원의 〈추야우중〉의 정취를 연상시킨다.『동인시화(東人詩話)』에서는 이 작품을 들고, 곤돈(困頓)한 기상이 나타나 있다고 평한 바 있다.

북으로 가는 윤신걸을 보내며

최해

인생이 일생 동안에
그 목숨은 하늘에 달렸노라.
궁달은 제각기의 그 분수요
오직 도만이 현처럼 귀하니라.
어찌해 저 그릇 찾는 사람들은
근심스레 백천으로 흔들리는고.
그 중에서도 선생만을 믿나니
이 세상 밖의 것에 이끌리지 않아.
원하노니 처음과 끝이 한결같기를
그래야 이름 절개가 다 완전하리.

送尹樂正莘傑北上 송윤악정신걸북상

人生一世間 인생일세간
有命懸在天 유명현재천
窮達各其分 궁달각기분
惟道貴如絃 유도귀여현
奈何枉尋者 내하왕심자

102

悠悠動百千 유유동백천
先生中有恃 선생중유시
外物莫相牽 외물막상견
願言一終始 원언일종시
名節兩俱全 명절양구전

윤신걸(1266~1337)은 고려 후기 문인인데, 이 시는 외직에 나가는 윤신걸에게 준 증별시이다. 고려 후기 사대부 간에는 동지의식을 바탕으로 주고받은 시들이 많다. 이 시도 같은 사대부로서 이념과 포부를 바탕에 깔고 출처에 대한 당부를 하는 내용이다. 수명이나 궁달은 인간으로 어찌할 수 없는 성질의 것이니 오직 변치 않는 곧은 도를 귀히 여기자는 말로 시작하여 외물에 흔들리지 말고 시종여일 유학의 사도(斯道)를 지켜 명절을 이루기를 바라고 있다.

관동와주

안축

글 읽어 도를 구하나 끝내 이룬 바 없으니
스스로 부끄럽도다 밝은 시대 이 행색이.
성글더라도 오직 실학을 펴는 데 힘쓸 일이지
구태여 드러나게 헛된 이름 훔치겠나.
도탄에 든 민생 구하기 어려운 줄 알건마는
나라의 병도 고질 되니 생각하기 놀라워라.
근심으로 지새는 잠자리라 잠도 오지 않는데
누워 듣노라니 산속의 비는 밤 깊도록 퍼붓네.

關東瓦注 관동와주

讀書求道竟無成 독서구도경무성
自愧明時有此行 자괴명시유차행
但盡迂疎施實學 단진우소시실학
敢將崖異盜虛名 감장애이도허명
民生塗炭知難求 민생도탄지난구
國病膏肓念可驚 국병고황염가경
耿耿枕前眠未穩 경경침전면미온
臥聞山雨注深更 와문산우주심경

고려 후기의 문인으로 본관은 순흥(順興), 자는 당지(當之), 호는 근재(謹齋)
이다. 고향 순흥의 죽계(竹溪 : 지금의 풍기(豊基))에서 세력기반을 가지고
중앙에 진출한 신흥사대부이다. 문과에 급제하여 금주사록(金州司錄), 사
헌규정(司憲糾正), 단양부주부(丹陽府注簿)를 지내고, 1324년 원나라 제과
(制科)에도 급제하여 요양로(遼陽路) 개주판관(蓋州判官)에 임명되었으나
부임하지 않았다. 귀국 후 성균악정(成均樂正), 우사간대부(右司諫大夫), 강
원도존무사(江原道存撫使), 감찰대부(監察大夫), 지밀직사사(知密直司事),
정당문학(政堂文學), 첨의찬성사(僉議贊成事), 판정치도감사(判整治都監事),
감춘추관사(監春秋館事) 등을 역임하였다. 편년강목(編年綱目) 개찬(改撰)
과 충렬·충선·충숙 3조(朝)의 실록 편찬에도 참여하였다. 경기체가인
〈관동별곡(關東別曲)〉과 〈죽계별곡(竹溪別曲)〉을 지었고, 문집인 『근재집』
이 있다.

● 해설 및 감상

안축이 왕명으로 강원도존무사(江原道存撫使)로 부임하였을 때
지은 기행시가 〈관동와주〉인데 모두 145수로 오언율시 18수, 오언
고시 10수, 칠언절구 76수, 칠언율시 34수, 칠언고시 7수가 수록되
어 있다. 이 시는 그 첫 수로 사대부의 이상은 유학의 도를 익혀
입신하고 치국에 참여하는 것인데, 정작 지방관으로 나가 살펴본
백성들의 삶은 도탄에 빠져 있고 나라도 고질병이 들어있음을 확인
하면서 갈등하는 그의 모습이 드러나 있다. 밤늦도록 잠 못 이루고
퍼붓듯 내리는 비 소리를 들으며, 그가 닦아 온 학문이 이 백성
이 나라의 현실적인 난제를 해결하는 데는 무력한 것이 아닌가 고
심하는 가운데 실학을 추구하는 절실한 마음이 토로되고 있다. 몽
고와의 강화로 전쟁은 끝났으나 원에 복속된 고려의 형편은 무척
곤핍하였다. 이러한 처지에서 백성을 직접 돌봐야하는 존무사의

직분을 수행한다는 일이 얼마나 난감한 일인가를 놀라움과 부끄러움, 불면의 밤으로 표백하고 있음을 본다.

급한 돛

김구용

돛이 빠르매 마치 산이 달리는 듯
배가 가노니 언덕 절로 옮는다.
타향이라 자주 그 풍속 묻고
절경에서는 굳이 시를 짓는다.
오나라 초나라는 천년의 옛 땅
강과 호수는 한창 오월 철이다.
아무것도 없다고 서운해 말라
바람과 달이 스스로 따르나니.

帆急 범급

帆急山如走 범급산여주
舟行岸自移 주행안자이
異鄕頻問俗 이향빈문속
佳處强題詩 가처강제시
吳楚千年地 오초천년지
江湖五月時 강호오월시
莫嫌無一物 막혐무일물
風月也相隨 풍월야상수

108

● **김구용**金九容, 1338~1384

고려 후기의 문인으로 본관은 안동(安東), 초명은 제민(齊閔), 자는 경지(敬之), 호는 척약재(惕若齋) 또는 육우당(六友堂)이다. 16세로 진사에 합격, 왕명으로 모란시(牡丹詩)를 지어 일등을 하였고 18세에 과거에 급제한 후 좌사의대부(左司議大夫), 성균관대사성(成均館大司成), 판전교시사(判典校寺事) 등을 역임하였다. 교육에 힘써 성리학 진흥에 일익을 담당하였다. 권신과 맞서다 죽주(竹州)에 귀양 갔고 뒤에 여흥(驪興)으로 옮겨 강호에 노닐며 거처하는 곳을 육우당이라 이름하고, 시와 술로 세월을 보냈다. 1384년 행례사(行禮使)가 되어 명나라에 갔다가 체포되어 그곳에서 병사하였다. 문집인 『척약재학음집(惕若齋學吟集)』이 전하고 있다.

● 해설 및 감상

오언율시 2수 중 두 번째 것이다. 돛단배가 빠르게 달려 나가니 마치 산기슭 언덕들이 저절로 옮겨지듯 한다고 하여 속도감을 흥기시키고 나서, 작자는 타향에 오면 자주 그 고을의 풍속을 묻고 좋은 곳을 찾아가 힘써 시를 짓곤 한다고 하였다. 타향이지만 때는 5월이라, 강호에 찾아가보니 더불어 놀 만한 사물이 하나도 없으나, 풍월이 함께 따라와 즐기노라 말한다. 이 작품은 작자가 대리(大理)에 귀양을 갔을 때 지은 것이므로 읽는 이로 하여금 창연해지게 하는 것이 특징이다. 시 구절에서 "절경에서는 굳이 시를 짓는다."고 하였듯이, 귀양지에서의 고독함과 괴로운 심정을 간곡하게 시적 언어로 표출시켜 놓고 있다. 또 끝 구절에서 역시 "바람과 달이 스스로 따르나니."라 한 것에서도 그와 같은 고적감이 다시 제고되고 있다. 강호가도의 정취가 전편에 넘치고 애써 단련한 흔적이 없어 청신함을 더해 준다.

양주에서 정든 이와 이별하며

정포

새벽녘의 등불이 단장 자국을 비추는데
떠난다 말을 하랴 먼저 애가 끊이네.
뜰에 드는 지는 달빛에 문 열고 나서나니
살구꽃 그림자가 온몸을 둘러싸네.

梁州客館別情人 양주객관별정인

五更燈燭照殘粧 오경등촉조잔장
欲話別離先斷腸 욕화별리선단장
落月半庭推戶出 낙월반정퇴호출
杏花疎影滿衣裳 행화소영만의상

110

● 정 포鄭誧

고려 후기 문인으로 본관은 청주(淸州), 호는 설곡(雪谷)이다. 1326년 과거에 급제하여 전리총랑(典理摠郞), 좌사간대부(左司諫大夫)를 역임하였다. 당시의 잘못된 정치를 바로잡고자 상소하였다가 도리어 파면 당하기도 했다. 원나라에 건너가서 원나라 승상인 별가불화(別哥不花, 別哥普化)가 그를 한번 보고 매우 호감을 가지게 되어 원나라 왕에게 추천되었으나 얼마 안되어 37세의 나이로 죽었다. 최해(崔瀣)의 문인으로 이곡(李穀) 등과도 사귀며 시문과 글씨에 뛰어난 재질을 보였다. 문집인 『설곡시고(雪谷詩藁)』가 전하지 않아 구체적인 면모를 알기 어렵다.

● 해설 및 감상

시인은 한 여인을 사랑했다. 하지만 객관에 두고 떠나야 할 처지. 이별 전야에 두 사람은 정을 나누느라 밤을 새우고 단장을 한 여인은 눈물 때문에 화장이 얼룩졌다. 새벽이 되어 떠날 시간이지만 눈물로 화장이 얼룩진 여인을 두고 차마 발걸음이 떨어지지 않는다. 그래도 문을 여니 뜰에는 달빛만 가득하고 달빛을 받으며 나선 이의 옷자락엔 뜰에 서 있는 살구꽃 그림자가 어린다. 시인의 마음엔 이 그림자가 가지 말라 붙잡고 싶은 여인의 손길로 느껴진 것이다.

111

산중에 눈 내린 뒤

이제현

얇은 이불엔 한기 돌고 등불은 가물가물
어린 중은 밤새도록 종 울릴 생각 않네.
나그네 일찍부터 야단스럽다 꾸짖겠지만
뜰 앞 눈에 눌린 소나무를 보려 함이네.

山中雪後 산중설후

紙被生寒佛燈暗 지피생한불등암
沙彌一夜不鳴鍾 사미일야불명종
應嗔宿客開門早 응진숙객개문조
要看庭前雪壓松 요간정전설압송

● 이제현 李齊賢, 1287~1376

고려 후기의 문인으로 본관은 경주(慶州), 초명은 지공(之公), 자는 중사(仲思), 호는 익재(益齋) 또는 역옹(櫟翁)이다. 어려서부터 문재가 있어 성균시에 1등으로 합격하고 과거에도 급제하였다. 원나라 수도 연경(燕京)으로 가서 만권당(萬卷堂)에 머무르며 당대 유명한 학자·문인들과 교류하였고, 세 번에 걸친 중국 내륙 여행으로 견문을 크게 넓혔다. 관직은 성균좨주(成均祭酒), 지밀직사사(知密直司事), 정당문학(政堂文學), 판삼사사(判三司事) 등을 거쳐 수상만 네 번을 역임했고, 여러 차례 지공거(知貢擧)가 되어 과거를 주재하였다. 성리학의 수용과 발전에 큰 역할을 담당한 유학자이자, 여러 왕의 실록 편찬에 참여한 역사가이며, 문학에서도 일가를 이룬 문호이다. 저술로는 『익재난고(益齋亂藁)』와 『역옹패설(櫟翁稗說)』이 있다.

● 해설 및 감상

밤사이 눈 내린 산사의 정경을 묘파한 작품이다. 조선조 서거정 (徐居正)은 산사의 눈 온 밤의 기이한 운취를 잘 묘사하여 읽고 나면 입안에 상큼한 침이 솟을 정도라고 평하였다. 이것은 어쩌면 풍경을 그리되 풍경 자체를 드러내지 않고서도 오히려 그 정취를 느끼게 한 솜씨를 높이 산 것이라고 할 수 있다. 산사란 속객이 이르지 못할 곳 즉 세속에서 벗어난 공간이다. 그렇기 때문에 기, 승, 전구에서는 산사의 맑은 경개와 세속인인 나그네의 거리가 시종 간격을 두고 전개된다. 즉 산사는 '속객부도(俗客不到)'의 절대 공간임이 강조가 된다. 그러다가 결구의 '설압송(雪壓松)'에 이르러서는 마침내 나그네의 눈에 들어오는 선경이 제시되며, 승속(僧俗)이 하나 되는 경지에 도달하게 된다. 이 시는 익재의 평생 시법이 한 작품에 다 들어있다는 평을 받아왔다. 산사의 맑은 경개라는 하나의 주제를 말하기 위해서 각 구절이 정밀하게 배치되고 있기에 이런 평가를 받은 것이라 하겠다. 그래서 동시대 시인 최해(崔瀣)는 익재가 자기 시에 대한 평을 요구했을 때, 다른 작품은 다 뭉개버리고 이 한 편만을 돌려주었다고 한다. 익재의 『역옹패설(櫟翁稗說)』에 보면. 그의 평소 시론이 잘 드러나 있다. '옛 사람의 시는 눈앞의 경치를 그리면서 뜻은 말 밖에 있다. 말은 끝이 나도 그 뜻은 끝나지 않는다. …' 이 시는 그의 평소 생각대로 시어의 낭비가 없다. 마치 윤곽만으로 그린 그림 같다.

금강산 보덕굴

이제현

음산한 바람은 굴속에서 나오고
시냇물은 깊어 더욱 푸르다.
지팡이 의지하여 산꼭대기를 바라보나니
구름 속까지 나무가 솟았네.

普德窟 보덕굴

陰風生巖谷 음풍생암곡
溪水深更綠 계수심갱록
倚杖望層巓 의장망층전
飛簷駕雲木 비첨가운목

　보덕굴은 금강산 만폭동에 있는 암자이다. 627년에 고구려 보덕
(普德)이 수도하기 위해서 자연굴을 이용하여 절을 창건하였고,
1115년에는 회정(懷正)이 중창하였다. 회정의 전신(前身)이 보덕이
었다는 설화가 전한다. 이 절은 한쪽은 벼랑에 의지하고 한쪽은
쇠기둥을 바쳐 그 위에 세워져있다. 시는 보덕굴의 경관을 집약적
으로 묘사하였다. 처음은 절을 오르며 보이는 만폭동의 모습을 그
렸고 뒤는 구름에 쌓인 절간의 모습을 잘 표현하였다. 음산한 바람
과 깊은 계곡은 자연의 신비감을 더하고 기이한 구조의 절간 모습
은 경탄을 자아내게 한다. 처마에 흘러가는 구름을 마치 처마가
구름을 타고 나른다고 한 대목에서 보덕굴은 생동하는 신비감으로
다가온다.

도중에 비를 피하다가

이곡

길가의 훌륭한 집 홰나무 그림자 드리웠는데
높은 문은 아마도 자손 위해 세웠으리.
주인 바뀐 지 여러 해로 찾는 손님은 없고
오직 나그네만이 비를 피하려 오네.

途中避雨有感 도중피우유감

甲第當街蔭綠槐 갑제당가음록괴
高門應爲子孫開 고문응위자손개
年來易主無車馬 연래역주무거마
惟有行人避雨來 유유행인피우래

고려 후기의 문인으로 본관은 한산(韓山), 자는 중보(仲父), 호는 가정(稼亭) 이다. 1317년 거자과(擧子科)에 합격한 후 원나라에 들어가 1332년 정동성 (征東省) 향시에 수석, 전시(殿試)에 차석으로 급제하였다. 한림국사원검열 관(翰林國史院檢閱官)이 되어 원나라 문사들과 교유하였다. 이후 양국을 오 가며 벼슬을 하였는데 본국에서는 밀직부사·지밀직사사를 거쳐 정당문학 (政堂文學)·도첨의찬성사(都僉議贊成事)를 역임하고 한산군(韓山君)에 봉해 졌다. 유학을 바탕으로 현실문제에 적극 개입하였으며, 원나라 조정에 고 려로부터 동녀를 징발하지 말 것을 건의하기도 하였다. 문집인『가정집(稼 亭集)』이 전하며,『동문선』에 가전(假傳)〈죽부인전(竹夫人傳)〉을 비롯한 100여 편의 작품이 실려 있다.

● 해설 및 감상

길을 가다 비를 만나 주인이 바뀐 큰 집에서 느낀 감회를 적은 것이다. 이 시는 사치만을 일삼고 자손을 가르치지 않아 집안을 망치는 사람을 경계하고 있다. 홰나무는 자손의 영달을 위한다고 믿어 뜰에 심는 풍속이 있었다. 홰나무와 솟을 대문을 갖춘 큰 집이 이제는 찾는 이도 없는 흉가로 변해 지나가는 길손의 비 피하는 용도로만 쓰인다고 풍자하며 인간사 흥망성쇠의 변전에 대한 감회 를 담아냈다.

예성강에서 바람에 막혀

이곡

산에 살면 호표 두렵고
물에 가려면 교신이 거리끼네.
사람 삶이라 편한 곳이 없나니
팔꿈치 밑에서 흰 칼날이 생기네.
험하거나 쉽거나 따름만 못하나니
하늘 명령을 또한 스스로 믿네.
빨리 가기가 본래 원하는 것이지만
오래 머무름인들 또 무엇 인색하리.
세월은 강물처럼 흘러가는 것
백년 동안이 진실로 한 순간이네.
시를 지으며 뱃노래를 불러보나니
내일이면 바람이 스스로 잦아질 것을.

禮成江阻風 예성강조풍

山居畏虎豹 산거외호표
水行厭蛟蜃 수행염교신
人生少安處 인생소안처

肘下生白刃 주하생백인
不如從險易 불여종험이
天命且自信 천명차자신
速行固所願 속행고소원
遲留亦何吝 지류역하린
日月江河流 일월강하류
百年眞一瞬 백년진일순
作詩相棹歌 작시상도가
明當風自順 명당풍자순

120

시인은 사람의 삶이 어디에서도 안락한 곳을 찾기 어려운 현실을 직시하면서, 험하고 쉬운 것, 빠르고 지체되는 것 역시 모두가 천명에 달려 있는 것이 인생 백년이라고 토로하고 있다. 그런 중에도 막히는 것이 있으면 트여 순조로운 날도 있을 것을 믿는 간절한 기원을 담고 있다. 당시의 현실은 정사가 막혀 있어 세력가들은 산과 들을 독차지하고 백성들에게는 농사지을 땅조차 남아 있지 않았으니 이를 타개할 방책을 찾는 일은 백성을 위하는 새로운 정사의 실현을 기대할 수밖에 다른 도리가 없는 것이다. 민생이 트일 날은 언제일까.

합포영에서

전록생

전에 여기 와서 논 지 이제 10년 가까이인데
오늘 다시 부임할 줄 알았겠는가.
벽의 서툰 글자야 너 나를 알겠는가
바로 일찍이 그때에 너를 쓴 사람이다.

題合浦營 제합포영

此地前遊僅十春 차지전유근십춘
豈圖來鎭有今晨 기도래진유금신
壁間拙字知予否 벽간졸자지여부
曾是當時筆下人 증시당시필하인

● 전록생田祿生, 1318~1375

고려 후기의 문인으로 본관은 담양(潭陽), 자는 맹경(孟耕), 호는 야은(埜隱)
이다. 충혜왕 때 과거에 급제하고, 정동성(征東省)의 향시(鄕試)에도 합격하
였다. 기황후(奇皇后)의 친척 동생의 죄를 다스렸다가 그가 옥사하는 바람
에 투옥되기도 하였고, 염철별감(鹽鐵別監)의 폐단을 논하기도 하였다.
1361년 홍건적의 침입 때 왕을 호종해 2등공신이 되었다. 벼슬은 좌상시(左
常侍), 감찰대부(監察大夫), 대사헌·정당문학(政堂文學), 문하평리(門下評
理)를 역임하였다. 문집으로 『야은집』이 있다.

● 해설 및 감상

합포는 지금의 경상남도 마산이다. 10년 전 자신이 머물렀던 곳
을 다시 찾은 감회를 그린 시이다. 그런데 그 소감이 재미있다.
자신이 예전에 썼던 글씨를 발견하고 그 글씨와 대화를 나눈다는
설정이다. 좌천이나 유배가 아니라면 먼 바닷가 고을까지 갈 일이
없을 테고, 그런 그곳을 두 번째 방문한다면 그것은 썩 유쾌한 일
이 아닐 것이다. 그런데도 그러한 심사는 애써 숨겨두고 신새벽에
마치 반가운 사람이나 만난 듯이 자신의 옛 필적과의 조우를 부각
시켜 놓은 것이다.

시골 아낙의 탄식

이달충

남편은 홍군에 죽고 아들은 변방에 나가
이 한 몸의 생애가 참 쓸쓸하구나.
막대 짚고 삿갓 쓰니 참새가 머리에 앉고
이삭 줍느라 광주리 멘 어깨에 나방이 부딪네.

田婦歎 전부탄

夫死紅軍子戌邊 부사홍군자수변
一身生理正蕭然 일신생이정소연
揷竿冠笠雀登頂 삽간관립작등정
拾穗擔筐蛾撲肩 습수담광아박견

● **이달충李達衷, 1309~1384**

고려 후기의 문인으로 본관은 경주(慶州), 자는 중권(仲權), 호는 제정(霽亭)이다. 1326년 문과에 급제하여 성균관좨주(成均館祭酒), 전리판서(典理判書), 감찰대부(監察大夫), 호부상서(戶部尙書), 밀직제학(密直提學) 등을 역임하였다. 신돈이 전횡하던 시절 그를 공격하여 파면되었다가 신돈이 주살(誅殺)된 뒤에 계림부윤(鷄林府尹)이 되었고, 1385년 계림부원군(鷄林府院君)에 추봉되었다. 문집으로 『제정집』이 있다.

● **해설 및 감상**

남편을 전쟁터에서 잃고 아들도 변방 수자리에 보낸 기구한 아낙네의 탄식을 대신 읊은 시이다. 부자가 모두 떠나고 혼자 쓸쓸히 살아가는 아낙네의 모습은 성한 사람의 모습이 아니다. 그래서 막대를 짚고 삿갓을 쓰면 참새가 머리에 앉고 광주리를 메고 이삭을 줍노라면 나방들이 거리낌 없이 달려 붙는다. 아낙의 모습은 허수아비처럼 그려지는데 그것은 외양만 그런 것이 아니라 그 생애도 삶의 의미를 잃은 허수아비임을 단적으로 보이고 있는 것이다.

산중의 비

설손

한 밤 내내 산중에 비 내리더니
지붕의 띠를 바람이 다 날렸다.
시냇물이 불었는지는 모르겠지만
고기 낚는 배 높아진 것은 알겠네.

山中雨 산중우

一夜山中雨 일야산중우
風吹屋上茅 풍취옥상모
不知溪水長 부지계수장
只覺釣般高 지각조반고

126

● 설손偰遜, ?~1360

고려 후기의 문인으로, 원래 원나라에서 살던 위구르인인데 고려에 귀화하였다. 초명은 백료손(百遼遜)이다. 고조부가 원나라에 귀화한 뒤 대대로 벼슬을 하며 설련하(偰輦河)에 살았으므로 설을 성으로 삼았다. 원나라 진사시에 합격하여 한림응봉문자(翰林應奉文字), 선정원단사관(宣政院斷事官)을 역임하고, 단본당정자(端本堂正字)가 되어 황태자에게 경서를 가르쳤다. 원나라에서 즉위 전의 공민왕과 교류한 인연으로 귀화 후 공민왕에게 후한 대우를 받고 고창백(高昌伯)에 봉해졌다. 시에 능했다. 남긴 저술로 『근사재일고(近思齋逸藁)』가 있다.

● 해설 및 감상

밤사이 비가 온 산중의 풍경을 읊은 것이다. 낚싯배가 높이 떠 있다는 사실을 통하여 시냇물이 길게 불어난 것을 간접적으로 말하고 있는 것이 돋보인다. 평범하면서도 속기가 보이지 않는다. 중국에까지 널리 알려진 작품이다.

한포에서 달과 놀다

이색

해가 떨어져 모래가 더욱 희고
구름이 옮겨 물이 다시 맑아라.
높은 사람은 밝은 달과 노나니
오직 자줏빛 난생만이 없구나.

漢浦弄月 한포농월

日落沙逾白 일낙사유백
雲移水更淸 운이수갱청
高人弄明月 고인농명월
只欠紫鸞笙 지흠자난생

128

● 이색李穡, 1328~1396

고려 후기의 문인으로 본관은 한산(韓山), 자는 영숙(潁叔), 호는 목은(牧隱)
이다. 고려 말 삼은(三隱)의 한 사람이다. 이곡(李穀)의 아들이며 이제현(李
齊賢)의 문인이다. 원나라 과거에 급제하여 한림원에 등용되었고 귀국해서
이부시랑 한림직학사(吏部侍郞翰林直學士)를 시작으로 예문관대제학·지춘
추관사 겸 성균관대사성, 정당문학(政堂文學)·판삼사사(判三司事) 등 요직
을 역임하였다. 유학에 의거한 삼년상제도를 건의, 시행하게 하였으며, 국
학의 중영(重營)과 더불어 성균관의 학칙을 새로 제정하고 교육하는 등 성
리학의 보급과 발전에 공헌하였다. 1361년 홍건적의 침입으로 왕이 남행할
때 호종해 1등공신이 되었고 1373년 한산군(韓山君)에 봉해졌다. 말년에
이성계(李成桂) 일파의 세력을 억제하려다 탄핵을 받아 유배지를 전전하였
다. 태조 이성계의 출사(出仕) 종용이 있었으나 끝내 고사하였다. 그의 문하
에서 배출된 문인들이 조선 성리학의 주류를 이루었다. 저술에 『목은문고
(牧隱文藁)』와 『목은시고(牧隱詩藁)』 등이 있다.

● 해설 및 감상

〈금사팔영(金沙八詠)〉 중 한 수이다. 이색과 절친한 염흥방(廉興
邦)이 경기도 여주 천령현 금사리에 귀양가서 지내면서 그곳과 관
련된 여덟 가지에 이름을 붙였다. 그것을 그후 이색에게 시로 짓도
록 요청해서 생겨난 것이 〈금사팔영〉이다. 한포에서 달을 감상하
는 염흥방이 소재이다. 해가 기울자 모래밭이 더욱 희고, 구름이
지나가자 물이 더욱 맑다는 것은 달이 떴기 때문이다. 하얀 모래밭
은 달빛을 받아 더욱 희고 맑은 물도 달빛을 받아 한층 맑아진
것이다. 그런 가운데 시 속에 사람은 달과 함께 어울려 자연과 일체
가 되어간다. 그런데 아쉬운 건 신선이 부는 피리가 없다는 것이다.
그것은 시 속의 사람에 대한 부정적인 입장이라기보다는 신선에
대한 더 강렬한 욕구를 표현한 것으로 보인다.

회포를 풀다

이색

어느새 흘러버린 반백 년 세월

동해 모퉁이에서 허둥대기만 하였네.

이 삶이 원래 평탄치 않으니

세상사는 길 또한 험준하여라.

백발은 때때로 생겨나는데

청산은 어딘들 없겠는가.

나직이 읊다보니 생각이 끝이 없어

마른 나무 등걸처럼 오뚝이 앉았네.

遣懷 견회

倏忽百年半 숙홀백년반

蒼黃東海隅 창황동해우

吾生元踢蹐 오생원국척

世路亦崎嶇 세로역기구

白髮或時有 백발혹시유

青山何處無 청산하처무

微吟意不盡 미음의부진

兀坐似枯株 올좌사고주

시인은 반백 년의 삶이 편안히 몸 둘 곳이 없이 기구함을 말한다. 그 동해 한 모퉁이가 고려라면, 세상 고뇌에 마른 나무그루 같은 꼴이 된 자화상은 바로 고려말의 기우는 시운(時運)에 분명히 대처하기조차 어려웠다. 작품에는 저간의 여의치 않은 정국과 힘겨운 사정이 무궁한 내면의 소용돌이로 또는 외면의 허옇게 센 머리로 잠복되기도 하고 드러나기도 함을 보여준다고 하겠다.

부벽루

이색

어제 영명사를 지나다가

잠시 부벽루에 올랐어라.

성은 비었는데 달은 한 조각이요

돌은 늙었는데 구름은 천추로다.

기린마는 가서 돌아오지 않고

천손은 어느 곳에 노니는고.

길게 휘파람 불며 바람 부는 돌길에 서니

산은 푸르고 강은 저대로 흐르더라.

浮碧樓 부벽루

昨過永明寺 작과영명사

暫登浮碧樓 잠등부벽루

城空月一片 성공월일편

石老雲千秋 석노운천추

麟馬去不返 인마거불반

天孫何處遊 천손하처유

長嘯倚風磴 장소의풍등

山青江自流 산청강자유

132

여러 시선집에 실린 목은의 대표작이다. 홍만종은『소화시평(小華詩評)』에서 이 시를 '궁상(宮商)의 음률이 저절로 조화를 이루어 천재성이 뛰어나니 배워서 도달할 경지가 아니다.'고 평했고, 자하 신위(申緯)는 정지상의 〈대동강〉이 요조숙녀라면 이 시는 훤칠한 위장부(偉丈夫)의 모습이라고 했다. 이 시는 목은이 원나라 유학 시절인 23세 때 잠시 귀국길에 들러서 지은 것으로 '등림산천(登臨山川)'의 성격을 띠고 있다. 높은 곳에 올라 자연을 즐기며 호연한 기상을 기르는 내용의 한시 유형이다. 오언율시의 정격(正格)인 측기식(仄起式)으로, '우(尤)' 운에 속한 운자 '루(樓)', '추(秋)', '유(遊)', '류(流)'를 사용하여 성률의 법칙을 엄정하게 지키고 있고 대장(對仗)이 빈틈없이 이루어져 있다. 대장이란 대우(對偶), 대구(對句)를 이름인데, 특히 여덟 줄 율시의 함련(頷聯), 경련(頸聯)은 각 연의 구가 대장을 이루어야한다. 즉 한자의 성률이 평측상(平仄上) 대립을 이룰 뿐만 아니라 어의상(語意上) 대장을 이루어야 하는 것이다. 수련(首聯)에서 별다른 뜻 없이 부벽루에 올랐다고 시상의 실마리를 풀면서 함련(頷聯)에서는 고구려의 고도(古都)인 서경의 현재 모습을 자연의 영원함에 비추어 대비적 수법으로 드러내고 있다. 성곽과 달, 돌과 구름 등 천체와 대지의 물류를 동원하여 공간의 수직적 거리감을 천년이라는 시간적 간격으로 바꾸어 놓았다. 그리하여 옛 고구려의 창업주 동명왕을 떠올리게 되고 그 역사적 사실의 회고를 현재적 물음으로 치환함으로써 단순한 여정(旅情)을 뛰어넘고 있다. 이 시는 고도(古都)의 사적(事蹟)에 당시의 정황을 암시적으로 결부시켰다. 목은은 고려 후기의 내우외환의 정국에서 중앙정계

진출을 꿈꾸며 원나라에 유학하던 몸이었다. 그가 고향 한산(韓山)과 수도 개경(開京) 그리고 원도(元都)를 오가며 얻은 것은 나라와 민족에 대한 새로운 깨달음이었을 것이다. 청년기의 원유체험(遠游體驗)이 넓은 안목을 갖게 하였으리라는 사실은 짐작할 수 있는 것이다. 남아 있는 청년기의 시들이 대부분 그러한 체험의 소산으로 보이는데 〈부벽루〉는 그 중에서도 상승하는 당대 신흥사대부의 한 기상을 잘 보여준다고 하겠다.

밤에 앉아 두시에 차운하다

한수

오늘도 또 저물었나니
백 년이 참으로 슬픈 일이네.
마음이 몸뚱이의 심부름꾼이니
늙음이 병과 서로 따르리.
연기 냉하매 향불이 꺼진 뒤요
창이 밝았는가 달이 오를 때이네.
회포 있으나 만날 사람 없나니
애오라지 옛 사람의 시에 답하네.

夜坐次杜工部詩韻 야좌차두공부시운

此日亦云暮 차일역운모
百年眞可悲 백년진가비
心爲形所役 심위형소역
老與病相隨 노여병상수
篆冷香殘夜 전랭향잔야
窓明月上時 창명월상시
有懷無與語 유회무여어
聊和古人詩 요화고인시

135

● 한수韓脩, 1333~1384

고려 후기의 문인으로 본관은 청주(淸州), 자는 맹운(孟雲), 호는 유항(柳巷)
이다. 일찍부터 문재(文才)가 뛰어나 15세의 나이로 과거에 합격하였다. 좌
대언(左代言), 예의판서(禮儀判書), 수문전학사(修文殿學士), 밀직제학, 판
후덕부사(判厚德府事) 등을 역임했고 홍건적의 침입 때 안동으로 왕을 호종
했으며 청성군(淸城君)에 봉해졌다. 시서(詩書)에 뛰어나 많은 작품을 남겼
는데 특히 초서와 예서에 능해서 당대 명필로 이름이 높았다. 시집으로 『유
항집』이 전한다.

● 해설 및 감상

　두보의 시에 차운한 것으로 만년의 고통을 시로써 푼다고 하였
다. 어느 날 저녁 저무는 날을 대하며 자신의 처지를 돌아보니 곁에
있는 건 늙음과 병뿐이다. 그래서 인생 백 년이 서글프다. 마음을
다스리느라 피워둔 향불도 가물가물 식어가니 창을 열고 달을 기다
린다. 이런저런 생각이 연기처럼 피어오른다. 그러나 가슴 속을
털어놓을 상대가 없다. 그래서 택한 게 옛사람이다. 옛사람과의
정신적 교유는 시만한 게 없다. 두시를 뒤적이니 맞춤한 시가 있어
그 운자에 맞추어 시를 짓는다. 시를 지어 옛사람과 대화를 나누며
병도 세월도 잠시 잊고 알아주지 않는 세상에 대한 섭섭함도 함께
잊어본다. 시가 곧 삶의 회포를 풀어내는 도구임을 새삼 깨닫게
한다.

정주 가는 길에

정추

정주 관문 바깥에는 풀만 무성하고
모래밭에 사람 없고 해는 서쪽으로 기우네.
바다의 비린 바람 전사자의 해골에 불어
느릅나무 많은 곳에 말 자주 울더라.

定州途中 정주도중

定州關外草萋萋 정주관외초처처
沙磧無人日向西 사적무인일향서
過海腥風吹戰骨 과해성풍취전골
白楡多處馬頻嘶 백유다처마빈시

고려 후기의 문인으로 본관은 청주(淸州), 초명은 추(樞), 자는 공권(公權)인데, 뒷날 자를 이름으로 썼다. 호는 원재(圓齋)이다. 1353년 문과에 급제하였고 예문검열을 거쳐 좌사의대부, 좌간의대부(左諫議大夫), 성균관대사성, 좌대언, 첨서밀직사사(簽書密直司事), 정당문학(政堂文學)을 역임하였다. 1366년 이존오(李存吾)와 함께 신돈(辛旽)을 탄핵하다가 처형당할 위기에 처하였으나, 이색(李穡)의 구원으로 동래현령으로 좌천되는 것으로 마무리되었다. 1371년 신돈이 제거된 뒤로 다시 발탁되었다. 성품이 공검하고 근후하여 관직에 있을 때 항상 정도를 행하였다. 나라의 일이 권신의 손에 좌우되는 것을 한탄하다가 병사하였다. 저서로는 『원재집』이 있다.

● 해설 및 감상

함경도 정주는 북방의 관문으로 옛날부터 전쟁터였다. 이 곳을 지나다 느낀 감회를 읊은 것이다. 1, 2구는 저물녘 정주 관문의 쓸쓸한 풍경을 그대로 전한다. 3구는 비린 바람과 해골이라는 후각적, 시각적 소재를 동원하여 여기가 곧 피비린내 나는 전쟁터였음을 상기시킨다. 마지막 구에 등장하는 느릅나무는 무덤 근처에 많이 심기에 흔히 무덤이 있는 곳을 가리킨다. 말은 또한 전쟁터에 필수적인 도구이다. 일련의 연상이 되는 소재를 차례로 등장시켜 전장의 쓸쓸함을 효과적으로 표현하고 있다.

봄의 흥취

정몽주

보슬보슬 봄비는 방울지지는 않고
밤중에는 은근히 소리만 있다.
눈은 다 녹고 시냇물은 넘치고
풀은 어느새 싹이 많이 났구나.

春興 춘흥

春雨細不滴 춘우세불적
夜中微有聲 야중미유성
雪盡南溪漲 설진남계창
草芽多少生 초아다소생

고려 후기의 문인으로 본관은 영일(迎日), 초명은 몽란(夢蘭) 또는 몽룡(夢龍), 자는 달가(達可), 호는 포은(圃隱)이다. 1357년 감시(監試)에 합격하고 1360년 문과에 장원 급제하였다. 정당문학(政堂文學), 예문관대제학(藝文館大提學), 성균대사성(成均大司成) 등 요직을 두루 역임하였는데, 특히 명나라와 일본에 사신으로 가서 외교적 공을 세우는 등 기울어져가는 국운을 바로잡고자 노력하였다. 왕조 개창파와 맞서다 선죽교(善竹橋)에서 이방원의 문객에게 격살되었다. 성리학 연구에 조예가 깊었고 강설에도 뛰어나 학자들 사이에서 추앙되었으며 시문은 호방하다는 평을 받았다. 시조 〈단심가(丹心歌)〉는 그의 충절을 대변하는 작품으로 후세까지 회자되고 있으며, 문집으로 『포은집』이 전하고 있다.

● 해설 및 감상

어떤 이는 봄의 기별을 문득 어느 날 바라본 산 빛으로 깨친다면, 포은은 봄비 소리를 듣는 것으로 봄의 도래를 감지하고 있다. 가는 비[細雨], 작은 소리[微聲], 시냇물의 수위(水位), 초목의 싹 등은 어느 하나 쉽게 목측(目測)할 수 없는 대상들이다. 그러나 가는 봄비에도 시나브로 잔설은 녹게 마련이고 그에 따라 조금씩 불어나는 시냇물은 사방으로 수맥을 뻗어 겨우내 언 땅에 갈무리된 초목의 싹을 틔워 지표 위로 밀어 올리는 것이 자연의 섭리가 아니던가. 눈 녹은 물이 새싹의 자양분이 된다는 것은 곧 겨울이 봄을 잉태하고 있다는 말이다. 그러한 점에서 계절의 순환과 변화는 상극이 아니고 상생이요, 그 기미는 은미하되 이치는 분명한 것이다. 이러한 자연의 섭리, 곧 은미하되 그 속에 내포된 쉬지 않는 변화의 항상성을 포착하게 될 때 시인의 마음에는 새로운 감흥이 일게 된다. 그리고 그 변화의 기미가 은미할수록 그것을 깨닫는 내면의 흥은 더욱 커지게 마련이다.

일본에 사신 가며

정몽주

수국에 봄빛이 한창인데
하늘 끝 나그네 나아가지 못하네.
풀은 천리에 이어 푸르고
달은 두 고을에 함께 밝으리.
유세하면서 돈은 다 떨어지고
고향 생각에 백발은 늘어간다.
사내대장부의 사방의 뜻은
저 공명만을 위한 건 아니라네.

洪武丁巳奉使日本作 홍무정사봉사일본작

水國春光動 수국춘광동
天涯客未行 천애객미행
草連千里綠 초련천리록
月共兩鄕明 월공양향명
遊說黃金盡 유세황금진
思歸白髮生 사귀백발생
男兒四方志 남아사방지
不獨爲功名 부독위공명

141

　포은은 1377년 9월 일본에 사신으로 갔다가 이듬해 7월에 돌아왔는데, 이 작품은 이 기간에 지은 것으로 위국충정과 향수를 담고 있다. 당시 왜구의 침해가 심해 조정에서는 일본에 화친을 도모하였다. 사신 가는 것을 사람들이 모두 위태롭게 여겼으나, 포은은 두려워하는 기색이 없이 건너가 맡은 임무를 수행했고, 왜구에게 잡혀갔던 고려 백성 수백 명도 귀국시켰다. 시에서는 일본의 풍광과 외교 사명을 띠고 온 그의 처지와 자세, 떠나온 고국을 그리는 마음 등이 어울려서, 한 편의 시 안에 풍경·정서·처지가 무리 없이 합치되고 있다.

군인 아내의 원망

정몽주

한번 떠난 뒤로 여러 해 소식 없어
수자리의 삶과 죽음 그 누가 알리
오늘 처음 솜옷을 지어서 보내나니
울며 돌려보낼 때 뱃속에 있던 아이라네.

征婦怨 정부원

一別年多消息稀 일별년다소식희
塞垣存沒有誰知 새원존몰유수지
今朝始寄寒衣去 금조시기한의거
泣送歸時在腹兒 읍송귀시재복아

143

　이 시는 출정나간 남편을 기다리는 한 아낙의 원망을 담고 있다. 남편을 변방 수자리에 보내고 삶과 죽음을 염려하는 아낙의 원한을 대신 표현한 이 시에서는 강물 같은 슬픔의 정서가 배어 나오고 있다. 한번 이별한 뒤 생사조차 알 수 없는 남편, 몇 해를 속수무책 원망으로 세월을 보낼 수밖에 없는 아내, 아버지의 얼굴도 못보고 태어나 이제 변방으로 겨울옷 심부름을 떠나는 아이, 특히 마지막 행에 이르면 한 가족의 비극이 고스란히 전해온다. 이 시는 고려 말의 외침이 빈번한 상황에서 많은 남정네들은 변방으로 출정하고 홀로 남은 여인네들이 감내해야만 했던 슬픈 현실을 한 여인을 통하여 효과적으로 표현해내고 있다. 이것은 당시 한 많은 여인들의 심정을 대변한 것이라 할 수 있다.

문득 흥이 일어

조운흘

사람 불러 한낮에 사립문 열고
정자에 걸어 나가 돌이끼에 앉는다.
어젯밤 산중에 비바람이 사납더니
시내 가득 흐르는 물이 꽃을 띄우고 온다.

即事 즉사

柴門日午喚人開 시문일오환인개
徐步林亭坐石苔 서보임정좌석태
昨夜山中風雨惡 작야산중풍우악
滿溪流水泛花來 만계유수범화래

145

● 조운흘趙云仡, 1332~1404

고려 말 조선 초의 문인으로 본관은 풍양(豊壤), 호는 석간(石磵) 또는 서하옹(棲霞翁)이다. 1357년 문과에 급제하여 안동서기(安東書記)를 시작으로 합문사인(閤門舍人), 삼도안렴사(三道按廉使), 좌간의대부(左諫議大夫), 밀직제학(密直提學), 첨서밀직사사(簽書密直司事), 계림부윤(鷄林府尹) 등을 역임하고 홍건적의 침입 때 왕을 호종하여 공신이 되었다. 조선개국 후에는 강릉부사와 검교정당문학(檢校政堂文學)을 지냈다. 그 뒤로 관직에서 떠나 여생을 보내다가 스스로 묘지를 짓고 73세에 별세하였다. 문집 『석간집』은 현존하지 않고 편서인 『삼한시귀감(三韓詩龜鑑)』이 전한다.

● 해설 및 감상

이수광의 『지봉유설』에 따르면 고려 말에 시인이 광주(廣州) 몽촌(夢村)에 퇴거해 있던 어느 날 죄를 입어 유배 가는 이를 보고 지었다고 한다. 1, 2구는 별다른 일 없는 일상을 그리고 있지만 3구에 이르면 사나운 비바람이 등장하여 분위기를 반전시킨다. 그리고 이어진 결구에서는 흐르는 물을 따라 꽃잎들이 연이어 떠내려 오는 광경을 제시하였다. 거센 비바람과 떨어진 꽃잎은 당시 정변(政變)과 그 희생자를 의미한다고 할 수 있다. 시인 자신도 칭병으로 사직하고 여러 차례 광주에 물러나 지냈던 것으로 보이는데, 현실 참여와 은둔 사이에서 고민하며 이를 자연을 매개로 표현하고자 하는 흔적이 나타난다.

봄빛

설장수

이 천지에 봄빛은 꼭 맞는데
강회에는 아직도 전쟁이 있네.
시의 세월을 느긋이 의지하여
세상 공명은 부러워하지 않네.
백안이라 마치 보는 것이 없는 듯
푸른 산들은 마치 정이 있는 듯.
탁한 막걸리가 애오라지 뜻에 맞아
때때로 다시 아이 불러 기울이네.

春色 춘색

春色可天地 춘색가천지
江淮猶甲兵 강회유갑병
謾依詩歲月 만의시세월
不羨世功名 불선세공명
白眼如無見 백안여무견
靑山似有情 청산사유정
濁醪聊適意 탁료요적의
時復喚兒傾 시부환아경

147

● 해설 및 감상

　봄날을 맞는 소회를 읊었다. 천지에 봄이 돌아왔건만 바깥세상은
여전히 시끄럽다. 부귀공명을 바라지 않으니 귀를 닫고 시에 의지
해서 세월을 보낸다. 보고 싶지 않은 것들은 백안시하고 반가운
자연에만 정을 준다, 춘흥이 도도하면 막걸리가 제격이라 때때로
아이 불러 잔을 기울인다. 봄은 만물이 소생하고 소통하는 계절이
다. 그런데 이렇게 안으로 닫아걸고 봄빛을 누리고자 하는 이는
아마도 은둔자의 생애를 누리고자 함일 것이다.

시골집

이숭인

단풍나무 잎사귀는 마을길 밝히고
맑은 샘물은 돌뿌리를 씻는다.
구석진 곳이라 찾는 사람 적은데
산기운은 스스로 어둑어둑해진다.

村居 촌거

赤葉明村逕 적엽명촌경
清泉漱石根 청천수석근
地偏車馬少 지편거마소
山氣自黃昏 산기자황혼

고려 말의 문인으로 자는 자안(子安), 호는 도은(陶隱)이다. 고려 삼은(三隱) 의 한 사람이다. 공민왕 때 문과에 급제, 숙옹부승(肅雍府丞)이 되고, 문하 사인(門下舍人), 우사의대부(右司議大夫), 첨서밀직사사(簽書密直司事), 지 밀직사사(知密直司事) 등을 역임하였다. 복잡한 정국에서 여러 차례 탄핵 을 받아 유배지를 전전하다 조선조 개국에 이르러 정도전이 보낸 심복에 의해 유배소에서 장살(杖殺)되었다. 시재가 뛰어나 당대 문호 이색(李穡)으 로부터 극찬을 받았고 표문(表文)에도 능해 그의 글을 본 명나라 태조(太祖) 와 사대부들이 모두 탄복하였다고 한다. 저술로『관광집(觀光集)』,『봉사 록(奉使錄)』,『도은재음고(陶隱齋吟藁)』등을 지었다고 하나『도은시집(陶隱 詩集)』만 전하고 있다.

● 해설 및 감상

시골에서 사는 맛을 노래했다. 붉은 단풍이 훤한 시골길이 나 있다. 그 곁에 개울물이 맑게 바위를 치니 바위가 양치질을 하는 듯하다. 양치질 후의 개운함처럼 절로 마음이 맑아진다. 찾아오는 사람이 없어 적막한데 저녁 안개가 깔리면서 황혼이 된다. 역시 작은 붓으로 자신이 사는 집을 맑고 곱게 그렸다. 물론 시인의 모습 은 철저하게 풍경과 격리되어 있어 보이지 않는다.

절

이숭인

산의 남쪽 북쪽이 오솔길에 갈리는데
송화가 비 머금고 어지러이 떨어진다.
스님이 우물 길어 절로 돌아오나니
한 가닥 푸른 연기 흰 구름을 물들인다.

題僧舍 제승사

山北山南細路分 산북산남세로분
松花含雨落繽紛 송화함우낙빈분
道人汲井歸茅舍 도인급정귀모사
一帶靑煙染白雲 일대청연염백운

151

시인이 아직 문학에 대한 명성이 드러나지 않았을 때 벽에 걸린 그림을 보고 지은 것이다. 스승인 이색이 보고 크게 칭찬하여 이때부터 명성이 높아졌다 한다. 그의 대표작으로 꼽힌다. 그림을 보고 지은 것이니, 시의 내용 자체가 그림을 그대로 재현하고 있다. 먼 곳에 높은 산이 솟아 있고 그 사이 오솔길 하나 나 있다. 푸른 솔숲에는 비바람에 떨어진 송화 가루가 노랗다. 검은 옷을 입은 승려 한 사람이 동이에 물을 길어 호젓한 길을 따라 올라가고 그 위에 조촐한 초가가 한 채 서 있다. 그 뒤편 중턱에는 파란 이내가 깔리고 그 곁에 흰 구름이 흘러간다. 푸른 솔, 노란 송화 가루, 누런 초가지붕, 파란 이내, 흰 구름이 어우러진 채색화다. 검은 옷을 입은 승려가 있지만, 사람이 아니라 풍경의 일부로 존재한다. 이렇게 화면을 구성했기에 어디에도 시인의 모습은 보이지 않는다. 시인은 이 그림의 바깥에서 그림 속의 경치를 구경할 뿐이다.

첫눈

이숭인

아득히 푸른 세밑의 하늘
첫눈이 온 산천을 덮었네.
새들은 산중의 나무를 잃고
중은 돌 위의 샘물을 찾네.
굶주린 까마귀 들 밖에서 우는데
언 버드나무는 시냇가에 누웠네.
사람의 집이 어디 있는가
먼 숲에서 흰 연기 이네.

新雪 신설

蒼茫歲暮天 창망세모천
新雪遍山川 신설편산천
鳥失山中木 조실산중목
僧尋石上泉 승심석상천
飢烏啼野外 기오제야외
凍柳臥溪邊 동류와계변
何處人家在 하처인가재
遠林生白煙 원림생백연

153

첫눈이 내려 온 천지가 다 하얗다. 산도 없고 물도 없이 모두 흰색일 뿐이다. 새 둥지가 있는 나뭇가지들도 온통 눈으로 뒤덮였다. 돌 사이 흐르는 샘물만 눈에 뜨일 정도다. 온통 눈밭이어서 먹이를 찾지 못한 까마귀는 배가 고파서 울고 쌓인 눈의 무게를 견디지 못한 버드나무는 꺾여서 시냇가에 걸쳐 있다. 사람 사는 집들도 모두 눈에 묻혔는데 그래도 인가에서는 밥 짓는 연기가 피어오른다. 첫눈 오는 날 겨울의 서정을 그림같이 그려 놓았다. 애써 기교를 부리지 않아도 맑고 깨끗하다. 한마디로 간결(簡潔)하다. 마지막 구절은 세상 모든 게 가려서 보이지 않아도 사람의 인정만은 소중히 간직해야 한다고 말하는 듯하다.

뜻을 적다

길재

시냇가의 초막에서 한가히 지내나니
달 밝고 바람 맑아 흥취가 넉넉하네.
찾는 사람은 없고 산새는 지저귀고
대숲으로 침상 옮기고 누워 책을 읽노라.

述志술지

臨溪茅屋獨閑居 임계모옥독한거
月白風淸興有餘 월백풍청흥유여
外客不來山鳥語 외객불래산조어
移床竹塢臥看書 이상죽오와간서

● 길재吉再, 1353~1419

고려 말 조선 초의 문인으로 본관은 해평(海平), 자는 재보(再父), 호는 야은(冶隱) 또는 금오산인(金烏山人)이다. 이색(李穡)·정몽주(鄭夢周)·권근(權近) 등의 문하에 종유(從遊)하며 성리학을 수학하였다. 1374년 생원시에 합격하고, 1383년에 사마감시(司馬監試)에 합격하였으며 1386년 진사시에 급제하였다. 성균학정(成均學正), 성균박사(成均博士)를 역임했고, 1389년 문하주서(門下注書)로 있을 때 나라가 장차 망할 것을 알고서 이듬해 봄 노모를 모셔야 한다는 핑계로 벼슬을 버리고 고향 선산으로 돌아왔다. 이후 관직에 나아가지 않고 절의를 지켜 그를 흠모하는 학자들이 사방에서 모여들었다. 그의 문하에서는 김숙자(金叔滋) 등 많은 학자가 배출되어, 김종직(金宗直)·김굉필(金宏弼)·정여창(鄭汝昌)·조광조(趙光祖)로 그 학통이 이어졌다. 이색·정몽주와 함께 고려 삼은(三隱)으로 불린다. 저술로 『야은집』, 『야은속집(冶隱續集)』이 있고, 언행록인 『야은언행습유록(冶隱言行拾遺錄)』이 전한다.

● 해설 및 감상

문집에는 위의 제목으로 되어 있고 시선집 등에는 〈閒居(한거)〉로 실려 있다. 길재는 왕조가 바뀐 뒤에는 불러도 나오지 않고 고향 금오산에서 은거함으로써 충절을 온전히 하였다. 새 왕조의 인간 세상과 화합하기 어려웠기에, 차라리 자연 속에서 한가히 지내며 일신의 절조를 지켜내려 한 것이 아닌가 짐작된다. 자연에서 초막을 짓고 달과 바람을 벗 삼아 흥취를 즐기니 찾는 이 없어도 산새가 무료함을 달래주고 옛사람이 열어둔 학문을 길을 마음껏 열어간다. 이 시에서는 이러한 넉넉한 흥취와 학문의 길은 끝내 버릴 수 없음이 표백되어 있다.

양구읍을 지나며

원천석

부서진 집에는 새들이 서로 부르고
백성들 도망가자 관리도 또한 없다.
해마다 병폐가 더해가거니
그 언제나 즐거움을 얻으리.
논밭은 모두 권세가로 돌아가고
문 밖에는 연이은 사나운 무리들.
고아들 더욱 가여워라
그 고생이 끝내 누구의 허물인고.

過楊口邑 과양구읍

破屋鳥相呼 파옥조상호
民逃吏亦無 민도이역무
每年加弊瘼 매년가폐막
何日得歡娛 하일득환오
田屬權豪宅 전속권호택
門連暴虐徒 문련포학도
子遺殊可惜 혈유수가석
辛苦竟何辜 신고경하고

157

고려 말 조선 초의 문인으로 본관은 원주(原州), 자는 자정(子正), 호는 운곡(耘谷)이다. 거려 말에 은거하였던 두문동(杜門洞) 72현의 한 사람이다. 어릴 때부터 재주와 문장이 뛰어나 진사가 되었으나 고려 말에 정치가 문란함을 보고 개탄하면서 치악산에 들어가 부모를 봉양하며 은거하였다. 태종(太宗) 이방원이 즉위하여 왕자 시절 사부로 대우하고자 하였으나 관직에 나아가지 않고 고려에 대한 충심을 하고자 하였다. 만년에는 야사 6권을 저술하고는 자손들에게 감추어두도록 유언하였는데 증손대에 이르러 국사와 저촉되는 점이 많아 화를 입을까 두려워 불살라버렸다고 한다. 문집으로『운곡시사(耘谷詩史)』가 전한다.

● 해설 및 감상

권문세가의 횡포로 백성들이 살길을 잃고 유랑하는 당대 현실을 고발 증언하고 있다. 창작 배경을 보면, 백성들이 다 도망가 황량해진 양구의 모습을 본 시인이 그 연유를 묻자 길을 가던 사람이 무거운 세금과 세도가의 횡포 때문에 그렇게 된 것이라고 대답하였다. 이 말을 듣고 학정에 시달리는 백성들의 아픔을 대신 노래한 것이 이 작품이다.

김거사를 찾아가다

정도전

가을 구름 막막하고 온 산은 비었는데
지는 잎 소리 없이 땅에 가득 붉었구나.
시내 다리에 말 세우고 길을 물노라니
내 몸이 그림 속에 있는 줄을 몰랐네.

訪金居士野居 방김거사야거

秋雲漠漠四山空 추운막막사산공
落葉無聲滿地紅 낙엽무성만지홍
立馬溪橋問歸路 입마계교문귀로
不知身在畵圖中 부지신재화도중

● 정도전鄭道傳, 1342~1398

고려 말 조선 초의 문인으로 본관은 봉화(奉化), 자는 종지(宗之), 호는 삼봉(三峰)이다. 이색(李穡)의 문하에서 수학하였고, 정몽주(鄭夢周), 이숭인(李崇仁) 등과도 교유했다. 1360년 성균시, 2년 후에 동 진사시에 합격해 환로에 올랐다. 권신들의 친원배명정책에 반대하다 9년여에 걸친 유배·유랑생활을 하였고, 그 직후 당시 동북면도지휘사로 있던 이성계(李成桂)를 찾아가서 인연을 맺었다. 이성계의 천거로 성균관대사성이 되었고 위화도회군 이후 전제개혁안을 건의하는 등 조선 건국의 기초를 마련하였다. 여러 차례 탄핵을 받으면서도 결국은 이성계를 추대해 조선을 개국하고 개국 1등공신이 되어 여러 요직 겸임하였다. 정권과 병권을 장악하고 요동 수복계획을 추진하던 중 이른바 왕자의 난에 이방원의 기습을 받아 희생되었다. 문집으로는『삼봉집』이 전하고,『조선경국전(朝鮮經國典)』,『경제문감(經濟文鑑)』등과 〈불씨잡변(佛氏雜辨)〉, 〈심문천답(心問天答)〉 등 다양하고 방대한 저술과 여러 편의 악장(樂章)을 남겼다.

● 해설 및 감상

김거사가 살고 있는 시골집을 찾아가는 길의 한 장면을 한 폭의 그림으로 그려놓은 작품이다. 가을이 깊어서 낙엽이 땅에 가득하니 멀리 산들의 모습은 텅빈 듯하게 그렸다. 산길을 가까이 접어 들어가니 온산을 비게 만들었던 낙엽은 발밑에 가득 떨어져 온 땅을 붉게 물들이고 있는 게 아닌가. 점입가경이다. 이쯤에서 시인은 그냥 지나칠 수가 없다. 시내 다리 어귀에 잠시 말을 세우고 고개를 돌려본다. 그때서야 아! 내가 바로 그림 속에 있구나 하고 깨닫게 된다. 허균(許筠)도 1, 2구가 '그림 같다'고 하고 '영롱하고 자유로워 넉넉히 당시(唐詩)의 영역에 들어간다'고 평하였다.

산중

정도전

삼봉 아래에 피폐한 별업
돌아와 보니 솔길은 가을이로다.
집이 가난해 병 다스리기 어려우나
마음은 고요해 시름을 잊을 만하다.
대를 보호하느라 길을 둘러내고
산을 사랑해 다락을 낮게 세웠다.
이웃 스님이 와서 글을 물길래
온종일 붙들어두고 이야기하네.

山中 산중

弊業三峰下 폐업삼봉하
歸來松逕秋 귀래송경추
家貧妨養疾 가빈방양질
心靜足忘憂 심정족망우
護竹開迂徑 호죽개우경
憐山起小樓 연산기소루
隣僧來問字 인승래문자
盡日爲相留 진일위상류

　1380년 경상도 일원의 왜구의 난을 피해 삼봉의 옛집으로 돌아와서 지은 것이다. 산속의 집에서 세상 근심을 잊은 채 자연을 벗하며 조용히 살아가는 은자의 삶을 보여준다. 1, 2구는 담담하면서도 여유가 있다. 그리고 '대를 보호하느라 길을 둘러내고 산을 사랑해 다락을 낮게 세웠다.'는 구절은 멋과 호기가 느껴진다.

죽장사에서

정이오

일 마치고 틈을 타 성 밖으로 나가노니
중은 없고 절은 헐고 길은 높고 또 낮네.
제성단 두둑에 봄바람이 일러
살구꽃은 반쯤 피고 산새들 우네.

竹杖寺 죽장사

衙罷乘閑出郭西 아파승한출곽서
僧殘寺古路高低 승잔사고노고저
祭星壇畔春風早 제성단반춘풍조
紅杏半開山鳥啼 홍행반개산조제

163

● 해설 및 감상

죽장사는 경상북도 선산읍 죽장리에 있는 절인데 직지사(直指寺)의 말사이다. 죽장사에는 남극노인성(南極老人星)을 제사지내는 제성단(祭星壇)이 있었는데, 선산부사(善山府使)로 재직하던 시인이 공무가 없는 어느 한가한 봄날 이곳을 둘러보고 나서 지은 작품이다. 허균의 『국조시산』에서 중당(中唐)의 고품(高品)이라 평했고 서거정의 『동인시화』에서도 아려(雅麗) 청일(淸逸)하여 당시(唐詩) 속에 두어도 부끄럽지 않다고 했다.

풍악으로 가는 스님에게

성석린

일만 이천 봉

제각기 높고 낮다.

그대는 보라 해 오를 때는

제일 높은 곳이 가장 먼저 붉나니.

送僧之楓岳 송승지풍악

一萬二千峰 일만이천봉
高低自不同 고저자부동
君看日輪上 군간일륜상
高處最先紅 고처최선홍

● 성석린成石磷, 1338~1423

고려 말 조선 초의 문인으로 본관은 창녕(昌寧), 자는 자수(自修), 호는 독곡
(獨谷)이다. 시서에 능했다. 고려에서는 예문관공봉(藝文館供奉), 삼사도사
(三司都事), 정당문학(政堂文學), 양광도도관찰사(楊廣道都觀察使), 문하부
평리(門下府評理) 등을 역임했다. 역성혁명에 참여하여 개국 후 문하시랑찬
성사(門下侍郎贊成事), 개성부판사(開城府判事), 서북면도순찰사(西北面都巡
察使), 도절제사(都節制使), 평양부윤(平壤府尹), 좌정승(左政丞), 우의정(右
議政)을 역임하였다. 왕자의 난 후 함흥에 있던 태조에게 옛 친구로서 인륜
의 도리를 진술, 비로소 태조와 태종이 화합하게 되었다.

● 해설 및 감상

　금강산으로 향하는 승려를 전송하며 일만 이천 봉의 각각 고유한
경개와 진미를 상상하는 흥취가 넘실댄다. 금강산의 해 돋는 광경
에 웅건하고 진취적인 기상이 담겨 있다. 허균의 『국조시산(國朝詩
刪)』에서도 원대한 기상을 볼 수 있다고 평했다.('看他負遠到氣象')
김종직은 『청구풍아(靑邱風雅)』에서 이 시에 대해 금강산에 높고
낮은 봉우리가 있듯이 사람의 성품에도 높고 낮음이 있다 하였다.
시인은 말하고 있다. 일만 이천봉 중에 해를 맞이하는 가장 높은
봉우리가 있듯이 금강산으로 가는 승려도 용맹정진하여 높은 도를
깨치라는 것이다. 간명하면서도 강렬한 시구가 회화적인 표현과
어울려 사람을 압도하는 작품이다.

봄날 성남에서

권근

봄바람에 갑작스레 청명이 닥쳤는가
보슬보슬 가랑비가 늦도록 개이지 않네.
집 모퉁이 살구꽃은 활짝 피려 하는데
이슬 맞은 몇 가지가 나를 향해 기울었다.

春日城南即事 춘일성남즉사

春風忽已近淸明 춘풍홀이근청명
細雨霏霏晩未晴 세우비비만미청
屋角杏花開欲遍 옥각행화개욕편
數枝含露向人傾 수지함로향인경

● 권근權近, 1352~1409

고려 말 조선 초의 문인으로 본관은 안동(安東), 초명은 진(晉), 자는 가원(可遠)·사숙(思叔), 호는 양촌(陽村)·소오자(小烏子)이다. 이색(李穡) 문하에서 수학했고 정몽주, 김구용, 이숭인, 정도전 등과 교유하였다. 1368년 성균시에 합격하고, 이듬해 급제해 좌사의대부(左司議大夫), 성균관대사성, 지신사(知申事), 첨서밀직사사(簽書密直司事) 등을 역임했다. 태조의 특별한 부름을 받고 새 왕조에 출사(出仕)하여 예문관대학사(藝文館大學士), 정당문학(政堂文學), 참찬문하부사(參贊門下府事), 대사헌(大司憲) 등을 역임했다. 응제시(應製詩)로 중국에까지 문명을 크게 떨쳤고 대명 외교에도 공이 있다. 경학과 문학을 아울러 연마하여 유학 교육에 힘썼으며 성리학 연구에도 공헌했다. 학문적 업적은 주로 『입학도설(入學圖說)』과 『오경천견록(五經淺見錄)』으로 대표되며 문집으로 『양촌집』이 있다.

● 해설 및 감상

청명이 가까워진 어느 봄날 성남의 소묘이다. 이 시절엔 꽃소식을 재촉하는 봄비가 자주 대지를 적신다. 늦도록 개지 않고 내리는 보슬비를 맞으며 뜰에 내려선다. 집 모퉁이 살구꽃이 활짝 피려 한다. 가까이 다가가 보니 꽃가지가 제 무게를 못 이기고 기우뚱한다. 마치 나를 향해 인사라도 하는 듯이.

밤에 앉아

변계량

고요한 방에 문 닫고 앉았는데
까만 책상에는 경전이 놓여 있네.
초승달은 숲에 들어 그림자 지고
외로운 등불만 온밤 내내 밝네.

次子剛夜坐韻 차자강야좌운

關門一室淸 관문일실청
烏几靜橫經 오궤정횡경
纖月入林影 섬월입림영
孤燈終夜明 고등종야명

● 변계량卞季良, 1369~1430

조선 전기의 문인으로 본관은 밀양(密陽), 자는 거경(巨卿), 호는 춘정(春亭)
이다. 네 살에 고시의 대구(對句)를 외우고 여섯 살에 글을 지었다. 1382년
진사시, 이듬해 생원시에 합격하였고 1385년 문과에 급제하였다. 조선 건
국 후 1407년 문과중시에 을과 제1인으로 뽑혀 당상관에 올랐다. 이후 세자
좌보덕(世子左輔德), 세자우부빈객(世子右副賓客), 성균관대사성(成均館大
司成)을 거쳐 1420년 집현전 대제학이 되었고, 우군도총제부판사(右軍都摠
制府判事)를 역임하였다. 문장이 뛰어나 거의 20년간 대제학을 맡아 외교
문서를 작성하였다. 문집으로 『춘정집』이 전한다.

● 해설 및 감상

이 시에서는 온밤 내내 경전에 잠심하는 독서인의 모습이 그려지
고 있다. 고요히 닫힌 공간에다 초승달도 자취를 감추어 '외로운
등불' 하나에만 시선이 집중되도록 구도가 짜여 있다. 사대부들이
학문과 문학에 전념하여 사색하고 음미하면서, 조촐하게 또한 기품
있게 삶을 영위하는 면모를 문면과 행간을 통해서 넉넉히 감지할
수 있다.

우연히 짓다

유방선

띠를 엮어 그대로 집 수리하고
대를 심어 일부러 울을 만드네.
많거나 적거나 산중의 이 맛을
해마다 나 혼자 스스로 아네.

偶題 우제

結茅仍補屋 결모잉보옥
種竹故爲籬 종죽고위리
多少山中味 다소산중미
年年獨自知 연년독자지

조선 전기의 문인으로 본관은 서산(瑞山), 자는 자계(子繼), 호는 태재(泰齋)이다. 변계량(卞季良)·권근(權近) 등에게 수학하여 일찍부터 문명이 높았다. 1405년 국자사마시(國子司馬試)에 합격한 뒤 아버지의 옥사에 연좌되어 유배되었을 때 학행이 높이 드러나 관직에 천거되었으나 사양하였다. 유배지 영천의 명승지에 '태재(泰齋)'라는 서재를 짓고 당시에 유배 또는 은둔생활을 하던 문사들과 학문 교류를 맺었고, 주변에 학문을 전수하여 영남성리학의 학통을 후대에 계승, 발전시키는 구실을 하였다. 원주에서 생활하던 동안에는 서거정(徐居正), 한명회(韓明澮), 권람(權擥) 등 문하생을 배출하였다. 문집으로 『태재집』이 있다.

● 해설 및 감상

　산중의 한가한 정취를 읊었다. 띠 집과 대 울타리는 그야말로 산중의 소박한 삶을 드러내는데, 짧은 내용 속에 이것만 도드라져 어떻게 보면 지나치다 할 정도로 검박한 지경이다. 여하튼 그 속에서 맛보는 즐거움은 직접 경험하지 않은 사람은 알 수가 없는 노릇이다. 그러니 해마다 홀로 그 생활을 누리고자 한다 하였다. 정치적 소용돌이 속에 휩쓸려서 비극적 최후를 맞이했던 시인에게도 이렇게 한가한 때가 있었다.

누추한 마을

정총

누항의 생애는 표주박 하나뿐
참새 그물 펼칠 만큼 문전은 참 쓸쓸하네.
가지 끝 병든 잎은 가을을 알아 떨어지고
섬돌 위 새 이끼는 비를 끼고 으스대네.
게으르고 느리기야 혜숙야도 있었고
깨고도 미친 듯하긴 개관요 비슷할까.
이즈음 세 길에 솔과 국화가 거칠어도
닷 말 쌀이 아직도 사람들 허리를 굽히게 하네.

陋巷 누항

陋巷生涯只一瓢 누항생애지일표
門堪羅雀轉寥寥 문감나작전요요
樹頭病葉知秋下 수두병엽지추하
階面新苔挾雨驕 계면신태협우교
懶慢有如嵆叔夜 나만유여혜숙야
醒狂或似蓋寬饒 성광혹사개관요
邇來三徑荒松菊 이래삼경황송국
五斗令人尚折腰 오두령인상절요

173

● 정 총鄭摠, 1358~1397

고려 말 조선 초의 문인으로 본관은 청주(淸州), 자는 만석(曼碩), 호는 복재
(復齋)이다. 정추(鄭樞)의 아들이다. 1376년 문과에 장원급제하여 춘추관검
열이 되고, 대간·응교·사예를 거쳐 1389년 병조판서에 승진되었으며,
1391년 이조판서를 거쳐 정당문학에 이르렀다. 당시 중국에 보낸 표전문(表
箋文)은 대부분 그가 지었다. 조선개국 후 개국공신 1등에 서훈되고, 첨서중
추원사(簽書中樞院事), 정당문학(政堂文學), 예문춘추관태학사(藝文春秋館太
學士)를 역임하였다. 1395년 태조 이성계의 고명(誥命) 및 인신(印信)을 줄
것을 청하러 명나라에 사신으로 파견되었다가, 때마침 명나라에 보낸 표전
문이 불손하다 하여 명나라 황제에게 트집잡혀 대리위(大理衛)에 유배도중
죽었다. 『고려사』 편찬에 참여했고 문집으로 『복재유고(復齋遺稿)』가 있다.

● 해설 및 감상

누항에 사는 것을 달게 여기면서 옛사람처럼 자유롭게 살고 싶
은 심경을 그린 작품이다. 달랑 표주박 하나뿐인 가난한 생활에
찾아오는 이도 없다. 계절적 배경은 가을이다. 스스로 생각건대
게으르게 자유를 누리며 술을 즐기는 삶은 옛적의 혜강이나 개관
요에 비길 만하다. 때마침 가을이라 〈귀거래사(歸去來辭)〉 한 구절
이 생각나고, 자신은 쌀 닷 말 때문에 허리를 굽힐 수 없다며 벼슬
을 버리고 고향으로 돌아간 도연명처럼 살고 싶다는 심정을 피력
하였다.

자적

이첨

집 뒤 뽕나무는 새싹을 내고
밭가의 염교잎은 쑥 자랐네.
못에는 봄물이 가득 차니
어린 아이도 배 저을 줄 아네.

自適 자적

舍後桑枝嫩 사후상지눈
畦邊薤葉抽 휴변해엽추
陂塘春水滿 피당춘수만
稚子解撐舟 치자해탱주

● 이첨李詹, 1345~1405

고려 말 조선 초의 문인으로 본관은 신평(新平), 자는 중숙(中叔), 호는 쌍매당(雙梅堂)이다. 1368년 문과에 급제해 예문검열, 우정언, 내부부령(內府副令), 우상시(右常侍), 좌대언(左代言), 지신사(知申事)를 역임했다. 조선 건국 후 1398년 이조전서(吏曹典書)에 등용되었고, 동지중추원학사(同知中樞院學士), 첨서삼군부사(簽書三軍府事), 지의정부사(知議政府事), 대사헌(大司憲), 예문관대제학을 역임하였다. 명황제의 등극을 축하하는 사절로 가서 고명(誥命)과 옥새를 고쳐 주도록 주청(奏請)하였다. 그 공로로 토지와 노비가 하사되었고 정헌대부에 올랐다.

● 해설 및 감상

봄날의 한가한 정경을 그렸다. 뽕나무에는 새싹이 돋아나고 밭이랑의 염교도 눈에 띄게 자라났다. 못에는 또 봄물이 넘실댄다. 이제 추위가 물러가고 봄이 온 것이다. 겨우내 묶어두었던 배도 풀어 함께 놀자고 아이 녀석이 성화다. 이런 봄날의 행복한 일상을 그렸다. 홍만종의 『소화시평』에서는 당시(唐詩)에 손색이 없다는 평을 내렸다.

경포대

황희

맑고 맑은 경포는 초승달을 담았고
우뚝 솟은 한송은 푸른 연기 잠갔다.
구름 비단은 땅에 가득, 대나무는 대에 가득
이 티끌 세상에도 바다 신선이 있다.

鏡浦坮 경포대

澄澄鏡浦涵新月 징징경포함신월
落落寒松鎖碧烟 낙락한송쇄벽연
雲錦滿地坮滿竹 운금만지대만죽
塵寰亦有海中仙 진환역유해중선

● 황희黃喜, 1363~1452

조선 전기의 문인으로 본관은 장수(長水), 초명은 수로(壽老). 자는 구부(懼夫), 호는 방촌(厖村)이다. 1383년 사마시, 1385년 진사시에 합격하고 1389년 문과 급제하였다. 고려가 망하자 두문동(杜門洞)에 은거하였다가 1394년 조정의 요청과 두문동 동료들의 천거로 성균관학관이 되면서 관직에 올랐다. 6판서와 3정승 등 요직을 두루 거치며 18년 동안 국정을 담당하였다. 치사한 뒤에도 중대사의 경우 왕의 자문에 응하는 등 영향력을 발휘하였고 왕을 보좌해 세종성세를 이룩하는 데 기여하였다. 이로써 조선왕조를 통해 가장 명망 있는 재상으로 칭송되었다. 문집으로 『방촌집』이 있다.

● 해설 및 감상

강릉 경포대의 풍광을 읊은 시이다. 1, 2구는 각각 첩어를 써서 대상의 특징을 부각시켰다. 경포는 거울같이 맑다고 해서 '징징(澄澄)'으로 운을 떼고, 한송은 정각의 이름이기도 한데, 겨울 소나무이므로 '낙락(落落)'으로 받았다. 맑은 경포에 달이 뜨고 우뚝한 한송에 푸른 연기가 서렸으니 이곳이 바로 신선의 노니는 곳이라는 말이다.

각로의 화폭에

안평대군

만첩의 청산은 멀고
삼칸의 백옥은 가난하다.
대숲에서 까막까치 우는 저녁에
돌아오는 사람 보고 개가 짖는다.

題閣老畵幅 _{제각로화폭}

萬疊靑山遠 _{만첩청산원}
三間白屋貧 _{삼간백옥빈}
竹林烏鵲晩 _{죽림오작만}
一犬吠歸人 _{일견폐귀인}

● 안평대군安平大君, 1418~1453

조선 초기 세종의 셋째 아들로 이름은 용(瑢), 자는 청지(淸之), 호는 비해당(匪懈堂) · 낭간거사(琅玕居士) · 매죽헌(梅竹軒)이다. 수양대군(首陽大君) 측과 맞서다 계유정난으로 강화도로 귀양 갔다가 교동(喬桐)으로 옮겨져 사사되었다. 어려서부터 학문을 좋아하고 시 · 서 · 화에 모두 능하여 삼절(三絶)이라 칭하였는데 특히 당대 제일의 서예가로 유명하다. 현존하는 글씨로는 〈몽유도원도(夢遊桃源圖)〉 발문이 대표적이다.

● 해설 및 감상

그림을 두고 쓴 제화시(題畵詩)다. 첩첩한 청산이 멀리 둘러싼 가운데 세 칸 초가집이 들어서 있다. 울타리를 겸한 대숲에서는 까막까치가 있고 집 앞 마당엔 개 한 마리 돌아오는 사람을 반긴다. 1, 2구는 청백의 색채가 대비되는 시각적 효과가 선명하고 3, 4구는 새와 개 짖는 소리로 청각적 심상을 더했다.

남포

김종서

손을 보내는 강가의 이별하는 한이여
관현도 슬픔으로 노래가 되지 않네.
하늘이 바람을 시켜 출정 막아 버리니
하루저녁 대동강에 물결이 일어나네.

南浦 남포

送客江頭別恨多 송객강두별한다
管絃凄斷不成歌 관현처단불성가
天敎風伯阻征旆 천교풍백조정패
一夕大同生晚波 일석대동생만파

조선 전기의 문관이자 무장으로 본관은 순천(順天), 자는 국경(國卿), 호는 절재(節齋)이다. 1405년 식년 문과에 급제해 우정언(右正言), 충청·전라·경상 3도의 도순찰사, 지춘추관사(左贊成兼知春秋館事), 우의정, 좌의정을 역임하였고, 단종을 보필하다가 수양대군에게 살해되었다. 함길도도관찰사로 육진(六鎭)을 개척해 두만강을 국경선으로 확정하는 데 큰 공로를 세웠다. 『고려사』, 『고려사절요』의 편찬 책임을 맡기도 하였고 『세종실록』편찬을 감수하였다. 특히, 학문과 지략에 무인적 기상을 갖춘 위세는 당시 '대호(大虎)'라는 별명을 듣기에 족하였다.

● 해설 및 감상

정지상의 〈대동강〉의 운을 따서 지은 것이다. 강가의 이별이란 늘 한스럽기 마련이라 곡조도 처량하여 노랫가락이 자꾸 끊어진다. 떠나기 싫은 마음, 보내기 싫은 마음은 바람 불고 물결 쳐서 하루 저녁이라도 출정을 늦추었으면 하는 바람으로 표현되었다.

자규 소리에

단종

한 마리 원통한 새 궁으로부터 나오니
외로운 몸 외로운 그림자 푸른산 가운데 있네.
밤마다 잠을 청해도 잠은 오지 않고
해마다 한을 풀려 해도 한은 풀리지 않네.
소리 끊긴 새벽 산봉우리엔 기우는 달이 허옇고
피 흐르는 봄 계곡엔 떨어지는 꽃이 붉구나.
하늘은 귀머거리라 아직 슬픈 하소연 듣지 못하는가
어찌하여 수심에 찬 사람의 귀는 홀로 총총할까.

聞子規 문자규

一自寃禽出帝宮 일자원금출제궁
孤身隻影碧山中 고신척영벽산중
假眠夜夜眠無假 가면야야면무가
窮恨年年恨不窮 궁한연년한불궁
聲斷曉岑殘月白 성단효잠잔월백
血流春谷落花紅 혈류춘곡낙화홍
天聾尙未聞哀訴 천롱상미문애소
何乃愁人耳獨聰 하내수인이독총

조선 제6대 왕으로 재위 기간은 1452~1455이다. 본관은 전주(全州), 이름은 홍위(弘暐), 아버지는 문종이며, 어머니는 현덕왕후 권씨(顯德王后權氏)이다. 1452년 문종이 재위 2년 만에 죽자 그 뒤를 이어 즉위하였다. 1453년 숙부인 수양대군(首陽大君)이 정권을 빼앗고자 좌의정 김종서와 안평대군 등을 죽이고 여러 종친·궁인 및 신하들을 모두 죄인으로 몰아 각 지방에 유배시키자, 이러한 정세에 견디지 못하고 마침내 수양대군에게 왕위를 물려주고 상왕(上王)이 되었다. 1456년 6월 집현전 출신을 중심으로 한 복위 사건이 일어나 1457년 6월 노산군(魯山君)으로 강봉되어 강원도 영월에 유배되었다. 이 해 9월 순흥에 유배되었던 숙부 금성대군(錦城大君)이 다시 복위를 계획하다가 발각되자 다시 노산군에서 서인으로 강봉되었다가 10월 마침내 죽음을 당하였다. 1681년에 노산대군으로 추봉되고, 1698년에 복위되어었다. 시호를 공의온문순정안장경순돈효대왕(恭懿溫文純定安莊景順敦孝大王)으로, 묘호를 단종으로 추증하고, 능호(陵號)를 장릉(莊陵)이라 하였다.

● 해설 및 감상

단종은 영월에서 유폐 생활을 하는 동안 매일같이 누대에 올라 시를 지어 울적한 회포를 달래기도 하였다. 그때 지은 시 중 하나라고 한다. 자규는 촉나라 황제인 망제 두우가 나라에서 쫓겨난 뒤 끝내 돌아가지 못하고 죽은 원혼이 화해서 새가 되었다는 전설의 그 새이다. 단종은 자신을 자규에 비유하여 원통한 심사를 풀어내고 있다. 특히 이 시의 3, 4구와 5, 6구는 내용도 절절하지만 대구가 잘 짜여져 율시의 대우법을 이해하는 좋은 자료가 되고 있다. 마지막으로 하늘에 간절히 하소연하는 것으로 끝을 맺었다.

죽음에 임하여

성삼문

북소리는 사람의 목숨 재촉하고
가을 바람에 해는 져가누나.
황천에는 객점도 없다던데
오늘밤은 어느 집에서 머무를고.

臨死賦絶命詩 임사부절명시

擊鼓催人命 격고최인명
西風日欲斜 서풍일욕사
黃泉無客店 황천무객점
今夜宿誰家 금야숙수가

조선 전기의 문인으로 사육신(死六臣)의 한 사람이다. 본관은 창녕(昌寧), 자는 근보(謹甫), 호는 매죽헌(梅竹軒)이다. 1435년 생원시, 1438년에는 식년문과에 급제했으며, 1447년에 문과중시에 장원으로 다시 급제하였다. 집현전학사로 뽑혀 세종의 총애를 받았고 홍문관수찬(弘文館修撰), 직집현전(直集賢殿)을 역임했다. 1442년에 사가독서(賜暇讀書)를 했고, 훈민정음 창제에도 참여하였다. 세조가 단종에게 선위(禪位)를 강요할 때, 국새(國璽)를 끌어안고 통곡을 하였고, 복위사건으로 국문을 당할 때에도 세조를 '나으리(進賜 : 종친에 대한 호칭)'라 호칭하며 당당히 맞서다 능지처사(凌遲處死)를 당하였다. 조선시대 대표적인 절신(節臣)이다. 1691년 신원(伸寃)되고, 1758년 이조판서에 추증되었다. 문명이 높아 문한(文翰)을 도맡아 처리하였는데 문집으로 『매죽헌집』이 있다.

● 해설 및 감상

죽음도 두려워 않고 온전한 사대부로서 절의를 다 이루었던 성삼문이었지만, 그도 죽음 앞에서는 인생의 무상함을 절실히 토로하고 있다. 사형장에 나갈 채비를 하면서 읊은 이 시에서 비명에 죽게 된 처지에서의 비감과 동시에 사후세계에 대한 깊은 허무의식이 교차되고 있음을 본다. 절의란 무엇인가. 하나뿐인 목숨, 그 목숨을 바쳐 가며 죽음도 두려워하지 않고 지켜내는 절의를 가진 인간정신이란 얼마나 견고하고도 드높은 것인가. 그저 동물이 아닌 인간의 인간다움의 절정을 우리는 과거와 오늘의 역사의 현장에서 당당히 죽을 수 있었던 절의의 인간들에서 체험하면서 그들의 드높은 정신 앞에 새삼 모골이 송연해진다.

도롱이 쥰 사람에게 감사하며

하위지

사나이 얻고 잃음은 예나 이제나 같아
머리 위에는 밝은 해가 비추고 있다네.
도롱이를 준 데에는 아마 뜻이 있으리니
이슬비 내리는 오호로 찾아들자 함이리.

謝人贈簑衣 사인증사의

男兒得失古猶今 남아득실고유금
頭上分明白日臨 두상분명백일림
持贈簑衣應有意 지증사의응유의
五湖烟雨好相尋 오호연우호상심

187

● 해설 및 감상

비올 때 입는 도롱이를 보내 준 박팽년에게 감사하면서 써 보낸
것이다. 그 뜻이 어려운 시절이 와도 서로 찾아 함께 길을 가자는
것임을 이심전심으로 새겨 동조하는 마음을 담고 있다. 앞부분엔
하늘에 밝은 해가 고금에 다를 수 없듯이 남아가 갈 길 또한 분명함
을 역설하였고 뒤쪽엔 사의(謝意)와 당부를 담았다. 마지막 구절은
두 가지 해석이 가능하다. 선물 받은 도롱이가 있으니 좋은 날은
물론 궂은 날도 늘 함께 하자는 뜻이 있고, 다른 하나는 '오호(五湖)'
의 전고와 관련해서 춘추시대 범려(范蠡)처럼 함께 은거해 살자는
뜻이 있다.

어버이 생각

박팽년

십 년 세월 궁중에다 몸을 두었고
붉은 마음 오로지 대궐에 걸었네.
서쪽 바라보면 흰 구름 눈에 뜨이나니
귀거래 생각은 어쩔 수 없이 임천을 감도는구나.

思親 사친

十年身在禁中天 십년신재금중천
只有丹心魏闕懸 지유단심위궐현
西望白雲生眼底 서망백운생안저
不堪歸興繞林泉 불감귀흥요임천

189

조선 전기 문인으로 사육신의 한 사람이다. 본관은 순천(順天), 자는 인수(仁叟), 호는 취금헌(醉琴軒)이다. 1434년 알성문과에 급제하여 성삼문 등과 함께 집현전학사가 되었다. 1438년 삼각산 진관사(津寛寺)에서 사가독서(賜暇讀書)를 했고, 1447년 문과중시(文科重試)에 급제했다. 우승지, 부제학, 좌승지, 형조참판, 충청도관찰사를 역임했다. 수양대군이 왕위에 오르자 세조에게 올리는 문서에는 '신'(臣)이라는 글자 대신 '거'(巨)라는 글자를 쓰고 녹봉에도 일체 손을 대지 않았다고 한다. 당시 형조참판으로 있던 박팽년의 재능을 아낀 세조가 사람을 보내어 회유하려 했으나, 세조를 '나으리'라고 부르면서 끝내 뜻을 굽히지 않다가 심한 고문을 당하고 옥사했다. 1691년에 신원(伸寃)되어 관작이 회복되었으며, 1758년에는 이조판서에 추증되었다.

● 해설 및 감상

박팽년은 어버이에 대한 효성도 남달라서 관직을 지키느라고 궁중에 머물러 있어 찾아뵙지 못하는 시골의 부모에 대한 간절한 그리움을 시로 읊었다. 하늘을 바라만 봐도 부모 계신 하늘의 흰 구름이 눈에 선하고, 시골의 숲과 샘, 자연 정경이 떠올라 가슴에 그리움의 파문이 번진다. 임금을 일편단심으로 받들며 벼슬살이하는 길과 귀향하여 어버이를 효성으로 봉양하는 길 사이에서 어느 하나도 소홀히 할 수 없기에 안타깝기만 한 심정이 잘 드러나 있다. 이때 시인의 부모가 전의(全義)에 있었기 때문에 이와 같이 읊었다.

배꽃

이개

집은 깊숙하고 봄날은 화창한데
배꽃이 두루 피니 참으로 고요하다.
꾀꼬리는 조금도 사정이 없어
우거진 가지를 스쳐 눈이 뜰에 가득하다.

梨花 이화

院落深深春晝清 원락심심춘주청
梨花開遍正冥冥 이화개편정명명
鶯兒儘是無情思 앵아진시무정사
掠過繁枝雪一庭 약과번지설일정

● **이개李塏**, 1417~1456

조선 전기의 문인을 사육신의 한 사람이다. 본관은 한산(韓山), 자는 청보
(淸甫)·사고(士高), 호는 백옥헌(白玉軒)이다. 이색(李穡)의 증손이다. 시서
에도 능했다. 1436년 친시 문과에 급제하고, 1441년에 집현전저작랑으로
서 훈민정음 창제에도 참여하였다. 집현전부수찬으로서 언문(諺文: 國文)으
로 운회(韻會)를 번역하는 일에 참여해 세종으로부터 후한 상을 받았다.
1447년 중시 문과에 을과 1등으로 급제하고 『동국정운(東國正韻)』 편찬에
도 참여하였다. 단종의 복위를 계획하다 국문을 당했는데 숙부 계전(季甸)
이 세조와 친교가 두터워 회유를 받았으나 거절하고, 의연하게 거열형(車裂
刑)을 당했다. 1758년 이조판서에 추증되었다.

● **해설 및 감상**

봄날 배꽃이 핀 풍경을 읊은 시이다. 화창한 봄날 고요한 뜰에
배꽃이 환하게 피어 완상하기 좋은데 무정한 꾀꼬리는 날아다니다
배꽃가지를 쳐서 떨어뜨린다. 그러자 하얀 배꽃은 눈꽃처럼 날리며
뜰에 가득 쏟아진다. 고요한 가운데 정적을 깨는 꾀꼬리의 움직임
으로 봄날은 순식간에 눈 내리는 겨울로 전환한 것이다.

함흥

유성원

백두산이 바다로 뻗어 마천령이요
흑룡강이 땅을 가로질러 두만강이라.
여기는 이 장군이 말 달리던 곳
항복하는 오랑캐들 실컷 보겠네.

咸興 함흥

白山拱海摩天嶺 백산공해마천령
黑水橫坤豆滿江 흑수횡곤두만강
此地李侯飛騎處 차지이후비기처
剩看胡虜自來降 잉간호로자래항

● 유성원柳誠源, ?~1456

조선 전기의 문인으로 사육신의 한 사람이다. 본관은 문화(文化), 자는 태초(太初), 호는 낭간(瑯玕)이다. 1444년 식년 문과에 병과로 급제하였다. 이듬해 집현전저작랑으로『의방유취』의 편찬에 참여하였다. 1447년 문과 중시에 을과로 급제했으며, 춘추관 사관(史官)으로『고려사』개찬(改撰),『세종실록』의 편찬에도 참여하였다. 함께 모의하였던 단종 복위 계획이 발각되어 성삼문·박팽년 등이 고문을 당한다는 말을 듣고 패도(佩刀)를 뽑아 스스로 목을 찔러 자결하였다. 뒤에 이조판서에 추증되었다.

● 해설 및 감상

『대동시선』에는 함흥이라 했고,『소화시평』에서 송별시라 하였다. 먼저 함흥 땅의 지세를 대표적인 산과 강으로 구획하듯 그려내고 그곳에서 활약한 장군의 모습을 떠올렸다. 원문에서 이후(李侯)는 한나라 명장인 이광(李廣)을 가리키는데, 흉노족을 여러 차례 격퇴시켜 적이 무서워하여 비장군(飛將軍)이라 불렀다. 여기서는 이씨 성을 가진 장군 또는 태조 이성계로 볼 수 있겠다. 송별시로 본다면 바로 이 이 장군과 헤어지며 읊은 것이다.

제운루에 올라

신숙주

두류산 하늘에 닿을 듯 허공에 솟았고
호남은 구름 속에 한 눈에 들어오네.
누대에 올라 난간에 사방을 바라보니
천고의 푸른 빛이 봉마다 푸르구나.

上霽雲樓 상제운루

天極頭流倚半空 천극두류의반공
湖南一望彩雲中 호남일망채운중
試登樓上憑軒看 시등누상빙헌간
千古蒼顔面面同 천고창안면면동

● 신숙주申叔舟, 1417~1475

조선 전기의 문인으로 본관은 고령(高靈), 자는 범옹(泛翁), 호는 희현당(希賢堂) 또는 보한재(保閑齋)이다. 1438년 사마시에 합격하고 이듬해 친시문과에 을과로 급제하여 집현전부수찬이 되었는데 훈민정음 창제에 공이 크다. 1447년 중시문과에 을과로 급제하였다. 수양대군이 사은사(謝恩使)로 명나라에 갈 때 서장관으로 추천되어 수양대군과 유대를 맺었다. 벼슬길에서 승승장구하여 도승지, 예문관대제학, 병조판서, 우의정, 좌의정, 영의정부사를 역임하였고 지위가 너무 높아진 것을 염려하여 사직한 적도 있다. 성종 때 다시 영의정에 임명되어『세조실록』,『예종실록』,『동국통감』,『국조오례의』의 편찬에 참여하고, 과거 시관(試官)을 열세 차례나 맡아 수많은 인재를 등용하였으며, 외교 국방면에서도 탁월한 능력을 발휘하였다. 문집으로『보한재집』이 있다.

● 해설 및 감상

제운루는 경상남도 함양의 학사루 동편에 있었는데, 양화루라고도 하며 세조 이래 조정 관원들의 접대 장소로 쓰인 문루이다. 이 제운루에 올라 보이는 풍광을 읊은 것이다. 제운루가 있던 함양은 지리산 바로 북쪽에 위치하고 육십령으로 호남지방과도 이어져 있다. 그래서 제운루에 올라 본 첫 광경은 두류산 즉 지리산 봉우리가 되는 것이다. 위로는 멀리 두류산을 우러러보고 또 한편으로는 호남지방을 한 눈에 조망해 볼 수 있는 위치에 누대가 있는 것이다. 마지막은 천고에 푸른 두류산의 우뚝한 자태를 찬상하는 것으로 끝을 맺었다.

산수 그림에 부쳐

강희안

신선의 산이 우거져 우뚝 솟아
구름기운이 봉래 영주에 닿았다.
띠풀 정자는 바위 밑에 숨었고
푸른 대나무는 처마를 둘러 있다.
높은 사람이 녹기금을 연주하여
맑은 솔바람 소리에 가만히 화답한다.
태고의 곡조를 거문고로 타나니
영원한 삶을 초연히 깨닫겠다.

題山水畵 제산수화

仙山鬱苕嶤 선산울초요
雲氣連蓬瀛 운기연봉영
茅亭隱岩下 모정은암하
綠竹繞簷楹 녹죽요첨영
高人奏綠綺 고인주녹기
細和松風淸 세화송풍청
彈來太古曲 탄래태고곡
超然悟長生 초연오장생

조선 전기의 문신으로 본관은 진주(晉州), 자는 경우(景愚), 호는 인재(仁齋)
이다. 1441년 식년문과에 급제해 돈녕부주부(敦寧府主簿)가 되었고 1443년
정인지(鄭麟趾) 등과 함께 훈민정음 28자에 대한 해석을 덧붙였다. 단종
복위 운동에 관련된 혐의로 신문을 받았으나 화를 면했다. 호조참의 , 인순
부윤(仁順府尹), 중추원부사(中樞院副使) 등을 역임했다. 시서화에 모두 뛰
어나 '삼절(三絕)'이라 불렸다. 세조 때에 임신자(壬申字)를 녹여서 새로 을
해자(乙亥字)를 주조할 때 글씨를 직접 썼다. 그림으로는 〈산수인물도(山水
人物圖)〉, 〈고사관수도(高士觀水圖)〉 등이 유명하고, 원예에 관한 전문서적
인 『양화소록(養花小錄)』도 남겼다.

● 해설 및 감상

산수화 그림을 두고 쓴 제화시이다. 그림 속에서 먼저 신선산이
등장한다. 그리고 그 산 바위 아래에 띠로 엮은 정자가 있는데 대나
무로 처마를 둘렀다. 정자에는 고인이 현악기를 연주하고 그것을
자연의 솔바람이 화답한다. 태고 적 곡조를 연주하자니 문득 신선
이 멀지 않음을 깨닫게 된다. 신선풍의 그림을 있는 구도대로 그대
로 옮겨놓은 듯하다.

앓고 나서

강희맹

온종일 남창 앞에 우두커니 앉았는데
뜰에는 사람 없고 새는 날기 익히네.
가는 풀 여린 꽃은 보이지 않는데
엷은 안개 지는 해에 비는 보슬보슬.

病餘獨吟 병여독음

南窓終日坐忘機 남창종일좌망기
庭院無人鳥學飛 정원무인조학비
細草暗香難覓處 세초암향난멱처
淡煙殘照雨霏霏 담연잔조우비비

조선 전기의 문인으로 본관은 진주(晉州), 자는 경순(景醇), 호는 사숙재(私淑齋)·운송거사(雲松居士)·국오(菊塢)·만송강(萬松岡)이다. 강희안(姜希顔)의 아우이다. 1447년 친시문과에 장원급제한 뒤 종부시주부(宗簿寺主簿)가 되었다. 예조좌랑, 예조정랑, 이조참의, 중추원부사를 역임했고 어제구현재시(御製求賢才試), 등준시(登俊試) 등에서 각각 2등으로 급제했다. 세조의 총애를 받아 예조판서를 거쳐 형조판서로 특배되었고 뒤에 병조판서, 이조판서, 좌찬성을 역임하였다. 사서삼경을 언해하고, 『세조실록』, 『예종실록』, 『경국대전』, 『동문선』, 『동국여지승람』, 『국조오례의』, 『국조오례의서례』 등의 편찬에도 참여했다. 직접 농요를 채집 정리한 〈농구십사장(農謳十四章)〉과 이야기문학을 담은 〈촌담해이(村談解頤)〉가 남아 있고 유고집인 『사숙재집』이 전한다.

● 해설 및 감상

병을 앓고 난 뒤 느낌을 읊은 시로 네 수 중 네 번째 것이다. 병후라 거동이 어려워 남쪽 창 앞에 앉았는데 인적은 없고 눈에 들어오는 건 날개 짓 배우는 새 한 마리뿐이다. 대수롭지도 않던 새의 움직임도 하루의 볼거리다. 그리고는 평소에는 맡기 어려웠던 가는 풀의 여린 향기도 점차 코끝으로 느끼게 된다. 모든 게 대단찮고 은미한 것이지만 이제는 하나하나가 볼거리고 새롭다. 이렇게 지내는 사이 어느덧 하루해가 저물고 비도 부슬부슬 내린다. 병후 새롭게 세상을 대하는 태도가 한가하고 담담하다.

봄날

서거정

금빛은 버들에 들고 옥빛은 매화를 떠나는데
자그마한 못의 봄물은 이끼보다 파랗구나.
봄 시름과 봄 흥취는 어느 것이 깊은가?
제비도 오지 않고 꽃도 아직 피지 않았네.

春日 춘일

金入垂楊玉謝梅 금입수양옥사매
小池新水碧於苔 소지신수벽어태
春愁春興誰深淺 춘수춘흥수심천
燕子不來花未開 연자불래화미개

● **서거정**徐居正, 1420~1488

조선 전기의 문인으로 자가 강중(剛中), 호가 사가(四佳), 본관은 달성이다. 외조부가 조선의 문물과 제도를 정비하는 데 공을 세운 큰 학자 권근(權近)이다. 일찍 과거에 급제하여 집현전에서 근무하였고 사가독서를 받는 등 엘리트 코스를 밟았다. 18년 동안 문교를 책임지는 대제학을 역임하였고 판서를 역임하였다. 조선 전기 관료 문학을 대표하는 시인으로 평가된다. 문집 『사가집』 외에 『필원잡기(筆苑雜記)』, 『동인시화(東人詩話)』, 『태평한 화골계전(太平閑話滑稽傳)』 등을 저술하였고, 왕명으로 『동문선(東文選)』 등을 편찬하였다.

● 해설 및 감상

서거정은 조선 전기 관각문학을 대표하는 뛰어난 시인이다. 평생 귀양은커녕 외직조차 거의 나간 적이 없다. 50대 후반 우찬성(右贊成)의 고위직으로 근무하던 1477년 이른 봄날 지은 작품이다. 문집 외에도 역대 이름난 시선집에 두루 실려 있으며 중국의 『열조시집(列朝詩集)』에 실려 중국에까지 전해진 명편이다. 봄이 와서 버드나무에 물이 올라, 가지 끝의 움이 금빛으로 반짝인다. 추위에도 절조를 자랑하면서 핀 하얀 매화도 봄빛을 보자 오히려 꽃잎을 떨어뜨린다. 겨우내 얼어 있던 작은 못이 파란빛으로 찰랑이니 이끼도 그보다는 푸르지 못할 듯하다. 이러한 봄 구경을 하노라니 절로 흥취가 인다. 아직 제비가 오지 않고 꽃도 아직 피지 않았지만 이제 며칠 있지 않으면, 꽃도 피고 제비도 돌아올 것이라 하였다. 일반적으로 근체시는 작품 내부에 같은 글자를 쓰지 않는다. 그런데도 이 작품에는 '봄[春]'을 두 번 반복하였다. 시름과 흥취[愁興], 깊고 얕음[深淺]과 같은 서로 상반된 뜻을 글자를 나란히 두어 흥취를 강하게 한 것이다. 그리고 운자에 해당하는 글자를 정해진 위치가 아니면 쓰지 않는데 '래(來)'는 같은 운자에 해당한다. '제비가 오지 않다'와 '꽃이 피지 않다'라는 대구를 형성하여 반복적인 율격을 강화하기 위한 장치다. 파격을 통하여 춘흥을 더한 것이라 하겠다.

여름날

서거정

살짝 개자 주렴에 햇살이 반짝반짝

짧은 모자 홑적삼에 더위가 가시네.

껍질 벗은 죽순은 비를 맞아 자라나고

지는 꽃은 힘없이 바람 따라 날아가네.

오래도록 붓 버리고 이름을 감췄으니

시비를 일으키는 벼슬 벌써 싫어졌다네.

향로에 향 사그라질 때 잠이 막 깨니

손님은 오지 않고 제비만 자주 오네.

夏日卽事 하일즉사

小晴簾幕日暉暉 소청렴막일휘휘

短帽輕衫暑氣微 단모경삼서기미

解籜有心因雨長 해탁유심인우장

落花無力受風飛 낙화무력수풍비

久抛翰墨藏名姓 구변한묵장명성

已厭簪纓惹是非 이염잠영야시비

寶鴨香殘初睡覺 보압향잔초수각

客曾來少燕頻歸 객증래소연빈귀

앞에서 본 작품과 같은 해 여름의 작품으로 역시 여러 한시선집
에 선발되어 있는 서거정의 대표작이다. 여름날 느낀 감회를 가벼
운 필치로 스케치하여, 관각문인의 여유가 돋보이는 작품이다. 비
가 오다 날이 살짝 가니 주렴에 햇살이 비치어 반짝인다. 더운 날이
라 편한 모자에 가벼운 적삼을 입고 있노라니 더위가 다소 가신다.
우후죽순(雨後竹筍)이라 한 대로 비가 오고 나자 마당의 죽순이 쑥
자라나 있다. 봄이 이미 가버린지라 뜰에 떨어진 꽃잎이 힘없이
바람에 날린다. 글로 명성을 날리는 것도 귀찮다. 벼슬살이를 해보
았자 시비만 불러일으키니 그것도 싫다. 나른하게 사는 것이 그저
좋을 뿐이다. 이럴 때는 낮잠을 한 숨 자는 것이 좋다. 한참을 자고
나니 오리가 아로새겨진 화로에서 향이 가물거린다. 그렇다고 하여
그 사이 무슨 일이 일어난 것도 아니다. 손님은 오지 않고 그저
제비만 오락가락할 뿐이다. 나른함과 무료함을 시로 가장 잘 드러
내면 이런 작품이 된다.

국화가 피지 않아 슬퍼 짓다

서거정

아름다운 국화 올해는 좀 늦게 피어
온 가을 맑은 흥이 울타리에 헛되구나.
가을바람은 몹시도 정이 없나 보다,
국화에 들지 않고 살쩍에만 들었으니.

菊花不開 悵然有作 국화불개 창연유작

佳菊今年開較遲 가국금년개교지
一秋情興謾東籬 일추정흥만동리
西風大是無情思 서풍대시무정사
不入黃花入鬢絲 불입황화입빈사

206

  1487년 68세라는 고령의 나이, 죽기 1년 전에 제작한 작품이다.
일이 많은 병조판서에서 물러나 비교적 한가한 좌찬성으로 옮기고
훗날 연산군으로 왕위에 오르게 되는 세자 교육에 힘을 쏟으면서
비교적 한가하게 지낼 때의 작품이다. 인구에 회자되어 후대의 시
선집에 두루 실려 있다. 조선시대에는 중양절(重陽節), 곧 음력 9월
9일은 큰 명절이었다. 문인들은 다투어 높은 곳에 올라 시를 짓고
국화주를 마셨다. 중양절과 국화의 인연은 도연명(陶淵明)의 고사
에서 유래한다. 도연명이 마실 술이 없어서 동쪽 울타리 곁에서
국화꽃을 꺾고 있을 때 벗이 사람을 보내어 술을 보내주었다는 고
사가 있다. 도연명의 흥취를 빌려 국화꽃 곁에 술을 마시고자 하지
만 올해는 절기가 일러 중양절이 되어도 국화가 피지 않았다. 국화
꽃 없는 중양절이기에 마음이 쓸쓸하다. 앞으로 중양절을 몇 번이
나 더 맞겠는가? 일흔을 바라보는 나이인지라 머리카락은 온통 세
었다. 가을바람이란 놈이 국화에게 다가가 노란 꽃을 피우지는 못
하고 시인의 머리카락으로 들어와 하얗게 세게 만들었다고 농을
던졌다. 돌아갈 때가 멀지 않은 때라 비감이 없을 수 없지 않았겠지
만 인생의 비애를 여유로운 마음으로 풀었다.

나홍곡

성간

낭군에게 전해 묻노니
올해는 돌아 오실지요?
강가에 봄풀 푸를 때
첩의 애간장 끊어진답니다.

(......)

당신이 수레바퀴라면
이 몸은 길 위의 흙먼지.
가까이 오셨다 바로 멀어지니
보아도 보아도 가까이할 순 없군요.

(......)

푸른 대는 가지마다 흔들리고
부평초는 날날이 가볍다오.
당신은 항상 푸른 대와 같으시고
부평초를 닮지 마소서.

囉嗊曲 나홍곡

爲報郎君道 위보낭군도
今年歸不歸 금년귀불귀
江汀春草綠 강정춘초록
是妾斷腸時 시첩단장시
......

郎如車下轂 낭여거하곡
妾似路中塵 첩사노중진
相近仍相遠 상근잉상원
看看不得親 간간부득친
......

綠竹條條動 녹죽조조동
浮萍箇箇輕 부평개개경
願郎如綠竹 원낭여녹죽
不願似浮萍 불원사부평

● 성간成侃, 1427~1456

조선 전기의 문인으로 자는 화중(和仲)이며, 호는 진일재(眞逸齋)다. 본관은 창녕으로 형 성임(成任), 아우 성현(成俔)과 함께 이름이 높다. 문학, 경학, 역사에 두루 능하여 집현전에서 촉망받는 젊은 학자로 추앙되었지만, 허약한 체질에 과도하게 독서를 하다가 서른에 요절하였다. 문집『진일유고(眞逸遺稿)』가 전한다. 근체시를 추숭하던 당대 문단의 분위기에서 벗어나 짧은 절구 형식이지만 고풍(古風)이 깃든 악부시(樂府詩)에 능하였다.

● 해설 및 감상

〈나홍곡〉은 절구와 유사한 형태의 악부시(樂府詩)로 장사꾼의 아내가 남편을 그리워하는 내용을 담고 있어 〈망부가(望夫歌)〉라고도 한다. 당대의 유행가라 할 수 있는 악부시이므로 여인의 바람이 질박하게 표현되어 있다. 첫 번째 수에서는 봄이 왔는데도 돌아오지 않는 남편을 기다리는 여인의 간절함을 노래하였다. 봄을 맞아 다시 돋은 푸른 풀과 다시 한 해가 지났는데도 돌아오지 않는 임을 대비한 것이 묘미가 있다. 두 번째 수에서는 만났다 바로 헤어지는 처지를 수레바퀴와 땅의 관계처럼 비유한 것이 소박하면서도 멋이 있다. 세 번째 수에서는 뿌리 없이 물결 위에 흔들리는 부평초 대신 늘 푸른 대나무처럼 뿌리를 깊게 박고 흔들리지 않는 남편의 상을 제시하였다. 성간의 문집에는 전체 12수의 연작으로 실려 있다.

홍겸선의 제천정 시에 화답하다

김종직

꽃을 날리고 버들을 가르며 강바람 부는데
돛대는 흔들흔들 저녁 기러기를 등져 있네.
한 조각 향수에 부질없이 기둥에 기대서니
흰 구름은 술 실은 배 위에 두둥실 지나네.

和洪兼善濟川亭 次宋中樞處寬韻 _{화홍겸선제천정 차송중추처관운}

吹花擘柳半江風 _{취화벽류반강풍}
檣影搖搖背暮鴻 _{장영요요배모홍}
一片鄕心空倚柱 _{일편향심공의주}
白雲飛度酒船中 _{백운비도주선중}

● 김종직 金宗直, 1431~1492

조선 전기의 문인으로 본관은 선산, 자는 계온(季溫), 호는 점필재(佔畢齋)다. 정몽주(鄭夢周), 길재(吉再), 그리고 부친 김숙자(金淑滋)의 학통을 이은 큰 학자로 그의 문하에 많은 사림이 배출되었다. 이와 함께 시문에 매우 뛰어났으며 감식안이 높아 역대 우리나라의 시와 산문을 선발하여 『청구풍아(靑丘風雅)』와 『동문수(東文粹)』를 엮었다. 영사악부(詠史樂府)인 〈동도악부(東都樂府)〉, 지리산 기행문 〈유두류록(遊頭流錄)〉 등도 문학사적인 의미가 높다. 생전에 지은 〈조의제문(弔義帝文)〉 때문에 사후에 무오사화가 일어나 부관참시를 당하였다. 그의 시는 힘이 있으면서도 법도가 있는 것으로 평가된다.

● 해설 및 감상

1465년 김종직이 경상도병마평사로 있다가 잠시 서울로 올라와 한강 동호에 있던 제천정에 올라 지은 작품으로 문집 외에도 여러 시선집에 두루 실린 명작이다. 김종직과 절친한 벗 홍귀달(洪貴達, 자는 겸선)이 제천정 현판에 걸린 첨지중추부사(僉知中樞府事) 송처관(宋處寬)의 시에 차운하여 시를 지었는데 김종직이 이에 답한 것이다. 봄이 되자 버드나무 가지가 축축 늘어져 바람에 갈라지고 꽃잎도 날린다. 한강에는 배 한 척 어디론가 가고 있다. 제천정에 기대어 다시 고향으로 내려갈 생각에 잠긴다. 그때 자신과 처지가 다른 놀이객들이 배를 띄우고 풍류를 즐기는데 그 위로 흰 구름이 떠간다. 이러한 묘사가 담담하면서 사색의 깊이를 보여주기에 허균은 『국조시산』에 이 시를 뽑고 "기상과 풍도가 크고 두텁다"고 고평한 바 있다.

보천탄에서

김종직

복사꽃 뜬 물결은 몇 자나 높아졌나?
사나운 바위 머리 잠겨 간 곳을 모르겠네.
쌍쌍이 나는 해오라기 옛 낚시터를 잃고서
고기 문 채 물풀 사이로 날아서 들어가네.

寶泉灘卽事 보천탄즉사

桃花浪高幾尺許 도화랑고기척허
狠石沒頂不知處 한석몰정부지처
兩兩鷺鷥失舊磯 양양노자실구기
啣魚飛入菰蒲去 함어비입고포거

　김종직의 문집『점필재집』외에 여러 시선집에 두루 선발되어
있는 대표작이다. 1485년 김종직은 이조참판에서 물러나 고향 선산
(善山)에 내려와 한가하게 살고 있었다. 보천탄은 바로 선산 동남쪽
에 있는 여울이다. 봄날 복사꽃이 필 무렵 강물이 불어나므로 봄
물결을 도화랑(桃花浪)이라 한다. 봄이 되어 물이 불어 새들이 앉아
있던 바위가 물속에 잠겼다. 그 때문에 물새는 낚시터를 잃어 물고
기를 입에 문 채 물풀 사이로 날아간다고 한 것이다. 있는 그대로의
풍광을 묘사한 작품이지만 고고한 학자의 엄정한 눈길이 느껴진다.

치술령

김종직

치술령 꼭대기서 일본을 바라보니
하늘에 붙은 큰 파도 가이없어라.
낭군이 가실 때 손만 흔드시더니
살았는지 죽었는지 소식이 끊겼네.
소식이 끊긴 후 오래 이별한지라,
죽은들 산들 볼 날이 어찌 있으랴?
하늘을 불러 문득 망부석이 되었기에
천년 동안 매운 기개 청천을 찌르네.

鵄述嶺 치술령

鵄述嶺頭望日本 치술령두망일본
粘天鯨海無涯岸 점천경해무애안
良人去時但搖手 양인거시단요수
生歟死歟音耗斷 생여사여음모단
音耗斷長別離 음모단장별리
死生寧有相見時 사생영유상견시
呼天便化武昌石 호천변화무창석
烈氣千載干空碧 열기천재간공벽

215

김종직의 〈동도악부(東都樂府)〉 중 한 수다. 〈동도악부〉는 신라의 역사 중 일곱 개의 일화를 끌어와 그 내용을 산문으로 적은 서(序)를 붙인 시다. 이 작품은 그 중 한 수로 그 서문은 "박제상(朴堤上)이 고구려에서 돌아와 그 처자를 보지 않고 곧바로 왜국으로 향하였다. 그 처가 뒤늦게 율포(栗浦)에 이르러 남편이 이미 배에 오른 것을 보고 부르면서 크게 통곡하였다. 박제상은 그저 손만 흔들고 떠나갔다. 박제상이 죽은 후 그 처는 사모하는 마음을 이기지 못하여 세 딸을 데리고 치술령에 올라 왜국을 바라보고 통곡하다 죽었다. 이 때문에 치술령의 신모(神母)가 되었다."로 되어 있다. 이어지는 시는 이러한 산문의 내용을 악부풍(樂府風)으로 압축한 것이다. 우리나라에서는 역사를 소재로 한 영사악부는 〈동도악부〉가 처음이다.

산길을 가다가

김시습

아이는 잠자리 잡고 늙은이는 울타리 고치는데
작은 시내 봄물에는 해오라기가 멱을 감네.
푸른 산이 끊어진 곳에 갈 길이 멀기에
등나무 한 가지 꺾어 어깨에 둘러메고 가노라.

山行卽事 산행즉사

兒捕蜻蜓翁補籬 아포청정옹보리
小溪春水浴鷺鷥 소계춘수욕노자
靑山斷處歸程遠 청산단처귀정원
橫擔烏藤一箇枝 횡담오등일개지

217

● 김시습金時習, 1435~1493

조선 전기의 문인으로 본관은 강릉, 자가 열경(悅卿)이다. 동봉(東峯)과 매월당(梅月堂), 청한자(淸寒子) 등 여러 가지 호를 사용하였으며, 불문(佛門)에 있을 때는 설잠(雪岑)이라 하였다. 오세동자(五世童子)로 일컬어졌을 만큼 일찍부터 뛰어난 재주를 발휘하였으나, 세조가 왕위를 찬탈하였다는 소식을 듣고 출가하여 평생을 방랑하면서 불우한 뜻을 문학 작품에 담았다. 한때 경주 금오산(金鰲山)에 정착해 있을 때 한문소설 〈금오신화(金鰲神話)〉를 남겼다. 문집으로는 『매월당집』이 전한다. 그의 시는 세사를 초탈하여 탁 트인 맛을 주는 것이 특징이다.

● 해설 및 감상

김시습의 문집에는 제목이 〈질그릇가게(陶店)〉로 되어 있으나, 『국조시산』 등 대부분의 이름난 시선집에는 〈산길을 가다가〉로 되어 있다. 이 제목이 내용에 더 잘 어울리기에 『국조시산』의 것을 취하였다. 작품을 제작한 정확한 시기는 알 수 없지만, 계유정란을 일으킨 후 왕위에 오른 세조를 못마땅하게 생각하여 팔도를 떠돌던 때의 작품으로 추정된다. 세사에 초탈하여 탁 트인 삶을 산 김시습의 행적을 단적으로 보여준다. 산길을 가다가 어느 산촌에 들렀다. 아이는 잠자리를 잡고 노인은 울타리를 고친다. 겨우내 언 개울이 녹아 봄물이 파랗게 흐르는데 하얀 해오라기가 멱을 감는 듯 물을 친다. 푸른 산이 끊어져 길이 보이지 않는 그 너머로 가야 할 길이 멀지만, 그렇다고 김시습은 이를 고생으로 여기지 않는다. 오히려 길옆의 검은 등나무 가지 하나 꺾어 어깨 위로 둘러멘다. 호탕한 김시습의 면모가 잘 드러난다. 그런데 이 시의 계절적 배경이 봄철이라 잠자리가 맞지 않다고 볼 수 있지만, 봄날에도 잠자리가 날아다닌다. 쉽게 본 풍경을 그린 것 같지만, 두보(杜甫)의 〈복거(卜居)〉

에 "무수한 잠자리는 나란히 오르내리고, 한 쌍의 비오리[鸂鶒] 마주
하여 잠겼다 뜨네(無數蜻蜓齊上下, 一雙鸂鶒對沈浮)"라는 시구를 읽은
것으로 보인다.

어떤 나그네

김시습

청평사의 어떤 나그네
봄 산에서 마음대로 논다.
호젓한 탑 곁에 새가 우는데
흐르는 실개울에 꽃이 지네.
맛난 나물은 시절을 알아 자라나고
향긋한 버섯은 비를 맞아 부드럽다.
시를 읊조리며 선동으로 들어가니
인생 백년의 내 시름이 다 사라지네.

有客 유객

有客淸平寺 유객청평사
春山任意遊 춘산임의유
鳥啼孤塔靜 조제고탑정
花落小溪流 화락소계류
佳菜知時秀 가채지시수
香菌過雨柔 향균과우유
行吟入仙洞 행음입선동
消我百年愁 소아백년수

220

◉ 해설 및 감상

　40대 중반 김시습은 경주의 금오산을 떠나 성동(城東)과 수락산 (水落山)을 오가면서 생활하였다. 잠시 부인 안씨(安氏)를 맞았지만 얼마 있지 않아 부인이 세상을 떠나자, 실의에 빠져 49세의 나이로 다시 방랑을 나서 관동 지역을 두루 유람하였다. 이 작품은 이 시기 제작된 『관동일록(關東日錄)』에 들어 있으며, 소양강 상류의 청평사 에 들러 지은 것이다. 김시습은 그곳의 세향원(細香院)에 머물렀던 적도 있다. 유객(有客)이라는 제목은 두보(杜甫)가 같은 제목의 시를 쓴 이래, 떠돌이 생활을 하는 시인의 처지를 노래하는 전통이 이루 어졌다. 자신의 행적을 평이하게 적어 시상을 연 다음, 봄이 온 청평사의 풍광을 담박하게 그려낸 다음, 이러한 풍광으로 인하여 세사의 시름이 사라진다 하였다. 허균이 『국조시산』에서 "한적자 임(閑適自任)"이라 한 대로 방랑 중에도 삶의 여유를 느낄 수 있다.

제목이 없는 시

김시습

종일 죽장망혜로 발길 닿는 대로 걸어가니
한 산이 다 지나노라면 또 한 산이 푸르네.
마음은 집착이 없나니 육신의 부림을 받으랴?
도는 본래 이름이 없는 법 가짜로 이루겠나?
간밤의 이슬 마르지 않았는데 산새들 지저귀고
봄바람은 끝없어 부는데 들꽃이 환하게 피었네.
단장 짚고 돌아갈 때 일천 멧부리 고요한데
푸른 벼랑 자욱한 안개가 저녁 햇살에 피어나네.

無題 무제

終日芒鞋信脚行 종일망혜신각행
一山行盡一山青 일산행진일산청
心非有想奚形役 심비유상해형역
道本無名豈假成 도본무명기가성
宿露未晞山鳥語 숙로미희산조어
春風不盡野花明 춘풍부진야화명
短笻臨去千峯靜 단공임거천봉정
翠壁亂烟生晩晴 취벽난연생만청

　　김시습의 문집에는 제목이 〈준상인에게 주다(贈峻上人)〉는 제목
의 20수 연작수로 실려 있는데 준상인은 곧 설준(雪峻)이라는 승려
로, 서거정(徐居正), 최항(崔恒) 등 문인들과도 교유가 많았다. 이 시
는 몇 자에 출입이 있지만 전체적인 의미가 잘 통하는『국조시산』
에 실린 것을 따랐다. 문집에 상(想)이 상(像)으로 되어 있지만 뜻이
잘 통하지 않는다. 상(想)은 불교에서 여러 가지 집착을 가리키는
말이다. 죽장망혜로 정처 없이 걷지만 나그네로 떠도는 일을 운명
처럼 받아들인 초탈의 정신을 엿볼 수 있다. 도잠(陶潛)의 〈귀거래
사(歸去來辭)〉에 "이미 스스로 육체의 부림을 받게 되었으니, 어찌
쓸쓸하게 홀로 슬퍼하지 않을 수 있으랴(旣自以心爲形役, 奚惆悵而獨
悲)."라 한 구절과『노자(老子)』에서 "도를 도라 한 것은 항상된 도
가 아니요, 이름을 정하여 붙인 것은 항상된 이름이 아니다(道可道,
非常道, 名可名, 非常名)."라 한 구절을 잘 끌어들여 자신의 인생관을
피력하였다. 김시습은 시를 쓸 때 애써 꾸미려 하지 않았기에 형식
적인 파격이 제법 있는데, 이 작품에서도 정확한 압운법을 따르지
않았다.

비를 마주하고서 청주 동헌에 쓰다

성현

비단 휘장을 치고 병풍 치고 누웠노라니
별원에 인적 없고 거문고 소리 벌써 끊겼네.
상쾌한 기운이 발에 가득해 막 잠에서 깨니
온 뜰에 내린 가랑비에 장미가 젖어 있네.

對雨題淸州東軒 대우제청주동헌

畵屛高枕掩羅幃 화병고침엄라위
別院無人瑟已希 별원무인슬이희
爽氣滿簾新睡覺 상기만렴신수각
一庭微雨濕薔薇 일정미우습장미

● 성현成俔, 1439~1504

조선 전기의 문인으로 본관은 창녕, 자는 경숙(磬叔), 호는 용재(慵齋)가 가
장 널리 알려져 있으나 허백당(虛白堂), 부휴자(浮休子) 등도 사용하였다.
벼슬은 판서에 이르렀고 대제학을 역임하였다. 음악에 조예가 깊어 『악학
궤범(樂學軌範)』을 편찬하였고, 당시의 역사와 문화를 증언한 『용재총화(慵
齋叢話)』를 저술하였으며, 문집으로는 『허백당집』이 있으며, 『부휴자담론
(浮休子談論)』, 『풍소궤범(風騷軌範)』 등도 문화사적 의미가 큰 업적이다.
악부시(樂府詩)에 능하여 『풍아록(風雅錄)』을 저술하였다.

● 해설 및 감상

문집과 역대 시선집에 두루 실려 있는 성현의 대표작이다. 비록
훗날 무오사화로 죽은 후에 부관참시(剖棺斬屍)라는 끔찍한 형벌을
받았지만, 생전에는 벼슬살이에 큰 부침이 없었던 전형적인 관각문
인이다. 청주 관아의 동헌에서 갑자기 내린 비를 보고 읊은 시이다.
취기에 물러나 잠시 누워 한 잠을 잤다. 얼마나 잤는지 발밑이 시원
하기에 깨보니 그 사이에 소낙비가 한바탕 내렸다. 아직 빗방울이
채 떨어지지 않은 붉은 장미꽃이 곱기만 하다. 화평하면서 넉넉한
관각시(館閣詩)의 전형을 잘 보여주고 있다.

조령에 올라

유호인

새벽 눈 덮인 고개를 오르니
봄기운이 한창 무르익었구나.
북녘으로 군신의 길이 막혔지만
남쪽에서 모자가 함께하게 되었네.
조령은 푸른 밤안개에 흐릿한 채
까마득한 높은 하늘에 기대 있네.
다시 서찰을 올리고자 하노라니
시름겹게 북으로 기러기가 날아가네.

登鳥岾 등조점

凌晨登雪嶺 능신등설령
春意政濛濛 춘의정몽몽
北望君臣隔 북망군신격
南來母子同 남래모자동
蒼茫迷宿霧 창망미숙무
迢遞倚層空 초체의층공
更欲裁書札 갱욕재서찰
愁邊有北鴻 수변유북홍

● 해설 및 감상

문집 외에도 여러 시선집에 두루 실려 있는 명작이다. 유호인은 성종으로부터 신임이 두터웠지만 1487년 모친 봉양을 이유로 벼슬을 버리고 경상도 선산(善山)으로 낙향하였다. 임금은 "이시렴부듸 갈짜 아니 가든 못홀쏘냐"로 시작하는 시조를 불러 그를 만류한 바 있다. 『지봉유설(芝峯類說)』에 따르면, 이 때 성종이 내시를 시켜 그가 지은 시를 찾아오게 하였는데, 그 안에 이 시가 들어 있었다고 한다. 성종에 대한 충성심이 여전하지만 부모에 대한 효성도 저버릴 수 없음을 밝혔기에, 이수광은 충효(忠孝)가 구비된 작품이라 칭송한 바 있다.

두류산을 유람하다 화개현에 이르러

정여창

바람에 부들은 가벼이 찰랑찰랑
4월 화개현에 보리가 벌써 익었네.
두류산 천만 봉을 샅샅이 보고 나서
외로운 배로 다시 큰 강을 내려간다.

遊頭流到花開縣 유두류도화개현

風蒲獵獵弄輕柔 풍포렵렵농경유
四月花開麥已秋 사월화개맥이추
看盡頭流千萬疊 간진두류천만첩
孤舟又下大江流 고주우하대강류

228

● 정여창鄭汝昌, 1450~1504

조선 전기의 문인으로 본관은 하동(河東), 자는 백욱(伯勗), 호는 일두(一蠹)
다. 김굉필(金宏弼)과 함께 김종직의 문하였기 때문에 무오사화 때 유배를
갔다 왔고, 갑자사화가 일어나기 직전에 죽었지만 부관참시(剖棺斬屍)의 형
벌을 받았다.『용학주소(庸學註疏)』,『주객문답설(主客問答說)』등의 저술
이 있었다 하나 무오사화 때 그의 부인이 모두 소각했고, 지금은 정구(鄭逑)
가 엮은『문헌공실기(文獻公實記)』속에 그 유집(遺集)이 일부 전한다.

● 해설 및 감상

『국조시산』등 시선집에 두루 실려 있는 작품이다. 젊은 시절
정여창은 지리산 아래 악양의 섬진강 강가에 악양정을 세우고 살았
는데 성종 20년(1489)이 4월 벗 김일손이 찾아와 함께 지리산을 유
람하러 길을 나서면서 이 작품을 지었다. 바람에 한들거리는 푸른
부들과 보리가 익는 맥추(麥秋), 그 이름대로 누렇게 익은 보리를
회화적으로 그린 것이 묘미가 있다. 땅 이름인 '화개'는 꽃이 핀다
는 뜻이기에, 푸른 부들, 누런 보리와 어우러져 산뜻한 색채감을
더한다. 이 시는 특히 3구와 4구가 학자의 호탕한 기상을 잘 드러낸
작품으로 "가슴 속이 시원하여 속세의 한 점 티끌이 없다."는 평가
를 받았다. 훗날 악양정과 이 시는 이징(李澄)에 의하여 〈화개도(花
開圖)〉 그림으로 그려진 바도 있다.

옛 절에서 꽃을 찾아

월산대군

봄 저무는 옛 절에 제비가 나는데

깊은 절 중문에는 손님이 이르지 않네.

내 꽃 찾아 왔건만 꽃이 하마 다 졌으니

꽃 찾아 왔다가 꽃을 석별하고 돌아가네.

尋花古寺 심화고사

春深古寺燕飛飛 춘심고사연비비

深院重門客到稀 심원중문객도희

我昨尋花花已盡 아작심화화이진

尋花還作惜花歸 심화환작석화귀

● **월산대군**月山大君, 1454~1488

조선 전기의 문인으로, 세조의 손자이며, 성종의 형이다. 자는 자미(子美), 호는 풍월정(風月亭)이며 월산대군이 그의 봉호다. 이름은 정(婷)인데 그 글자의 뜻 때문에 그의 시가 중국에 전해졌을 때 전겸익(錢鎌益)은 그를 여자로 추정한 바도 있다. 도성 안의 집 풍월정 외에 한강 서강에 있는 망원정(望遠亭)에 머물며 풍류를 즐겼다. 문집『풍월정집』이 전한다. 안평대군(安平大君), 주계군(朱溪君) 등과 함께 조선 전기 왕실문학을 대표한다.

● **해설 및 감상**

문집과 함께 우리나라 역대 시선집, 그리고『열조시집(列朝詩集)』, 『명시종(明詩綜)』등 중국의 한시선집에도 수록되어 있다. 늦봄 오래된 사찰로 꽃구경을 나갔지만, 꽃이 벌써 지고 없어 꽃을 맞으러 간 것이 아니라 꽃을 전송하러 간 셈이라 하였다. 절구와 같은 근체시는 같은 글자를 반복하지 않는 것이 원칙인데 '화(花)'를 무려 네 번씩이나 쓰는 파격을 하였다. 봄날의 흥취를 드러내고자 하는 작품에서 이러한 현상이 가끔 있다. 허균은『국조시산』에서 "비록 우스개처럼 지었지만 뜻이 좋다."라고 높게 평가하였다. 소식(蘇軾)의 시 "객을 보내려니 객이 이미 가버렸고, 꽃을 찾자니 꽃이 아직 피지 않았네(送客客已去, 尋花花未開)."라 한 구절을 배운 듯하다.

서강에서 한식날에

남효온

날이 흐려 울타리 너머에 저녁 한기 일더니
한식날 부는 봄바람에 들녘물이 밝아지네.
배에 가득 상인들의 말소리는 끝이 없는데
버들개지 날리는 계절이라 고향 생각 간절하네.

西江寒食 서강한식

天陰籬外夕寒生 천음리외석한생
寒食東風野水明 한식동풍야수명
無限滿船商客語 무한만선상객어
柳花時節故鄉情 유화시절고향정

232

● 남효온南孝溫, 1454~1492

조선 전기의 문인으로 본관은 의령, 자는 백공(伯恭)이다. 김종직(金宗直)의 학통을 이어받아 신진사류의 선배로서 큰 역할을 하였다. 절의를 숭상하여 사육신의 행적을 정리하여 『육신전(六臣傳)』을 저술하였고, 훗날 스스로도 생육신으로 추앙을 받았다. 평생 벼슬길에 나아가지 않고 서강(西江)과 행주(幸州)를 오가면서 은일의 삶을 살면서 스스로의 호를 추강(秋江), 혹은 행우(杏雨)이라 하였다. 문집 『추강집』 외에 『추강냉화(秋江冷話)』 등을 남겼다. 시는 평담하면서도 고와서 당시(唐詩)의 경지에 올랐다는 평가를 받았다.

● 해설 및 감상

문집과 역대의 한시선집, 중국의 『열조시집(列朝詩集)』에까지 실린 명작이다. 남효온이 문종의 비 권씨(權氏)를 복위할 것을 주장하다가 받아들여지지 않자 벼슬에 나아가지 않고 서강에서 소요하던 30대 초반의 작품으로 추정된다. 한식에는 불을 지피지 않고 찬밥을 먹는 풍속이 있었다. 날씨까지 을씨년스러워 더욱 한기가 돈다. 이익을 따지는 장사치의 목소리는 높지만, 고향으로 돌아가지 못하는 자신을 돌아보았다. 『국조시산』에서 허균은 "묘사한 것이 뼈를 찌를 듯하다"라 하였고, 또 "왕유(王維)의 시에 손색이 없다"라고 높게 평가하였다.

삼짇날 성남에서

남효온

성 남쪽 성 북쪽에 살구꽃이 붉은데
해가 서쪽에 있어 꽃 그림자가 동쪽에 있네.
한 필 말에 오른 병든 늙은이 절기에 놀라
저녁 바람에 성가퀴에서 눈물을 흘리노라.

上巳城南 상사성남

城南城北杏花紅 성남성북행화홍
日在花西花影東 일재화서화영동
匹馬病翁驚節候 필마병옹경절후
斜風吹淚女墻中 사풍취루여장중

『추강집』에는 제목이 〈2월 그믐 돈의문의 성 위에 올라서(二月晦日, 登敦義門城)〉라는 긴 제목으로 되어 있어,『국조시산』등 시선집의 것을 따른다. 봄이 되어 성안 여기저기에 살구꽃이 붉게 피었는데, 저녁이 되자 꽃 그림자가 동쪽으로 누워 있다. 이러한 아름다운 풍광을 보고 또 세월이 흘렀음을 깨닫고 저녁 바람에 눈물을 짓는다. 일반적으로 근체시에서 동일한 글자를 두는 것은 금기시되지만, 흔히 봄날 제작한 한시는 동일한 글자를 반복하여 리듬감을 형성하고 이를 통하여 봄날의 흥취를 느낄 수 있게 하는 파격이 적지 않다. 이 작품은 이러한 파격을 취하면서도 봄날의 화려함에 대비되는 시인의 우수를 말하였다. 이처럼 남효온의 시는 화려함 속에 애상이 서린 것이 많다.

회포를 적다

김굉필

한가롭게 홀로 사는 신세 오갈 일 없기에
그저 밝은 달 찾아 쓸쓸한 나 비추게 한다.
그대여 이 생애 어떤가 묻지 마시게,
만경 파도와 첩첩 청산 그뿐이라네.

書懷 서회

處獨居閑絶往還 처독거한절왕환
只呼明月照孤寒 지호명월조고한
憑君莫問生涯事 빙군막문생애사
萬頃烟波數疊山 만경연파수첩산

236

● 해설 및 감상

『속동문선(續東文選)』등 역대 시선집에 두루 실려 있으며, 중국의『지북우담(池北偶談)』에도 수록되어 있다. 외부인과의 왕래를 끊고 홀로 한적한 삶을 살아가는 산림처사이기에 그저 맑은 바람과 밝은 달만 벗하는 풍월주인이 되어 있다. 허균은『국조시산』에 이 시를 뽑고 "맑은 생각이 손에 잡힐 듯하다", "정신과 감정이 맑아서 절로 산림에 은거하는 이의 풍모가 있다"고 높이 평한 대로 학자 김굉필의 삶과 뜻을 이 작품에서 확인할 수 있다.

우연히 읊다

조신

묘주 석 잔으로 일흔 나이를 속이고서
손수 남쪽 창을 열고 한번 시를 읊조리네.
샘물이 못에 흘러 넘쳐 물고기가 뛰놀고
숲이 집을 둘러싸니 새가 찾아드네.
비 개인 뒤라 꽃잎에는 생기가 돌고
바람이 불자 버들은 가는 허리를 흔드네.
적암에게 아무 일 없다고 누가 말하는가?
계절의 풍광 따라 세사를 잊지 못하는 것을.

偶吟 우음

三盃卯酒詫年稀 삼배묘주타년희
手拓南窓一咏詩 수척남창일영시
泉眼溢池魚潑剌 천안일지어발자
樹林遶屋鳥來歸 수림요옥조래귀
花生顔色雨晴後 화생안색우청후
柳弄腰肢風過時 유롱요지풍과시
誰道適菴無個事 수도적암무개사
每因節物未忘機 매인절물미망기

조선 전기의 문인으로 본관은 창녕, 자는 숙분(叔奮), 호는 적암(適菴)이다. 조위(曺偉)의 아우이며 김종직의 매부지만 서자였기에 벼슬이 사역원 주부에 그쳤다. 시에 매우 뛰어나 박은(朴誾), 김안국(金安國) 등이 그에게 질정을 구하였을 정도며, 정사룡(鄭士龍)이 오직 그의 시만 높였다고 한다. 그가 저술한 『소문쇄록(謏聞瑣錄)』은 조선 전기 문화사 연구에 중요한 자료가 된다. 문집 『적암유고』가 있어 허균의 서문이 남아 있지만 지금은 전하지 않고 여러 시선집에 몇 편의 시만 전한다.

● 해설 및 감상

역대 이름난 시선집에 두루 실려 있는 조신의 대표작이다. 조신이 만년 고향 김천에 적암을 짓고 은거할 때의 작품이다. 새벽에 마시는 술을 묘주라 한다. 나이를 잊고 묘주를 한 사발 들이키고 창을 힘차게 열고 시를 읊조린다. 봄이 돌아와 만물이 소생하고 천지가 활발하게 움직이는 모습을 보니 절로 힘이 난다. 자신의 이러한 한적한 삶을 두고 남들은 달관에 이르렀다 하겠지만, 사실은 계절이 가져다주는 아름다운 풍광에 마음의 평정을 유지하지 못한다 한 것이 묘미가 있다. 미리 정해 둔 시와 술, 숲, 샘, 물고기, 새, 꽃, 버들, 바람, 비 등 열 글자(詩酒林泉魚鳥花柳風雨)"를 모두 시에 수용하면서 두 운목(韻目)을 번갈아 쓰는 진퇴격(進退格)으로 제작한 다소 유희적인 시이기도 하다.

성산의 기생에게

강혼

부상관 안에서 한바탕 즐기는데
자는 손은 이불 없고 촛불은 가물가물.
열두 봉우리 무산이 새벽꿈에 어른거려
역루의 봄밤이 찬 줄을 모르겠네.
(⋯⋯)
고야산 선녀의 백옥 같은 자태로
새벽 창가에서 거울을 보고 눈썹 그리네.
묘주에 살짝 취하여 홍조를 띠었는데
봄바람이 살적에 불어 검은 머리 흩날리네.

寄星山妓 기성산기

扶桑舘裡一場驩 부상관리일장환
宿客無衾燭燼殘 숙객무금촉신잔
十二巫山迷曉夢 십이무산미효몽
驛樓春夜不知寒 역루춘야부지한
(⋯⋯)
姑射仙姿玉雪肌 고야선자옥설기

曉窓金鏡畵蛾眉 효창금경화아미
卯酒半酣紅入面 묘주반감홍입면
東風吹鬢綠參差 동풍취빈녹참치

● 강혼姜渾, 1464~1519

조선 전기의 문인으로 본관은 진주, 자는 사호(士浩), 호는 목계(木溪)다. 호당에 선발되는 영예를 입었다. 김종직의 문인이었기에 무오사화에 연루되었으나 가벼운 처벌만 받았다. 시에 뛰어나 후에 연산군의 총애를 받아 도승지를 지냈지만 다시 중종반정에 가담하여 공신에 책봉되었다. 그의 행실이 문제되어 문집이 간행되지 못하다가 근세에 『목계일고』가 편찬되었다.

● 해설 및 감상

　강혼은 1508년 11월 영남안찰사(嶺南按察使)로 나가 있을 때 성주(星州)의 기생 은대선(銀臺仙)과 사랑에 빠졌다. 이듬해 서울로 돌아오게 된 강혼은 은대선과 차마 헤어지지 못하여 머뭇거리다가 겨우 30리 떨어진 부상역에 이르렀다. 수졸들이 침구를 모두 가지고 먼저 떠나버려 강혼은 이불도 없이 부상역에서 하룻밤을 자게 되었다. 당시 널리 알려진 일화이기에 『패관잡기(稗官雜記)』 등 여러 시화집에 이 사연이 보인다. 부상역에서 이불도 없이 기생과 운우지정을 나누었지만 추위를 느끼지 않았다. 열두 봉우리 무산이라 한 것은 송옥(宋玉)의 〈고당부서(高唐賦序)〉에서 초나라 양왕(襄王)이 고당(高塘)에서 잠자다가 꿈에 찾아온 여인과 하룻밤 동침하였는데, 이튿날 아침 그 여인이 떠나면서 "저는 무산에 사는 신녀(神女)인데 매일 아침이면 구름이 되고, 저녁이면 비가 됩니다."라고 하였다. 여기서 운우지정이라는 말이 나왔다. 은선대는 외모가 출중하였기에 두 번째 작품에서 강혼은 그녀를 『장자』에 나오는 막고야산(藐姑射山)에 사는 선녀에 비유하였다. 홍조를 띠고 머리카락이 흐트러진 것이 묘주 때문인지 운우지정 때문인지 묘하게 처리되어 더욱 묘미가 있다. 고혹적인 기생의 요염한 자태가 잘 묘사되어 허균은 그 정황이 눈에 보일 듯하다고 평했다. 문집에는 첫 번째 작품은 보이지 않아 『국조시산』의 것을 보였다.

밤에 앉아

이주

음산한 바람이 참혹하고 비는 추적추적 내리는데
비릿한 바다 냄새가 산속의 깊은 석굴까지 이르네.
이 밤에 허망한 인생살이 흰 머리만 남았기에
등불을 켜고 때때로 처음 마음을 다시 돌아본다.

夜坐 야좌

陰風慘慘雨淋淋 음풍참참우림림
海氣連山石竇深 해기련산석두심
此夜浮生餘白首 차야부생여백수
點燈時復顧初心 점등시부고초심

조선 전기의 문인으로 본관은 고성, 자는 주지(胄之), 호는 망헌(忘軒)이다. 호당(湖堂)에 선발되어 촉망받는 엘리트였는데 김종직의 문인이었기 때문에 갑자사화에 연루되어 진도로 유배되었다가 다시 갑자사화 때 죄가 추가되어 제주도로 옮겨졌으나 다시 서울로 압송되어 효수되었다. 문집『망헌유고』가 전한다. 조선 전기 소식(蘇軾)과 황정견(黃庭堅) 등 송시(宋詩)를 배우던 풍조에서 벗어나 당풍(唐風)을 추구한 것으로 알려져 있다.

● 해설 및 감상

문집과 역대 시선집에 두루 실려 있는 이주의 대표작이다. 이주는 1498년 무오사화에 연루되어 진도로 유배되었다. 1502년 무오사화에 연루된 사람들이 일부 풀려났지만 자신은 사면 대상에서 제외되었음을 알고 다시는 섬을 벗어나지 못할 것이라 절망하여 금골산(金骨山)의 석굴로 들어가 세상과 절연하고자 하였다. 음산한 바람이 불고 비는 추적추적 내리는 늦가을 자신의 지난 삶을 돌아보았다. 마지막 구의 '초심(初心)'은 처음 벼슬하러 나갈 때 무엇인가를 이루어보겠다는 당찬 의지를 가리키는 듯하다. 이러한 꿈이 모두 수포로 돌아가고 곧 죽게 될 것이라는 것을 예감한 시인의 정서가 절로 처절하다.

통주에서

이주

통주는 천하의 빼어난 곳
누대가 하늘 위로 솟아 있네.
시장에는 금릉의 재화가 쌓여 있고
강물은 양자강의 조수와 통하여 있네.
찬 안개가 가을날 물가에 떨어지는데
외로운 학이 저물녘 요동으로 돌아가네.
말 위에 몸을 얹어 천리를 떠돌다가
높은 곳에 올라 보니 고향이 아득하네.

通州 통주

通州天下勝 통주천하승
樓觀出雲霄 누관출운소
市積金陵貨 시적금릉화
江通楊子潮 강통양자조
寒烟秋落渚 한연추락저
獨鶴暮歸遼 독학모귀요
鞍馬身千里 안마신천리
登臨故國遙 등림고국요

246

문집과 여러 시선집에 실려 있는데 글자가 조금 다른 곳이 있다. 여기서는『국조시산』의 것을 보인다. 1496년 서장관(書狀官)으로 중국에 갔을 때 물화가 풍성한 통주에 이르러 문루에 올라 쓴 작품이다. 통주는 지금의 강소성으로 당시 중국으로 사신을 갈 때 들르게 되는 곳으로 운하로 강남과 연결되어 매우 번성하였다.『어우야담』에 따르면 이주는 이 작품이 중국에서 인구에 회자되어 '독학모귀요선생(獨鶴暮歸遼先生)'이라는 별명을 얻게 되었다고 한다. 천하의 명승으로 이름난 통주의 높은 문루를 그리고, 양자강과 수로가 이어져 있어 강남 일대의 물화가 모여드는 통주의 번화함을 말한 다음, 쓸쓸히 안개가 내리고 외로운 학이 날아가는 가을 풍경을 그려 이국에서의 쓸쓸한 감정을 토로하였다. 허균은 두보(杜甫)와 같은 맑은 운치가 있다고 높게 평가하였다.

압록강 봄 조망

정희량

변방이라 일마다 걸핏하면 마음이 상하는데
바닷가의 미친 노래는 은자의 것과 다르다네.
봄이 와도 꽃은 보이지 않고 아직 눈만 보이는데
이곳은 기러기도 오지 않으니 올 사람 있겠는가?
봄기운이 스산한데 비는 새벽까지 이어지고
여린 풀이 무성한데 바람이 나루에 그득하네.
슬프다, 좋은 시절에 항상 나그네 신세 되었으니
흐르는 눈물이 다시 수건을 적시는 것 어이하랴?

鴨江春望 압강춘망

邊城事事動傷神 변성사사동상신
海上狂歌異隱淪 해상광가이은륜
春不見花猶見雪 춘불견화유견설
地無來雁況來人 지무래안황래인
輕陰漠漠雨連曉 경음막막우련효
細草萋萋風滿津 세초처처풍만진
惆悵芳時長作客 추창방시장작객
可堪垂淚更添巾 가감수루갱첨건

248

● 정희량鄭希良, 1469~?

조선 전기의 문인으로, 본관은 해주, 자는 순부(淳夫), 호는 허암(虛庵)이다. 김종직의 문하로, 홍문관에 근무하면서 사가독서를 받은 신진 엘리트다. 무오사화에 연루되어 의주로 유배되었다. 1501년 유배에서 풀려나왔지만 등용되지 못하였다. 세상에 대한 강개한 뜻을 지녔으나 술과 시로 소일하다가 1502년 한강 하류인 조강(祖江)에 투신한 것처럼 꾸미고 잠적하여 이후의 행적은 알 수 없다. 문집 『허암유고』가 전한다.

● 해설 및 감상

정희량은 김종직의 제자라 하여 1498년 무오사화에 연루되어 곤장을 맞고 의주로 유배되었는데 이 무렵의 작품이다. 그의 시에서는 세사를 비관하고 강개하는 것이 주를 이루고 있다. 세사가 뜻과 같지 못하여 미친 듯이 노래를 부르니, 스스로의 의지에 따라 숨어 사는 은자의 한가한 노래와는 절로 다르다 하였다. 이어 자연도 인간도 자신에게 따뜻한 눈길을 보내주지 않는 처지를 말하고 이를 음산하게 밤새 내리는 비와 나루에 강하게 부는 바람을 묘사하여 풍경으로 연결한 것도 묘미가 있다. 허균은 『성수시화』에서 2연을 두고 지나치게 수식한 흠이 있지만 그럼에도 절로 내포된 뜻이 많다고 높게 평가하였다.

신광사에 쓰다

남곤

천 장의 문서더미에서 몸을 빼내어
자그마한 승방에 침상을 빌려 자노라.
오뉴월 뜨거운 기운도 이르지 못하니
아마도 절에는 별세계가 있나 보다.

題神光寺 제신광사

千重簿領抽身出 천중부령추신출
十笏僧房借榻眠 십홀승방차탑면
六月炎塵飛不到 유월염진비부도
上方知有別般天 상방지유별반천

조선 전기의 문인으로 본관은 의령, 자는 사화(士華), 호는 지정(止亭)이다. 사가독서를 받았고, 대제학을 지냈으며 벼슬이 영의정에 이르렀다. 김종직의 제자로 신진사류였지만, 중종반정 이후 기묘사화를 일으켜 조광조(趙光祖) 등 후배 사림을 배척하여 후에 사림의 공적이 되었다. 문집이 있었지만 간행되지 못하여 지금 전하지 못하며, 여러 시선집에 그의 시 일부만 전한다. 학문과 문학에 탁월하였고, 이행(李荇), 박은(朴誾) 등과 절친하였다. 백악의 대은암(大隱庵)에 그의 집이 있어 문화공간으로 의미가 깊다.

● 해설 및 감상

신광사는 원나라 황제가 해주의 북숭산(北崇山)에 세운 거대한 사찰이다. 남곤은 1509년 황해도 관찰사로 나갔는데 이때 신광사에 들러 여섯 수의 연작시를 지었는데 그 중 첫 번째 작품이다. 수많은 문서더미에서 몸을 빼 절간으로 와서 조그만 승방을 빌려 잠시 휴식을 취한다. 오뉴월 무더위가 한창이지만 신광사는 절로 시원하여 불법으로 별세계를 만든 것이 아닌지 물었다. 허균은 이 『국조시산』에 이 시를 선발하고 "그 사람됨은 화를 내고 침을 뱉어도 좋지만 그 시는 절로 좋다."고 평가하였다.

궁녀의 노래

이희보

궁문이 깊게 닫히고 달은 황혼인데
열두 번 종소리에 한밤중이 되었네.
청산 어느 곳에 고운 뼈를 묻었나?
가을바람에 낙엽 소리 어이 들으랴?

宮詞 궁사

宮門深鎖月黃昏 궁문심쇄월황혼
十二鍾聲到夜分 십이종성도야분
何處靑山埋玉骨 하처청산매옥골
秋風落葉不堪聞 추풍락엽불감문

252

● 이희보李希輔, 1473~1548

조선 전기의 문인으로 본관은 전주, 자는 백익(伯益), 호는 안분당(安分堂)
이다. 어려서부터 독서를 좋아하여 책을 손에 놓지 않은 것으로 유명하다.
자신의 시문에 대한 자부가 높아 진여의(陳與義)보다 위에 있다고 여긴 일
화가『어우야담』에 전한다. 시에 뛰어났지만 연산군의 총애를 받은 것 때문
에 사림으로부터 대우를 받지 못하였다. 시집『안분당시집』이 필사본으로
전한다.

● 해설 및 감상

　궁궐의 문이 닫히고 달이 뜨면서 한밤의 종소리 울리면서 밤이
깊어 간다. 푸른 산에 묻은 궁녀를 생각하노라, 가을바람에 날리는
낙엽소리조차 궁녀의 발자국 소리인 듯하다. 차마 그 소리를 들을
수 없을 것이다. 연산군이 총애하던 궁녀를 잃고 나서, 신하에게
만사(挽詞)를 써 올리게 하였다. 그 중 이 시를 보고 연산군이 눈물
을 흘렸다고 한다. 이로 인해 이희보는 이조정랑에서 직제학으로
승진하였지만 오히려 이 때문에 후에 현달하지 못했다고 한다.

정한림의 이별시에 답하여

박상

강마을에 장맛비가 높은 하늘에서 걷히니
가을 기운 서늘하여 늦더위가 사라졌네.
누렇게 기름진 들판의 벼는 눈에 어지럽게 팼고
푸르고 성긴 개울의 버들은 술동이 앞에 덩그렇다.
약속이나 한 듯 바람은 춤추는 옷자락을 따르고
부르지도 않았는데 산은 노래하는 자리에 드네.
부끄러워라, 지금껏 이까짓 녹봉을 받느라고
고향의 언덕이 묵어가도 거닐지 못했음이.

酬鄭翰林留別韻 수정한림유별운

江城積雨捲層霄 강성적우권층소
秋氣泠泠老火消 추기령령노화소
黃膩野秔迷眼發 황니야갱미안발
綠疎溪柳對樽高 녹소계류대준고
風隨舞袖如相約 풍수무수여상약
山入歌筵不待招 산입가연부대초
慙恨至今持斗米 참한지금지두미
故園蕪絶負逍遙 고원무절부소요

조선 전기의 문인으로 본관은 충주, 자는 창세(昌世), 호는 눌재(訥齋)다. 사가독서에 선발된 엘리트이지만 신진사류로 정치 개혁을 주장하다 배척을 받아 요직에 오르지 못하고 외직에 전전하였다. 고향이 광주이며 벼슬도 호남에서 많이 하였다. 이 때문에 조카 박순(朴淳)과 함께 호남의 시학을 진흥한 인물로 평가된다. 문집 『눌재집』이 전한다.

● 해설 및 감상

박상은 기묘사화에 직접 연루되지 않았지만 중앙 요직에 등용되지 못하고 외직으로 전전하였다. 1521년 충주목사가 되었는데 1525년까지 임기를 넘기면서까지 그 자리에 머물러 있었다. 이 무렵 요직인 홍문관 학사로 승진하여 가는 이웃 고을 사또를 전송하면서 이 작품을 지었다. 이 작품은 풍경의 묘사에 감정의 변화가 어우러진 것이 특징이다. 2연에서 누렇게 기름지게 익은 벼가 온 들판을 가득 채운 것은 벗의 영달과 호응되고 푸르던 버들잎이 시들어 떨어져 듬성듬성한 것은 자신의 처지와 호응이 된다. 벗의 영전을 기뻐하고 자신의 처지를 슬퍼하면서 한 바탕 잔치를 벌였는데 아쉽게도 금방 저녁이 되어 자리를 파해야 하는 아쉬움을 말하였다. 벼슬을 하느라고 고향에 돌아가지 못하는 쓸쓸한 처지가 더욱 강개함을 더한다.

영남루에 붙은 시에 차운하다

박상

고갯마루 매화가 막 핀 날 객이 이르니
섣달그믐은 지나가고 대보름은 전이라네.
봄은 우레 같은 온갖 북소리 속에 생겨나고
시흥은 푸른 산의 햇살 주변으로 모여드네.
고기잡이배는 강물을 두른 달빛을 실어 차지하고
관아의 양은 언덕을 덮은 아지랑이를 밟아 부수네.
몸은 쇠해도 마음은 건장하여 맑은 하늘로 오르니
천지를 몰아다가 술에 취한 이 자리에 들게 하노라.

次嶺南樓韻 차영남루운

客到嶺梅初發天 객도영매초발천
嘉平之後上元前 가평지후상원전
春生畵鼓雷千面 춘생화고뢰천면
詩會靑山日半邊 시회청산일반변
漁艇載分籠渚月 어정재분롱저월
官羊踏破羃坡烟 관양답파멱파연
形羸心壯凌淸曠 형리심장릉청광
驅使乾坤入醉筵 구사건곤입취연

256

매화가 막 피기 시작하는 정월 초순 문경 새재를 넘어 밀양 땅의 이름난 누각 영남루에 올랐다. 봄을 맞아 요란한 풍악소리가 울려 퍼지고 문인들이 몰려들어 시회를 즐긴다. 낙동강에는 고기잡이배가 밝은 달빛을 담뿍 담아 떠가고, 저녁 안개를 헤치면서 양들이 나타난다. 이러한 풍광을 보노라니 절로 육신은 파리해도 마음은 절로 호탕하다. 그래서 저 큰 천지조차 술을 마신 자리에 마구 끌어낼 수 있을 듯하다. 3연의 정밀한 묘사가 후대 고평을 받았다. 시에 대한 자부심이 강했던 황정욱(黃廷彧)은 이행(李荇), 이달(李達), 정사룡(鄭士龍), 노수신(盧守愼) 등 최고의 시인들을 모두 비판하면서 오직 박상만은 따라갈 수 없는 경지라 하였다.

탄금대에서

박상

맑디맑은 긴 강 그 위에로 단풍숲이 있는데
신선의 누대가 외로이 흰 구름을 뚫고 솟아 있네.
금을 타던 사람 떠나가도 학이 나는 달빛은 비치고
젓대 든 객이 오니 소나무에 바람이 불어오네.
인간 만사 한 번이라 흘러가는 물을 보며 슬퍼하고
허망한 인생 세 번 탄식하며 다북쑥을 어루만진다.
누가 충주 목사의 모습을 그려낼 수 있으랴?
석양 속에 미친 듯이 읊조리며 걸어다니는데.

彈琴臺 탄금대

湛湛長江上有楓 담담장강상유풍
仙臺孤截白雲叢 선대고절백운총
彈琴人去鶴前月 탄금인거학전월
携笛客來松下風 휴적객래송하풍
萬事一回悲逝水 만사일회비서수
浮生三歎撫飛蓬 부생삼탄무비봉
誰能畵出湖州牧 수능화출호주목
散步狂吟夕照中 산보광음석조중

258

　박상은 1521년부터 1525년 겨울까지 충주 목사로 있었는데 이 시기 충주 남한강 강가에 있는 탄금대에 올라 이 작품을 지었다. 금선(琴仙) 우륵(于勒)이 금(琴)을 탄 곳이라 하여 이 이름이 붙었다. 먼저 탄금대의 풍광을 그렸는데, 특히 『초사(楚辭)』 "맑은 강물이여 그 위에 단풍숲이 있구나(湛湛江水兮, 上有楓.)"라 한 구절에서 점화(點化)하였다. 이를 통하여 임금의 총애를 입지 못하고 내침을 당했다는 뜻을 담았다. 우륵의 자취가 서린 탄금대에는 예나 지금이나 여전히 달빛이 곱고 그 풍류를 그리워하여 찾아오니 시원한 솔바람이 불어온다 하였다. 한 번 흘러간 물은 다시 돌아오지 않듯 인생은 그러한 것인데, 고향에 돌아가지 못한 채 벼슬살이 하느라 바람에 날리는 쑥 같은 신세를 탄식하였다. 정사룡(鄭士龍)은 이 시를 매우 좋아하여 벽에 써두었다고 한다. 특히 마지막 연에서 미친 듯이 석양에서 읊조리는 시인의 모습이 잔영으로 남도록 처리한 것이 돋보인다.

분성에서 헤어지며 주다

김안국

연자루 앞에 제비가 날아다니는데
무수히 지는 꽃에 옷자락이 펄렁이네.
동풍은 한결같이 이별의 한을 더하는데
애닯게 봄이 가니 객도 돌아가버리네.

盆城贈別 분성증별

燕子樓前燕子飛 연자루전연자비
落花無數惹人衣 낙화무수야인의
東風一種相離恨 동풍일종상리한
腸斷春歸客又歸 장단춘귀객우귀

● 김안국金安國, 1478~1543

조선 전기의 문인으로 본관은 의성, 자는 국경(國卿), 호는 모재(慕齋)다. 김굉필의 문인으로 사림파의 핵심적인 인물이다. 문학에 뛰어나 홍문관에서 문한(文翰)의 임무를 맡았고, 사가독서를 받았다. 일본 사신 붕중(朋中)이 왔을 때 외교적인 현안을 잘 처리하였고 문학으로 교유하여 큰 명성을 얻었다. 기묘사화가 일어나자 이천으로 내려가 은거하다가 나중에 다시 등용되어 대제학과 판서 등의 벼슬을 역임하였다. 각종 교화서를 우리말로 번역하여 간행하는 일을 많이 하였고 향약을 시행하는 데도 큰 공을 세웠다. 문집 『모재집』을 남겼으며, 『동몽선습(童蒙先習)』도 그의 저술이다.

● 해설 및 감상

분성은 김해(金海)의 옛 이름이고 연자루(燕子樓)는 김해의 호계(虎溪) 곁에 있던 누정이다. 김안국은 1517년부터 이듬해까지 경상도 관찰사로 재직하였는데 이 무렵의 시로 보인다. 누정의 이름 '연자'를 반복하여 봄날의 흥겨운 분위기를 고조시킨 후 아쉬운 이별, 그리고 그 배경으로 지는 꽃잎을 배치하여 더욱 애상이 강해지도록 하였다. 1구는 정몽주(鄭夢周)가 연자루에서 쓴 시 "연자루 앞에 제비가 돌아가는데, 낭군은 한 번 가시고 다시 돌아오지 않으시네(燕子樓前燕子回, 郎君一去不重來)."라 한 것과 분위기가 흡사하다.

태수 박조가 술을 싣고 찾아왔기에

김안국

아스라한 꽃이 태평한 봄날을 수놓았는데
사또는 틈을 타 숨어사는 백성을 찾아왔네.
취한 뒤라 달 뜬 줄 몰랐더니
뜰에 가득 붉은 그림자가 사람을 어지럽히네.

朴太守稠載酒見訪 박태수조재주견방

烟花粧點太平春 연화장점태평춘
太守乘閒訪逸民 태수승한방일민
醉後不知天月上 취후부지천월상
滿庭紅影欲迷人 만정홍영욕미인

김안국은 기묘사화가 일어난 이듬해인 1520년 봄 이천의 주촌(注村)에 물러나 살았다. 집 동쪽에 초가로 된 정자를 짓고 은일정(恩逸亭)이라 하였다. 사화로 인하여 정치 일선에 물러난 것이지만 임금의 성은으로 일민(逸民)이 된 것을 기뻐한다는 뜻에서 이러한 이름을 붙인 것이다. 김안국은 제생서원(諸生書院)과 아배서원(兒輩書院)을 만들고 매일 여러 문생들과 경전의 뜻을 강론하였다. 이런 한가한 삶을 살던 1524년 당시 이천부사로 있던 박조가 술을 가지고 은일재로 찾아왔기에 김안국이 이 시를 지었다. 봄과 꽃, 술, 달, 벗 등 모든 것이 만족스럽고 즐거운 분위기로서 태평에 취한 모습을 담고 있다.

8월 18일 밤

이행

평소의 친구들은 모두 죽어버리고
백발로 몸과 그림자만 마주하고 있네.
높은 다락 달 밝은 이 밤에
처절한 피리 소리 차마 듣지 못하겠네.

八月十八夜 팔월십팔야

平生交舊盡凋零 평생교구진조령
白髮相看影與形 백발상간영여형
正是高樓明月夜 정시고루명월야
笛聲凄斷不堪聽 적성처단불감청

● 해설 및 감상

이행은 박은(朴誾)과 절친하여 나중에 사돈을 맺었다. 박은은
1504년 갑자사화에 연루되어 26세의 젊은 나이에 사형을 당하였다.
또 권달수(權達手)는 이행을 대신하여 목숨을 던졌다. 이행에게 이
러한 지기에 대한 그리움은 평생의 일이었다. 이 작품은 1520년
징고사(證考使)로 영남에 갔을 때 제작한 것으로, 이 세상에 없는
그의 지기들을 그리워한 작품이다. 젊은 시절 작위적인 강서시파
(江西詩派)를 배웠지만, 이 작품에서는 진실한 감정을 자연스럽게
드러내어 읽는 이로 하여금 절로 비감에 젖도록 하고 있다. 허균은
이 시를 『국조시산』에 선발하고 "무한한 감개가 있어 읽으면 처창
한 느낌이 든다"고 평하였으며, 평소에 이 시를 즐겨 읊조렸을 정도
로 좋아하였다고 한다.

4월 16일 동궁 이어소의
숙직하는 방 벽에 쓰다

이행

분주한 늘그막 병마는 약속한 듯 드는데
봄 흥취도 많지 않아 시를 지을 것 없구나.
놀라워라, 잠 깨니 어느새 봄빛이 저물어
한 차례 보슬비에 장미꽃이 져 버렸네.

四月十六日 書東宮移御所直舍壁 사월십육일 서동궁이어소직사벽

衰年奔走病如期 쇠년분주병여기
春興無多不到詩 춘흥무다부도시
睡起忽驚花事了 수기홀경화사료
一番微雨落薔薇 일번미우낙장미

1524년 이행은 종1품의 의정부 우찬성(右贊成)에 있으면서 세자 이사(世子貳師)를 겸하다. 이 무렵 임시로 설치된 세자궁(世子宮)에서 숙직을 설 때 지은 것으로 보인다. 중종반정 이후 탄탄대로를 걸어 부귀영화를 누렸지만, 이를 위하여 노쇠한데도 분주하게 공무를 보느라 바쁜 생활을 하여야 했다. 그 때문에 시흥도 일지 않아 무료하게 지낼 수밖에 없었다. 피로에 지쳐 졸다 깨어나니 어느새 봄이 저물고 가랑비에 장미꽃도 이미 져버렸다고 하였다. 관각 시에서 흔히 볼 수 있는 화려함이 거세되면서 오히려 온화하면서도 법도에 맞게 된 것이라 할 수 있다.

천마록 뒤에 쓰다

이행

책 속에 천마산 모습이

가물가물 아직도 눈앞에 열리네.

이 사람 지금 가고 없는데

옛 길은 나날이 아득해지네.

가랑비 내리는 영통사,

해 저무는 만월대.

죽고 살고 만나고 헤어짐을 겪고서

센머리로 홀로 배회하노라.

題天磨錄後 제천마록후

卷裏天磨色 권리천마색

依依尙眼開 의의상안개

斯人今已矣 사인금이의

古道日悠哉 고도일유재

細雨靈通寺 세우령통사

斜陽滿月臺 사양만월대

死生曾契闊 사생증계활

衰白獨徘徊 쇠백독배회

　1502년 2월 이행은 박은과 함께 개성의 천마산을 유람하였는데, 그때 지은 시문을 묶은 책이 『천마록』이다. 이행은 박은이 죽은 지 3년 무렵이 지난 후 『천마록』을 다시 펼쳤다. 함께 천마산에서 놀던 일이 아련히 떠오른다. 제문에서 흔히 볼 수 있는 것으로 보통 시어로 쓰지 않는 '이의(已矣)'나 '재(哉)' 등의 시어를 통하여 자신의 통곡 소리를 담았다. 박은의 죽음으로 함께 지향했던 새로운 세상을 만들자는 꿈은 사라졌다. 눈을 감으면 죽은 벗의 모습이 오히려 더 또렷이 떠오른다. 가랑비 내리는 영통사, 석양이 비치는 만월대를 나란히 거닐고 함께 술을 마시고 시를 짓던 일이 낡은 필름처럼 지나간다. 다시 눈을 뜨면 현실이다. 벗은 죽고 나는 살아남았다. 갓 서른의 나이지만 벗을 잃었기에 노인이 되어버렸다.

영보정에서

박은

지세는 푸드덕 새가 날개를 펼치려는 듯한데
누각은 흔들흔들 매어놓지 않은 배와 같구나.
북으로 구름 낀 산은 어디까지 가려는지,
남으로 이어지는 산하는 이곳에서 웅장하네.
바다 기운 안개가 되었다가 곧 비가 되어 내리고
물결 기세 하늘을 뒤엎어 절로 바람을 일으키네.
어둠 속에 새가 우짖는 소리 들리는 듯하더니
잠깐 사이에 모습이 온통 다 사라져 버렸네.

永保亭 영보정

地如拍拍將飛翼 지여박박장비익
樓似搖搖不繫篷 누사요요불계봉
北望雲山欲何極 북망운산욕하극
南來襟帶此爲雄 남래금대차위웅
海氣作霧仍成雨 해분작무잉성우
浪勢飜天自起風 낭세번천자기풍
瞑裏如聞鳥相叫 명리여문조상규
坐間渾覺境俱空 좌간혼각경구공

조선 전기의 문인으로 본관은 고령, 자는 중열(仲說), 호는 읍취헌(挹翠軒)이다. 18세에 등재하여 사가독서를 받았고 홍문관의 핵심적인 벼슬을 하였지만, 권세가를 비판하는 데 앞장서 미움을 받다가, 갑자사화가 일어나자 26세의 젊은 나이에 사형을 당하였다. 절친한 벗 이행(李荇)이 그의 시문을 수습하여 『읍취헌유고』를 간행하여 지금까지 그의 시가 전할 수 있었다. 황정견(黃庭堅)과 진사도(陳師道)를 잘 배워 조선 전기 최고의 시인으로 추앙을 받았다.

● 해설 및 감상

영보정은 보령의 오천에 있던 충청 수영(水營)에 딸린 정자다. 풍광이 아름다워 뛰어난 시가 많이 제작되었으나 그 중 박은의 이 시가 가장 빼어나다는 평가를 받았다. 광천까지 이어지는 긴 보령은 마치 새가 날갯짓을 하면서 날아오르는 듯한데, 이를 바라보노라 영보정에 오르면 배를 탄 듯 흔들거린다고 하였다. 남과 북으로 강산이 끊임없이 이어지는데 바다에 자욱하게 안개가 끼었다가 다시 비로 변하고 바람이 불어 물결이 높아지는 변화무쌍한 모습을 그렸다. 평범하지 않는 율격과 구법을 구사하면서 자욱한 안개와 어둠 속의 풍광을 그려내어 몽롱한 미감을 주는 작품이어서, 역대의 시화서에서 높게 평가하였지만, 정약용(丁若鏞)은 오히려 이러한 추상적인 묘사로 인하여 좋은 작품이 아니라 한 바 있다.

다시 택지에게 화답하다

박은

깊은 가을 낙엽이 빗장으로 지쳐드는데
들창문은 산 한 면을 온통 실어 들인다.
술잔이 있은들 누구와 함께 마주하리요?
비바람이 추위를 재촉할까 근심하노라.
하늘이 나에게 궁한 팔자 내렸나보다,
국화도 사람에게 고운 낯을 보이지 않으니.
근심을 떨쳐버려야 진정한 달사이리니,
병든 눈으로 늘 눈물 흘리지 말게나.

再和擇之 재화택지

深秋木落葉侵關 심추목락엽침관
戶牖全輪一面山 호유전수일면산
縱有盃尊誰共對 종유배존수공대
已愁風雨欲催寒 이수풍우욕최한
天應於我賦窮相 천응어아부궁상
菊亦與人無好顏 국역여인무호안
撥棄憂懷眞達士 발기우회진달사
莫敎病眼謾長潸 막교병안만장산

272

● 해설 및 감상

박은의 평생지기는 이행이었다. 그래서 박은의 시에는 이행의 자 택지(擇之)가 제목의 일부를 이루는 것이 대부분이다. 이들이 생각하는 사회 정의가 이루어지지 않아 벼슬에서 물러나 실의에 차 있을 때의 작품이다. 가을이 불어 낙엽만이 문을 메운다. 창을 열면 휑한 남산이 모두 다 보인다. 기발하면서도 힘이 있는 표현이다. 특히 이 작품은 3연이 명구로 일컬어졌다. 하늘이 자신들에게 곤궁한 팔자를 내렸기에 자신들의 눈앞에는 국화조차 아름답지 못하다 하였다. 보통 시에는 '어(於)'나 '여(與)'와 같은 어조사를 잘 쓰지 않는다. '궁상(窮相)' 역시 우아한 표현이 아니다. 박은은 시어로 잘 쓰이지 않는 것을 자주 구사하였는데, 흔히 황정견이 이른바 '이속위아(以俗爲雅)', 곧 속된 것을 우아하게 만든다는 이론을 실천한 것이기도 하다. 우울한 비관적 세계관이 작위적인 시법에 담겨 황정견의 시풍과 흡사하여, 허균은 이 작품이 황정견으로 하여금 뒤로 물러나게 할 만하다고 고평한 바 있다.

복령사에서

박은

가람은 곧 신라의 오래된 절인데

천 개의 불상은 다 서측에서 온 것.

예부터 신인도 대외에서 길을 잃었는데

지금에 복스러운 땅은 천태산과 같네.

스산한 봄기운에 비 오려 하니 새가 울고

늙은 나무 정이 없어 바람이 절로 슬프도다.

인간 만사 한바탕 웃음거리도 못되나니

청산에서 세상을 보니 절로 먼지에 떠있네.

福靈寺 복령사

伽藍却是新羅舊 가람각시신라구
千佛皆從西竺來 천불개종서축래
終古神人迷大隗 종고신인미대외
至今福地似天台 지금복지사천태
春陰欲雨鳥相語 춘음욕우조상어
老樹無情風自哀 노수무정풍자애
萬事不堪供一笑 만사불감공일소
靑山閱世只浮埃 청산열세지부애

1502년 2월 박은과 이행은 승려 혜침(惠沈)과 함께 질탕하게 송도(松都)를 유람하였다. 복령사는 개성의 송악산 서쪽에 있던 사찰이다. 먼저 복령사가 신라 때 창건되었고 천 개의 불상은 인도에서 온 것임을 밝힌 다음, 황제(黃帝)가 구자산(具茨山)에서 대외(大隗, 大道를 가리킨다)를 찾으려 하였는데 양성(襄城)에 이르러 길을 잃었다는 『장자(莊子)』의 고사를 끌어들여 복령사를 찾아올라가는 길이 험준함을 말하였고, 한(漢)의 유신(劉晨)과 원조(阮肇)가 천태산(天台山)에 약을 캐러 갔다가 길을 잃고 굶주리다가 매우 아름다운 두 여인을 만나 사시의 봄 경물 속에 지내게 되었다는 『태평광기(太平廣記)』의 고사를 끌어들여 복령사가 별세계임을 말하였다. 특히 3연은 하늘의 도움을 받은 구절로 평가되었는데, 20대 중반 젊은이의 입에서 나온 것이라 믿기 어려울 정도로 죽음의 그림자가 드리워져 있다. 후대 시화에서 이 구절을 들어 박은의 죽음을 예견할 수 있다고 하여 시참(詩讖)이 되었거니와, 실제 그 말처럼 박은은 26세의 아까운 나이로 허무하게 죽었다.

미인도

어무적

잠 깨자 중문에 찬 기운이 선뜩하지만
치렁치렁 구름머리에 명주 홑적삼 걸치고.
임 그리는 마음에 봄이 저물까 그저 두려워
매화를 꺾어 들고 저 홀로 바라보네.

美人圖 미인도

睡起重門洰洰寒 수기중문심심한
鬢雲繚繞練袍單 빈운요요연포단
閑情只恐春將晚 한정지공춘장만
折得梅花獨自看 절득매화독자간

조선 전기의 문인으로 자가 잠부(潛夫), 호가 낭선(浪仙)이다. 언제 태어나고 언제 죽었는지에 대한 기록이 없어 자세한 것은 알 수 없지만 연산군때 주로 활동한 것으로 알려져 있다. 어세겸(魚世謙)의 얼족(孼族)으로 김해의 관노(官奴)였으나 나중에 면천(免賤)되었다. 천민의 신분으로 드물게 학문과 문학에 능하였으며 강직한 성품으로 현실을 풍자하는 시를 즐겨 지었다. 그가 살던 고을의 수령이 매화나무에 매실을 헤아려 세금을 매기자 한백성이 도끼로 매화나무를 베어버렸는데, 어무적이 이를 풍자하는 시를 지었다. 관원의 체포를 피하여 도망 다니다가 객사하였다. 문집은 따로 전하지 않지만 역대 시선집에 그의 시 여러 편이 실려 있다.

● 해설 및 감상

미인을 그린 그림을 보고 쓴 작품으로 『국조시산』 등에 실려 전한다. 아직 봄이 일러 날이 차지만 봄보다 먼저 온 춘심(春心)에 여인은 화려하게 치장하고 얇은 봄옷을 걸치고 밖으로 나섰다. 매화가 이제 피고 봄이 오려 하는데 벌써 봄이 가버릴까 조바심이 인다. 그래서 매화 한 가지 꺾어들고 멍하니 바라본다. 육기(陸機)라는 시인이 강남(江南)에서 매화 한 가지를 꺾어 시와 함께 장안(長安)에 있던 친한 벗에게 보낸 고사를 차용하여 임을 그리워하는 마음을 실었다.

유민의 노래

어무적

백성들 어렵구나, 백성들 어렵구나.

흉년이 들었는데 너희들 먹을 것 없구나.

나에게 너희를 구제할 마음이 있건만

너희를 구제할 힘이 없구나.

백성들 고달파라, 백성들 고달파라.

날이 찬데도 너희들 입을 것 없구나.

저들에게 너희를 구할 힘이 있건만

너희를 구할 마음이 없구나.

내 바라는 것, 소인의 배를 뒤집어

잠시 군자의 마음으로 바꾸고.

잠시 군자의 귀를 빌려다가

백성의 말을 듣게 하는 것.

백성은 할 말이 있어도 임금을 알지 못해

올해 백성들 모두 집을 잃어버렸네.

대궐에서 백성을 근심하는 조칙을 내려도

고을로 전해지면 한 장의 빈 종이뿐.

특별이 서울 관리 보내 고통을 물어보려
천리마로 매일 삼백 리를 달리지만
우리 백성 문지방 나설 힘조차 없으니
어찌 마음에 둔 생각을 직접 말하랴?
한 군에 서울 관리 한 명씩 둔다 해도
서울 관리 귀가 없고 백성은 입이 없으니
선정 베푼 급암汲黯을 살려 일으켜서
살아남은 고아라도 구하는 게 낫겠네.

流民歎 유민탄

蒼生難蒼生難 창생난창생난
年貧爾無食 연빈이무식
我有濟爾心 아유제이심
而無濟爾力 이무제이력
蒼生苦蒼生苦 창생고창생고
天寒爾無衾 천한이무금
彼有濟爾力 피유제이력
而無濟爾心 이무제이심
願回小人腹 원회소인복
暫爲君子慮 잠위군자려
暫借君子耳 잠차군자이
試聽小民語 시청소민어
小民有語君不知 소민유어군불지
今歲蒼生皆失所 금세창생개실소
北闕雖下憂民詔 북궐수하우민조

279

州縣傳看一虛紙 주현전간일허지
特遣京官問民瘼 특견경관문민막
馹騎日馳三百里 일기일치삼백리
吾民無力出門限 오민무력출문한
何暇面陳心內思 하가면진심내사
縱使一郡一京官 종사일군일경관
京官無耳民無口 경관무이민무구
不如喚起汲淮陽 불여환기급회양
未死子遺猶可救 미사혈유유가구

280

백성을 구제할 마음이 있는 사람은 구제할 능력이 없고, 구제할
능력이 있는 사람은 구제할 마음이 없다. 그러하니 제 구복만을
채우고자 하는 소인을 변화시켜 백성들의 의견을 기꺼이 듣고자
하는 귀를 달아주고 싶다. 구중궁궐의 임금에게 백성의 참상을 알
게 하는 것이 목민관의 임무라 하지만, 임금이 알아보았자 소용이
없으니, 각 고을에 내려진 임금의 교지가 빽빽하게 백성을 구휼하
고자 하는 뜻을 적어놓았지만 이를 실천하는 목민관이 없으니 빈
종이나 다름없다 하였다. 또 암행어사를 파견하고 아예 상주시켜보
았자, 백성 위에 군림하는 양반이 백성의 말을 들을 리 없으니,
전설적인 목민관 금암(汲黯)을 다시 살려서 채 죽지 못한 사람이나
구제하는 것이 낫겠다고 통렬하게 풍자하였다. 허균은 이 시를『국
조시산』에 선발하고 시의 기교가 뛰어날 뿐만 아니라 목민관의 거
울이나 숫돌로 삼을 만한 내용을 담고 있다고 하였고『성수시화』에
서는 조선 최고의 고시라고 칭송하였다.

영동의 고을원으로 가는 당질 원량과 헤어지면서

신광한

일만하고도 이천 봉우리는

바다 구름 다 걷히면 옥같이 곱겠지.

젊어서는 병 때문에 지금은 늙어서

백년 인생에 나 홀로 명산을 저버렸네.

贈別堂姪元亮潛之任嶺東郡 증별당질원량잠지임영동군

一萬峰巒又二千 일만봉만우이천

海雲開盡玉嬋妍 해운개진옥선연

少時多病今傷老 소시다병금상로

終負名山此百年 종부명산차백년

282

● 해설 및 감상

신잠(申潛, 1491~1554)은 신종호(申從濩)의 아들로 신광한에게는 종질이 된다. 신잠 역시 무오사화에 연루되어 벼슬길에 물러났다가 노년에 복권되었다. 평소 산수를 좋아하여 금강산에서 멀지 않은 간성군수를 자임하여 나가게 되자, 일흔이 가까워지는 노년의 신광한이 이 기회에 금강산 유람을 떠나려 하였지만 뜻을 이루지 못한 아쉬움을 이렇게 노래하였다. 관동으로 벼슬살이를 가는 종질 신잠(申潛)을 전송하면서 쓴 작품이다. 구름이 걷힌 금강산 일만 이천 봉우리가 백옥처럼 고울 터인데, 젊은 시절에는 병으로 금강산을 찾지 못하다가 이제는 늙어 끝내 금강산을 찾지 못한 안타까워하였다.

동년 최익령의 경포 별장에서
창방의 시에 차운하다

신광한

갯마을에 해질 때 사립문 두드리니
저녁 이슬 가녀려 옷이 젖을 듯.
강둑길 불 밝고 개 짖는 소리 들리더니
주인님 오신다고 아이 종이 알려오네.

崔同年鏡浦別墅次昌邦韻 최동년경포별서차창방운

沙村日暮扣柴扉 사촌일모구시비
夕露微微欲濕衣 석로미미욕습의
江路火明聞犬吠 강로화명문견폐
小童來報主人歸 소동래보주인귀

1520년 신광한이 삼척부사로 재직할 때 강릉 경포대에 살던 최익
령(崔益齡)의 집을 찾아갔다. 그는 동년(同年), 곧 같은 해 함께 과거
에 합격하였는데, 조선시대에는 동년의 인연을 매우 중시하였다.
신광한이 그를 찾아갔을 때 그가 마침 출타하고 없었다. 사랑채에
서 주인이 돌아오기를 기다리고 있었더니, 한밤이 되어 등불이 보
이면서 개들이 짖어대고 아이종이 주인이 온다고 소리치더니, 이윽
고 그가 돌아왔다. 이에 신광한이 이 작품을 지었다. 제목에 보이는
창방(昌邦)은 박우(朴祐)라는 사람으로 함께 친하게 지내던 사람으
로 추정된다. 당시(唐詩)의 정격(正格)이라는 고평을 받은 바 있으
며, 이 시가 워낙 유명하여 신강로(申江路)라는 별호가 생겨났다.

보락당

신광한

들자니 화려한 정자가 새로 지어져
울긋불긋 창과 난간이 강가에 비친다지.
강산도 또한 재상의 수중에 들어가 있으니
달밤의 피리소리도 부귀한 이에게 어울리네.
나아가나 물러가나 근심하는 공이여 즐거움을 간직하소,
쓰이든 버림받든 마음 쓰지 않는 나는 천진을 보존하리니.
풍광을 살피려면 노련한 안목 필요할 터이니
어떤 사람으로 상손님을 보좌하게 해야 하나?

保樂堂 보락당

聞說華堂結構新 문설화당결구신
綠窓丹檻照湖濱 녹창단함조호빈
雲山亦入陶鈞手 운산역입도균수
月笛還宜錦繡人 월적환의금수인
進退有憂公保樂 진퇴유우공보락
行藏無意我全眞 행장무의아전진
風光點檢須閑熟 풍광점검수한숙
可使何人佐上賓 가사하인좌상빈

286

　권신 김안로(金安老)가 한강 동호(東湖)에 보락당을 새로 짓고 당시의 이름난 문인들에게 시를 구하였다. 신광한의 이 시는 표면적으로 보락당의 잔치자리를 찬양한 것처럼 보인다. 동호의 아름다운 보락당에 있노라면 앉은 자리에서 인근의 산이 다 바라다보이고 맑은 피리소리는 관원들의 맑은 정신세계와 잘 어울린다. 벼슬길에 나아가든 물러나든 강호의 즐거움을 지니고 있는 김안로를 잘 보좌하여 아름다운 풍광을 즐기게 할 수 없음을 안타깝게 여긴다고 하였다. 그러나 그 이면에는 날카로운 풍자의 뜻이 숨어 있다. 『어우야담』에 따르면 2연은 조정의 정사와 강산, 전토(田土)가 모두 김안로의 손아귀에 들어갔다는 뜻으로, 보락당의 사치한 연회는 강호에 어울리지 않고 부귀한 사람들에게나 어울린다고 풍자한 것이며, 3연은 범중엄(范仲淹)과 같은 현인들은 나아가나 물러가나 나라를 근심하였는데 김안로는 자신의 즐거움만 보존하여 백성들과 공유하지 않는다는 뜻으로, 신광한 자신은 이러한 때에는 벼슬길에 나아가지 않고 절개를 지키겠다고 다짐한 것이다. 마지막 구는, 신광한 자신은 보락당의 연회에 상빈(上賓)으로 참여하고 싶지 않거니와 누구도 권세에 아부해서 그 빈객이 되지 않을 것이라고 풍자한 것이다. 처음에 김안로는 표면적인 뜻만 읽고 기분이 좋아 보락당 벽에 이 시를 걸었다가, 나중에 이면의 뜻을 알아채고 치워버렸다. 김안로는 이 때문에 신광한에게 유감을 품게 되었다 한다.

도심 스님에게

김정

비로봉 꼭대기에 해가 떨어지니

동해 바다가 먼 하늘에 아득하네.

푸른 바위틈에서 불 지펴 자고서

푸른 안개 속에 나란히 내려왔네.

贈釋道心 증석도심

落日毘盧頂 낙일비로정

東溟杳遠天 동명묘원천

碧巖敲火宿 벽암고화숙

聯袂下蒼烟 연예하창연

288

● 해설 및 감상

1515년 김정은 박상과 함께 중종이 반정 후에 헤어진 신씨(愼氏)를 왕비에 추존하자고 글을 올렸다가 보은에 유배되었다. 이듬해 유배에서 풀려나 금강산을 유람하고 이 작품을 지었다. 비로봉에 해가 넘어가니 동해 먼 하늘이 어두워졌다. 스님과 바위틈에 하룻밤을 자고 나서 이른 새벽 푸른 안개 속에 손을 잡고 나란히 함께 산을 내려왔다. 역대 금강산을 소재로 한 작품 중에 가장 높은 평가를 받은 작품으로, 금강산을 유람한 흥감이 잔잔하게 묘사되어 있다.

강남땅에서

김정

강남땅의 깨다만 꿈 한낮이 나른한데
시름은 어여쁜 꽃 따라 나날이 더해가네.
쌍쌍이 제비 날아와 봄이 저물려 하는데
살구꽃의 가랑비에 겹겹의 발을 내린다.

江南 강남

江南殘夢晝懕懕 강남잔몽주염염
愁逐年芳日日添 수축년방일일첨
雙燕來時春欲暮 쌍연래시춘욕모
杏花微雨下重簾 행화미우하중렴

봄날의 춘흥과 시름을 잘 표현한 김정의 대표작이다. 역대 시선집뿐만 아니라『열조시집(列朝詩集)』,『명시종(明詩綜)』,『간재잡설(艮齋雜說)』,『지북우담(池北偶談)』등에도 두루 수록되어 있다. 따스한 봄날 설핏 낮잠을 자고 나니 정신이 나른한데, 아름다운 꽃을 보노라니 다시 갈 봄이 아쉬워 시름이 인다. 쌍쌍이 제비 돌아온 것을 보니 봄이 곧 저물겠지만 가랑비 내리니 살구꽃도 다 져버릴 것 같다. 그런 슬픈 광경을 보지 않으려고 발을 내린다. 신흠(申欽)은『청창연담(晴窓軟談)』에서 봄날의 시름을 표현한 수작으로 당나라 시집 속에 두어도 손색이 없다고 평하는 등 역대 비평가의 높은 평가를 받았다.

절해고도에서

김정

절해고도라 찾아 올 사람 없는데
고단한 신세 위리안치되어 갇혔네.
꿈길조차 변방을 벗어나지 못하는데
아이 종은 형제처럼 의지가 되네.
근심과 병은 교묘히 살쩍을 파고드는데
바람과 서리에도 겨울옷을 받지 못하였네.
임 그리는 마음은 밝은 저 달과 같아서
하늘 끝에서 먼 달빛을 보내노라.

絕國 절구

絕國無相問 절구무상문
孤身棘室圍 고신극실위
夢與關塞近 몽여관새근
僮作弟兄依 동작제형의
憂病工侵鬢 우병공침빈
風霜未授衣 풍상미수의
思心若明月 사심약명월
天末寄遙輝 천말기요휘

292

● 해설 및 감상

　1520년 기묘사화에 연루되어 진도로 유배되었다가 다시 제주로 옮겨졌을 때 지은 작품이다. 언제 죽을지 알 수 없는 암울한 시기 아무도 찾아주는 이 없다. 가시덤불을 지붕까지 덮은 위리(圍籬)에서 고단한 삶인지라 꿈속에서조차 고향을 찾아갈 수 없어 그저 함께 데려간 하인만 의지가 될 뿐이다. 시름과 병마에 온통 머리는 다 세었는데 겨울을 날 따스한 옷조차 없다. 그러나 임금에 대한 충성심을 달빛에 실어 보낸다고 하였다.

좌의정 상진의 기러기 화첩에 쓰다

소세양

저문 강가에 외로운 그림자 쓸쓸한데
어둑한 기슭에 붉은 여뀌꽃이 다 졌네.
하릴없이 가을바람에 옛 짝을 부르지만
구름과 물이 만 겹인지 알지 못하네.

題尙左相震畵雁軸 제상좌상진화안축

蕭蕭孤影暮江潯 소소고영모강심
紅蓼花殘兩岸陰 홍료화잔양안음
謾向西風呼舊侶 만향서풍호구려
不知雲水萬重深 부지운수만중심

● 소세양蘇世讓, 1486~1562

조선 전기의 문인으로 본관은 진주다. 자는 언겸(彦謙)이며, 호는 양곡(陽谷)인데 퇴휴당(退休堂), 청심자(淸心子), 겸재(謙齋), 죽서(竹西) 등도 사용하였다. 과거에 급제한 후 홍문관, 독서당 등 청직을 역임하고 정사룡을 이어 대제학에 올랐으며, 육조의 판서를 두루 지냈다. 시와 글씨에 모두 뛰어나 정사룡과 함께 중국 사신을 맞을 때 큰 공을 세웠다. 건물을 잘 설계하여 인왕산 아래 그의 집이 매우 아름다웠다고 한다. 문집『양곡집』이 전한다.

● 해설 및 감상

『청강시화(淸江詩話)』등 여러 시화서에 제작 배경이 소개되어 있다. 소세양은 젊은 시절 상관으로 같은 부서에서 상진(尙震, 1493~1564)과 함께 근무하였다. 훗날 소세양이 파직을 당하여 물러나 있고 상진은 재상으로 있을 때 상진은 자신이 소장한 김제(金禔)가 그린 기러기 그림을 소세양에게 보이면서 시를 지어 달라 하여, 소세양이 이 시를 지었다. 쓸쓸하게 향리에 물러나 있는 자신의 모습을 기러기에 비유하고, 기러기가 옛짝을 부른다고 하여 벗 상진에게 도움을 청한 것이 묘미가 있다.

허백당에 쓰다

서경덕

허백당 궤석에 기댄 사람은

일생 심사가 맑아 속진이 없다네.

태평가 가락이 귓가에 일렁이니

곧장 복희씨 이전의 사람이 된 듯.

題虛白堂 제허백당

虛白堂中憑几人 허백당중빙궤인

一生心事澹無塵 일생심사담무진

太平歌管來飄耳 태평가관래표이

便作羲皇以上身 변작희황이상신

● 서경덕徐敬德, 1489~1546

조선 전기의 문인으로 본관은 당성(唐城), 자는 가구(可久)다. 개성의 천마
산 화담(花潭)에 은거하면서 호를 화담이라 하였다. 평생 벼슬을 하지 않고
자득(自得)의 학문에 전념하였다. 기(氣)를 중심으로 한 독창적인 이기설(理
氣說)을 개진하였고 박순(朴淳), 허엽(許曄) 등 뛰어난 문인들이 그 문하에서
배출되었다. 문집『화담집』이 전한다. 시는 형식에 매이지 않고 자유롭게
쓴 것이 많다.

● 해설 및 감상

허백당은 해주에 있던 집 이름인데 자세한 것은 알려져 있지 않
다. 허백(虛白)은『장자(莊子)』“빈 방에서 흰 빛이 생겨난다(虛室生
白)”는 말에서 나온 것으로 사심이 없는 맑은 마음 혹은 청빈한
삶을 지향할 때 즐겨 쓰는 말이다. 이 시는 건물 주위의 풍광을
그리는 일반적인 제영시와 달리, 속세의 티끌에서 벗어나 맑게 살
아가는 은자의 삶을 잘 묘사하여 초탈한 맛을 준다. 마지막 구에서
희황씨는 곧 복희씨(伏羲氏)로 그 이전 사람이라 함은 세상사를 잊
고 편안하게 세상을 보내는 사람을 비유한다. 진(晉)의 은자 도잠
(陶潛)은 스스로를 희황상인(羲皇上人)이라 한 바 있다.

297

금강산을 유람하고

정사룡

만이천봉 금강산을 설렁설렁 보고 오니
어지럽게 누런 낙엽이 나그네 옷을 후려치네.
찬 비 내리는 정양사에서 향을 태우는 밤에
거백옥처럼 잘못 산 것 마흔에야 알았네.

遊楓岳 유풍악

萬二千峯領略歸 만이천봉영략귀
紛紛黃葉打征衣 분분황엽타정의
正陽寒雨燒香夜 정양한우소향야
蘧瑗方知四十非 거원방지사십비

● 정사룡鄭士龍, 1491~1570

조선 전기의 문인으로 자가 운경(雲卿), 호는 호음(湖陰)이다. 동래 정씨 명문가의 후손으로, 조부 정난종(鄭蘭宗)은 판서를 지냈고 숙부 정광필(鄭光弼)은 영의정을 지냈다. 이행(李荇), 소세양(蘇世讓)을 이어 대제학이 되어 중종과 명종 대 관각을 이끌었다. 당시 중국에서 사신이 오면 늘 접대하면서 조선의 문운을 크게 빛내었다. 중국의 소동파(蘇東坡)와 황정견(黃庭堅)의 시를 배웠기에 그의 시는 조직(組織)의 아름다움이 뛰어난 것으로 평가되며, 당시 칠언율시로는 최고의 시인으로 추앙을 받았다. 문집『호음잡고(湖陰雜稿)』가 전한다.

● 해설 및 감상

정사룡은 1541년 관동 지방을 유람하고 시집『관동일록(關東日錄)』을 남겼지만 현재 그의 문집『호음잡고』에는 실려 있지 않고『기아(箕雅)』와 여러 시화서에 실려 전한다. 금강산을 유람하고 지은 작품 중에 널리 회자된 작품이다. 금강산 만이천봉을 대충 둘러보고 나니 어느 듯 가을이 되어 낙엽이 옷을 친다. 정양사에 하루를 묵으면서 생각하니 문득 지난 삶이 잘못된 것임을 깨닫는다. 거원(蘧瑗)은 마흔 아홉에 지난 날 잘못 산 것을 깨달았던 고사를 남긴 인물이다. 마흔에 금강산을 유람하고 나니 지난 삶의 잘못을 깨닫게 되었다고 하였다.

회포를 적다

정사룡

계단에 명협초 네 번 지고 달이 또 찼는데
쓸쓸하게도 찾아오는 수레 없어 문을 걸었네.
시서의 옛 일은 버려두어 다시 하기 어려운데
농사짓는 새 일은 계획이 아직 서지 않는구나.
빗기운이 노을을 눌러 산이 갑자기 어둑하더니
강물이 달빛을 받아서 밤인데도 오히려 밝구나.
근심 걱정이 이제는 마음을 괴롭히지 않으니
이 신세 마땅히 낚시와 밭갈이에 부쳐야겠네.

紀懷 기회

四落階蓂魄又盈 사락계명백우영
悄無車馬閉柴荊 초무거마폐시형
詩書舊業抛難起 시서구업포난기
場圃新功策未成 장포신공책미성
雨氣壓霞山忽暝 우기압하산홀명
川華受月夜猶明 천화수월야유명
思量不復勞心事 사량불부로심사
身世端宜付釣耕 신세단의부조경

300

일흔을 바라보는 노년에 제작된 정사룡의 대표작 중 하나다. 15일까지 하루에 잎이 하나씩 피다가 16일부터 그믐까지 잎이 하나씩 진다는 전설의 풀 명협초(蓂莢草)가 네 번 떨어졌다고 하여 넉달 동안의 시간의 경과를 시각화시켰다. 혼백(魂魄)은 달이 찼다가 이우는 것을 이르는 말이다. 벼슬에서 물러난 지 몇 달이 지났건만 아무도 찾아주는 이 없는 염량세태(炎涼世態)를 말한 것이다. 시 짓고 글 쓰는 일은 조정의 시비만 야기하였기에 다시 하고 싶지 않다. 그렇다고 농사를 지을 수도 없다. 할 수 있는 일이 없기에 산이 어둑하다. 그러다가 강물에 달빛이 비쳐 점점 밝아지더니, 이에 따라 마음도 편해졌다. 농사짓고 물고기 잡는 일로 안분자족의 평화를 얻었다. 경물의 변화와 감정의 변화가 묘하게 연결되어 있는 명편이다.

양근에서 밤에 누워 즉석에서 시를 지어 동료에게 보이다

정사룡

산을 끼고 이루어진 성곽이 소쿠리와 비슷한데
노을이 막 잠기자 말자 골짜기는 온통 텅 빈 듯.
멧부리에 별빛이 반짝이며 이지러진 달과 다투니
나뭇가지 끝에 새가 움직여 깊은 숲으로 숨네.
맑은 여울 소리 멀리서 들려 문득 빗발이 뿌리는 듯,
병든 나뭇잎 살짝 떨어지자 절로 산들바람 일어나네.
이 밤 시 읊조리는 침상 값을 함께 내겠지만,
내일 아침이면 붉은 흙길에 말방울 소리 울리겠지.

楊根夜坐卽事示同事 양근야좌즉사시동사
擁山爲郭似盤中 옹산위곽사반중
暝色初沈洞壑空 명색초침동학공
峯項星搖爭缺月 봉항성요쟁결월
樹巓禽動竄深叢 수전금동찬심총
晴灘遠聽翻疑雨 청탄원청번의우
病葉微零自起風 병엽미령자기풍
此夜共分吟榻料 차야공분음탑료
明朝珂馬軟塵紅 명조가마연진홍

302

정사룡은 탄핵을 받으면 양근(楊根)으로 물러나 있곤 하였다. 양근이 사방 산성으로 둘러쳐 있어 소쿠리와 같아서, 해가 넘어가면 곧바로 칠흑 같은 어둠에 휩싸인다. 얼마간 시간이 지나자 달이 돋아 조금씩 밝아지고 달빛에 놀란 새들이 더욱 깊은 숲으로 숨는다. 달이 떴으니 비가 올 리 없지만, 제법 떨어진 여울물 소리가 거세다. 어디선가 바람이 불어 낙엽이 뒹구는 소리가 들린다. 나란히 잠을 자면서 시를 읊조리지만 아침이면 다시 속세로 떠나야 함이 안타깝다. 눈에 보이지 않는 경물의 묘사를 묘미 있게 한 것이 이 작품의 수준을 높게 한 것이라 하겠다.

가을날 성 위에서

기준

변방에 첫서리 내리니

오랑캐 산이 다 누렇다.

들이 차서 바람에 잎이 흔들리고

물이 줄어 기러기 앉은 모래벌이 기네.

북방의 찬 기운은 외로운 수자리에 잠기고

변새의 구름은 전장에 늙어 있네.

높은 성에서 눈 끝까지 바라보니

저물녘 흐르는 눈물에 앞이 아득하구나.

秋日城頭 추일성두

塞國初霜下 새국초상하

胡山一半黃 호산일반황

野寒風葉動 야한풍엽동

江落鴈沙長 강락안사장

朔氣沈孤戍 삭기침고수

邊雲老戰場 변운노전장

高城聊極目 고성요극목

日暮淚茫茫 일모누망망

● 기준奇遵, 1492~1521

조선 전기의 문인으로 본관은 행주(幸州)며, 자는 경중(敬仲), 호는 복재(服齋) 혹은 덕양(德陽)이라 하였다. 젊은 시절 조광조와 함께 수학하여 평생의 벗으로 지냈다. 사가독서를 받고 홍문관의 요직을 두루 역임하였다. 기묘사화에 아산에 유배되었다가 이듬해 함경도 온성으로 이배되어 있다가 그곳에서 교살되었다. 문집은 『덕양유고』와 『복재집』두 종이 있지만 내용은 크게 다르지 않다. 학문과 시에 모두 뛰어났다. 『기묘록(己卯錄)』에 그의 행적이 잘 정리되어 있다.

● 해설 및 감상

기묘사화에 연루되어 아산에 유배되었다가 다시 함경도 온성으로 이배되어 살던 시절 가을날 성 위에 올라서 지은 작품이다. 변방에 서리가 내리자 말자 온 산이 모두 누렇게 시들어 떨어진다. 서늘한 바람에 나뭇잎이 흔들리고 강물이 줄어 모래벌은 더욱 길어 보인다. 시안(詩眼)이라 할 수 있는 '침(沈)'과 '로(老)'를 효과적으로 두어 변새의 한기가 서리고 누런 구름이 전쟁터에 깔린 모습을 묘미 있게 그렸다. 고향으로 돌아갈 수 없는 신세를 돌아보면서 비감에 젖는 시인의 모습을 제시하여 시상을 종결하였다. 남용익(南龍翼)은 『호곡시화』에서 역대의 오언율시 중 가장 아름다운 작품의 하나로 든 바 있다.

원숭이 그림

나식

늙은 원숭이가 제 무리를 잃고서
해질녘 나뭇가지에 홀로 앉아 있네.
고개도 돌리지 않고 꼿꼿이 앉아
산산마다 들려오는 소리에 귀 기울이는 듯.

題畫猿 제화원

老猿失其群 노원실기군
落日孤査上 낙일고사상
兀坐首不回 올좌수불회
想聽千峰響 상청천봉향

● **나식羅湜, 1498~1546**

조선 중기의 학자. 본관은 안정(安定). 자는 정원(正源). 호는 장음정(長吟
亭). 김굉필(金宏弼)·조광조(趙光祖)의 문인. 1534년 사마시에 합격하여 선
릉참봉(宣陵參奉)이 되었다. 1545년 을사사화(乙巳士禍) 때 윤임(尹任) 일파
와 관련되어 파직, 홍양(興陽)에 유배되고, 이듬해 강계에 위리안치(圍籬安
置)된 뒤 사사(賜死)되었다. 1568년 영의정 이준경(李浚慶)의 상소로 신원(伸
冤)되었다. 시인으로 명성이 있었고, 문집에 『장음정집』이 있다.

● 해설 및 감상

원숭이를 그린 그림에 붙인 시로 작자의 문집『장음정유고(長吟
亭遺稿)』에 같은 제목으로 쓴 두 편의 작품 가운데 한 편이다. 그림
에 붙인 시이므로 제화시(題畵詩)에 속한다. 그림 속 원숭이를 제재
로 한 시임을 염두에 두어야 시의 내용이 이해된다.

1, 2구는 무리와 떨어져 홀로 앉아 있는 원숭이의 모습을 제시했
는데 그림 속 원숭이의 모습을 묘사한 것에 그친다. 여기까지는
평범한 내용에 불과하다. 이러한 그림을 보고 시인다운 해석을 가
한 곳이 바로 3구와 4구이다. 외로이 앉아 있는 모습을 보고 시인은
원숭이의 내면 속으로 파고들었다. 고개도 돌리지 않은 채 꼿꼿이
앉아 있는 것으로 보아 이 산 저 산 어디선가 들여오는 소리를
듣고 있는 것이지 결코 멍하니 앉아 있는 것이 아니라는 것이다.

그림 속 정지된 사물을 보고 시인다운 이같은 해석을 내린 것은
아주 참신하고도 기발하다. 그런 점을 인정했기에 이 시는 많은
평자들로부터 좋은 평가를 받았다. 그런데 여기서 그치지 않는다.
그림 속 원숭이는 정치적 풍파 속에서 좌고우면하지 않고 제 갈
길을 가는 시인의 자세와 무언가 닮아 있다. 무리 지어 다니는 정치

계에서 느끼는 고독감, 그 속에서 세상의 흐름에 귀 기울이며 꼿꼿하게 자신의 위치를 지켜나가는 지식인의 삶이 그림 속 원숭이에게 투영되어 있다.

하는 일 없어

이언적

만사는 변하기에 정해진 틀이 없고
몸은 한가로워 저절로 때를 따른다.
올해 들어 뭔가 해보려는 노력도 점차 줄어
길이 푸른 산만 바라볼 뿐 시도 짓지 않는다.

無爲 무위

萬物變遷無定態 만물변천무정태
一身閑適自隨時 일신한적자수시
年來漸省經營力 연래점생경영력
長對靑山不賦詩 장대청산불부시

● **이언적李彦迪, 1491~1553**

조선 중기의 학자. 본관은 여주(驪州). 자는 복고(復古), 호는 회재(晦齋)·자계옹(紫溪翁). 시호는 문원(文元). 1514년 문과에 급제하여 벼슬을 시작하였다. 1530년 사간원 사간에 임명되었는데, 김안로(金安老)의 재등용을 반대하다가 관직에서 쫓겨나 귀향한 후 자옥산에 독락당(獨樂堂)을 짓고 학문에 열중하였다. 1547년 을사사화의 여파인 양재역벽서(良才驛壁書) 사건이 일어나 사람들이 다시 축출될 때 강계로 유배되어 그곳에서 죽었다. 퇴계와 함께 조선 중기의 대표적인 학자이자 성리학자로 인정을 받아 문묘에 배향되었다. 기(氣)보다 리(理)를 중시하는 주리적 성리설은 이황(李滉)에게 계승되어 영남학파의 중요한 성리설이 되었으며, 조선 성리학의 한 특징을 이루게 되었다. 저서에 『회재집』이 있다.

● **해설 및 감상**

1535년에 쓴 작품이다. 선비가 전원에서 한가롭게 살아가는 삶을 열다섯 가지 주제로 읊은 〈전원에 살면서 열다섯 가지를 읊는다[林居十五詠]〉 가운데 한 편이다. 다른 소제목은 이른 봄, 가을 소리, 가뭄에 애 태우며, 비를 반기고, 홀로 즐긴다, 사물을 관찰하며 등이다. 당시 성리학자의 자연과 인생을 보는 시야가 잘 드러난다.

이 시는 특별히 하는 일 없이 지내는 선비의 삶을 읊었다. 그런데 여기서 무위(無爲)는 인위(人爲) 또는 작위(作爲)가 없다는 뜻이다. 우주의 질서, 자연의 질서, 순수한 마음의 흐름에 따라서 지낸다는 것이지 실제로 아무 일도 하지 않는다는 것은 아니다.

첫 번째 구는 변화하는 것이 우주 자연의 질서로서 '하는 것이 없으나 하지 않음이 없다[無爲而無不爲]'는 것이다. 두 번째 구는 온몸에 일이 없어 한가롭기에 첫 번째 구에서 말한 자연의 흐름을 따라갈 수 있다고 했다. 세 번째와 네 번째 구에서는 한가롭게 살아가는 모습을 더 구체화하여 묘사했다. 여기서 경영(經營)은 곧 작위적인 행동으로 무위(無爲)와는 반대되는 행위이다. 점차 수양이 되어 아무런 작위적 힘도 쓰지 않으므로 그나마 시 짓는 것조차도 약간의 작위적 행위이므로 하지 않는 수양의 단계에 이르렀다고 했다.

허균(許筠)은 이 작품을 깨달아서 물리에 통한 시라고 평가했고, 이수광(李睟光)은 시의 뜻이 높아서 구구한 시나 쓰는 시인이 도달할 경지가 아니라고 평가하였다.

취대에 올라

김인후

양왕梁王이 가무를 즐기던 곳을
오늘에야 나그네 되어 올랐더니,
강개한 기분은 구름을 뚫고 솟아나
처량하게 옛일을 서글퍼하네.
긴 바람은 먼 들녘에서 일어나고
뿌연 해는 먼 산으로 숨어드네.
번화했던 그 시절의 일은
까마득하니 어디에서 찾을 건가?

登吹臺 등취대

梁王歌舞地 양왕가무지
此日客登臨 차일객등림
慷慨凌雲趣 강개릉운취
凄凉吊古心 처량조고심
長風生遠野 장풍생원야
白日隱遙岑 백일은요잠
當代繁華事 당대번화사
茫茫何處尋 망망하처심

312

● 김인후金麟厚, 1510~1560

조선 중기의 문신이자 학자로서 본관은 울산. 자는 후지(厚之). 호는 하서 (河西)·담재(澹齋). 시호는 문정(文正). 5대조 김온(金穩)이 세자 책봉에 연루되어 사사되자 전라도 장성 땅으로 이주하여 살았다. 어려서 총명했으며, 당시 전라도 관찰사 김안국에게서『소학』을 배웠다. 1528년 성균관에 들어가 이황(李滉)과 함께 학문을 닦았다. 1540년 별시문과(別試文科)에 급제하였다. 1545년 인종이 즉위 8개월 만에 사망하고 을사사화(乙巳士禍)가 일어난 뒤에는 병을 이유로 사직하고 고향인 장성에 돌아가 성리학 연구에 정진하였다. 학문은 성경(誠敬)의 실천을 목표로 하였고, 1796년에 문묘에 배향되었으며 장성의 필암서원(筆巖書院), 옥과의 영귀서원(詠歸書院)에 제향되었다. 문집에『하서전집』, 저서에『주역관상편(周易觀象篇)』,『서명사천도(西銘四天圖)』,『백련초해(百聯抄解)』등이 있다.

● 해설 및 감상

제목에 나오는 취대(吹臺)는 한국의 지명이 아니라 중국의 지명이다. 고대의 유명한 음악가인 사광(師曠)이 음악을 연주하던 곳으로 현재는 개봉시 동남쪽에 우왕대(禹王臺)란 이름으로 바뀌어 여전히 유명한 관광명소이다. 여기에 한(漢)나라 시대의 제후왕인 양효왕(梁孝王)이 누각을 세우고 정원을 넓게 조성하고 취대라고 불렀다. 양효왕은 이 취대에서 당시의 저명한 문사들을 불러 잔치하고 어울리면서 화려한 생활을 했다고 한다. 우왕대 양쪽에는 각각 작은 사당이 있는데, 동쪽 것은 삼현사(三賢祠)로 당나라의 시인 이백(李白)과 두보(杜甫) 그리고 고적(高適) 세 사람이 취대에 올라가 시를 읊었다.

김인후는 실제로 여기에 간 것은 아니다. 옛 유적에 올라 고대의 번성한 문물을 회고하는 느낌이 웅장하게 펼쳐진다. 두 번째 연에서 쓰인 강개한 기분과 처량한 느낌은 유적에서 느끼는 감흥을 잘 표현했고, 세 번째 연에서는 광대한 공간감각을 잘 살려냈다. 실제 풍경이 아닌 가짜의 풍경을 가지고도 상상을 통해 웅혼하고 강개한 심경을 표현했다. 허균도 그런 장점을 인정했다.

친구 조원기 집에서 솔뿌리 샘물을
길어 마시고

김인후

어제는 구름 속 샘이 돌뿌리를 적셔서
지팡이 짚고 가는 곳마다 물줄기가 보였네.
두레박 소리 속에 저녁 해가 기울고
돌아갈 마음은 훨훨 고향 동산에 가득하네.

抵遠期家 汲松根水以飮 저원기가 급송근수이음

憶昨雲泉漱石根 억작운천수석근
倚笻隨處見眞源 의공수처견진원
轆轤聲裡斜陽轉 녹로성리사양전
歸興翩翩滿故園 귀흥편편만고원

315

친구인 조원기(趙遠期)의 집을 찾아가서 솔뿌리를 적시고 흐르는
물을 마시고서 갑작스레 고향집으로 가고픈 생각이 일어서 쓴 시
이다. 첫 구절에 어제의 일이 떠오른다고 했으므로 이 시는 친구의
집에서 돌아온 다음날 지었음을 알 수 있다. 산 속에 있는 친구집
을 찾았더니 구름 속에서 샘물이 흘러 바위 사이로 뻗은 소나무
뿌리를 적신다. 지팡이를 짚고 여기저기 다녀보니 곳곳이 물줄기
이다. 3, 4구는 저녁햇살 속에서 두레박을 올리는 소리를 들으니
고향을 가고픈 생각이 갑자기 뭉클 솟아오른다고 하였다. 두레박
소리가 고향집을 떠올린 것이다. 청각과 시각의 이미지가 함께 활
용되고 있다.

그리움

김인후

님의 나이 삼십을 바라볼 때에
내 나이 서른하고 여섯이었죠.
신혼의 단꿈이 깨기도 전에
시위 떠난 화살처럼 떠나간 님아.
내 마음 돌이라서 구르질 않네,
세상사 흐르는 물 잊혀지련만.
젊은 시절 해로할 님 여의고 나니
눈 어둡고 머리 희고 이가 빠졌죠.
슬픔 속의 봄가을 몇 번이던가
아직도 죽지 못해 살아있어요.
백주는 옛날처럼 물가에 있고
고사리는 해마다 돋아납니다.
오히려 부럽네요 주나라 왕비
생이별이야 만난다는 희망이나 있으니.

有所思 유소사

君年方向立 군년방향립
我年欲三紀 아년욕삼기
新歡未渠央 신환미거앙
一別如絃矢 일별여현시
我心不可轉 아심불가전
世事東流水 세사동류수
盛年失偕老 성년실해로
目昏衰髮齒 목혼쇠발치
泯泯幾春秋 민민기춘추
至今猶未死 지금유미사
柏舟在中河 백주재중하
南山薇作止 남산미작지
却羨周王妃 각선주왕비
生離歌卷耳 생리가권이

318

● 해설 및 감상

하서 김인후는 정몽주로부터 이어져 내려오는 조선 성리학의 도통(道統)을 계승한 인물로서, 자신이 보덕(補德)하였던 인종을 통해 조광조의 지치주의를 실현하고자 하였다. 그러나 인종은 어렵게 왕위에 오른 지 1년도 채 되지 못하여 승하하니, 하서는 이와 같이 피를 토하는 듯한 시를 남긴다.

님을 여읜 여인의 사모곡처럼, 사무치는 그리움과 절망이 절절한 작품이다. 남편을 생이별하고 연모하는 여인의 마음에 가탁하여 자신의 충절과 연군의 정을 고백하고 있는데, 작품 전체가 한 여성의 독백으로 되어 있고, 여성적인 행위·정조(情調)·어투·어감 등을 치밀하게 표현하였다는 점에서 송강 정철의「사미인곡」등을 연상케 한다.

하서는 1545년 을사사화가 일어난 뒤 병을 칭탁하여 고향으로 돌아가 주자학 연구에 정진하였고, 시와 술을 벗 삼다가 50세를 일기로 생을 마쳤는데, 운명하기 전에 "내가 죽으면 을사년 이후의 관작은 쓰지 말라"라고 유언하였다.

굴원이 중국에서 지행일치의 대명사였다면, 조선에는 하서가 있었다. 하서가 조선조 오백 년의 역사 속에서 남다르게 도학자로 일컬어지는 이유는 그의 문장과 도의(道義)에 절의(節義)가 더해졌기 때문이다. 하서의 절의(節義)는 사상이나 문장 속에서만 이루어지는 형이상학적인 절의뿐만이 아니라, 자신의 현실 속에서도 실천할 수 있는 절의였다. 인종이 승하하자 '불사이군(不事二君)'을 실행한 절의는 당대의 다른 도학자들에게서는 찾아볼 수 없는 절의라고 평가할 수 있다.

삼척 죽서루에서

임억령

강물은 봄이 온 누각을 치며 달리고
하늘은 눈 덮인 산을 에워쌌네.
구름은 시 쓰는 붓끝에서 솟아나고
새는 술자리를 스치며 날아가네.
바다로 떠나는 오늘의 선택이 옳고
명예를 좇던 지난날은 잘못이었네.
저녁 무렵 솔바람이 일어나서
소슬하게 은사의 옷깃을 풀어헤치네.

竹西樓 죽서루

江觸春樓走 강촉춘루주
天和雪嶺圍 천화설령위
雲從詩筆湧 운종시필용
鳥拂酒筵飛 조불주연비
浮海知今是 부해지금시
趨名悟昨非 추명오작비
松風當夕起 송풍당석기
蕭颯動荷衣 소삽동하의

조선 중기의 문신. 본관은 선산(善山). 자는 대수(大樹), 호는 석천(石川). 1516년 진사가 되었고, 1525년 식년문과에 병과로 급제하였다. 1545년 을사사화 때 금산군수로 있었는데 동생 백령(百齡)이 소윤 일파에 가담하여 대윤의 많은 선비들을 추방하자, 자책을 느끼고 벼슬을 사퇴하였다. 그 뒤 백령이 원종공신(原從功臣)의 녹권(錄券)을 보내오자 분격하여 이를 불태우고 해남에 은거하였다. 그는 천성적으로 도량이 넓고 청렴결백하며, 시문을 좋아하여 사장(詞章)에 탁월하였으므로 당시의 현인들이 존경하였으나 이직(吏職)에는 적당하지 않았던 것으로 사신(史臣)들이 평하였다. 전라남도 동복의 도원서원(道源書院), 해남의 석천사(石川祠)에 제향되었다. 저서로는 『석천집』이 있다.

● 해설 및 감상

임억령은 임제(林悌)와 함께 기백이 넘치는 인물로 알려져 있다. 그는 1553년 강원도 관찰사에 임명되어 1555년까지 근무하였다. 이 작품은 이 시기에 지어졌다. 그는 삼척의 죽서루를 좋아하였는데, 관동팔경의 하나인 죽서루는 객관의 서쪽 절벽 위에 세워져 그 아래에 오십천이 흘러가는 것을 굽어보고 있다. 4구까지는 죽서루에서 바라보이는 경물을 거침없고 시원하게 묘사하여 허균이 '웅장하고 호방하다'고 높이 평가하였다. 5구 다음부터는 시상이 전환되어 호쾌한 자연을 마주하고 보니 명예를 좇는 인생의 그릇됨을 깨닫게 되고, 그래서 바다로 떠나 세상과는 멀어지는 선택을 하고 싶다고 하였다. 그러한 선택을 하자 죽서루의 바람이 그의 마음을 이해하는지 벌써 은사가 된 듯한 작가의 옷깃을 풀어헤친다고 하였다. 이 시는 원문이 주는 음향적 효과가 매끄럽고도 활달하며, 그 기상이 호방하다.

벗에게 준다

임억령

옛절의 문 앞에서 또 한 봄을 보내노니
지는 꽃은 비를 좇아 자꾸만 옷에 들러붙네.
돌아오는 소매 가득 맑은 향기 남아 있어
무수한 꿀벌들이 멀리까지 따라오네.

示友人 시우인

古寺門前又送春 고사문전우송춘
殘花隨雨點衣頻 잔화수우점의빈
歸來滿袖淸香在 귀래만수청향재
無數山蜂遠趁人 무수산봉원진인

제목이 친구에게 보여준 시라고 했다. 작자의 시집 『석천시집(石川詩集)』에는 제목이 〈자방에게 보여준다[示子芳]〉라고 하여 친구가 자방(子芳)임을 알 수 있는데 그는 곧 이란(李蘭)이다. 원작은 모두 세 편으로 그 가운데 한 편이다. 절간에 머물면서 겪은 봄철의 풍광과 정감을 편지 삼아 친구에게 보냈다.

꽃이 지는 늦봄의 풍광을 노래했다. 오래된 절에서 또 봄을 보낸다고 했으므로 그가 이 절에 오래도록 묵으며 공부를 하는 중임을 추정할 수 있다. 빗속에 절집을 외출한 그에게 빗물에 젖은 꽃잎이 떨어져 자꾸만 옷가지에 달라붙었다. 그런데 이상하게도 한두 마리가 아니고 수많은 벌들이 자기를 따라 멀리까지 온다. 왜일까? 옷에 달라붙은 꽃의 향기가 옷소매 가득 남아 있기에 그런 것이 아닐까?

3, 4구에는 어느 늦봄 비오는 날의 곰살 맞은 작은 풍경이 묘사되었다. 거기에는 시인의 재치 있는 해석도 들어가 있어 짙은 여운을 남긴다. 그것이 혼자만 간직하지 못하고 친구에게 보내야 할 사연인 셈이다.

323

진도 벽파정에서 사람을 기다리며

노수신

새벽달빛에 부질없이 그림자 데리고 걷노니
노란 국화 붉은 낙엽만이 정을 담뿍 머금었다.
뚫어지게 바라봐도 물어볼 사람 하나 없는 모래밭
정자 이 기둥 저 기둥에 몸을 기대어 본다.

碧亭待人 벽정대인

曉月空將一影行 효월공장일영행
黃花赤葉政含情 황화적엽정함정
雲沙目斷無人問 운사목단무인문
倚遍津樓八九楹 의편진루팔구영

● 노수신盧守愼, 1515~1590

조선 중기의 문신·학자. 본관은 광주(光州). 자는 과회(寡悔), 호는 소재(蘇齋)·이재(伊齋)·암실(暗室)·여봉노인(茹峰老人). 1543년 식년문과(式年文科)에 장원. 인종이 즉위하자 대윤(大尹)으로서 정언(正言)이 되어 이기(李芑)를 논핵, 파직시켰다. 그러나 1545년 명종이 즉위하자 소윤(小尹) 윤원형(尹元衡)이 이기와 함께 을사사화를 일으켜 그는 이조좌랑에서 파직, 1547년 순천(順天)에 유배되었다. 양재역 벽서사건(良才驛壁書事件)으로 가중 처벌되어 진도(珍島)로 이배, 19년 동안 귀양살이하였다. 선조 즉위 후에 영의정에 올랐다. 이 시기의 대표적인 시인으로 명성이 높았다. 문집에 『소재집』이 있다.

● 해설 및 감상

벽파정은 진도의 벽파항에 있었던 정자로 지금은 흔적도 없이 사라졌다. 벽파항이 있었던 곳은 지금은 진도대교가 놓여 있으나 주변도서로 통하는 낡은 항구가 그대로 있다. 이 시는 19년간 진도에서 유배생활을 한 소재 노수신이 유배에서 풀려 육지로 나가기 직전에 썼다.

누군가 육지로부터 온다는 소식이라도 왔는지 아무도 없는 벽파정에 홀로 나가 기다리는 그리움과 아쉬움, 불안함과 초조함, 그런 감정들이 이 기둥 저 기둥에 거듭 기대는 무료한 행동에 실려 있다. 자기 그림자만을 데리고 걷는 새벽길, 노란 국화와 붉은 단풍만이 다정하게 그들을 맞이한다. 무척이나 오랜 세월 기다림에 지친 노수신의 모습이 떠오르는 아름다운 시이다. 이 해 겨울 그는 이곳을 통해 육지로 나갔다.

대탄에서

노수신

가파른 협곡 따라 뭇 산기슭 굽이돌고
탐욕스런 호수로 온갖 냇물 몰려드네.
노온탄 위에서는 바위를 걱정하고
대탄 서쪽에서는 역참을 묻네.
양쪽 기슭에는 버들 뿌리가 드러나고
외로운 돛에는 석양빛이 어지럽네.
청운에 오르는 먼 길은 가파르고
흰 머리라 거창한 포부도 수그러드네.

大灘次韻 대탄차운

急峽回群麓 급협회군록
貪潭集萬溪 탐담집만계
愁巖老溫上 수암노온상
問站大灘西 문참대탄서
兩岸楊根柝 양안양근탁
孤帆暝色迷 고범명색미
靑雲長路澁 청운장로삽
白首壯心低 백수장심저

◉ 해설 및 감상

　1568년 7월 노수신은 거듭 벼슬을 제수 받았으나 여의치 않아 홍문관 부제학을 사직하였다. 그러나 허락을 받지 못한 채 잠시 말미를 얻어 다시 고향 상주로 떠났다. 한강에서 배를 타고 충주로 가는 도중에 지었다. 이 시에 등장하는 노온탄(老溫灘)과 대탄(大灘)은 현재 팔당댐이 위치한 한강의 협곡으로 배를 타고 양평으로 갈 때 가장 물살과 지형이 험하여 고생하는 곳이다. 작자는 이 지형과 벼슬세계의 험난함을 교차하여 시상을 전개시켰다.

　수련은 한강에서 가장 물살이 급하다고 하는 대탄의 거센 물살과 주변 풍경을 거센 느낌을 주는 시어를 구사하여 표현하였다. 수많은 물들이 쏟아져 들어오는 호수를 '탐욕스럽다[貪]'라고 표현한 것이 재치가 있다. 함련은 지명을 짝으로 표현하면서 이곳 지형의 특징을 잘 표현했다. 훗날 이곳을 지나던 김창흡도 이 구절을 기이하다고 감탄하였다. 경련은 풍경을 묘사했는데 거센 물결에 휩쓸려 뿌리가 드러난 버드나무와 석양빛을 받으며 가는 외로운 돛배는 쓸쓸하고 고단한 환해(宦海)의 자신을 은유한다. 허균은 이 구절이 "대담한 말"이라고 평하였다. 마지막 연에서는 이 가파른[澁] 길을 가느라고 갈수록 거창하던 젊은 날의 포부가 사그라진다고 하여 자신의 직접적인 심경을 드러냈다. 풍경과 작자의 심경이 잘 어우러져 표현된 수작이다.

낙화암에서

홍춘경

나라는 망하고 산하는 변했건만

강위의 달은 홀로 남아 몇 번이나 차고 이울었나?

낙화암 가에는 지금도 꽃이 피어있나니

비바람 몰아치던 그때 다 사라지지 않았나 보구나!

落花岩 낙화암

國破山河異昔時 국파산하이석시
獨留江月幾盈虧 독류강월기영휴
落花巖畔花猶在 낙화암반화유재
風雨當年不盡吹 풍우당년부진취

● 홍춘경洪春卿, 1497~1548

조선 중기의 문신. 본관은 남양(南陽). 자는 명중(明仲), 호는 석벽(石壁).
1522년 사마를 거쳐, 1528년 식년문과에 을과로 급제, 1536년 문과중시에
장원하여 사성·보덕·집의를 거쳐 예조참의에 올랐다. 1541년 성절사(聖節
使)로 명나라에 다녀왔다. 그 뒤 좌승지·한성부우윤·이조참의를 지냈다.
성품이 강직하여 권세에 굽히지 않았고, 또한 권세가의 집을 찾은 일이 없
었다 한다. 글씨에 뛰어나 김생체(金生體)에 능하였다.

● 해설 및 감상

두보(杜甫)는 〈춘망(春望)〉이란 시에서 "나라는 부서져도 산하
는 남았다[國破山河在]"고 말했다. 첫 구절은 두보의 시를 이용하여
산하마저도 옛날과 달라질 만큼 오랜 세월이 흘렀다고 했다. 그나
마 변하지 않은 것은 백마강 위에 떠있는 달뿐이다. 분명히 산과
물이 다 바뀌었는데 오랜 세월에도 살아남은 것을 시인은 발견했
다. 바로 낙화암 가에 핀 꽃이다. 낙화암에서 삼천 궁녀가 모두
떨어져 죽었으므로 꽃이 없어야 하는데 꽃이 피어있는 것을 발견
한 경이로움! 기대하지 않았던 꽃을 발견한 놀라움이 제3구의 유
재(猶在)란 표현에 실려 있다. 백제 멸망의 거센 풍파에도 휩쓸려
사라지지 않은 꽃은 시인에게 3천 궁녀의 화신으로 보였다. 착상
이 참신하다.

강가의 정자에서 아침에 일어나 우연히 읊조리다

강극성

늦도록 해가 돋지 않은 강 위로
안개는 자욱하게 십리에 깔려 있다.
노 젓는 소리만 부드럽게 들려올 뿐
배 가는 곳은 보이지 않네.

湖亭朝起偶吟 호정조기우음

江日晩未生 강일만미생
蒼茫十里霧 창망십리무
但聞柔櫓聲 단문유로성
不見舟行處 불견주행처

● 강극성姜克誠, 1526~1576

조선 중기의 문신. 본관은 진주(晉州). 자는 백실(伯實), 호는 취죽(醉竹).
우의정 희맹(希孟)의 4대손. 1546년 진사가 되고, 1553년 별시문과에 병과
로 급제하여 홍문관정자에 올랐다. 1564년 대간의 탄핵으로 파직되어 고향
으로 돌아갔다. 1574년 과거급제자인 점이 고려되어 제용감정(濟用監正)에
재기용되고 이어 장단도호부사를 지냈다. 시인으로 명성이 있었다.

● 해설 및 감상

강가에 있는 정자에서 아침에 일어나 강을 바라보고 지은 작품이
다. 강물 위로 안개가 자욱하게 깔려서 아무 것도 보이지 않는다.
그때 어디로 가는지는 알 수 없으나 가냘프게 배를 저어가는 소리
만이 들려올 뿐이다. 몽롱하면서도 신비로운 안개 낀 강가의 풍경
을 잘 묘사한 시이다. 마치 그림을 보는 듯한 느낌이 들게 하는
시이다.

홍만종(洪萬宗)은 이 시의 아름다움을 직접 체험함으로써 터득했
다고 시화에서 밝혔다. 그는 처음에는 이 시를 되씹어 보아도 그
맛을 알지 못했다고 했다. 후에 강가 정자에서 자게 되었을 때 큰
안개가 허공을 자욱하게 메워서 아침 해는 빛을 감추고, 배가 가는
곳은 알 수 없고 다만 삐걱삐걱 배가 가는 소리만 들리는 것을
직접 경험하고서야 비로소 이 시가 경물을 표현한 것이 핍진하다는
것을 깨닫게 되었다. 수식에 힘쓰지 않고 눈에 보이는 경물을 있는
그대로 묘사하여 높은 경지에 든 작품이다.

친우의 시에 차운하다

이황

성품이 괴팍하여 조용함을 탐하고
몸은 말라서 추위를 정말 겁내네.
솔바람 소리를 문 닫은 채 듣고
눈 속에 핀 매화를 화로를 껴안고 보네.
세상사는 맛은 늘그막이라 각별하고
인생이란 마지막 길이 어려운 법이지.
그런 것을 깨닫고 한 번 웃으니
지난날은 한 바탕 꿈이었구나.

次友人寄詩求和韻 차우인기시구화운

性癖常眈靜 성벽상탐정
形羸實怕寒 형리실파한
松風關院聽 송풍관원청
梅雪擁爐看 매설옹로간
世味衰年別 세미쇠년별
人生末路難 인생말로난
悟來成一笑 오래성일소
曾是夢槐安 증시몽괴안

● **이황**李滉, 1501~1570

조선 중기의 문신·학자. 본관은 진보(眞寶). 자는 경호(景浩), 호는 퇴계(退溪)·퇴도(退陶)·도수(陶叟)·청량산인(淸凉山人). 시호는 문순(文純). 1523년 성균관(成均館)에 입학, 1528년 진사가 되고 1534년 식년문과(式年文科)에 을과(乙科)로 급제하였다. 1545년 을사사화(乙巳士禍) 때 이기(李芑)에 의해 삭직되었다. 1568년 우찬성을 거쳐 양관대제학(兩館大提學)을 지내고 이듬해 고향에 은퇴, 학문과 교육에 전심하였다. 사후인 1574년에 도산서원이 창설되었고 1575년에 사액서원이 되었다. 문묘 및 선조의 묘정에 배향되었으며 단양(丹陽)의 단암서원(丹巖書院), 괴산의 화암서원(華巖書院), 예안의 도산서원 등 전국의 수십 개 서원에 배향되었다. 문인으로도 뛰어난 업적을 남겨 작품에 시조 〈도산십이곡〉과 저서에 『퇴계집』이 있다.

● **해설 및 감상**

「문집고증(文集攷證)」에 따르면, 이 작품은 이황이 62세 되던 1562년 썼다. 친구가 시를 보내 답시를 구하자 노경에 접어든 작자가 느낀 바를 담담한 필치로 써 주었다. 수련에서는 번화함보다 고요함을 탐하는 자신의 성품과 추위를 잘 견디지 못하는 늙은 처지를 말하였다. 함련은 수련을 이어받아 고요함을 좋아하는 성품 때문에 문을 닫은 채 솔바람 소리를 듣고, 추위를 못 견딜 만큼 늙어 화로를 낀 채 눈 속에 핀 매화를 바라보고 있다고 하였다. 경련에 작자는 노년의 심경을 드러냈다. 세상 살아가는 맛은 젊은 시절보다 늙을수록 더 각별해진다고 하였고, 인생은 말년에 마무리하기가 쉽지 않다고 하였다. 체험에서 우러나온 노숙한 말로서 허균은 "도를 깨달은 말이다"라는 평을 달았다. 미련은 그와 같은 인생의 참뜻을 깨닫고서 인생이란 꿈과 같다고 말하였다. 전체적으로 노성하고 깊은 인생의 격조를 보여주는 시이다.

의주에서

이황

구룡연의 물안개는 저녁 되어 피어나고
하늘에 닿은 송골산에 해는 져서 내려가네.
우두커니 산성문이 닫히기를 기다리자니
호각소리가 큰 강 저편으로 건너가네.

義州 의주

龍淵雲氣晚凄凄 용연운기만처처
鶻岫摩空白日低 골수마공백일저
坐待山城門欲閉 좌대산성문욕폐
角聲吹度大江西 각성취도대강서

  퇴계 선생이 1541년 의주에서 지은 시이다. 〈의주에서 이런저런 주제로 지은 열두 작품[義州雜題十二絶]〉 가운데 한 편이다. 홍만종은 『시평보유(詩評補遺)』에서 성정의 바름을 표현한 시로 소개하였다. 기구와 승구에서 구룡연 송골산이란 의주의 실제 지명을 사용하여 현장감과 기발한 느낌을 주었다. 시의 전반부는 압록강 하구와 강 건너 벌판의 광활한 느낌을 표현한다. 후반부도 국경지방 산천의 특징을 묘사하였다. 의주의 웅장하고 거센 특성을 보여주는 동시에 작가의 굳센 기상을 느끼게 한다. 퇴계의 시에는 이러한 분위기의 시가 그리 많지 않다. 허균은 "대단히 거세고 웅장하다"고 높이 평가하였다.

지리산 천왕봉

조식

보라! 천석들이 종은

크게 치지 않으면 소리나지 않음을.

만고의 천왕봉은

하늘이 울어도 울지 않나니.

天王峰 천왕봉

請看千石鍾 청간천석종
非大扣無聲 비대구무성
萬古天王峯 만고천왕봉
天鳴猶不鳴 천명유불명

조선 중기의 학자. 본관은 창녕(昌寧). 자는 건중(健中), 호는 남명(南冥).
1538년 유일(遺逸)로 헌릉참봉(獻陵參奉)에 임명되었지만 관직에 나아가지
않았고, 1548~1559년 단성현감·조지서 사지(造紙署司紙) 등 여러 벼슬에
임명되었지만 모두 사퇴하였다. 1561년 지리산 기슭 진주 덕천동으로 이거
하여 산천재(山天齋)를 지어 죽을 때까지 그곳에 머물며 강학(講學)에 힘썼
다. 그와 제자들은 안동지방을 중심으로 한 이황의 경상좌도 학맥과 더불어
영남 유학의 두 봉우리를 이루었다. 그러나 남명의 문인들이 인조반정(仁祖
反正) 후 정치적으로 몰락한 뒤 남명에 대한 폄하(貶下)는 물론, 그 문인들도
크게 위축되어 남명학(南冥學)은 제대로 계승되지 못하였다. 저서에 문집
『남명집』과 『학기유편(學記類編)』이 있고, 작품으로 『남명가』, 『권선지로
가(勸善指路歌)』 등이 있다.

● 해설 및 감상

이 시는 『남명집』에 〈덕산의 시냇가 정자 기둥에 쓴다(題德山溪
亭柱)〉라는 제목으로 실려 있고, 제3구가 "두류산과 어찌 비교가
되랴(爭似頭流山)"라고 바뀌어 있다. 남명 선생의 거처인 지리산 산
천재에서 천왕봉을 소재로 쓴 작품이다. 내용은 천석이나 되는 큰
종은 크게 쳐야만 소리가 겨우 날 만큼 국량과 규모가 크다. 그렇기
는 하나 그래도 소리는 난다. 그러나 지리산 천왕봉에 비하면 저
큰 종은 아무 것도 아니다. 큰 종과도 같이 만고에 드높게 솟아있는
천왕봉은 하늘이 울어도 울지 않기 때문이다. 그 어떠한 벼락과
천둥에도 천왕봉은 끄떡도 하지 않고 늠름하게 제자리를 지키고
있다. 그 어떠한 외부의 충격에도 일체 반응하지 않는, 천왕봉의
기상은 바로 저자의 강인한 기개와 비범한 자부심을 상징한다. 성
호 이익 선생은 이 시를 두고 "이 얼마나 놀라운 역량과 기백인가?
사람으로 하여금 심담(心膽)이 저절로 부풀게 한다"고 평가했다.

강가 정자에서

조식

병들어 누운 채로 낮에도 자주 꿈을 꾸지만
겹겹의 구름 낀 나무가 도원을 가로막네.
비 지나간 뒤 물결은 청옥보다 깨끗한데
얄미워라! 제비가 발로 차 물살 일으키네.

江亭偶吟 강정우음

臥疾高齋晝夢煩 와질고재주몽번
幾重雲樹隔桃源 기중운수격도원
新水淨於青玉面 신수정어청옥면
爲憎飛燕蹴生痕 위증비연축생흔

강가에 있는 정자에서 바라본 강물 위 풍경을 묘사한 시이다. 그러나 풍경을 단순하게 묘사한 시라기보다는 높은 수양의 경지를 표현한 시로 보는 것이 더 나을 듯하다. 1구에서 높은 다락 위에 병들어 누워있다는 것은 실제로 병이 들었다기보다는 일종의 핑계로 정치일선에 나서지 않기 위한 명분이고, 낮에 자주 꿈을 꾼다는 것도 백일몽이나 게으른 생활을 드러낸 것이라기보다는 물욕(物慾)에서 벗어난 작자의 여유로운 삶을 내비친다. 그런 그에게 앞에 겹겹으로 둘러싸인 구름과 나무는 신선향인 도원(桃園)을 가로막는 방해물이다. 조식에게 도원은 구체적 지리로서는 지리산을 가리키면서도 성리학적 이상향이자 도를 깨친 자의 최고의 경지를 의미한다. 주자(朱子) 이래 도원은 도를 깨친 자의 진정한 근원으로 이해하였다. 그렇게 보면, 작자는 지금 도원을 보기 위한 수양의 길을 가는 셈이다. 3구와 4구는 비가 내린 뒤 청옥보다도 맑디맑은 물결을 날아가던 제비가 툭 차서 물살을 일으켰기에 얄밉다고 했다. 이 표현 역시 단순한 경물을 묘사한 이상의 의미가 있다. 물살이 맑은 것은 순수한 도체(道體)를 의미한다. 제비의 발차기는 고요한 마음의 평정과 순수한 도의 맛을 일순간 흩어버리기 때문에 작자는 얄밉다고 불평했다. 산수자연의 아름다움을 감상하는 일에서도 순수한 마음의 평정을 잃지 않고, 그것이 곧 도원의 체험임을 말한 시이다.

삼일포에서

전우치

가을 깊은 호수에는 서리가 맑게 내리고
선계에서 부는 바람 퉁소소리 실려 온다.
난새는 오지 않고 바다와 하늘은 드넓게 펼쳐져
서른여섯 봉우리마다 밝은 달이 환하네.

三日浦 _{삼일포}

秋晚瑤潭霜氣淸 추만요담상기청
仙風吹送紫簫聲 선풍취송자소성
靑鸞不至海天濶 청란부지해천활
三十六峯明月明 삼십육봉명월명

조선 중기의 기인·환술가(幻術家). 본관 남양(南陽). 중종 때 서울에서 미관 말직을 지내다가 사직하고 송도에 은거하며 도술가(道術家)로 널리 알려졌다. 『청장관전서』에는 역질을 도술로 예방하였다고 하며, 『지봉유설』에는 본래 서울 출신의 선비로 환술과 기예에 능하고 귀신을 잘 부렸다고 한다. 전설적인 인물로 〈전우치전〉의 주인공이 되어 각색되었다.

● 해설 및 감상

삼일포는 신라 때 사선(四仙)이 놀았다고 전해지는 강원도 고성에 있는 호수이다. 도사로 알려진 작자가 옛 선인의 남긴 자취와 분위기를 표현한 작품이다. 전반부에서는 삼일포에 서리 기운이 맑고 바람을 타고 퉁소소리가 실려 온다고 하여 신선이 사는 곳이라는 암시를 하였다. 그러나 지금은 신선이 타고 다니는 난새가 보이지 않고 그저 바다와 하늘만 광활하게 펼쳐진 채 36개 봉우리 위로 달만 환하게 비친다고 하였다. 신선을 만나지 못해 아쉬운 마음과 신선이 오기를 기다리는 마음을 함께 표현하였다.

배로 저자도를 지나며

정렴

외로운 안개는 옛 나루터에 걸려 있고
싸늘한 해는 먼 산 밑으로 내려간다.
조각배에 몸을 싣고 저물어 떠나가니
아스라한 안개 사이로 절이 보인다.

舟過楮子島 주과저자도

孤烟橫古渡 고연횡고도
寒日下遙山 한일하요산
一棹歸來晚 일도귀래만
招提杳靄間 초제묘애간

● **정 렴鄭礦, 1506~1549**

조선 중기의 유의(儒醫). 자는 사결(士潔), 호는 북창(北窓). 본관은 온양(溫陽)이다. 1545년 아버지가 윤원형 등과 함께 을사사화를 일으키자 벼슬을 그만두고 은거하였다. 성리학뿐만 아니라 천문·지리·의학·복서(卜筮)와 불교·도교에도 정통했고 그림과 음악에도 조예가 깊어 매월당 김시습(金時習), 토정 이지함(李之菡)과 더불어 조선의 3대 기인으로 꼽힌다. 저서에 『북창비결』, 『용호비결(龍虎祕訣)』 등이 있고, 문집인 『북창집』이 전한다.

● **해설 및 감상**

정렴(鄭礦)이 박지화(朴枝華), 아우 정작(鄭碏)과 함께 광나루에서 배를 타고 봉은사로 향해 가는 배 위에서 지은 작품이다. 시는 전체적으로 풍경을 묘사하는 데 치중하였다. 1, 2구는 나루터에 물안개가 한 조각 가로질러 있는 모습, 그리고 한강 남쪽의 먼 산 밑으로 해가 지는 풍경이다. 3구에서야 작자의 위치와 행동이 그려진다. 배 위에서 늦은 저녁 시간에 강을 건넌다고 했다. 그리고 마지막 구에서는 목적지인 봉은사가 저녁 안개와 어둠 속에 어렴풋하게 보이는 풍경을 묘사했다. 시는 몽롱하고 쓸쓸하고 가라앉은 분위기를 표현한다. 시어도 고담(枯淡)한 것들 위주로 짜여 있다. 허균은 "사람도 특이한 분인데 시도 청원(清遠)하다"고 평했다.

국도에서

양사언

멋진 누대가 자줏빛 안개에 헤치고 서 있고
용 꿈틀거리는 구름길로 신선들이 내려오네.
청산도 인간세상 싫어하는지
만 리 먼 푸른 바다로 날아왔구나.

國島 구도

金玉樓臺拂紫烟 금옥누대불자연
躍龍雲路下群仙 약룡운로하군선
靑山亦厭人間世 청산역염인간세
飛入滄溟萬里天 비입창명만리천

● 해설 및 감상

　국도(國島)는 함경도 안변에 있는 섬으로 동해바다의 명승지로
널리 알려졌다. 고려시대부터 사대부들이 즐겨 탐방하여 이 섬의
멋을 노래한 시문이 다수 전한다. 작자는 1577년 무렵에 안변부사
로 재직했으므로 이 무렵에 지었을 것으로 추정한다. 이 시는 크게
전반부와 후반부로 나뉜다. 전반부는 바다 한 가운데 솟은 기이한
모양의 국도를 형용하였다. 신선들이 내려오는 선경으로 묘사하였
다. 후반부는 그런 국도의 빼어난 모습을 작자의 독특한 시선으로
해석하였다. 즉, 저 국도가 인간이 사는 세상을 싫어하여 푸른 바다
로 피해 들어왔다는 것이다. 대단히 참신한 발상이다. 원래는 인간
세상에 어딘가에 있었던 청산이 세상이 싫어져 바다로 들어와 섬이
되었다는 것인데, 신선풍의 도사로 널리 알려진 작자의 개성과도
부합한다. 여러 비평가들이 "속세의 먼지를 벗어났다", "범상함을
벗어났다"고 평가한 이유가 여기에 있다.

진주 촉석루에서

권응인

구름 사이 작은 달이 잔잔한 물결 위에 비치고
자러드는 해오라기 낮게 날아 모래톱에 내려앉네.
강가 정자에서 발을 걷고 기둥에 기대서니
나루터의 노 젓는 소리 밤이라서 크게 들리네.

矗石樓 촉석루

漏雲微月照平波 누운미월조평파
宿鷺低飛下岸沙 숙로저비하안사
江閣捲簾人依柱 강각권렴인의주
渡頭鳴櫓夜聞多 도두명로야문다

● 권응인權應仁, 1517~?

조선 중기의 문인으로 자는 사원(士元), 호는 송계(松溪)이다. 서파(庶派) 계열의 학자로서 한리학관(漢吏學官)을 역임하면서 명과의 외교에 큰 공훈을 세웠다. 시인으로서도 명성이 있었다. 그의 문집에『송계집』이 있다 하나 전하지 않고, 야사인『송계만록』은 조선 전기 야사의 백미로 명성이 높다.

● 해설 및 감상

진주 남강가에 위치한 촉석루에 올라서 본 풍경을 읊은 시이다. 작자의 감정을 많이 드러내지 않고 풍경을 묘사하는데 주력하였다. 1, 2구는 이른 밤 시간 촉석루에서 내려다보이는 풍경을 묘사했다. 터진 구름 사이로 희미한 달이 떠올라 잔잔한 물결 위를 비추고 잠을 자기 위해 하얀 해오라기는 물 위를 낮게 날아 모래사장에 내려앉는다. 고즈넉하면서도 정취 있는 강풍경을 제시하였다. 3, 4구는 시인 자신을 읊었다. 강가 정자는 곧 촉석루로 앞 구절에서 묘사한 멋진 풍경을 보기 위해 발도 걷어 올리고 큰 기둥에 기대섰다. 그러자 밤이라서 보이는 것은 분명하지 않고 노 젓는 소리만 더욱 크게 들려온다. 이 시에서는 이 마지막 구의 청각 이미지를 잘 살려낸 것이 뛰어나다. 정유길을 비롯한 많은 분들이 당시(唐詩)의 수준에 오른 작품이라고 높이 평가하였다.

산속의 집

권응인

푸른 산봉우리 옆에 집을 엮고서
병을 들고서 맑은 시냇물을 담았네.
길은 대숲 사이로 가늘게 나 있고
울타리는 산이 보이게 나지막하네.
바위를 베면 두건에 이끼가 묻고
꽃을 심으면 진흙에 신발 자국 찍히네.
번화한 세상은 꿈에도 가지 않으니
한가한 맛은 호젓한 집에 있다네.

山居 산거

結屋倚靑嶂 결옥의청장
携瓶盛碧溪 휴병성벽계
逕因穿竹細 경인천죽세
籬爲見山低 이위견산저
枕石巾粘蘚 침석건점선
栽花屐印泥 재화극인니
繁華夢不到 번화몽부도
閑味在幽栖 한미재유서

산속에 집을 짓고 한가롭게 살아가는 기쁨을 묘사한 시이다. 수련과 함련은 산 속에 지은 집의 대강을 소개하였다. 청산 옆에 붙여 지은 집은 푸른 계곡물을 물병에 떠다 먹을 수 있는 곳이다. 길은 대숲 사이로 뚫어서 냈고, 울타리는 앞산이 보이도록 나지막히 세웠다. 산속에 지은 집의 소박하고 멋스러움을 표현하였는데 그 의경이 매우 좋다. 경련은 산속의 집에 머물며 작자가 살아가는 행위의 대표적인 것을 들었다. 세속의 때에 묻지 않고 바쁘지도 서둘지도 않는 생활의 단면이 그려진다. 산거의 한가로운 정취를 잘 제시했을 뿐만 아니라 표현도 아주 치밀하고 아름답다. 허균은 '지극히 공교롭다'고 평가하였다. 미련은 번거로운 세상을 꿈꾸지 않고 한가로운 맛이 있는 호젓한 집에 사는 즐거움을 예찬하였다. 여기서 번화한 것과 호젓한 집을 대비하여 자신은 호젓한 집을 선택한다고 하였다. 뒷부분에서는 앞의 내용을 설명하는 것으로 끝냈다.

절구

이후백

보슬비에 갈 길을 잃고
나귀 타고 십리 길 가네.
들매화는 가는 곳마다 피어
그윽한 향기에 넋을 잃었네.

絕句 절구

細雨迷歸路 세우미귀로
騎驢十里風 기려십리풍
野梅隨處發 야매수처발
魂斷暗香中 혼단암향중

● 이후백 李後白, 1520~1578

조선 중기의 문신. 본관은 연안(延安). 자는 계진(季眞), 호는 청련(靑蓮).
1546년 사마시에 합격하고, 1555년 식년 문과에 병과로 급제해 승문원주서
를 거쳐 1558년 승문원박사로 사가독서하였다. 이조판서와 대제학을 지냈
고, 청백리로 이름이 높았다. 문장이 뛰어나고 덕망이 높아 사림의 추앙을
받았다 한다. 함안의 문회서원(文會書院)에 제향되었고, 저서로는『청련집』
이 있다. 시호는 문청(文淸)이다.

● 해설 및 감상

　제목은 절구라고 하여 특정한 주제임을 밝히지 않았다. 봄철에
길을 가다가 흩뿌리는 가랑비를 만나 기분이 어수선하다. 십리길
바람을 맞으며 나귀 타고 가는 시인의 정적인 모습이 2구에 드러나
있다. 시인의 우중충하고 흐린 기분을 산뜻하게 깨는 것은 3구이
다. 천천히 나귀 등에 실려 가는 그의 감각을 일깨우는 것은 다름
아닌 들에 핀 매화이다. 곳곳에 피어있는 그 매화는 눈으로 보는
것이 아니라 그윽한 향기를 품어내어 시인의 넋을 빼앗는다. 시작
은 다소 평범하나 3구의 감각을 깨우는 청신한 느낌의 미감으로
인해 이 시는 좋은 시로 인정받을 만하다. 허균은 "그의 시가 많지
않지만 이를 보면 절로 뛰어나다"고 높이 평가하였다. 단순한 이미
지를 보여주고 마치 한 폭의 한국화를 보는 듯한 기분이 들게 한다.

마천령에서

조헌

북쪽에는 임금님 은혜가 무겁고

남녘에는 어머님 병이 깊으시네.

마천령 넘어 돌아가는 오늘

감격의 눈물 옷깃을 적시네.

聞赦到摩天嶺 문사도마천령

北闕君恩重 북궐군은중

南州母病深 남주모병심

磨天有歸日 마천유귀일

感淚自盈襟 감루자영금

● 조헌趙憲, 1544~1592

조선 중기의 문신·유학자·의병장. 본관은 배천(白川). 자는 여식(汝式), 호는 중봉(重峯)·도원(陶原)·후율(後栗). 이이와 성혼의 제자로서 문과에 급제한 뒤 여러 직책을 맡아보다 1547년에 질장관으로 명나라에 다녀왔다. 임진왜란이 일어나자 옥천(沃川)에서 의병을 일으켜 1,700여 명을 모아 청주를 탈환하였다. 이어 700명의 의병으로 금산전투에서 분전하다가 의병들과 함께 전사하였다. 문집에『중봉집』이 있고, 저서에『동환봉사』등이 있다.

● 해설 및 감상

강직한 선비인 조헌이 선조 17년 나이 46세 때 4월에 만언소(萬言疏)를 올려 시국을 논했는데 그 때문에 함경도 길주로 유배를 갔다. 그때 마침 정여립(鄭汝立) 반란 사건이 발생하여 조헌은 11월에 유배에서 풀려 돌아오게 되었다. 돌아오는 길에 마천령에 올라 이 시를 썼다. 그의 마천령 등반은 정치와 관련이 깊다. 그러나 시는 그러한 문제를 우회적으로 살짝 드러냈을 뿐이다.

1, 2구는 대구가 선명하다. 북쪽의 대궐에 계신 임금님과 남쪽 고향에 있는 어머니의 대구는 하나는 충(忠), 하나는 효(孝)를 상징하여 선비에게 가장 중요한 두 가지 행위규범을 제시하였다. 보통 충을 따르자면 효가 어긋나고, 효를 따르자면 충이 어긋나는 법인데 귀양에서 풀려나는 지금 충과 효의 갈등이 없다. 4구에서 감격의 눈물이 흐르는 이유는 바로 그 때문이다. 임금의 은혜로 유배에서 풀려났기 때문에 병이 깊은 어머니 곁으로 갈 수 있게 된 것이 눈물을 흘리는 이유이다. 짧은 시에 내면의 문제를 간단하고 명료하게 표현한 점이 높이 평가할 만하다.

우연히 짓다

기대승

뜰 앞에 작은 풀은 훈풍에 흔들리고
낮술에 취해 자다 꿈에서 막 깨었네.
깊은 울안에 꽃은 지고 봄날은 길어
발 밖에서 벌과 나비 어지럽게 날으네.

偶題 우제

庭前小草挾風薰 정전소초협풍훈
殘夢初醒午酒醺 잔몽초성오주훈
深院落花春畫永 심원낙화춘주영
隔簾蜂蝶亂紛紛 격렴봉접난분분

● **해설 및 감상**

　우연히 지었다는 제목은 억지로 지으려고 애쓰지 않은 시임을 밝히고자 한 것이다. 어느 날의 즉흥적인 풍경을 묘사한 시의 내용이 제목과 어울린다. 점심 때 낮술을 마시고 난 뒤 낮잠을 자다 깨고 나서 눈에 들어온 뜨락의 풍경을 묘사하였다. 2구에서 그러한 작자의 행위가 창작의 동기와 시의 전체적 배경으로 제시되었다. 작자가 잠에서 깬 이유는 뜰 안의 작은 풀들을 흔드는 봄날의 훈풍이다. 그 훈풍이 풀과 함께 작자의 낮잠까지 깨웠다. 낮잠에서 일어난 작자의 눈앞에 펼쳐진 풍경이 3구와 4구에 묘사되었다. 꽃이 지고 벌과 나비가 어지럽게 날아다녀 올봄이 깊어감을 마음껏 보여준다. 세상 가득한 생명의 충일감, 급할 것 하나 없는 자족감 이런 것들이 작자와 외부세계 사이에서 합일되는 풍경이다. 이러한 풍경의 제시 뒤에 성리학자로서 세상을 읽는 태도가 묻어난다.

부벽루에서

기대승

금수산 앞에는 절이 있고
대동강 위에는 누대가 있네.
강산은 예나 지금이나 그대로인데
세월은 봄과 가을 얼마나 바뀌었나.
하얀 벽에는 멋진 시가 남아 있고
푸른 벼랑은 빼어난 놀이를 기억하네.
조각배도 가야 할 길을 잘 알기에
나도 맑은 물결을 거슬러 오른다.

浮碧樓 부벽루

錦繡山前寺 금수산전사
大同江上樓 대동강상루
江山自今古 강산자금고
往事幾春秋 왕사기춘추
粉壁留佳句 분벽유가구
蒼崖識勝遊 창애식승유
扁舟不迷路 편주불미로
余亦泝清流 여역소청류

356

문집에는 '목은의 시에 차운하다'는 제목으로 되어 있다. 그렇듯이 목은 이색이 지은 저 유명한 부벽루를 읊은 시에 차운하였다. 작자는 41세 때인 1567년 5월에 홍문관 응교에 임명되었고 원접사(遠接使) 종사관이 되어 중국 사신을 맞이하기 위해 평안도를 여행하였다. 다음 해 3월에는 전위사(餞慰使)로 의주까지 갔다가 돌아왔다. 이 시는 이때 지은 것으로 추정한다.

수련은 평양의 영명사(永明寺) 안의 부속 누각으로서 대동강 가에 서 있는 부벽루의 지리적 특징을 간명하게 표현해냈다. 경련은 부벽루란 공간이 유구한 세월 동안 자리를 지켜왔다고 하였는데 이 누각은 평양을 대표하는 유적이기에 그와 같은 표현이 어색하지 않다. 다음으로는 부벽루의 절벽에 새겨진 오래고 많은 유람의 자취를 표현하였다. 시구는 분명 이색의 시이다. 이상 경련과 함련 네 구절은 부벽루가 천고에 유명한 명승지임을 말하였다. 미련은 이제 작자도 앞에서 말한 바와 같은 명승을 유람하는 작자 자신에게 시선을 돌렸다.

산속에서

이이

약을 캐느라 갑자기 길을 잃고서

온 산 가을잎 속에 있네.

스님이 물을 길어 돌아가더니

숲 끝에서 차 끓이는 연기 오르네.

山中 산중

採藥忽迷路 채약홀미로
千峰秋葉裏 천봉추엽리
山僧汲水歸 산승급수귀
林末茶烟起 임말다연기

● 이이 李珥, 1536~1584

조선 중기의 학자 · 정치가. 본관은 덕수(德水). 자는 숙헌(叔獻), 호는 율곡(栗谷) · 석담(石潭) · 우재(愚齋). 문과를 비롯한 각종 시험에 장원으로 급제하였고, 대제학과 호조, 이조, 병조 판서를 역임했다. 조선 중기의 대표적 성리학자로서 주기론을 발전시켜 이황의 주리적(主理的) 이기 이원론과 대립하였다. 젊은 시절부터 문장과 시를 잘 지어 문인으로서도 높은 명성을 얻었다. 시호는 문성공으로 문묘에 배향되었다. 저서에 『율곡전서』, 『성학집요』, 『경연일기』가 있다.

● 해설 및 감상

이이가 지은 작품 가운데 가장 널리 알려진 시이다. 짧은 시구에 대단히 함축적이면서도 몽환적 분위기의 시상을 담아냈다. 깊은 산중에서 약을 캐다 길을 잃었음을 깨달았을 때 비로소 겹겹이 둘러친 산이 온통 가을 단풍으로 뒤덮여 있음을 발견한다. 막막한 깊은 산중에 외로운 한 사람의 고독한 모습이 인상 깊게 표현되었다. 2구의 심상이 대단히 아름답다. 그때 나타난 한 스님이 물을 길어가고 난 뒤 저 숲 한쪽 끝에서 차를 끓이는 연기가 피어오른다. 시는 전체적으로 적막감과 고독감이 지배하는데 잠깐 나타난 스님은 바로 사라지고 숲 끝의 차연기는 그 적막감과 고독감을 더 깊게 만든다. 전체적으로 회화적 이미지가 강하게 표현된 명작이다.

화석정

이이

숲속 정자에는 가을이 저물어
시인의 마음은 끝이 없어라.
멀리 뻗은 강물은 하늘까지 푸른빛을 이어가고
서리 맞은 단풍은 햇볕을 받아 붉구나.
산은 외로운 둥근 달을 토하고
강은 만 리의 바람을 품고 있네.
변방 기러기는 어디로 가는지
저녁 구름 속으로 울면서 사라지네.

花石亭 화석정

林亭秋已晚 임정추이만
騷客意無窮 소객의무궁
遠水連天碧 원수연천벽
霜楓向日紅 상풍향일홍
山吐孤輪月 산토고윤월
江含萬里風 강함만리풍
塞鴻何處去 새홍하처거
聲斷暮雲中 성단모운중

　임진강 가에 있는 정자 화석정을 읊은 시로서 시인의 나이 8세 때에 지은 작품이라고 전한다. 여덟 살 어린이가 지었다고 하기에는 너무도 원숙한 경지를 보여주는 작품이다. 가을이 깊어가는 숲 속의 정자에서 바라본 풍경을 주로 묘사하였다. 2구에서 소객(騷客) 즉 시인의 뜻이 무궁하다고 표현했는데 그 무궁한 뜻은 이하 여섯 구의 내용을 가리킨다. 함련 이하 여섯 구에서는 시인의 감정을 직접적으로는 드러내지 않고 주로 원경(遠景)을 묘사하였다. 하늘에 잇닿은 강물, 붉게 물든 단풍, 산 위로 솟아오른 둥근 달, 강위로 불어오는 바람, 그리고 마지막으로 구름 속으로 사라지는 기러기의 울음. 모두 강가의 산 위에 높이 솟은 정자라는 공간과 늦가을이라는 시간을 배경으로 한 풍경을 잘 포착하여 묘사하였다. 풍경의 표현이 너무도 선명하여 깊은 인상을 남기고 그 속에 시인의 감상이 배어 있다. 작품성이 뛰어난 시로서 고래로 명작으로 인정받고 있다.

처음 산을 나와 심장원에게 주다

이이

동서로 헤어진 뒤 몇 년이나 흘렀던가?

속마음을 털어놓자니 뜻이 아득하네.

전생은 정녕 김시습이 틀림없으련만

지금 세상에선 또 가도가 되었다네.

봄비 내린 뒤라 산새는 한 목소리로 울고

석양지는 곳에 강마을은 천리에 뻗었네.

만나고 헤어지는 모든 것이 이유가 없는 것

머리를 돌려보니 구름은 푸른 하늘에 점점이 떠 있네.

初出山贈沈景混長源 초출산증심경혼장원

分袂東西問幾年 분몌동서문기년

欲陳心事意茫然 욕진심사의망연

前身定是金時習 전신정시김시습

今世仍爲賈浪仙 금세잉위가낭선

山鳥一聲春雨後 산조일성춘우후

水村千里夕陽邊 수촌천리석양변

相逢相別渾無賴 상봉상별혼무뢰

回首浮雲點碧天 회수부운점벽천

이이가 금강산에서 나와 친구인 심장원(沈長源)을 만나 준 시이다. 이이의 문집을 비롯하여 여러 시선집에는 실려 있지 않으나 허균은 『국조시산(國朝詩刪)』에서 이 시를 실었다. 이 작품은 성리학자인 이이가 머리를 깎고 승려가 되어 금강산에 들어갔다는 것을 입증하는 작품이기에 서인들은 아예 이이의 작품으로 인정하지 않는다. 그러나 『명종실록』권30 19년 8월 30일 기해조에서 이이를 호조좌랑으로 삼다는 기록에서 이 시의 함련을 인용한 것으로 보아 이이의 작품이 분명하다.

수련은 오랫동안 헤어져 있다가 이제 처음 만나 그 사이의 경과와 소회를 말하려고 하니 감개가 무량함을 말하였다. 첫 대목에서부터 그 사이에서 숱한 갈등과 고생스러움이 있었음을 토로하였다. 이하에서는 그러한 갈등과 고생의 내용이 표현되었다. 함련에서는 자신의 전생과 현생의 삶을 승려 출신인 김시습과 가도라는 두 사람과 같다고 함으로써 승려로서 생활했음을 은연중 드러냈다. 정착하지 못하고 떠도는 신세를 자조하고 있다. 경련은 시선을 돌려 주위 풍경을 읊었다. 인간의 복잡한 심경과는 무관하게 계절과 시간의 변화하는 풍경이 담겨 있다. 미련은 만나고 헤어지는 것조차 특별한 이유가 있는 것이 아니라는 이이의 말에는 허무함과 달관의 생각이 겹쳐 있다. 그러면서 하늘에 뜬 구름을 바라보는 것으로 시상을 마친 것이 깊은 여운을 남긴다.

조처사의 집을 찾아서

박순

선가에 취해 자고, 깨어 보니 몽롱한데
흰 구름 뒤덮은 골짜기에 달빛이 잠겨 있네.
길고 긴 숲 밖으로 홀로 훌쩍 나섰더니
돌길의 지팡이 소리를 자던 새는 알아듣네.

訪曹處士山居 방조처사산거

醉睡仙家覺後疑 취수선가각후의
白雲平壑月沈時 백운평학월침시
脩然獨出長林外 소연독출장림외
石逕筇音宿鳥知 석경공음숙조지

364

● 박순朴淳, 1523~1589

조선 중기의 문신. 본관은 충주(忠州). 자는 화숙(和叔), 호는 사암(思菴).
명종 때에 문과에 장원급제한 뒤 사가독서(賜暇讀書)를 했고, 대제학과 우
의정, 좌의정을 거쳐 1572년 이후 15년간 영의정을 지냈다. 시(詩)·문(文)·
서(書)에 모두 뛰어났으며, 시는 당시풍(唐詩風)을 따랐고, 글씨는 송설체
(松雪體)를 잘 썼다. 개성 화곡서원(花谷書院), 광주(光州) 월봉서원(月峰書
院) 등에 배향되었다. 문집 『사암문집』이 있다.

● 해설 및 감상

박순(朴淳)은 조선 중기 당시풍(唐詩風)을 선도한 시인으로 평가
받는데 이 시는 그의 대표작으로 손꼽히는 작품이다. 산속에 있는
친구의 집을 찾아가 하룻밤을 자고 돌아온 사연을 읊었다. 『사암집
(思庵集)』에 제목이 〈조운백을 방문하여 2수를 짓다[訪曹雲伯二首]〉
로 되어 있어 찾아간 친구가 조운백(曹雲伯)임을 알 수 있다. 여기서
운백은 자(字)로 그의 이름은 준룡(駿龍)이다. 그의 집이 산속에 있
어 선가(仙家)라고 했다.

친구와 술을 마셨기에 취해서 잠을 자고 아침에 깨어보니 자신이
어디에 머물고 있는지 몽롱하다. 흰 구름이 골짜기를 뒤덮어 달빛이
잠겨 있기에 더욱 신비롭다. 길고 긴 숲길을 홀로 걸어 거침없이
나서려고 하니 내 지팡이 소리를 들어 안다는 듯이 새들이 지저귄다.
술기운과 안개에 뒤덮인 몽롱한 분위기에서 갑작스럽게 지팡이 소
리와 새들의 지저귐으로 전환하였다. 허균은 산속에 은둔한 벗이나
찾아가고 아무도 알아주지 않는 처지의 그를 그래도 새들은 알아준
다는 취지로 해석한 바 있다. 이 시의 마지막 구에 연유하여 박순을
박숙조(朴宿鳥) 또는 숙조지(宿鳥知) 선생으로 불렀다고도 한다.

독서당에 비가 내린 뒤의 풍경

박순

이 물 저 물이 들판을 거쳐 큰 강으로 들어가고
난간 저편 가지에는 물방울이 아직도 떨어진다.
울타리에 도롱이 걸고 처마에 그물을 말리는
시야 속의 어부 집에 저녁 햇살 내려 쬔다.

湖堂雨後卽事 호당우후즉사

亂流經野入江沱 난류경야입강타
滴瀝猶殘檻外柯 적력유잔함외가
籬掛簑衣簷晒網 이괘사의첨쇄망
望中漁屋夕陽多 망중어옥석양다

　여름날 큰 비가 지나간 뒤의 서울 한강 풍경을 묘사한 시이다.
장기간 휴가를 얻어 독서당(讀書堂)에 모여 공부하던 문사들이 큰
비가 지난 뒤 풍경을 시로 읊자고 했을 때 작자의 이 시가 가장
뛰어나다는 평가를 받았다. 독서당은 현재 옥수동 독서당 터에 있
는 곳으로 한강 북쪽 산언덕에 있어서 한강을 조망하기에 좋은 자
리였다.

　1, 2구는 지천에서 한강으로 물이 흘러드는 모습을 제시한 다음
나뭇가지에서는 아직도 물방울이 떨어진다고 했는데 비가 막 그친
특정한 시간의 풍경을 감각적으로 묘사한 구절이다. 3, 4구에서는
저물녘 맞은 편 강가에서 도롱이와 어망을 말리는 어부집에 저녁
햇살이 내려 쬐는 풍경에 시선을 맞추었다. 이 역시 비갠 뒤 특정한
시간대에서 볼 수 있는 풍경이다. 짧은 편폭에 현장감을 느낄 수
있는 생동하는 표현이다.

청풍 한벽루에서

박순

외롭게 멀리 떠난 나그네라, 절로 시름에 겨워

멍하니 강물 소리 들으며 누대를 내려오지 않네.

내일 아침이면 또 큰길에 올라 떠나려니

흰 구름 붉은 나무는 누구에게 가을빛을 뽐내려나?

淸風寒碧樓 청풍한벽루

客心孤逈自生愁 객심고형자생수
坐聽江聲不下樓 좌청강성불하루
明日又登官路去 명일우등관로거
白雲紅樹爲誰秋 백운홍수위수추

368

● 해설 및 감상

시가 지어진 정확한 시기는 알 수 없으나 작자가 공직에 있을 때 여로에 청풍(清風)의 명승지 한벽루(寒碧樓)에 올라가 지은 시이다. 한벽루는 이 지역 명승지라 과객이 꼭 들러보는 곳이다. 1, 2구는 빼어난 명승지에 올랐으나 고독하게 집으로부터 멀리 떠나있는 수심에서 벗어나지 못해 하염없이 강물소리를 들으며 누대를 내려오지 못한다고 했다. 3, 4구는 내일이 되면 다시 길을 떠나야 하므로 한벽루에서 볼 수 있는 흰 구름과 붉은 단풍나무의 아름다움을 즐기지 못하는 아쉬움을 표현했다. 한벽루의 아름다운 풍경 자체를 읊지 못하고 그 풍경을 대하는 작자의 감회 위주로 시상을 전개했다. 아름다운 풍경에 침잠하지 못할 만큼 객수와 객고에 시달린 느낌이 표현되었다.

고기잡이 배를 그린 그림에

고경명

바람 불어 갈대꽃이 눈처럼 하얀 강가
술을 사온 어부가 작은 배를 매었더니
젓대소리 흐느끼고 달빛 훤한 강하늘로
자던 새는 물안개 속 훨훨 날아가네!

漁舟圖 어주도

蘆洲風颭雪漫空 노주풍점설만공
沽酒歸來繫短篷 고주귀래계단봉
橫笛數聲江月白 횡적수성강월백
宿鳥飛起渚烟中 숙조비기저연중

● **고경명** 高敬命, 1533~1592

조선 중기의 문신·의병장. 본관은 장흥(長興). 자는 이순(而順), 호는 제봉(霽峰)·태헌(苔軒). 1558년 문과에 급제한 뒤 교리와 동래 부사를 지냈다. 젊은 시기부터 당시풍 한시의 창작자로서 저명하였다. 임진왜란이 일어나자 의병을 이끌고 금산(錦山)에서 왜군과 싸우다 전사하였다. 광주의 포충사(表忠祠), 금산의 성곡서원(星谷書院)·종용사(從容祠), 순창(淳昌)의 화산서원(花山書院)에 배향되었다. 문집에 『제봉집』, 저서에 『유서석록(遊瑞石錄)』 등이 있다.

● **해설 및 감상**

고기잡이배를 그린 그림에 붙인 제화시(題畵詩)이다. 시의 내용으로 보아 갈대숲 우거진 강가에 어부가 탄 배가 매여 있고, 물안개를 헤치고 새가 날아가는 풍경의 그림이었을 것이다. 이러한 그림은 한국화에 흔히 볼 수 있는 소재이다. 이런 그림을 보고 시인은 정경을 구체적으로 상상하여 형상화하였다. 바람 부는 강가에 눈처럼 하얗게 갈대꽃이 흔들린다. 그 속에서 어부가 술을 사서 배를 강가에 댔다. 아마 어부가 젓대를 불었는지 그 소리를 듣고 자던 새가 안개를 헤치며 난다. 고경명의 시는 고즈넉한 가을밤 강가의 풍경을 현장감을 살려 표현했다. 자연과 그림과 시가 어우러진 것이 이 시의 묘미이다.

우연히 읊다

성혼

사십 년 세월 동안 푸른 산에 누웠으니
내게 얽힌 어떤 시비가 인간 세상에 이르리오?
봄바람 불어오는 작은 방에 홀로 앉으니
꽃은 웃고 버들은 잠들어 한가롭고 한가롭네.

偶吟 우음

四十年來臥碧山 사십년래와벽산
是非何事到人間 시비하사도인간
小堂獨坐春風地 소당독좌춘풍지
花笑柳眠閑又閑 화소유면한우한

● 성혼成渾, 1535~1598

조선 중기의 문신. 학자. 본관은 창녕(昌寧)이고, 자는 호원(浩源)이며, 호는 우계(牛溪) 또는 묵암(黙庵)이고, 시호는 문간(文簡)이다. 성수침(成守琛)의 아들이고, 어머니는 파평(坡平) 윤씨며, 서울 순화방(順和坊)에서 태어났다. 17살 때 진사와 생원 양시에 합격했지만 문과에는 응시하지 않았다. 선조 초에 학행으로 천거되었지만 거부하고, 파산(坡山, 파주)에서 학문에 전념했다. 1581년 문묘에 배향되었고, 창녕 물계서원(勿溪書院)과 해주 소현서원(紹賢書院), 파주 파산서원(坡山書院) 등에 제향되었다. 저서에 『우계집』과 『주문지결(朱門旨訣)』, 『위학지방(爲學之方)』 등이 있다.

● 해설 및 감상

벼슬길에 나가지 않고 은둔생활을 하며 학문에 몰두한 성리학자 성혼의 작품이다. 표면적으로는 봄날의 정취를 읊었으나 이면에는 자신의 삶의 자세를 밝혔다. 40년 긴 세월 동안 푸른 산에 누운 채 세상 밖으로 나가지 않았기 때문에 자기에 관한 어떠한 평가도 세상에는 알려진 것이 없을 것이다. 그러므로 봄바람 부는 집에 한가롭게 누워 꽃이 피고 버들가지 늘어진 봄풍경을 만끽할 뿐이다.

인간 세상은 시비와 갈등이 들끓는 곳이요 자연세계는 여유와 평화를 즐기는 곳이라는 대비가 선명하다. 숨어사는 사람의 평화로움을 묘사한 시로서 마음의 평화로움과 여유를 중시하는 성리학자의 내면세계를 전형적으로 보여주는 시이다.

작은 복숭아

황정욱

수많은 대궐 꽃이 회벽담에 기대어
노는 벌과 나는 나비가 향기를 좇아다닌다.
늙은이는 봄바람을 미처 보지 못하고서
공연히 해만 바라는 해바라기 마음만 지닌다.

次玉堂小桃韻 차옥당소도운

無數宮花倚粉墙 무수궁화의분장
遊蜂戲蝶趁餘香 유봉희접진여향
老翁不及春風看 노옹불급춘풍간
空有葵心向太陽 공유규심향태양

374

● 황정욱黃廷彧, 1532~1607

조선 중기의 문신. 본관은 장수(長水). 자는 경문(景文), 호는 지천(芝川). 명종 임금 때 문과에 급제하여 병조판서와 대제학을 지냈다. 임진왜란 때 왕자 순화군(順和君) 보(보)를 배종(陪從)하던 중 왜군에게 붙잡혀 왜장으로 부터 선조에게 항복 권유의 상소문을 쓰라고 강요받고 거부하였으나, 왕자를 죽인다는 위협에 아들 혁(赫)이 대필하였다. 이 일로 동인(東人)들의 탄핵을 받고 유배되었다. 시인으로 유명하였다. 문집에 『지천집』이 있다.

● 해설 및 감상

작자 황정욱은 1565년 홍문관(弘文館) 부수찬(副修撰)이 되었는데 이 때 이 작품을 지었다. 좌천과 파직을 거듭했던 인생경험이 작품에 투영되었다. 이 작품은 본래 동료인 이순인(李純仁)이 지은 시에 차운한 것이다. 옥당(玉堂)에 핀 작은 복숭아꽃을 읊은 시인데 꽃의 아름다움을 읊기보다 가벼운 필치의 시가 아닌 무겁고 심각한 주제를 담았다. 즉, 봄철이라서 대궐에는 꽃들이 분장에 기대어 많이 피어 있기에 벌과 나비가 그 꽃을 찾아 모여든다. 왕의 사랑을 받기 위해 몰려드는 가벼운 소인배의 행태를 가리킨다. 반면에 늙은이 곧 작자 자신은 그런 봄날의 추세에 발붙이지 못하고 그저 임금을 향한 해바라기의 마음만 지니고 있다. 결국 남들처럼 임금 가까이 다가서지는 못했으나 임금을 향한 진실한 충성심은 남들과 비교할 수 없을 만큼 강하다는 은유로 볼 수 있다. 이 작품을 두고 허균은 깊고 먼 뜻이 들어 있고 시어의 구사가 기발하고 사납다고 평하고서 음풍농월하는 시들과 구별되는 시라고 평가하였다. 시가 지닌 풍유적 주제의식을 평가한 셈이다.

우연히 읊다

송한필

어젯밤 비에 꽃이 피더니
오늘 아침 바람에 꽃이 졌네.
가련타, 봄철의 모든 풍경이
비바람 속에서 왔다 가누나.

偶吟 우음

花開昨夜雨 화개작야우
花落今朝風 화락금조풍
可憐一春事 가련일춘사
來往風雨中 내왕풍우중

조선 중기의 학자·문장가. 본관은 여산(礪山). 자는 계응(季鷹), 호는 운곡(雲谷). 형 익필과 함께 당대의 문장가로 이름이 높았다. 1586년 신사무옥의 피해자 안당(安瑭)의 후손이 무죄를 주장하며 송사(訟事)를 벌였는데, 이에 맞송사로 대응했다가 아버지 사련이 무고한 것이 밝혀져, 가족들이 모두 노비가 되어 흩어졌으므로 그 뒤의 행적에 대해서는 알려지지 않았다. 시 32수와 잡저(雜著)가 익필의 『구봉집(龜峯集)』에 부록으로 수록되어 있다.

● 해설 및 감상

우연히 눈에 들어온 봄날의 풍경을 읊었다고 제목에서 밝혔다. 작자의 문집인 『운곡집』에는 제목이 〈봄을 아쉬워하며[惜春]〉로 되어 있어 시의 내용에 가깝게 바꾸었다. 1구와 2구는 "꽃[花]"을 중복하여 사용하고, 또 반대되는 뜻과 선명한 대조를 이루는 시어를 짝으로 맞춤으로써 율동미를 살려냈다. 3구의 봄철의 모든 풍경은 곧 1구와 2구에서 말한 내용이다. 봄철의 일이란 꽃이 피었다가 꽃이 지는 일로 요약할 수 있다. 그런 것이 비바람에 의해 좌우될 뿐 바라보는 사람과는 무관하다는 허무함과 가는 봄을 붙잡지 못하는 아쉬움이 표현되었다. 이 시는 전체가 하나의 뜻으로 연결되고 있다.

이 늙은이

이산해

꽃이 피자 날마다 산 스님과 만나더니
꽃이 지자 열흘 넘게 대사립을 닫아걸었네.
다들 말하겠지. "이 늙은이는 정말 우스워
한 해 희노애락이 온통 꽃에 달려있다"고.

此翁 차옹

花開日與野僧期 화개일여야승기
花落經旬掩竹籬 화락경순엄죽리
共說此翁眞可笑 공설차옹진가소
一年憂樂在花枝 일년우락재화지

● 이산해李山海, 1539~1609

조선 중기의 문신. 본관은 한산(韓山). 자는 여수(汝受), 호는 아계(鵝溪)·종
남수옹(終南睡翁). 진사를 거쳐 1561년 문과에 급제, 1590년 영의정에 올라
종계변무(宗系辨誣)의 공으로 광국(光國)공신에 책록되었고 이듬해 정철이
광해군을 세자로 책봉하자는 건저문제(建儲問題)가 발생하자 정철(鄭澈)을
탄핵하게 하여 유배시켰다. 선조 때 문장 8가(文章八家)라 일컬었다. 조정
에서는 동인(東人)에 속하였으나 다시 북인(北人)에 속하였다가 마지막에는
대북(大北)의 영수가 되었다. 저서로『아계유고(鵝溪遺稿)』가 있다.

● 해설 및 감상

이산해가 지은 7언절구이다. 문집 가운데 〈기성록(箕城錄)〉에 실
려 있다. 〈기성록〉은 그가 1592년부터 1594년까지 유배생활을 했
던 강원도 평해의 바닷가에서 지은 시문을 엮은 것이다. 임진왜란
이 발발했을 때 선조의 파천을 주도했다 하여 탄핵을 당한 그는
이곳에서 2년간 유배생활을 했다. 이때 지은 시는 담담하고 평화로
운 정서의 시를 담아냈다.

이 시도 그러한 풍모를 보여준다. 심각하지 않고 가벼운 어조로
시상을 풀어냈고, 약간의 농담기도 들어있다. 시속에 나오는 한
어휘를 선택하여 제목의 '이 늙은이'로 삼은 것도 그렇다. 꽃이 피
자 늘 산 스님과 만나다가 꽃이 진 뒤에는 두문불출하는 노인네!
사람들은 모두들 이 늙은이의 인생이 온통 꽃이 피고 피는 것에
달려 있다고 비웃을 것이라고 했다. 물론 여기서 이 늙은이는 시인
자신이다.

인생의 거취가 물질이나 권력이 아니라 피고 지는 꽃에 달려 있
다는 것은 어른에게는 드문 일이다. 순수하고 아름다운 마음씨를

지닌 사람이거나 그 모든 권력으로부터 배척당하여 그야말로 한가로운 사람 아니면 하기 힘들다. 유배의 불행 때문에 인생이 피고 지는 꽃에 따라 움직인다. 어떻게 보면 자신을 향한 자조로 읽힐 수도 있으나 불운 속에 찾은 행복의 심사를 자랑스럽게 표현한 면도 있다.

작은 배

이산해

가벼운 일엽편주 푸른 물결에 띄우고
바람에 맡겨두고 흔들흔들 오가노라.
밤 깊어 달 비친 여울 따라 흘러가건만
갈대 밑에 조는 백구는 아무 것도 모르네.

小艇 소정

一葉輕舟泛綠漪 일엽경주범녹의
搖搖來去任風吹 요요래거임풍취
夜深流向沙灘月 야심유향사탄월
蘆底眠鷗摠不知 노저면구총부지

이 시는 위에 있는 시와 마찬가지로 〈기성록(箕城錄)〉에 실려 있다. 〈월송정(越松亭)의 우거하는 집에서 20수를 읊다〉는 제목으로 쓴 20수의 연작시 가운데 한 수이다. 깊은 밤 달빛을 받으며 작은 배를 타고 여울물을 미끄러져 가건만 갈대밭의 백구는 아랑곳하지 않고 잔다. 고즈넉하고 평화로운 어촌의 풍경을 묘사하였다. 1구와 2구는 매인 데 없이 자유로운 작자의 인생이 그려진다. 그러나 자신보다도 더 무한한 자유와 평화를 누리는 존재를 발견한다. 마지막 구의 갈대 밑에 조는 백구이다. 그가 배를 끌고 가거나 말거나 아랑곳하지 않고 자는 백구야말로 진정 어디에도 매인 데 없이 자유로운 존재이다. 그것이 바로 이 평화로운 강가 풍경에서 시인이 발견한 풍경의 정점이고, 그것이 이 시를 쓰게 만든 것이다.

한강을 떠나며

김성일

도끼 들고 남녘 길을 출발하노니
신하로서 한 번 죽기 각오하노라.
다만 한 가지 저 남산과 한강 물은
정든 곳이라 고개 돌려 바라보노라.

漢江留別 한강유별

仗鉞登南路 장월등남로
孤臣一死輕 고신일사경
終南與渭水 종남여위수
回首有餘情 회수유여정

조선 중기의 문신. 본관은 의성(義城). 자는 사순(士純), 호는 학봉(鶴峰). 퇴계 이황의 제자이다. 1568년에 문과에 급제하고, 1590년에 통신 부사로서 정사(正使) 황윤길(黃允吉)과 함께 일본에 가서 동태를 살핀 후, 침략의 우려가 없다고 보고하였다. 임진왜란이 일어나자 경상우도 관찰사로 임명되어 의병을 규합하여 싸우다 진주에서 죽었다. 저서로는『해사록(海禮錄)』·『상례고증』등이 있으며, 1649년에 문집으로『학봉집』이 만들어졌다. 시호는 문충(文忠)이다.

● 해설 및 감상

이 시는 임진왜란이 발발하기 직전 1592년 4월 11일에 경상우도 병마절도사(慶尙右道兵馬節度使)에 임명되어 서울을 떠나면서 지은 시이다. 이때는 일본의 침략이 예상되어 전국이 불안에 휩싸여 있었고, 그에 대한 대비를 위해 그를 절도사로 임명하였다. 그런데 그는 부임 중에 동래를 함락한 왜군과 맞닥뜨렸다. 이 일이 있기전에 그는 일본 통신사로 가서 일본이 침략할 뜻이 없다고 보고한 처지였다. 그러나 위기가 닥치자 앞장서 위기극복에 노력하였다.

이 시는 그러한 비장한 각오로 서울을 떠나는 심경을 표현하였다. 1구와 2구에는 나라를 위해 죽겠다는 비장한 각오가 서려 있다. 3구와 4구는 앞에서 드러낸 비장한 각오의 심경 속에 숨어있는 인간적 연민의 정을 표현하였다. 한양을 다시 보지 못한다고 해도 아쉬울 것은 없으나 그 동안 벼슬살이하면서 정이든 남산과 한강물에는 일말의 연민이 없을 수 없다. 오히려 산과 강에 연연해하는 정을 표현한 것이 그의 비장한 각오를 강화하는 느낌이다.

산에 살며

성수침

아침 해가 어슴푸레 흐렸다가 밝아지고
누운 채로 하늘 보니 조각구름 피어난다.
잠깐 사이 모여 들어 비가 되어 뿌리더니
골짜기마다 활활대며 여울소리만 들려온다.

山居雜詠 산거잡영

朝日微茫翳復明 조일미망예부명
臥看天末片雲生 와간천말편운생
須臾遍合翻成雨 수유편합번성우
萬壑崩湍共一聲 만학붕단공일성

● 성수침成守琛, 1493~1564

조선 중기의 학자로서 자는 중옥(仲玉), 호는 청송(聽松) 또는 죽우당(竹雨堂)이다. 조광조의 문인으로 기묘사화로 스승이 처형되고 많은 선비들이 화를 입자 벼슬길을 포기하고 학문에만 몰두하였다. 여러 차례 조정에서 불렀으나 나가지 않고 한양의 북악과 처가가 있는 경기도 파주의 우계(牛溪)에 은거했다. 저서에 『청송집』이 있다.

● 해설 및 감상

어느 날 아침 일어나 보니 아침 햇살은 희부옇다. 찌푸린 날씨가 또 밝아지며 변덕을 부린다. 이부자리에 그대로 누워 창밖을 보니 먼 하늘에는 조각구름이 피어난다. 그런데 갑작스레 구름이 사방에서 몰려와 온통 하늘이 구름으로 메워지더니 온 산을 뒤집을 듯이 비가 쏟아져 내리고, 산골짜기마다 콸콸 내려가는 급한 여울물소리만이 산에 사는 시인의 귀를 메운다.

산에 사는 은사의 일상을 낮은 목소리로 묘사한 56수의 〈산거잡영(山居雜詠)〉 가운데 한 수이다. 평생을 벼슬하지 않고 서울 북악산에 은둔하며 지내다가 만년에 처가가 있는 경기도 파주의 우계(牛溪)에 죽우당(竹雨堂)을 짓고 은거할 때의 생활을 묘사하였다. 이 시도 그런 산 속 생활의 한 단면을 보여준다.

시를 지어 뜻을 보이다

김덕령

악기에 맞춰 노래하는 것은 영웅이 할 일이 아니니
장군의 막사에서 칼춤 추며 놀이할 뿐이라.
훗날 전쟁을 마치고 집으로 돌아간 뒤에는
강호에서 낚시하는 것 말고는 할 일이 무엇인가?

作詩見志 작시견지

絃歌不是英雄事 현가불시영웅사
劍舞要須玉帳遊 검무요수옥장유
他日洗兵歸去後 타일세병귀거후
江湖漁釣更何求 강호어조경하구

김덕령 金德齡, 1567~1596

조선 중기의 의병장. 본관은 광산(光山). 자는 경수(景樹). 1592년에 임진왜란이 일어났을 때 의병을 일으켜 일본군을 크게 무찔러 호익장군(虎翼將軍)의 호를 받았다. 이듬해 의병장 곽재우와 함께 여러 차례 적병을 격파하였다. 1596년에 이몽학(李夢鶴)과 내통했다는 무고로 고문을 받고 옥사하였다. 후에 신원되어 충장(忠壯)이란 시호를 받았고, 정조가 그의 사적을 정리하여 『김충장공유사(金忠壯公遺事)』를 편찬하였다. 1974년 광주 충장사(忠壯祠)를 복원하여 충훈을 추모하고 있다. 생애와 도술을 묘사한 작자·연대 미상의 전기(傳記)소설 〈김덕령전〉이 있다.

● 해설 및 감상

『김충장공유사』에는 제목이 〈군중에서 짓다[軍中作]〉로 되어 있다. 왜적과의 전쟁 중에 전쟁을 마치고 난 뒤에는 이렇게 살 것이라는 의지를 보인 작품이다. 그가 내세운 뜻을 두 가지로 말했다. 앞의 두 구에서는 군중에 있는 현재의 뜻으로 현악기 반주에 맞춰 노래 부르는 선비의 일은 영웅이 해야 할 일이 아니므로 장군의 막사에서 검무를 추겠다고 했다. 그것은 현재 자신의 모습이기도 하다. 3구와 4구에서는 이 전쟁을 마치고 나면 집으로 돌아가 강호에 묻혀 낚시하는 것 이외에 다른 뜻이 없음을 밝혔다. 앞의 내용은 항우가 우미인과 마지막 밤을 보내는 장면을 떠오르게 한다. 뒷부분의 사연은 자신은 공훈이나 벼슬에는 관심이 없음을 일부러 드러낸다. 김덕령은 의병장으로 왜적이 가장 두려워한 존재인데 명성이 크게 나자 그의 의도와는 다르게 정치적 견제를 받게 되었다. 결국 그는 이몽학과 내통하여 반란을 일으켰다는 죄목으로 옥에 갇혀 죽고 말았다. 그의 나이 30세 때의 일이다. 이 작품은 그러한 환경에서 자신의 뜻을 보인 것이다.

불일암에서

이달

절은 흰 구름 속에 있는데

흰 구름이라 스님은 쓸지를 않네.

객이 와서야 문을 열자

골짜기마다 송화가루 날리네.

佛日菴贈因雲釋 불일암증인운석

寺在白雲中 산재백운중
白雲僧不掃 백운승불소
客來門始開 객래문시개
萬壑松花老 만학송화로

조선 중기의 시인. 본관은 신평(新平). 자는 익지(益之), 호는 손곡(蓀谷)·서담(西潭)·동리(東里). 서파(庶派)에 속하여 이문학관(吏文學官)과 같은 한미한 직책을 일정 기간 수행한 것을 제외하곤 방랑과 창작활동으로 평생을 보냈다. 젊은 시절부터 시인으로 유명하였다. 특히, 기존의 시경향과는 다른 당시풍(唐詩風)을 적극적으로 창작하여 최경창·백광훈과 함께 '삼당파(三唐派)'라 불렸다. 말년에는 허균(許筠)과 허난설헌(許蘭雪軒)을 가르쳤는데, 특히 허균에게는 많은 영향을 끼친 것으로 알려졌다. 허균은 스승의 전기로 『손곡산인전(蓀谷山人傳)』을 집필했다. 문집으로 『손곡집』이 있다.

● 해설 및 감상

이달이 전라도 남원을 찾아 노닐 때 지리산 일대를 답사하였는데 이때 지은 작품이다. 불일암은 지리산 송광사에 딸린 암자로서 여기에 머물던 인운이란 승려에게 두 편의 시를 써 주었다. 다른 시는 5언율시이다. 흰 구름에 둘러싸인 채 속세와 격리된 깊은 숲 속에 사는 스님이 자기가 찾아오자 비로소 문을 열었다. 그의 앞에 늦은 봄 송화가루가 온 골짜기에 날린다. 세월 가는 것도 잊고 사는 스님의 공간에 불현듯 방문한 손님, 그리고 날리는 송홧가루라는 몇 개의 이미지를 제시한 것으로 깊은 여운을 남기는 빼어난 수작이다.

농가 아낙네

이달

농가의 아낙네가 밤까지도 먹지 못해
빗속에서 보리를 베어 숲길 따라 돌아온다.
생솔가지 비에 젖어 연기도 나지 않고
문을 열고 아이들은 옷 붙잡고 울어댄다.

田家行 전가행

田家少婦無夜食 전가소부무야식
雨中刈麥林中歸 우중예맥임중귀
生薪帶濕烟不起 생신대습연불기
入門兒子啼牽衣 입문아자제견의

가난한 농가의 현실을 묘사한 7언절구이다. 농가의 젊은 아낙네
가 낮에도 굶고 밤까지도 아무것도 먹지 못했다. 참다못해 빗속에
서 보리를 베어 숲길 따라 집으로 돌아왔다. 밥을 하려고 불을 때려
고 애를 쓰지만 생솔가지에다 비까지 젖어 연기만 나고 불이 잘
붙지 않는다. 이 힘든 아낙네의 애간장을 한껏 더 아프게 하는 것은
밥 달라고 보채면서 옷을 잡아당기는 어린 아이이다. 당시의 농가
의 어려운 사정을 한 젊은 아낙의 일상에 초점을 맞추어 묘사했다.
이달의 시는 전체적으로 낭만적 기풍을 지니지만 몇몇 작품은 매우
시사성 강한 현실성을 띤다. 이 작품도 당시 현장의 궁핍한 삶을
예리하게 포착해낸 수작으로 꼽을 만하다.

대추 터는 아이들

이달

이웃집 장난꾸러기들 대추를 터는데
늙은이 문을 나와 아이들을 쫓아낸다.
아이들 도망하며 늙은이에게 던지는 말,
"내년 대추 익을 때까지 살지도 못한대요!"

撲棗謠 박조요

隣家小兒來撲棗 인가소아내박조
老翁出門驅少兒 노옹출문구소아
小兒還向老翁道 소아환향노옹도
不及明年棗熟時 불급명년조숙시

이웃집 개구쟁이들이 어떤 노인의 집에 탐스럽게 익은 대추를 털기 위해 살금살금 접근하여 대추를 터는데 집주인 할아버지가 알아차리고 문을 박차고 나와 아이들을 내쫓는다. 대추를 얻지 못한 개구쟁이 아이들이 그냥 달아나지만은 않았다. 할아버지의 약을 올리는 말을 뒤에 던진다. "내년 이맘 때쯤 대추가 익을 때면 이 세상에 없을 늙은이가 대추 좀 주면 안 되냐"는 말이다. 7언절구 28자는 인간의 서정을 표현하기에도 짧은 형식인데 이달은 오히려 서사적인 내용을 충분히 담고도 여유가 있다. 시는 이해 못할 내용이 없을 만큼 아주 쉬운 사연을 담았는데 그 풍경이 아주 인상적으로 독자의 심상에 남겨진다. 이달의 대표작의 하나이다.

삼각산 문수사

최립

가본 지도 십 년 넘어 몽롱한 문수사 길,
꿈속에선 성곽 넘어 북서쪽을 찾아가네.
지팡이를 짚고 서면 골골마다 오가는 구름과
문을 열면 봉우리마다 떴다가 지는 달.
풍경 소리 아련할 때 돌 틈에선 새벽의 샘물소리와
등심지 돋울 때는 솔바람 소리에 실려 오는 사슴의 울음.
이 같은 정경을 언제나 스님과 함께 가져보나?
관아 길은 칠월이라 질퍽이며 걸어가네.

次文殊僧卷 차문수승권

文殊路已十年迷 문수로이십년미
有夢猶尋北郭西 유몽유심북곽서
萬壑倚筇雲遠近 만학의공운원근
千峰開戶月高低 천봉개호월고저
磬殘石竇晨泉滴 경잔석두신천적
燈剪松風夜鹿啼 등전송풍야녹제
此況共僧那再得 차황공승나재득
官街七月困泥蹄 관가칠월곤니제

395

● 최립崔岦, 1539~1612

조선 중기의 문신·문인. 본관은 통천(通川). 자는 입지(立之), 호는 간이(簡易)·동고(東皐). 문과에 장원급제한 뒤 뛰어난 문장실력으로 임진왜란을 전후하여 명나라와 외교에서 혁혁한 공훈을 세웠다. 그러나 개성 출신이라서 고위직에 기용되지 못했다. 국내외에서 명문장가로 이름을 떨쳤으며 시(詩)에 탁월하고 글씨는 송설체(松雪體)에 일가를 이루었고 문장은 의고문체(擬古文體)에 뛰어나 차천로(車天輅)의 시, 한호(韓濩)의 글씨와 함께 송도삼절(松都三絶)이라 하였다. 저서에 『간이집』이 있다.

● 해설 및 감상

작자가 젊은 시절의 시를 묶어놓은 〈초미록(焦尾錄)〉에 실려 있다. 문수사는 북한산 문수봉 아래 위치하며 북한산 소재 사찰 가운데 가장 전망이 좋다는 천년 고찰이다. 이곳에 사는 스님이 시집을 만들어 최립에게 평가를 요구했다. 최립은 그 시집에 실린 시에 차운하여 이 시를 써서 보냈다. 창작의 배경 때문에 이 시의 내용은 문수사에 다시 가고픈 간절한 소망으로 채워졌다.

첫 연에서는 가본 지가 십 년이 넘어 이제는 가는 길조차 아련한 문수사이지만 여전히 꿈속에서도 절로 가는 길을 찾아 헤맨다고 하였다. 문수사의 풍경이 그만큼 아름답다는 것을 우회적으로 표현하였다. 다음 두 연에 묘사한 것은 꿈속에서도 보고 싶어 한 문수사의 대표적 풍경이다. 전망이 좋아 수많은 골짜기에 왔다가 가버리는 구름과, 수많은 산봉우리에 떠올랐다가 지는 달과, 새벽녘에 들려오는 샘물소리와, 솔바람에 실려 오는 사슴의 울음소리 네 가지이다. 이 풍경은 그가 한 때 찾아갔던 문수사에서 본 것이기도 하고, 또 꿈속에서도 찾아가고픈 것이기도 하다. 미련에서는 시상이 완전히 전환되어 그런 풍경을 다시 찾아가지는 못하고 그리워만 하는 현재의 처지를 말했다. 서울에서 벼슬한다고 비가 내려 진흙탕길이 된 길을 걸어 출퇴근해야 하는 그의 처지는 앞에서 묘사한 문수사의 풍경과 대조를 이룬다. 현실에 부대끼는 작자의 모습과 그 현실 위에 초연히 서 있는 문수사의 아름다운 풍광의 대조가 이 시의 감상 포인트이다.

삼일포에서

최립

서른여섯 봉우리는 미인의 눈썹을 오므린 듯
백조는 쌍쌍이 맑은 물결을 희롱하네.
사흘만 놀고서는 다시 찾지 않았으니
선계에는 명승이 많은 줄을 알겠네.

三日浦 삼일포

晴峯六六斂螺蛾 청봉육육염나아
白鳥雙雙弄鏡波 백조쌍쌍농경파
三日仙遊猶不再 삼일선유유부재
十洲佳處始知多 십주가처시지다

이 시는 최립이 1603년 『주역』의 교정을 마치고자 외직인 간성군수(杆城郡守)로 나가 재직하던 3년 사이에 지은 작품이다. 이때 지은 작품이 〈동군록(東郡錄)〉이란 이름으로 편집되어 문집에 실렸다. 많은 작품 가운데 이 시가 대표작으로 손꼽힌다. 1구와 2구는 삼일포의 아름다운 풍광을 대표하는 서른여섯 봉우리를 제시하고 이어서 흰 물새들이 떠있는 모습을 보여 이곳이 한가롭고 아름다운 선경임을 드러냈다. 이 시의 멋과 재치는 3구와 4구의 발상에 있다. 삼일포는 신라 때 네 명의 신선이 여기에 찾아와 사흘 동안 놀았다는 전설이 있는 곳이다. 작자는 바로 그 전설을 떠올려 네 명의 신선이 사흘만 놀고 다시 이곳을 찾았다는 소문이 없는 것으로 보아서 신선 세계에는 삼일포와 같은, 아니 삼일포보다 더 아름다운 곳이 더 많다는 사실을 알겠노라고 했다. 일반적인 시의 문법으로는 삼일포를 가장 아름다운 곳으로 묘사하는 것인데 최립은 오히려 거꾸로 선계에는 이보다 더 아름다운 곳이 많다고 하여 삼일포를 대수롭지 않게 묘사하였다. 그러나 실제로는 지상에는 삼일포만이 신선이 놀만한 선계라고 말한 셈이 된다. 이러한 참신한 발상이 이 시의 묘미이다. 최립은 이 작품의 수준을 자부하였고, 후대에도 삼일포를 묘사한 대표작으로 인정받아 삼일포의 사선정에는 이 시가 걸려 있었다.

그네타기

임제

새하얀 모시 치마 적삼에 잇꽃 물들인 진분홍 허리띠
여자 아이들 손에 손잡고 그네타기 다투네.
뜩가 백마 탄 저 총각 어느 댁 도령인고
황금채찍을 빗겨 잡고 서성이네.

두 볼은 발그레 땀이 송글송글
아양스런 웃음소리 반공중에서 떨어지고.
나긋나긋 고운 손길 원앙줄 사뿐 잡아
날씬한 가는 허리 한들바람 못 이길 듯.

아차 구름결 머리에서 금비녀 떨어졌네
저 총각 주워들고 싱글벙글 뽐내네.
그 처자 수줍어 가만히 묻는 말 '도령은 어디 사시나요'
'수양버들 늘어진 숲가에 주렴 드리운 집 거기가 우리 집이라오'.

400

鞦韆曲 추천곡

白苧衣裳茜裙帶 백저의상천군대
相携女伴競鞦韆 상휴여반경추천
堤邊白馬誰家子 제변백마수가자
橫住金鞭故不前 횡주금편고부전

粉汗微生雙臉紅 분한미생쌍검홍
數聲嬌笑落煙空 수성교소낙연공
指柔易著鴛鴦索 지유이착원앙삭
腰細不堪楊柳風 요세불감양류풍

誤落雲鬟金鳳釵 오락운환금봉채
遊郎拾取笑相誇 유랑습취소상과
含羞暗問郎居住 함수암문낭거주
綠柳珠簾第幾家 녹류주렴제기가

● 임제林悌, 1549~1587

조선 선조 때의 문인. 자는 자순(子順)이며, 호는 백호(白湖)이다. 벼슬은 예조정랑에 그쳤다. 기질이 호방하고 예교(禮敎)에 얽매이기를 싫어했다. 평안도로 벼슬살이를 하러 개성을 지나갈 때 길가에 황진이의 무덤을 보고, 시조를 짓고 제사를 지낸 일이 있었다. 이 일로 인해 그는 파직되었다. 또한 그가 죽을 때에 "천하의 여러 나라들이 황제를 일컬었다. 약소국에 태어났 는데 죽음을 애석할 것이 없다"고 하면서 곡을 하지 못하게 했다고 한다. 그의 시 경향은 낭만주의적 색채가 강한 데다가 날카로운 현실 비판 정신 또한 빼어나다. 그밖에 산문작품으로 「수성지(愁城誌)」, 「화사(花史)」, 「원 생몽유록(元生夢遊錄)」 등을 남겼다.

● 해설 및 감상

그네를 타는 처녀들의 모습은 화사하기 그지없다. 잘 다듬어 입은 새하얀 모시 치마 적삼만으로도 아리땁고 고운데, 진분홍 허리 띠가 휘날리는 모습은 눈이 아찔할 정도이다. 서로 손잡고 웃으며 그네를 타는 그녀들의 곱고 화사한 모습에 지나가던 백마 탄 도령은 넋을 잃는다. 둑 위에 말을 멈춰 세워두고 채찍 든 손을 비스듬히 내린 채 그네 타는 처녀들을 바라보며 서성인다.

그 시선을 즐기는 듯 처녀들은 낭랑한 웃음을 날리며, 땀이 송글거릴 정도로 힘껏 그네를 굴린다. 그네의 밧줄을 잡은 희고 고운 손, 진분홍 허리띠를 맨 가늘디 가는 허리를 보면 높게 날리는 그네가 아슬아슬 위태로워 보일 정도이다.

문득 구름 같은 머리에 꽂혔던 금비녀가 떨어지니 구경하던 도령은 주저 없이 뛰어나와 비녀를 줍는다. 의기양양해 하며 비녀의 임자를 기다리니 한 처녀가 다가와 평소라면 감히 할 수 없었던 말을 묻는다. 어디 사시냐고. 그 말에 담긴 호기심과 호감에 도령

역시 거침없이 수양버들 늘어진 숲가의 주렴 드리운 집이라고 대답
해 준다.

  그네 타기는 그 시대 청춘 남녀가 자연스럽게 서로를 보고 다가
갈 수 있게 해준다. 수줍게 떨리지만 한편으로는 호감을 숨기지
않는 처녀 총각의 만남의 과정이 화사한 그네뛰기 정경과 함께 선
연히 떠오르는 시다.

말없이 헤어지다

임제

열다섯 어여쁜 아가씨
부끄러워 말없이 헤어지고는
돌아와 겹문을 걸어 잠그고
배꽃에 걸린 달 향해 눈물 흘리네.

無語別 무어별

十五越溪女 십오월계녀
羞人無語別 수인무어별
歸來掩重門 귀래엄중문
泣向梨花月 읍향이화월

열다섯의 어여쁜 아가씨가 사랑하는 사람을 만나고 돌아왔다. 어렵사리 만난 자리, 하고 싶은 말이 꼭 있었지만 부끄럽고 수줍어 한 마디도 못하고 헤어지고 말았다. 집에 돌아와 문을 겹겹이 잠그고는 배꽃 가지에 걸린 달을 보며 홀로 눈물을 흘린다.

끝내 하지 못한 말은 무엇이었을까. 그래서 남몰래 흘리는 눈물에는 무슨 마음이 담겨 있을까. 사랑하는 이에게 연모의 말을 전하지 못해서일까, 전한다 해도 사랑을 이룰 수 없는 상황이어서일까, 아무 말도 전하지 못한 자신이 속상해서인지는 알 수가 없다.

다만 그녀의 연모의 마음은 하늘의 저 달처럼 크건만, 전하지도 못하고 전할 수도 없어 그저 내면 깊은 곳에 눌러놓은 마음이 안타까울 뿐. 열다섯 어린 나이이니 그 사랑은 배꽃처럼 희고 고운 첫사랑일터인데, 한번 건네보지도 못한 마음이 애처로울 뿐이다.

대동강 노래

임제

대동강 가 아가씨 봄 햇살 밟고
강가 버드나무가 애간장을 끊네.
늘어진 버들가지로 옷을 지을 수 있다면
님을 위해 춤옷을 만들리라.

제 모습 꽃과 같아 젊음이 쉬이 시드는데
님의 마음은 버들개지처럼 가벼이 떠나는구나.
바라건대 일백 척 청류벽을 들어 옮겨서
님이 타신 배 가지 못하게 하였으면.

浿江歌 패강가

浿江兒女踏春陽 패강아녀답춘양
江上垂楊政斷腸 강상수양정단장
無限煙絲若可織 무한연사약가직
爲君裁作舞衣裳 위군재작무의상

妾貌似花紅易減 첩모사화홍이감

406

朗心如絮去何輕 낭심여서거하경
願移百尺淸流壁 원이백척청류벽
遮却蘭舟不放行 차각난주불방행

한때 꽃과 같이 아름다웠던 여인은 님과의 사랑이 영원하리라 믿었으리라. 그러나 여름이 가면 가을이 오고, 달이 차면 이울 듯 사랑의 열정이 식는 것 또한 삶의 순리. 님의 마음은 바람에 가볍게 날아가버리는 버들가지 꽃처럼 여인에게서 떠나가 버렸다.

여인은 지는 꽃처럼 쉬이 시드는 자신의 젊음에 슬퍼하고 가벼이 떠나는 남자의 쉬운 사랑에 절망한다. 대동강변의 일백 척 되는 푸른 절벽을 그대로 들어 올려 님이 타고 떠나는 배의 길을 막아서라도 님을 붙잡고 싶다는 말은 그런 절망이 빚은 '불가능한 소망'이다.

불가능한 소망을 말하는 것은 이미 마음 속 깊은 곳에서는 님과의 이별을 피할 수 없다는 것을 알고 있다는 이야기다. 피할 수 없는 이별에 한숨짓는 이 여인은 아마 규방의 처자는 아닌 듯 – 그래서 끝까지 떠나는 님을 붙잡아 매어 두지 못하고 이별을 받아들일 수밖에 없는 처지인 듯하다. 그런 자신의 처지를 돌아보는 여인의 마음이 잘 드러난다.

산중 객관에서

최경창

오래된 고을이라 성곽도 없고
산 속 객관에 나무 숲만 울창하네.
관원도 백성도 흩어져 쓸쓸하기만 한데
물 넘어 들려오는 차가운 다듬질 소리.

題高峰郡山齋 제고봉군산재

古郡無城郭 고군무성곽
山齋有樹林 산재유수림
蕭條人吏散 소조인리산
隔水擣寒砧 격수도한침

● 최경창崔慶昌, 1539~1583

조선 중기 때의 시인. 자는 가운(嘉運)이며, 호는 고죽(孤竹)이다. 백광훈(白光勳), 이후백(李後白)과 함께 양응정(梁應鼎)의 문하에서 공부하였다. 벼슬은 사간원 정언, 종성부사 등을 역임했다. 당시풍(唐詩風)의 한시를 특히 잘 지어, 백광훈, 이달(李達)과 함께 삼당파시인(三唐派詩人)으로 불렸으니, 이 시기 새로운 시풍의 발전에 큰 역할을 하였다. 문장에도 뛰어나 이이(李珥), 송익필(宋翼弼) 등과 함께 8문장으로 일컬어졌으며, 글씨를 잘 썼다. 문집으로『고죽유고(孤竹遺稿)』가 전한다.

● 해설 및 감상

사람들이 떠난 빈 고을, 성곽의 흔적조차 보이지 않고 숲만 울울하다. 산 속 객관 주변에는 울창한 나무만 가득해 사람 사는 온기는 없고 적막함만이 감돌뿐이다.

백성과 관원이 떠난 고요한 곳에 스산하고 차가운 날씨까지 더해, 먼 곳 인가에서 아스라이 들리는 다듬이 방망이 소리까지 쓸쓸하고 차게 느껴진다.

'없어진 성곽'과 '울창한 나무'가 시각적 대조를 이룬다. 성곽이 없어져 쇠락의 기운이 전해지고, 울창한 나무는 가득 있지만 인적 없음을 전할 뿐이다. '없음'과 '있음'의 대조는 모두 사실은 '인적 없음'과 '세월의 무상함'을 나타낸다. 또한 '고요한 빈 고을'과 '다듬이 소리'는 청각적 대조를 이룬다. 사람이 북적이는 고을에서 여러 소리 속에 섞여 들리는 다듬이 소리는 생활의 활기를 전하는 소리지만, 아무도 없는 빈 고을에서 듣는 먼 다듬이 소리는 쓸쓸함을 배가시킬 뿐이다.

작가가 쓸쓸하다는 말은 직접적으로 말한 적이 없음에도 불구하고 이러한 대조적 이미지의 제시로 인해 삶의 덧없음과 쓸쓸함을 정갈하게 표현하고 있다. 감정의 절제로 인해 감정이 더욱 선명하게 전달된다고나 할까.

변방에서

최경창

어려서 집 떠나 소식조차 드물고
가을에도 여전히 전시의 옷을 입고 있네.
성 위의 뿔피리 소리가 서리를 급히 불어와
하룻밤 새 누런 느릅나무 잎이 다 날아갔네.

邊思 변사

幼少離家音信稀 유소이가음신희
秋來猶着戰時衣 추래유착전시의
城頭畵角吹霜急 성두화각취상급
一夜黃楡葉盡飛 일야황유엽진비

412

어려서 징집되어 집을 떠나 변방의 군졸로 살고 있는 그. 머나먼
길, 긴 세월 속에 소식은 차차 끊어져 고향집에서 오는 물건조차
없다. 혹은 이렇게 자식을 변방의 군졸로 보낼 수밖에 없는 고향집
은 무엇 하나 보낼 여력이 없는, 찢어지게 가난한 집인지도 모른다.
옷가지 하나 받아보지 못해 서리가 바람에 날리는 늦가을인데도
여름 전투복을 입고 있다.

성 위에서는 뿔피리 소리가 계절을 재촉하듯 울려대니, 몰아치
는 서릿발 속에 느릅나무는 하룻밤 새에 잎을 모두 떨어뜨리고 말
았다.

변방의 황량한 풍경 속에 울리는 뿔피리 소리는 사뭇 비장하기까
지 한데, 말없이 성 위에 서서 잎이 진 나무들과 허옇게 땅을 덮은
서리를 바라보는 병사의 처연한 모습이 떠오른다. 바람 부는 북쪽
변방 어느 성벽에서 얇은 여름 전투복을 입고 서서 고향을 그리는
이름 없는 병졸의 애환이 가슴 아프다.

대은암 남지정의 고택에서

최경창

문 앞의 수레가 연기처럼 흩어지고
재상의 영화도 백 년에 못 미치는구나.
골목길은 적막하고 한식은 지났는데
오래된 담장 가에 수유꽃만 피어 있구나.

大隱巖南止亭故宅 대은암남지정고택

門前車馬散如煙 문전거마산여연
相國繁華未百年 상국번화미백년
深巷寥寥過寒食 심항요요과한식
茱萸花發古墻邊 수유화발고장변

414

대은암은 서울 인왕산 기슭에 있던 명승지였다. 그곳에 위치한 남지정 고택은 중종 때 개혁 세력인 조광조를 처형하는 데 앞장 선 뒤로 승승장구 영의정까지 올랐던 남곤(南袞, 1471~1527)의 집을 말한다. 남곤은 훈구파의 대표적 인물로, 기묘사화를 일으킨 장본 인이다. 그가 살아 있을 때는 입신양명의 줄을 대기 위해 찾아오는 이들의 수레가 집 앞에 가득했겠지만, 죽고 난 후의 집은 인적이 끊어져 적막하기 그지없다. 재상으로서의 그의 번성함은 백 년도 가지 못하는 허망한 것이었다.

남곤은 죽은 뒤 관직을 삭탈당하는 등 살아있을 때의 부귀영화는 시구 그대로 연기처럼 흩어졌고, 역사 속에 떳떳하지 못한 이름으 로 남아 있다. 적막한 골목길의 담장 가에 핀 수유꽃만이 퇴락한 재상가의 모습을 지켜볼 뿐이다. 현재의 쓸쓸한 정경이 담장 가의 수유꽃으로 형상화되어 있다고 볼 수 있다.

홍경사

백광훈

가을 풀 전 왕조의 절
남은 비석, 학사의 글.
천년 흐르는 물 있어
지는 해에 돌아가는 구름 보네.

弘慶寺 홍경사

秋草前朝寺 추초전조사
殘碑學士文 잔비학사문
千年有流水 천년유유수
落日見歸雲 낙일견귀운

● 해설 및 감상

고려 왕조의 무너진 옛 절, 홍경사에는 가을풀만 무성하고 부서진 비석에는 어느 학사의 글이 새겨져 남아 있을 뿐이다. 그것은 사실 고려 시대 때 유명한 학자였던 최충(崔沖)이 지은 비문이었다. 그러나 이제는 지난 세월에 이지러진 글씨는 읽기조차 어렵다. 천년의 세월이 거침없이 흘러 그때 사람들은 남아 있지 않고, 무심히 흐르는 강물만이 세월의 덧없음을 알릴 뿐이다. 황량한 옛 절터에 서서 황혼 속 떠가는 구름을 바라보며 세월의 덧없음과 인간사의 무상함을 되새길 뿐이다. 무심하게 흘러가는 세월은 쉬지 않고 흐르는 강물처럼 지나가는 것이기에, 지는 햇살 속에 시인은 깊은 감회에 젖어 있다.

1, 2구를 서술어 없는 명사구로 감정의 표출 없이 쇠락의 이미지를 만들어 낸 후, 마지막 구에 '돌아가는 구름을 본다'는 행동을 하나 넣음으로써 사라져 가는 것들에 대한 말없는 애도의 뜻을 더한 솜씨가 간결하고도 깔끔하다.

한강에서 성보와 헤어지며

백광훈

천리 먼 길, 어찌 그대를 이별할 것인가
한밤중에 떠나는 모습을 일어나 보았네.
외로운 배는 이미 멀리 떠났는데
달은 지고 찬 강은 오열하네.

龍江別成甫 용강별성보

千里奈君別 천리내군별
起看中夜行 기간중야행
孤舟去已遠 고주거이원
月落寒江鳴 월락한강명

용강은 지금 용산 근처의 한강을 말한다. 이곳에서 시인은 절친한 친구를 이별하고 있다. 어찌해 볼 길 없이 그대와 이별하게 되었다. 그대는 천리 먼 길을 떠나고 어쩌면 살아 있는 동안 다시는 만날 수 없게 될지도 모른다. 가슴 아픈 이별이다. 보낼 수밖에 없어 그대를 떠나보내니 잠은 이룰 수 없고 가슴은 먹먹해진다. 일어나 앉아 그대 가는 길을 밤새 마음속으로 헤아려 보니, 외로운 한 척 작은 배에 탄 그대의 뒷모습이 바로 눈앞에 보이는 듯하다.

그 뒷모습은 한번 뒤돌아보는 법 없이 차츰 작은 모습으로 멀어져 버리니, 불러볼 수도 없고 뒤따라갈 수도 없다. 창 밖에는 무심한 달빛이 강 위에 차갑게 비치는데, 강여울의 물소리는 내 마음에 끊임없이 흐르는 속울음소리처럼 밤새 들려온다.

이 시에는 이별의 아픔을 직접적으로 표현한 곳이 없다. 외롭고 고통스러운 이별의 장면이 떠오름에도 그런 감정이 겉으로 표출되어 있지 않다. 그저 멀어져 가는 외로운 배와 달이 지는 차가운 강과 여울목 소리가 이별을 당하는 마음의 고적함과 뼈 속까지 시린 외로움을 간접적으로 보여줄 뿐이다. 이렇게 감정을 마구 흘리지 않는 모습에서, 마음으로 다잡는 이별의 고통이 더 아파 보이고 더 슬퍼 보임은 왜일까?

봄날

백광훈

날마다 창에 기대어 기약이나 있는 듯
일찌감치 발을 걷고 느지막이 발을 내리네.
봄바람이 한창 산꼭대기 절간에 부는데
꽃 너머로 돌아가는 스님은 아무 것도 모르는 듯.

春望 춘망

日日軒窓似有期 일일헌창사유기
捲簾時早下簾遲 권렴시조하렴지
春風正在山頭寺 춘풍정재산두사
花外歸僧自不知 화외귀승자부지

420

　백광훈이 망포정(望浦亭, 경기도 여주 여강 가에 위치)을 둘러싼 경관을 여덟 수로 읊은 것 중의 하나이다. 어디에서 찾아올 손님이라도 기다리는 듯 날마다 창가에 기대어 주렴을 걷고 있는 시인의 모습과 화창한 봄날을 아랑곳하지 않고 무심하게 대하는 스님의 모습이 대비되어 있다.

　화자는 찾아올 손님이라도 있는 것처럼 날마다 창가에 기댄 채 발을 걷고 있다. 기다리는 마음에 매일 더 일찍 발을 걷어 올리고 더 늦게 발을 내리게 된다. 봄이 어디까지 왔을까 궁금해서 자주 내다본다. 봄날의 흥취에 취한 화자의 모습을 떠올리게 한다.

　봄바람에 불어오는 산사에도 봄날의 화사함이 한창이지만, 스님은 무심한 듯 관심 밖이다. 어깨를 들썩이며 봄날의 흥취에 젖어있는 화자와 달리, 산사로 돌아가는 스님은 마음의 동요를 보이지 않는다. 화사한 봄날의 정취에 마음을 빼앗긴 화자와 그것에 무심한 듯 초연한 스님을 대비시켜 놓고 있다.

잠자리에서 일어나

신흠

시냇가 초가집 자그마한데
긴 숲이 사방으로 둘러싸였네.
꿈에서 깨니 꾀꼬리 가까이 있고
시를 읊조리고 나니 흰구름 날아드누나.
폭포물을 끌어다가 섬돌의 죽순에 대고
지팡이를 짚을 때엔 돌 위의 이끼를 찍네.
사립문 두드리는 소리 없으나
이따금 스님 위해 열어둔다네.

睡起有述 수기유술

溪上茅茨小 계상모자소
長林四面回 장림사면회
夢醒黃鳥近 몽성황조근
吟罷白雲來 음파백운래
引瀑澆階笋 인폭요계순
拖筇印石苔 타공인석태
柴扉無剝啄 시비무박탁
時復爲僧開 시부위승개

422

● 신흠申欽, 1566~1628

조선 중기 때의 문인. 자는 경숙(敬叔)이며, 호는 상촌(象村)이다. 선조 때 과거에 급제하여, 벼슬은 대사헌 등을 역임했다. 선조로부터 영창대군의 보필을 명받은 7대신 중의 한 사람으로, 1613년 계축옥사 때에 유배되었다. 인조반정 이후 다시 등용되어 우의정, 영의정에 올랐다. 문장에 뛰어나 이 정구(李廷龜), 장유(張維), 이식(李植)과 함께 조선 중기 한문학 사대가(四大家)로 일컬어진다. 문집으로 『상촌집』이 전한다.

● 해설 및 감상

시냇가에 띠집을 짓고 고요한 전원생활을 하는 한 은자의 모습이 보이는 시다. 시냇가 작은 띠집은 큰 숲으로 둘러싸여 있어 조촐하고도 한적하다. 자다 깨어보니 꾀꼬리가 우짖는 소리가 들린다. 문득 흥이 일어 시 한 수를 읊는데, 흰 구름이 화답이라도 하듯 하늘 저편에 둥실 떠오른다.

집 근처의 작은 폭포수 물로 도랑길을 만들어 집 뜰로 끌어 들여 심어놓은 죽순에 물을 댄다. 돌 위엔 푸른 이끼가 끼어 지팡이를 짚고 다닐 때엔 지팡이 자국이 선연하다. 집을 드나드는 일도 별로 없고, 집을 찾아드는 이도 없음을 나타내는 시구다.

숲 속 작은 띠집의 주인은 세상일에서 멀리 벗어나 있으니 찾아오는 이가 드물다. 알고 지내는 스님이 어쩌다 찾아와 이 고요한 은자와 한담을 나누는 일이 있으니, 그에게 있어 스님은 귀하고도 좋은 벗이고 손님이리라. 그러니 반가운 그를 위해 사립문을 항상 열어두는 것이다. 복잡한 현실에서 한 걸음 빗겨나 초연한 자세로 자연과 더불어 살아가는 은자는 어느덧 자연의 일부분으로 동화되는 삶을 살고 있는 것이리라.

스님의 시축에 차운하여

신흠

철쭉꽃 활짝 피고 제비는 어지러이 날아다니고
늙은 오동나무 아래에서 잠이 깨니 욕심을 다 잊었네.
스님이 찾아와 세상일을 말하지 않으니
내 마음이 산에 있음을 알았음이라.

次僧軸韻 차승축운

躑躅花開亂燕飛 척촉화개난연비
枯梧睡罷正忘機 고오수파정망기
僧來不作人間話 승래부작인간화
知我歸心在翠微 지아귀심재취미

◉ 해설 및 감상

봄이 되어 온 산에 철쭉꽃이 화사하게 피어 있고 어린 제비들이 꽃 사이를 날아다닌다.

봄의 정취 속에 앉아 있는 그는 잎이 진 오동나무 같이 미동도 없으니, 세상의 깊은 잠에서 깨어 속세를 잊은 듯 고요하고 흔들림이 없다. 스님과 마주 앉아 나누는 이야기에는 인간 세상의 번잡한 일이 일절 없으니, 어쩌면 마음은 마주 앉은 스님과 같이 세속을 이미 떠나 있는 것인지도 모른다. 스님은 세속을 떠나 산문(山門)에 가 있는 그의 마음을 알고도 모르는 듯 조용히 한담을 나눌 뿐이다.

자연 속에 은거하는 시인은 이제 세상의 일을 다 놓고 스님과 함께 불법의 그윽한 세계에 들고 싶은 마음이다.

연밥 따는 노래

신흠

동쪽 마을 아가씨 버선도 신지 않고
서리 같이 하얀 발로 시내를 건너네.
시냇가에서 노 흔드는 이는 뉘집 총각인가
연꽃 꺾어주며 웃으며 이야기 나누네.
배를 타고 어디론가 함께 갔는데
별포에서 원앙 한 쌍이 놀라 날아가네.

採蓮曲 채련곡

東鄰女兒脚不韤 동린여아각불말
兩足如霜踏溪渚 양족여상답계저
溪頭蕩槳誰家郎 계두탕장수가랑
手折荷花笑相語 수절하화소상어
移舡同去不知處 이강동거부지처
別浦驚起元央侶 별포경기원앙려

426

젊은 아가씨가 연밥을 따러 나왔다가 멋진 남자를 만나 함께 사랑을 속삭이는 정경을 노래하고 있다. 버선을 신지 않은 아가씨는 서리 같이 하얀 발로 시내 물가를 건넌다. 이때 우연히 마주친 멋진 남자가 연꽃을 손으로 꺾어 건네면서 은근한 유혹을 건넨다. 서로에게 호감을 느끼는 그들은 밀어를 속삭이다가 어디론가 함께 배를 타고 사라진다. 원앙 한 쌍이 놀라 날아갔다는 마지막 구의 표현은 두 청춘 남녀가 어디로 가서 무엇을 하고 있을까 하는 궁금증을 남기며 시적 여운을 전해준다.

이 작품은 남녀 간의 애정을 소재로 한 중국 악부 「채련곡(採蓮曲)」을 모방한 것이다. 연밥을 따러 바깥 나들이를 나온 여성들이 느끼는 사랑의 감정을 노래하였다. 이백의 「채련곡」은 그 대표적 작품 중의 하나이다. 우리나라의 경우 중국만큼 연꽃이 피어있는 호수가 많지 않았지만, 경상도 상주의 공갈못이 그 중에서 유명하였다고 한다. 상주지방에 전해오는 민요 중에서 연밥 따는 것을 소재로 한 노래가 있다.

"상주함창 공갈못에 연밥 따는 저 큰애기 / 연밥줄밥 내 따줄게요 내 품에 잠들어라 / 잠들기는 늦잖아도 연밥따기 한 철일세" (경상도 상주지방 민요)

중국 사신 가는 길에

이정구

낡은 주점이 서쪽 언덕에 의지해 있고
다리 위 수양버들이 강물에 비쳐 있네.
봄은 관문 밖 나무에서 일어나고
해는 말 앞에 보이는 산으로 떨어지네.
아름다운 계절에 만물들이 놀라고
흘러가는 세월이 병든 얼굴을 파고드네.
나그네 시름 쏟을 곳이 없어
시를 지어도 다 다듬지는 못하네.

朝天途中 조천도중

古店依西岸 고점의서안
河橋柳映灣 하교유영만
春生關外樹 춘생관외수
日落馬前山 일락마전산
物色驚佳節 물색경가절
年華入病顔 연화입병안
覊愁無處寫 기수무처사
詩就不須刪 시취불수산

428

● 이정구李廷龜, 1564~1635

조선 중기 때의 문인으로 본관은 연안(延安). 자는 성징(聖徵)이며, 호는 월사(月沙)이다. 1590년에 문과에 급제한 후, 벼슬이 대제학, 예조판서 등을 거쳐 우의정에 이르렀다. 중국어에 능통해서 임진왜란 때 명나라 사신이나 지원군의 접대에 조정을 대표하여 활약했다. 명나라를 여러 차례 다녀왔으며, 문장을 통해 명나라와의 외교적 분쟁을 해결하는 데에도 공을 세웠다. 1598년에 명나라의 정응태(丁應泰)가 임진왜란이 조선에서 왜병을 끌어들여 중국을 침범하려고 한다는 무고사건을 일으키자, 「무술변무주(戊戌辨誣奏)」을 작성하여 정응태의 무고임을 밝힌 것은 특히 유명하다. 장유(張維), 이식(李植), 신흠(申欽) 등과 함께 조선 중기를 대표하는 한문학 사대가(四大家)로 일컬어진다. 문집으로 『월사집』이 전한다.

● 해설 및 감상

북경 사신 행차로 길을 나서 말을 타고 가며 바라본 풍경과 감상이다. 건너편 냇가에는 낡은 주막이 자리 잡고 있는데, 냇가에 선 수양 버드나무가 물에 제 모습을 비추고 있다. 잠시 쉬어 가지도 못하고 말을 달리니 관문 밖 나무엔 가지마다 새순이 돋고 꽃망울이 터져 완연한 봄이다. 북방에도 봄은 오니 봄 향기가 짙다. 봄의 흥취 속에 앞 산마루에 뉘엿뉘엿 지는 해를 말을 달리며 본다.

봄이 되어 싹트고 움트고 꽃피는 삼라만상은 계절의 아름다움에 빛을 더한다. 봄의 사물은 이렇듯 빛이 나듯 아름답건만, 자신은 한 해 한 해 나이 들어 주름만 늘 뿐이니, 인생의 무상함이 봄빛에 대조된다. 서산마루에 지는 해를 보며 말을 달리는, 객고에 찬 감성이 문득 자기 자신을 되돌아보는 계기를 주어 문득 시름에 잠기게 되고 사신의 행차길 바쁜 길에 마땅히 그 이야기를 쏟을 곳도 없으니, 시를 지어 혼자 읊어본다.

용천사 운봉 스님에게 주다

이정구

산골물 섬돌에 부딪쳐 차갑게 울고
숲속 천 그루 나무가 절을 에워싸고 있네.
방석에 앉아 있다가 잠깐 졸음에서 깨어보니
한줄기 솔바람이 소매 가득 시원하여라.

龍泉寺 贈雲峰上人 용천사 증운봉상인

古澗泠泠入砌鳴 고간냉랭입체명
千章林木擁山楹 천장임목옹산영
蒲團半餉驚茶夢 포단반향경다몽
一陣松風滿袖淸 일진송풍만수청

430

용천사의 스님에게 준 두 수 중의 하나이다. 울창한 숲속 수많은 나무들, 절 아래로 흐르는 시원한 계곡물 소리가 산사의 청정함을 더해준다. 번잡한 속세의 현실로부터 잠시 벗어나고자 하는 탈속을 꿈꾼다. 속세의 그림자가 묻어 있지 않은, 맑고 깨끗한 이미지들로 채워져 있다.

천 그루의 나무가 에워 싼 절, 속세에서 멀리 떨어진 깊은 산 속이다. 울울한 숲 속 가운데 절이 있고 섬돌 아래로 차가운 물이 흐른다. 속세의 번잡함이 끼어들 수 없는 맑고 고요한 이곳에서 천 그루 나무가 바람에 흔들리는 소리와 맑은 물소리를 듣다가 그만 문득 졸게 된다. 졸음에서 깨어 보니 솔 사이로 불어 온 한 줄기 바람이 시원하기 그지없다. 마음도 영혼도 청량해지는 느낌이리라. 이 청량한 느낌, 속세에서 벗어난 느낌을 찾아 그는 멀고 깊은 절을 찾아 와 절방에 앉아 있었던 것이리라. 한줄기 솔바람이 소매에 가득 하였다는 구절은 청량감을 더해주면서 이 시를 읽는 독자에게도 시원한 바람 소리를 느끼게 해준다.

절을 내려가면 다시 복잡한 인간사와 세상일이 하루하루 틈 없이 그를 죄어올 것이 분명하지만, 지금 이 순간만은 머리를 맑게 하고 마음을 쉬게 하는 바람과 물과 나무를 즐길 뿐이다.

용만 행재소에서 삼도의 병사들이 한양으로 진격한다는 소식을 듣고

이호민

전란통에 누가 색동옷을 입었는가
인간사 점차 틀어지기만 하네.
땅의 기세는 이미 난자도에서 다하였고
길에는 한양으로 돌아가는 사람을 볼 수 없네.
하늘의 뜻은 뒤섞이고 막혀 강물만 바라보고
조정의 방책은 처량하게 저녁 노을을 맞이하였네.
남쪽 군사들이 승세를 탔다는 소식 들었으니
어느 때에나 연전연승하여 서울을 회복할까.

龍灣行在 聞下三道兵進攻漢城 용만행재 문하삼도병진공한성

干戈誰着老萊衣 간과수착노래의

萬事人間意漸微 만사인간의점미

地勢已從蘭子盡 지세이종난자진

行人不見漢陽歸 행인불견한양귀

天心錯漠臨江水 천심착막임강수

廟算凄涼對夕暉 묘산청량대석휘

聞道南兵近乘勝 문도남병근승승

幾時三捷復王畿 기시삼첩복왕기

432

◉ **이호민**李好閔, 1553~1634

조선 중기 때의 문인으로 본관은 연안(延安). 자는 효언(孝彦)이며, 호는 오봉(五峰)이다. 1584년 문과에 급제한 후, 벼슬이 예조판서, 대제학을 거쳐 연릉군에 봉해졌다. 임진왜란을 만나 선조를 모시고 의주까지 따라갔으며, 명나라로 사신을 가 군사 지원을 이끌어내는 데에 공헌했다. 문장에 뛰어나 임진왜란 때에는 왕명으로 각종 외교 관련 글을 작성하였다. 문집으로 『오봉집』이 전한다.

◉ 해설 및 감상

임진왜란이 일어나 선조 임금과 조정은 한양을 버리고 북으로 북으로 피란길에 올랐다. 전란의 기세가 세차 누구라도 무기를 들고 왜군과 맞서 싸워야 할 절박한 상황이다. 이러하니 예전에 나이 칠십에 색동옷을 입고 부모님을 즐겁게 해드렸다는 노래자(老萊子) 같이 부모님을 챙겨드리고 기쁘게 해 드릴 경황이 없다.

부모께 효를 다 할 수 있기는커녕, 나라 자체를 잃을 처지이니 나라의 녹봉을 먹는 신하로서 희망과 의욕을 다 잃을 지경에 이르렀다. 임금의 피란 행차는 북쪽 변두리인 평안북도 용만의 난자도에 이르렀으니, 도성인 한양은 이미 적의 말발굽 아래 짓밟혀 감히 남쪽을 향하는 행인이 있을 수 없게 되어 버렸다.

몽진(蒙塵)이란 참혹한 꼴을 당하게 된 임금의 절망스러운 마음은 더 이상 피할 곳이 없는 국경의 끝인 압록강까지 피난 갈 것을 헤아리고 있으니, 그 암담함을 필설로 다 할 수 없다. 이처럼 궁지에 몰리니 종묘에 제사나 올릴 수 있을는지… 왕조와 나라의 운명은 풍전등화 같이 위태롭기만 하다. 착잡하고 비참한 마음에 지는 해를 바라보며 암울해 할 뿐이다.

그런 와중에 삼남 지방의 군사와 의병들이 뒤늦은 승리를 올리고 있다는 소식을 듣게 되니, 하루 속히 한양을 되찾고 전세의 승기를 잡아 왜군을 쫓아 보내기를 간절히 바라게 되는 것이다. 짓밟힌 한양을 수복하고 전쟁에서 이기기를 바라는 간절한 소망이 언제나 이루어질 것인지 왕도 신하도 백성도 모두 애가 탈 뿐이다.

일본으로 사신을 가는 사명대사에게 주다

이수광

태평성세에 명장이 많지만
기이한 공은 오직 늙은 대사님뿐이네.
배는 노중련의 바다를 가고
혀로는 육가의 말솜씨를 쏟아내리라.
사람을 속이는 오랑캐는 만족함이 없는데
구금되어 일이 위태로울까 염려되는구나.
허리에 찬 한 자루의 긴 칼이여
오늘날 남아 되기 부끄럽구나.

贈四溟山人往日本 증사명산인왕일본

盛世多名將 성세다명장
奇功獨老師 기공독노사
舟行魯連海 주행노련해
舌騁陸生辭 설빙육생사
變詐夷無厭 변사이무염
羈縻事恐危 기미사공위
腰間一長劍 요간일장검
今日愧男兒 금일괴남아

● 해설 및 감상

사명대사는 스님으로 학덕이 높았을 뿐만 아니라, 일본과의 외교 관계에도 큰 공을 세웠던 인물이다. 그는 임진왜란이 끝난 후 일본으로 건너가 포로로 잡혀 있던 조선인을 송환하는 데에 크게 공헌했다.

임진왜란 후 조정에서는 일본에 통신사를 보내게 되는데 임란 때의 유명한 의병장이었던 사명대사를 임명했다. 이 시는 통신사로 떠나는 사명대사를 송별하는 시로, 대사의 충절과 능력을 칭송하는 시다. 임진왜란 때 유명한 장군과 의병장이 많았지만 뛰어난 전공을 세운 이는 사명대사뿐이었다.

이 시에는 중국의 노중련(魯仲連)과 육가(陸賈)라는 인물의 고사를 활용하고 있다. 중국 전국시대 제나라의 선비인 노중련은 진나라를 황제 나라로 섬기자는 어떤 이의 말에 진나라를 황제 나라로 섬기라면 차라리 동쪽 바다에 빠져 죽겠노라는 절의를 보였다. 의리상 그럴 수 없다는 말이다. 노중련은 이렇게 절개와 지조로 유명한 선비였으니, '배는 노중련의 바다로 간다'는 것은 사명대사의 지조가 그만큼 높다고 칭송하는 것이리라. 그리고 육가(陸賈)는 한 고조의 명으로 남월에 사신으로 가서 그곳의 왕을 설득하여 한나라에 무릎 꿇게 한 언변에 능한 외교가다. 사명대사의 언변과 외교적 수완이 육가 못지않다는 것이다.

그러나 이렇게 지조 높고 언변 뛰어난 사명대사가 상대할 자들은 간사하고 속이기에 능한 왜인들이다. 행여나 그들의 모략에 말려들어 위태로운 지경에 이르게 될까 걱정도 된다. 이렇게 위태롭고도 중대한 나라의 일은 응당 나라의 녹을 먹는 관리들이 수행해야 할 일임에도 노스님에게 떠맡기고 보니 허리에 찬 장검이 무색하고 남자인 것이 부끄러울 정도의 자책감이 든다. 승려의 신분으로 나라가 위급할 때 분연히 떨치고 일어나 의승장으로 활약하고, 위기가 해결되자 외교의 최전선에 나서서 위험한 일을 도맡아하는 사명대사에 대한 칭송과 죄송한 마음이 넘치는 시다.

최근에 충청도 제천의 신륵사에서 사명대사가 일본에 갔을 때의 모습을 그린 벽화가 발견되었다고 한다.

◉ 참고자료

대마도는 땅이 척박하고 백성이 곤궁하여, 순전히 공선(貢船)의 상으로 주는 물품을 도로 팔아서 살아갔던 것인데, 임진년부터 화친이 끊어짐에 따라 이 이익을 잃게 되었으므로 섬의 왜가 화친을 통해 예전대로 회복하고자 하여, 일본에 말할 적에는 '조선에서 화친을 회복하기를 청한다.'고 하고, 우리나라에 말할 적에는 '만약 화친을 허락하지 않는다면 반드시 다시 병화(兵禍)가 있을 것이다.' 하였다. 갑진년 봄에는 대마도에서 포로 된 김광(金光)을 몰래

도망쳐 온 것처럼 하여 보내어서 '왜가 다시 침입하려고 한다.'고 하였다.

이때 김광이 경인년에 황윤길(黃允吉) 등이 가지고 갔던 문서를 신표로 가지고 있었는데, 이는 대개 섬의 왜가 경인년의 문서를 일본의 고물을 관장한 자에게서 도적질해 내어 몰래 김광에게 주어 일본의 신임을 얻은 것처럼 해서 공갈의 터전으로 삼았던 것이다. 이에 조정에서는 과연 크게 두려워하여 사명대사를 보내어 바다를 건너가서 형세를 염탐하여 왔는데, 이것이 화친할 의론이 일어난 연유였다. 그 뒤 김광은 일이 발각되어 고문을 받아 죽었고, 그 가속들은 북쪽 변방으로 귀양 보냈다. (김시양, 『하담록(荷潭錄)』)

길을 가다가

이수광

강기슭의 버드나무는 사람 반겨 춤을 추고
숲 속의 꾀꼬리는 길손의 노래에 화답하네.
비 개인 뒤에 산은 생기가 넘쳐 나고
따뜻한 봄바람에 풀은 파릇파릇 돋아나네.
아름다운 경치는 시 속의 그림이요
샘물 소리는 악보에 없는 거문고 가락이네.
길은 멀어 가도 가도 끝이 없는데
해는 멀리 서산마루에 걸려 있네.

途中 도중

岸柳迎人舞 안류영인무
林鶯和客吟 임앵화객음
雨晴山活態 우청산활태
風暖草生心 풍난초생심
景入詩中畵 경입시중화
泉鳴譜外琴 천명보외금
路長行不盡 노장행부진
西日破遙岑 서일파요잠

경쾌한 봄 정경이 떠오르는 시다. 길을 떠나 산길을 가며 만개한 봄을 만나게 된다. 냇가의 실버들이 바람에 낭창낭창 흔들리는 모습은 나를 반겨 춤을 추는 것처럼 보인다. 절로 흥이 일어 콧노래를 부르니 그에 화답이라도 하듯 숲 속에선 꾀꼬리가 즐겁게 우짖는다. 밝고 경쾌한 분위기가 넘치는 시이다.

봄비 그쳐 날이 개니 비 맞은 산은 생기가 넘치고, 따스한 봄바람이 불어오니 가지마다 새싹이 움트는 듯 봄기운이 더욱 완연하다.

이러한 봄 정경은 한 폭의 그림 같고, 흐르는 시냇물 소리는 제멋에 겨운 흥겨운 거문고 가락 같이 졸졸거리니 봄의 흥취가 온 산에 가득하다. 여기까지의 시를 보면 어느 햇빛 따스한 봄날의 즐거운 산행을 묘사한 것 같은데, 4연을 보면 시의 화자가 먼 길을 걷고 있는 여행자임이 드러난다. 가도 가도 못 가는 머나먼 길이라니, 그 어디가 목적지일까. 홀로 그 머나먼 길을 걷고 있음에도 불구하고 그는 주변에 움터 오는 봄기운을 즐기며 가고 있다. 그는 여행을 진정으로 즐기면서 삶의 신산함을 가볍게 뛰어넘는 법을 이미 체득한 달관자의 모습을 보이는 듯하다.

그의 즐거운 어느 봄 하루는 이제 먼 산마루에 해가 지는 것으로 마감되고 있다. 그 먼 길과 지는 해에 여행자의 애수와 향수, 객고의 힘거움이 끼어 들 만도 한데, 그는 그저 봄 내음을 즐기며 걷고 또 걸을 뿐이다. 경쾌한 운율에 밝고 흐뭇한 봄 풍경 묘사에 읽는 이도 일어나 어느 봄 산을 향해 가벼이 떠나고 싶게끔 만드는 시다.

과부

유몽인

칠십 먹은 늙은 과부

단정히 거처하며 빈방 지키고 있네.

여사의 시구를 제법 익혔고

정숙한 여인의 가르침을 배웠다네.

이웃 사람이 개가를 권하며

얼굴 잘 생긴 사내 무궁화꽃 같다 하네.

허옇게 센 머리에 화장 한다면

어찌 연지 분가루가 부끄럽지 않겠오.

孀婦 상부

七十老孀婦 칠십노상부

單居守空壺 단거수공호

慣讀女史詩 신독여사시

頗知妊姒訓 파지임사훈

傍人勸之嫁 방인권지가

善男顔如槿 선남안여근

白首作春容 백수작춘용

寧不愧脂粉 영불괴지분

● 유몽인柳夢寅, 1559~1623

조선 중기 때의 문인. 자는 응문(應文)이며, 호는 어우(於于)이다. 1589년 문과에 장원급제하여, 벼슬이 병조참의, 황해감사, 대사간 등에 이르렀다. 광해군 때에 인목대비 폐모론이 일어났는데, 여기에 가담하지 않고 도봉산 등에 은거하며 성안 출입을 하지 않았다. 인조반정 후 광해군의 복위 음모를 꾸민다는 무고를 받고, 아들과 함께 사형되었다. 문장에 능하였고, 글씨도 잘 썼다. 저술로는 시문집 『어우집』과 야담을 모아놓은 『어우야담(於于野談)』을 남겼다.

● 해설 및 감상

이른 나이에 과부가 되어 수절하며 산 지 수십여 년, 어느새 백발 성성한 칠십 노인이 되어 있다. 빈 방을 지키며 홀로 외로움과 싸우며 먼저 간 남편과의 추억을 부둥켜안고 산 세월은 그리도 길고 길었다. 이제 주변에서 좋은 남자가 있으니 개가하라고 권하고 있으나, 백발에 연지곤지 찍고 분단장하는 것이 낯 뜨겁다. 그 낯 뜨거움보다 더 못 참겠는 것은 이제껏 지켜온 수절의 세월을 아무 것도 아닌 듯 버리고 부정해야 한다는 사실이다.

남들이야 고집 센 가여운 과부로 치부할지 몰라도, 수절한 자신의 수십 년 세월은 자신의 인생 자체고 정체성이니 쉽게 버리고 잊을 일이 아니다. 그리하여 그녀는 개가하라는 주변의 권유를 낯 뜨겁다는 한 마디 말로 거절하고야 만다.

이 시는 시인이 인조반정 이후, 인조의 정권에 참여하기를 거부하고 쫓겨난 폐주 광해군의 유신으로 남겠다는 의지를 표명한 작품이다. 두 임금을 섬길 수 없다는 의지를, 개가할 수 없다는 '상부'로 빗대어 이야기했으니 그는 결국 국문을 당한 후 극형에 처해지고 말았다. 후에 정조가 그의 충절을 높이 사, 사후 벼슬을 내려 신원시켜주었다. 권력과 세태의 변화에 따라 아무런 마음의 갈등 없이 이리저리 변신하고 변절하는 수많은 사람들에게 그의 절조는 어리석은 고집으로 보이겠으나, 강직하고 고아한 그의 정신세계는 이렇게 한 편의 시로 오래도록 남는 것이다.

◉ 참고자료: 이긍익, 『연려실기술(練藜室記述)』

이때 유몽인이 관련되어 잡히었는데, 유몽인은 광해조 때의 이조참판으로 반정 후에는 이리저리 옮겨 다녀 그의 거처가 일정하지 않았기에 이때까지 어디에 있는 곳을 몰랐다. 어떤 사람은 이미 망명하였다고 하였는데, 양주(楊州) 서산(西山)에서 체포되었다.

국문을 맡은 정승이 묻기를 "너는 어찌하여 역적모의를 했으며, 또 왜 망명하였느냐?" 하니, 유몽인이 "광해가 망하게 되리라는 것은 부인이나 어린 아이도 다 아는 일이고, 새 임금의 거룩한 덕은 천한 종들도 아는 일인데 내가 어찌 성군(聖君)을 버리고 못난 임금을 복위시킬 뜻이 있겠소. 또 나는 망명한 것이 아니고, 서산에 갔던 것뿐이오."라고 하였다. 정승이 말하기를, "네가 서산에 갔었다는 말은 나도 알아듣겠다. 무왕(武王)이 기자(箕子)를 세워 임금을 삼았다면 백이(伯夷)·숙제(叔齊)는 서산에 들어갔겠느냐?" 하니, 유몽인이 묵묵히 오래 있다가 말하기를, "내가 전에 「상부사(孀婦詞)」를 지어서 내 뜻을 표현하였는데, 이것이 죄가 된다면 죽어도 할 말이 없소." 하고, 이어 「상부사」를 외웠다. 여러 정승이 살리고 싶어도 훈신들이 "몽인을 죽이지 않으면 나쁜 본을 보아 조정에 나오려 하지 않는 사람이 반드시 많을 것이니 기강을 엄하게 하지 않을 수 없다."고 하여 마침내 역률(逆律)로 논하였다.

이천에서

유몽인

가난한 여인 베를 짜며 눈물이 뺨에 가득
겨울 옷을 처음에는 낭군 위해 만들었네.
아침에 세금 독촉하는 아전에게 찢어 주었는데
한 아전 가자마자 다른 아전이 찾아왔네.

伊川 이천

貧女鳴梭淚滿腮 빈녀명사누만시
寒衣初擬爲郞裁 한의초의위랑재
明朝裂與催租吏 명조열여최조리
一吏纔歸一吏來 일리재귀일리래

444

가난한 아낙네가 수심에 가득 차 베틀질을 한다. 가만 보니 볼에 눈물이 흐르고 있다. 무슨 슬픔과 한으로 그리 눈물을 흘리는지…

베틀질을 해 짜고 있는 옷감은 애초에 옷 한 벌 제대로 없는 남편을 위해 시작한 것이었다. 가난한 집, 삭풍이 몰아치는 겨울에 다 찢어진 홑옷을 입고 떨고 다니는 남편을 위해 손끝이 갈라지고 밤잠을 못 자더라도 옷감을 짜, 번듯한 옷 한 벌을 해주고 싶었다. 그러나 밤새 짠 그 옷감은 아침이 되자마자 들이닥친 아전에게 빼앗겨 버리고 만다. 밀린 세금을 받으려고 작정을 한 아전이 옷감을 보자 얼씨구나 하며 가져가 버린 것이다. 옷감을 다 빼앗기고 억울함과 속상함에 넋을 놓고 있다가, 겨우 심신을 추슬러 다시 베틀에 앉는다. 철커덩, 새로 실을 걸고 베틀을 밟자 눈물이 앞을 가린다. 그래도 어찌하랴. 찢어지게 가난한 집 아낙네는 밤낮을 가리지 않고 일을 해야 하는 법이니.

그러나 베틀이 다시 철커덩거리자마자, 또 다른 아전이 들이닥쳐 세금을 독촉해대는 것이 아닌가. 수탈은 끊임없이 이어지고 가난한 아낙네의 억울한 눈물은 마를 날이 없는 것이다.

송강의 무덤을 지나며

권필

빈산에 낙엽은 지고 비는 부슬부슬
재상의 풍류가 여기에서 쓸쓸하여라
슬프다, 한 잔 술 다시 올리기 어려우니
옛날 그 노래가 오늘의 일이라네

過松江墓有感 과송강묘유감

空山木落雨蕭蕭 공산목락우소소
相國風流此寂寥 상국풍류차적료
惆愴一杯難更進 추창일배난갱진
昔年歌曲卽今朝 석년가곡즉금조

● 권필權韠, 1569~1612

조선 중기 때의 시인. 자는 여장(汝章)이며, 호는 석주(石洲)이다. 허균과는 절친한 친구였으며, 선조 연간의 문단을 대표하는 시인 중의 한 사람이었다. 성격이 자유분방하고 어디에 구속받기를 싫어하여, 벼슬에 나가지 않은 채 야인으로 평생을 마쳤다. 광해군의 척족 세력을 비판하는 「궁류시(宮柳詩)」를 지었다가, 광해군의 분노를 사서 귀양을 가던 중 동대문 밖에서 세상을 마감했다. 당시 사회의 모순과 갈등을 비판하고 풍자한 작품들을 다수 남겼다. 문집으로 『석주집』이 전한다.

● 해설 및 감상

낙엽 지는 늦가을, 아무도 다니지 않는 빈산에 비가 부슬부슬 내리니 풍류로 유명했던 정철의 무덤은 더더욱 적막하다. 권필은 송강 정철의 문인. 같이 술을 마시고 시를 지어 주고받던 날들이 그 얼마나 많았겠는가. 그러나 이제 다시 한 잔 술을 권할 수도 없고, 시를 읊을 수도 없게 되어 버렸다.

지난 날 정철은 「장진주사(將進酒辭)」에서 '한 잔 먹세그려 또 한 잔 먹세그려…. 이 몸 죽은 후면 지게 위에 거적 덮어 주리여…. 누른 해 흰 달, 가는 비 굵은 눈, 소슬한 바람 불제 누가 한 잔 먹자 할고…'라며 한 잔 술로 죽음을 잊겠노라 노래했었는데, 바로 그 노래가 오늘 무덤가에서 느끼는 감회가 된 것이다.

비 내리는 빈산의 무덤가, 사람은 가고 노래만 남았으니 삶과 죽음의 경계가 서글프다.

한편 이 시는 당시 사람들 사이에 널리 회자되어 이를 그대로 번안한 작자 미상의 시조 작품이 전한다. 그 시조 작품은 아래와 같다.

"空山木落雨蕭蕭(공산목락우소소)한데 相國風流此寂寥(상국풍류차적료)라
슬프다 한 잔 술을 다시 권키도 어려워라
어즈버 昔年歌曲(석년가곡)이 卽今朝(즉금조)인가 하노라"

군인의 아내

권필

교하에 서리 내려 기러기 남쪽으로 날아가는데
구월에도 금성엔 포위가 풀리지 않았네.
아낙은 남편이 이미 죽은 줄도 모르고
밤 깊도록 홀로 겨울 옷 다듬이질 하네.

征婦怨 정부원

交河霜落雁南飛 교하상락안남비
九月金城未解圍 구월금성미해위
征婦不知郎已沒 정부부지낭이몰
夜深猶自擣寒衣 야심유자도한의

449

임진왜란 당시, 봄에 시작한 전쟁은 가을이 되어도 끝날 줄을 모른다. 왜적에게 포위된 서울로 돌아갈 길은 없고, 전쟁에 나간 사람들의 생사도 알 길이 없다. 가을은 깊어가 교하(交河, 경기도 파주의 한 지명)의 기러기들은 따뜻한 남쪽으로 내려간다. 남편을 전장에 보낸 아낙은 남편이 이미 죽은 줄도 모르고 다가올 겨울에 남편이 행여 추위에 고생할까 봐 밤 깊도록 겨울옷 장만에 여념이 없다.

혹시라도 남편이 잘못된 것은 아닐까, 과연 남편은 돌아올 수 있을까, 마음속에 검은 구름처럼 피어오르는 의혹과 불안을 누르려고 그녀는 더더욱 열심히 다듬이질을 하며 바느질 옷감을 마련하고 있었으리라. 전쟁의 참혹함 속에 파괴되어 버리는 민초들의 가엾은 삶이 그녀의 모습에 자연스럽게 나타난다.

충주석

권필

유리처럼 아름다운 충주돌

뭇사람들 캐어내어 쉴 새 없이 날라가네.

날라간 돌 어디에 쓰느냐니까

"세도가의 신도비로 쓰일 돌이죠."

그 비석의 명을 짓는 분은 누구냐니까

"필력도 거세차고 문장도 특출타오."

한결같이 이렇게 쓰여 있겠다

"이 분이 살아 계실 때엔

뛰어난 자질과 높은 학문에

임금 섬김에 충성스럽고 강직하며

집에서는 효도하고 인자하며

문전에 뇌물 끊고

창고 속은 텅 비어 있었고

말은 능히 세상의 법이 되고

행실은 사람들의 사표가 되었답니다

나아가고 물러난 평생 행적이

도리에 합당치 않은 일 하나도 없기에

돌에 드높이 새기어

길이길이 빛나게 전하는 겁니다."

이 말을 믿든 믿지 않든

사람들이 알든 모르든

드디어 충주 산 위의 돌로 하여금

날로 달로 캐내어 남아 있는 게 없다네.

하늘이 저 돌을 낼 때 말하는 입이 없기에 다행이었지

입이 있다면 응당 할 말이 있을 것이네.

忠州石 效白樂天 충주석 효백낙천

忠州美石如琉璃 충주미석여유리

千人劚出萬牛移 천인착출만우이

爲問移石向何處 위문이석향하처

去作勢家神道碑 거작세가신도비

神道之碑誰所銘 신도지비수소명

筆力崛强文法奇 필력굴강문법기

皆言此公在世日 개언차공재세일

天姿學業超等夷 천자학업초등이

事君忠且直 사군충차직

居家孝且慈 거가효차자

門前絶賄賂 문전절회뢰

庫裏無財資 고리무재자

言能爲世法 언능위세법

452

行足爲人師 행족위인사
平生進退間 평생진퇴간
無一不合宜 무일불합의
所以垂顯刻 소이수현각
永永無磷緇 영영무인치
此語信不信 차어신불신
他人知不知 타인지부지
遂令忠州山上石 수령충주산상석
日銷月鑠今無遺 일소월삭금무유
天生頑物幸無口 천생완물행무구
使石有口應有辭 사석유구응유사

453

◉ 해설 및 감상

　이 작품은 권세가의 위선과 허위를 통렬하게 풍자하고 있다. 작품은 크게 세 부분을 나뉜다. 신도비(神道碑)가 만들어지는 과정, 신도비에 새겨진 구체적 내용, 신도비를 만드는 행위에 대한 시인의 비판 등이 그것이다. 신도비는 무덤 근처에 세우는 비석의 일종으로, 조선시대 때에는 정3품 이상의 고관에게만 허용되었다. 신도비를 만드는 과정과 신도비에 새겨진 내용을 통해 시인은 세도가의 횡포와 타락상을 폭로한다. 그들은 아름다운 자연을 파괴하는 행위를 서슴지 않으며, 충주석을 운반하기 위해 백성들을 수탈하고, 거짓으로 가득 찬 비석의 문구로 후대 사람을 속이는 행위를 버젓이 자행한다.

　시인은 풍자와 아이러니의 수법을 적절하게 활용하고 있다. 아이러니는 겉으로 나타난 말과 실질적인 의미 사이에 괴리가 생긴 결과이다. 신도비의 문구에 새겨진 내용은 특정 인물에 대한 끝없는 칭송이지만, 겉으로는 드러나 있는 그 문구의 내용은 정작 거짓과 허위로 가득 찬 것일 뿐이다. 이를 통해 타락하고 부패한 관료 사회의 이면을 통렬하게 풍자하고 있는 것이다. 또한 충주석을 힘들게 실어가는 인물과의 대화를 활용함으로써 역동적이며 활기찬 화면을 연출하고 있다. 두 차례의 물음과 답변의 과정을 통해 부패한 권력에 대한 생생한 비판의 목소리를 드러내었다.

강가의 밤

차천로

밤은 고요한데 물고기가 낚싯대에 뛰어오르고
물결이 깊어 달빛은 배에 가득하여라.
남쪽으로 날아가는 기러기 소리
가을날 바다와 산을 울며 보내네.

江夜 강야

夜靜魚登釣 야정어등조
波深月滿舟 파심월만주
一聲南去雁 일성남거안
啼送海山秋 제송해산추

455

● 차천로車天輅, 1556~1615

조선 중기 때의 문인으로 본관은 연안(延安). 자는 복원(復元)이며, 호는 오산(五山)으로, 황해도 개성에서 태어났다. 1577년 문과에 급제하여, 벼슬이 삼척안찰사, 교정관 교리 등을 역임했다. 문장을 잘하여, 명나라에 보내는 외교 문서 작성을 담당했다. 특히 시에 능하여 한호(韓濩)의 글씨, 최립(崔岦)의 문장과 함께 송도삼절(松都三絕)로 일컬어졌다. 가사 작품 〈강촌별곡(江村別曲)〉을 남겼으며, 문집으로 『오산집』이 전한다.

● 해설 및 감상

고요한 가을 밤, 배에 앉아 거울 같은 물에 낚싯대를 드리우고 있다. 문득 물고기가 미끼를 물어 낚싯대를 당겨 올리자 퍼덕이는 물고기의 움직임이 밤의 고요함을 깨뜨린다.

물고기의 움직임이 멎으니 밤바다는 속을 들여다볼 수 없게 깊고도 고요한데, 휘영청한 달빛은 배에 가득 차도록 밝다. 깊은 밤, 배 가득한 달빛 속에서 검은 바다를 들여다보며 낚시를 하는 시인은 허공을 가르는 기러기 소리에 눈을 들어 밤하늘을 바라보게 된다.

따뜻한 남쪽을 향해 떠나는 기러기떼가 가을의 깊어감을 알리니 무심 중 낚시를 하던 시인은 새삼 주변을 둘러보게 된다.

달빛 비치는 산의 낙엽 지는 나무들과 먼 수평선의 떼 지어 날아가는 기러기가 계절의 변화를 보여 주니 세월의 무상함에 문득 상념에 잠기게 되는 것이다. 평이한 소재로 계절과 시간의 추이와, 그것을 느끼는 화자의 정서까지 전하는 솜씨가 돋보이는 시다.

화판에 글을 쓰다

차천로

눈 쌓인 층층 봉우리
차가운 구름에 온 숲이 어두워라.
석양에 돌사다리 길을
나귀 타고 홀로 돌아가는 마음.

書畫板 서화판

積雪層峰色 적설층봉색
寒雲萬木陰 한운만목음
斜陽石棧路 사양석잔로
驢背獨歸心 여배독귀심

깊은 겨울, 산봉우리마다 흰 눈이 쌓였다. 겹겹이 보이는 흰 산봉우리 위로 구름이 나직하고 넓게 드리워 숲 속은 한층 어둡고 적막하다. 이 적막한 풍경에 해까지 지고 있다. 그리고 그는 혼자서 나귀를 타고 어딘가로 돌아가고 있다. 아마도 세상과 떨어져 홀로 은둔해 살고 있는 작은 오두막집이 아닐까. 찾아올 이도, 찾아갈 이도 없는 오두막으로 돌아가는 마음은 훈훈하지도 밝지도 아늑하지도 아니하리라.

어떤 사연으로 세상에서 벗어나게 되었는지는 모르지만, 이렇게 겨울의 어둑한 해지는 숲길을 홀로 돌아가는 마음이 외롭고도 애잔하다. 구름 쌓인 산봉우리, 차가운 구름, 어두운 숲, 지는 해, 홀로 가는 나귀 탄 이…. 모두 적막하고 애잔한 분위기다.

사월 십오일

이안눌

사월이라 보름날

새벽부터 집집마다 곡하는 소리.

천지는 쓸쓸하게 변하고

싸늘한 바람이 숲을 흔드네.

깜짝 놀라 늙은 아전에게 물었소

"곡소리 왜 이리 구슬픈가?"

"임진년에 왜적이 쳐들어와

바로 오늘 성이 함락되었지요

그때 오직 송 사또님만

성벽을 굳게 지켜 충절을 지켰지요

백성들이 성안으로 몰려 들어와

한순간에 피바다를 이루어졌지요

쌓인 시체 아래에 몸을 던져

천백 명에 한 둘만이 살아남았지요

그래서 해마다 이 날만 되면

제사상 차려 죽은 이를 위해 곡한답니다

459

아비가 아들을 곡하고

아들이 아비를 곡하기도 하지요

할아버지가 손자를 곡하고

손자가 할아버지를 곡하기도 하지요

어미가 딸을 곡하고

딸이 어미를 곡하기도 하지요

아내가 남편을 곡하고

남편이 아내를 곡하기도 하지요

형제와 자매 모두 다

살아 있는 이들은 모두 곡을 하지요."

이마를 찌푸리며 듣다가

눈물이 주르륵 흘러내리네.

아전이 앞으로 다가와 말하기를,

"곡할 사람이라도 있으면 덜 슬프답니다

칼날 아래 온 집안 다 죽어서

곡할 사람조차 없는 집이 허다하지요."

四月十五日 사월십오일

四月十五日 사월십오일
平明家家哭 평명가가곡
天地變蕭瑟 천지변소슬
凄風振林木 처풍진임목
驚怪問老吏 경괴문노리

哭聲何慘怛 곡성하참달
壬辰海賊至 임진해적지
是日城陷沒 시일성함몰
惟時宋使君 유시송사군
堅壁守忠節 견벽수충절
闔境驅入城 합경구입성
同時化爲血 동시화위혈
投身積屍底 투신적시저
千百有一二 천백유일이
所以逢是日 소이봉시일
設奠哭其死 설전곡기사
父或哭其子 부혹곡기자
子或哭其父 자혹곡기부
祖或哭其孫 조혹곡기손
孫或哭其祖 손혹곡기조
亦有母哭女 역유모곡녀
亦有女哭母 역유여곡모
亦有婦哭夫 역유부곡부
亦有夫哭婦 역유부곡부
兄弟與姊妹 형제여자매
有生皆哭之 유생개곡지
蹙額聽未終 축액청미종
涕泗忽交頤 체사홀교이
吏乃前致詞 이내전치사
有哭猶未悲 유곡유미비
幾多白刃下 기다백인하
擧族無哭者 거족무곡자

461

● **해설 및 감상**

이안눌은 선조 40년(1607년)에 동래부사로 부임하였다. 4월 15일
은 임진왜란 당시 왜군을 맞아 싸우다 동래성이 함락된 날이다.
이 시는 임진왜란 당시 동래성에서 왜적의 손에 백성들이 도륙당한
상황을 그린 작품이다.

시의 구성은 시인과 고을 아전의 대화로 이루어져 있다. 아전의
입을 통해 현재의 곡소리와 연관해 당시의 참혹한 죽음의 사연들이
낱낱이 드러난다. 16년 전의 사건을 회고하면서도 생생한 화폭처럼
펼쳐진다. 시인은 "이마를 찌푸리며 듣다가 / 눈물이 주르륵 흘러
내리네"라고 중간에 한번 끼어들어 자기 정서를 간략하게 표출할
뿐이다.

반복되는 비슷한 어구의 중첩 속에 정서가 점차 고조되고, 마침
내 천지를 소슬케 하고 숲조차 떨게 하는 비분강개의 적개심을 자
아낸다. 곡할 이라도 있으면 다행이라는 아전의 넋두리는 당시 전
쟁의 참혹상을 눈앞의 일처럼 그려 보인다. 더욱 큰 비통은 곡소리
조차 내지 못하는 정황에 있음을 말해준다. '곡'으로 시작해 '곡'
바깥에 여운을 남기고 있다.

노래 소리를 듣고

이안눌

강가에서 누가 사미인곡을 부르는가
지금은 외로운 배에 달이 지네.
슬프다, 님을 그리워하는 끝없는 마음
세상에서는 오직 저 여인만이 알아주리라.

聞歌 문가

江頭誰唱美人詞 강두수창미인사
正是孤舟月落時 정시고주월락시
惆愴戀君無限意 추창연군무한의
世間惟有女郎知 세간유유여랑지

● 해설 및 감상

달 지는 밤의 강나루, 어떤 여인이 애달프게 송강 정철의 〈사미인곡〉을 부르고 있다. 정철의 가사 작품 〈사미인곡〉은 임금을 그리는 신하의 마음을 남편을 그리는 여인네의 마음으로 에둘러 표현한 노래이다. 필시 사미인곡을 부르는 여인은 님을 그리는 여인네의 마음으로 그 노래를 부르고 있었으리라.

그 노래를 배 안에서 듣고 있는 화자는 여인의 가슴 속 절절한 정한의 감정을 알 듯도 하다. 여인의 정한이 깊고 절실하니 부르는 노래 한 구절 한 구절이 그대로 그리움이고 설움이다. 세상 사람들은 그 노래의 깊은 뜻도, 내재된 감정의 절절함도 알지 못한다고 하더라도, 노래 가사와 같은 마음이 되어 부르는 그 여인네에겐 한 구절 한 구절이 자신의 마음이고 자신의 영혼의 표현이다.

어떤 사연이 있건대 달 지는 한밤에 아무도 없는 강가에서 님을 그리는 노래를 애통하게 부르고 있을지, 그 마음이 어떠할지…. 듣고 있는 배 안의 화자는 그 여인에 대한 연민과 공감의 정을 느끼게 된다. 외로운 배와 지는 달 또한 그 여인네의 애절한 마음을 시각적으로 보조해 주는 제재라 할 수 있다.

사면을 받고 함원역에서

허봉

북풍을 등지고 서울로 돌아오니

바다와 같은 임금님의 은혜에 끝없이 눈물 흘리네.

역에 앉아 평생 일을 헤아려 보니

화려했던 벼슬길 꿈 속 같아라.

赦後到咸原驛 사후도함원역

日下歸人背朔風 일하귀인배삭풍
聖恩如海泣無窮 성은여해읍무궁
郵亭坐算平生事 우정좌산평생사
玉署金華似夢中 옥서금화사몽중

● 허 봉許篈, 1551~1588

조선 중기 때의 문인. 자는 미숙(美叔)이며, 호는 하곡(荷谷)이다. 여성 시인으로 유명한 허난설헌의 오빠이며, 허균의 형이다. 1572년 문과에 급제한후, 벼슬이 이조좌랑, 창원부사 등을 역임했다. 1584년 율곡 이이를 탄핵하였다가 함경도로 유배를 갔다. 이듬해 유배에서 풀려났지만 벼슬에 뜻을두지 않고 이곳저곳을 방랑하다가 금강산에서 세상을 마쳤다. 저술로는 명나라에 다녀와서 쓴 기행문『하곡조천기(荷谷朝天記)』가 있으며, 문집으로『하곡집』이 전한다.

● 해설 및 감상

선조에게 죄를 받아 함경도 땅에서 유배 생활을 하던 시인. 유배를 풀어준다는 왕의 명을 받고 갑산에서 내려와 지나게 된 한 역에앉아 지난 일을 되새겨 본다. 북풍을 등에 지고 남쪽을 향해 내려오는 시인에게 햇빛이 내리쬔다. 거친 북풍 속 먼 유배지의 고생스럽고 신산스런 생활을 멀리 하고, 이제 등에 내리쬐는 햇빛처럼 따스한 남쪽을 향하게 되니 임금의 은혜가 감격스러워 눈물을 흘리게된다. 긴긴 유배 생활을 끝내는 마당에 살아온 날들을 헤아리니,과거에 급제해 희망과 포부를 품고 벼슬길에 있었던 지난 일들이떠오른다. 그 시절 시인은 열과 성을 다해 관리로서의 삶에 충실하고자 했다. 그러나 그 후에 죄를 받아 유배객이 되었으니, 그 당시의 감격과 포부마저 아득한 꿈속의 일인 듯 멀게만 느껴진다. 유배는 풀렸으나 관직 복귀는 아직 이루어진 것이 아닌지라, 벼슬 살던예전의 삶이 아직까지 아득하게 여겨지는 것이리라. 게다가 고생스럽고 절망스럽던 유배객의 상황은 아직 몸과 마음에 상혼처럼 짙게남아 있는 것이니… 시인은 1585년 유배에서 풀렸지만, 정계에 복귀하지 못한 채 춘천, 인천, 금강산 등지를 떠돌다가 1588년 금강산에서 죽었다.

낭천의 사랑 노래

허봉

험난한 돌다리라도 건너고

구불구불 돌아 저 하늘에도 오를래요.

제 마음의 깊고 옅음 묻지 마세요

저 동해바다도 건널 수 있답니다.

狼川艶曲 낭천염곡

崎嶇尋礚棧 기구심등잔

屈曲上雲霄 굴곡상운소

莫問情深淺 막문정심천

東溟亦可超 동명역가초

〈낭천염곡(狼川艶曲)〉이라는 연작시 중의 하나이다. 낭천은 강원도 화천의 옛 지명이다. 이 작품은 화천 지방에서 불리던 민요를 연상케 한다.

사랑하는 님을 만나기 위해서라면 가파르고 험한 산도 한달음에 오를 수 있다. 길이 없으면 돌다리를 찾아 건너고, 구불구불 구름이 낀 높고 먼 산 위까지라도, 그것이 하늘끝일지라도 주저함 없이 오를 것이다. 님을 만나겠다는 일념은 높은 산의 험한 길도, 위태로운 돌다리도, 구름 낀 한없이 높고 긴 길도 마다하지 않겠다는 것이다.

여인의 마음은 점점 강해져서 동해도 뛰어넘을 수 있다고 말한다. 그러니 여인과 님 사이 정의 깊고 얕음은 물어볼 필요도 없다. 보통의 시에 나오는 인내하고 기다리며 정을 마음 안에 두고 다스리는 조용한 여인네의 모습은 이 시에는 없다. 님을 만나기 위해서라면 어떤 어려움도 힘겨움도 다 이겨내겠다는 강한 의지가 보이니, 씩씩하고 강한 여인의 모습이 신선하다.

금전화

허봉

조화옹은 용광로에서 일을 많이 하여
금화와 똑같은 꽃을 잘도 찍어냈구나.
반냥짜리 오수전은 저만 귀한 체 하고
가난한 집 돕는 것은 알도 못하네.

金錢花 금전화

化工爐上用功多 화공노상용공다
鑄出金錢一樣花 주출금전일양화
半兩五銖徒自貴 반량오수도자귀
不知還解濟貧家 부지환해제빈가

금전화는 금불초(金佛草)로 노란 빛깔의 작은 꽃잎이 수북하게 핀다. 우리나라에서는 전국적으로 들과 야산에 많이 피는 야생화이다. 허봉은 아홉 살 때 이 꽃을 보고 시를 지었다. 3구의 오수전은 한나라 문제 때 주조한 동전으로 여기서는 금전화 꽃을 비유하였다. 금화와 비슷하게 생기고 이름도 금전화인 금불초를 보고서 조물주가 만물을 창조하는 용광로에서 금화 모양의 꽃을 똑같이 찍어 냈다고 했다. 발상이 참신하다. 그런데 더욱 기발한 것은 그 금화같이 생긴 꽃을 보고 저만 잘난 척하지 가난한 집을 도울 줄을 모른다고 한 것이다. 꽃과 동전의 두 가지 상이한 물상을 교차하며 묘사한 동심의 기발한 발상이 잘 드러난 시이다.

밤에 앉아서

이항복

밤새도록 조용히 앉아 돌아갈 길 헤아리는데
새벽달이 사람을 엿보아 창으로 훤히 비추어 드네.
어디선가 외기러기가 하늘 저 멀리 날아가니
올 때는 응당 한양을 지나 왔겠지.

夜坐 야좌

終宵默坐算歸程 종소묵좌산귀정
曉月窺人入戶明 효월규인입호명
忽有孤鴻天外過 홀유고홍천외과
來時應自漢陽城 내시응자한양성

● **이항복**李恒福, 1556~1618

조선 중기 때의 문인. 자는 자상(子常)이며, 호는 백사(白沙)이다. 1580년에 문과에 급제하여, 벼슬이 영의정에까지 올랐다. 임진왜란 때 선조를 모시고 의주까지 따라갔으며, 조정의 여러 요직을 거치면서 국가의 회복과 안정에 힘썼다. 광해군 때에 인목대비 폐모론에 반대하다가 함경도 북청으로 유배되었으며, 그곳에서 세상을 마쳤다. 문집으로 『백사집』이 전한다.

● **해설 및 감상**

유배지의 적막한 빈 밤, 잠은 오지 않고 두고온 한양과 가족, 지인들의 모습이 머릿속 가득, 가슴 속 가득 떠오른다. 천리 먼 길, 유배지로 떠나와야 했던 그 길을 마음이 홀로 되짚어 돌아가 보는 것이다.

찢어진 문풍지 사이로 들어온 달빛은 초라한 자신의 몰골을 엿보는 듯, 달빛 아래 자신의 처지는 더욱더 서글프기만 하다. 마음으로 산을 넘고 물을 건너 돌아갈 길을 헤아리고 있는데, 창밖으로는 외기러기가 울며 날아간다. 기러기는 필시 남쪽에서 이 북쪽의 변방을 향했으리라. 그토록 그리는 한양을 지나 왔으련만 무심히 날아가는 저 기러기가 한양 소식을 전할 리도, 내 마음을 알 리도 없으니 그리움만 깊어갈 뿐이다.

유배지에서 임금의 은혜로 유배가 풀리기를 기다리고 있는 한 유배객의 서글프고 안타까운 심정이 '달빛이 비치는 호젓한 빈 방'과 '밤하늘을 날아가는 외기러기'의 모습으로 형상화되어 있다.

한산도의 밤

이순신

바다에 가을빛 저무니
추위에 놀란 기러기떼 높이 날아가네.
근심 속에 잠 못 이루고 뒤척이는 밤
기우는 달이 활과 칼을 비추고 있네.

閑山島夜吟 한산도야음

水國秋光暮 수국추광모
驚寒雁陣高 경한안진고
憂心輾轉夜 우심전전야
殘月照弓刀 잔월조궁도

● 이순신 李舜臣, 1545~1598

조선 중기 때의 명장. 자는 여해(汝諧)이며, 시호는 충무공(忠武公)이다. 임
진왜란 때에 일본군을 물리치는 데에 큰 공을 세웠다. 명장으로서뿐만 아니
라, 그는 시문에도 능하였다. 빼어난 수준의 한시, 시조 작품을 남기었으
며, 임진왜란 기간 동안 쓴 일기체 형식의『난중일기(亂中日記)』를 남겼다.
저술로『이충무공전서(李忠武公全書)』가 전한다.

● 해설 및 감상

늦가을의 추위가 성큼 다가온 어느 날, 수군이 주둔하고 있는
바다에 밤이 오니 추위에 갈 길을 재촉하는 기러기들이 떼를 지어
밤하늘을 높이 날고 있다. 두고 온 따스한 남쪽 나라 고향을 향하는
기러기떼들의 울음 소리를 듣고 있으니, 장수도 병졸도 만 가지
감회에 젖어 잠을 이룰 수가 없다.

언제 이 전쟁이 끝나게 될는지, 전쟁이 끝날 때까지 과연 살아
남을 수 있을는지, 살아남아 고향에 돌아가게 되면 두고 왔던 가족
은 무사히 살아남아 나를 기다리고 있을는지… 전란 통에 송두리째
파괴되어 버린 이전의 생활을 생각하니 잠을 이룰 수 없어 밤새
뒤척거릴 뿐이다. 그러다보니 시름겨운 밤은 어느덧 지나고 새벽이
밝아오니, 희미하게 막사 안으로 새어드는 새벽 달빛이 세워 둔
칼과 활에 비쳐든다.

날이 새면 다시 삶과 죽음을 기약할 수 없는 전장 속에 서야
한다. 고향과 가족을 그리는 마음은 한 밤의 막사 안에 남겨 두고
치열하게 전장의 삶에 맞대면해야 하리라. 늦가을 추위가 밀려드는
막사 안에는 이렇듯 고향을 그리는 애수에 찬 마음과 죽음을 각오
하고 싸워야 하는 냉엄한 현실이 공존하고 있는 것이다.

술을 끊고

정철

그대에게 묻노니 어찌하여 술을 끊었나
술 속에 묘리 있다지만 나는 알지 못하네.
병진년에서 신사년에 이르기까지
매일 아침 매일 저녁 술을 마셨지.
지금껏 마음 속 수심을 없애지 못했으니
술 속에 묘리 있다지만 나는 알지 못하네.

已斷酒 이단주

問君何以已斷酒 문군하이이단주
酒中有妙吾不知 주중유묘오부지
自丙辰年至辛巳 자병진년지신사
朝朝暮暮金屈卮 조조모모금굴치
至今未下心中城 지금미하심중성
酒中有妙吾不知 주중유묘오부지

● 정철鄭澈, 1536~1593

조선 중기 때의 문인. 자는 계함(季涵)이며, 호는 송강(松江)이다. 1562년 문과에 급제한 후, 벼슬은 강원도 관찰사, 좌의정 등을 역임했다. 이이, 성혼 등의 학자들과 교유를 맺었다. 한시에 능했을 뿐만 아니라, 가사문학의 대가로서, 고산 윤선도의 시조와 함께 우리말의 아름다움을 잘 살려 한국 시가문학의 수준을 한 단계 높인 것으로 평가된다. 문집으로『송강집』, 『송강가사(松江歌詞)』가 전한다.

● 해설 및 감상

병진년(1556)에서 신사년(1581)까지 정철은 매일 아침저녁으로 술을 마셨다고 한다. 21세부터 46세까지의 일이고, 시는 46세인 신사년에 쓰여졌을 것이다. 즉 젊어서부터 20년 넘게 그는 술을 즐겨 마셨다는 이야기다. 한평생 술을 마셨지만 마음속의 수심과 걱정, 괴로움을 깨지 못했다. 시 제목도 「이미 술을 끊다」라는 시이지만, 끊은 것으로 보이지 않고 끊을 수도 없을 것 같다. 그러면 그는 왜 이렇게 끊임없이 술을 마셔왔을까. 그 답은 이 시와 짝을 이루는 시 「미단주(未斷酒, 술을 끊지 못하다)」라는 시에서 구할 수 있다. 어찌 해 술을 끊지 못하냐 하면 그 시에서 시인은 '초국(楚國)의 가을 하늘 서릿달이 괴로워라'라고 말한다. 초나라 굴원이 어찌 삶을 마쳤는가를 스스로 묻고 있다. 현실 속에서의 정치적 패배, 경세제민(經世濟民)의 이상을 실현할 수 없다는 좌절이 그 답이다. 현실과의 갈등을 잊고자 하는 마음으로 술을 마셨던 것이다. 그러한 그가 왜 술을 끊으려고 하는가. 왜 술을 이미 끊었다고 하는가. 그토록 술을 마셨지만 술 속의 묘리를 모르겠다고 말하는 것은 술로 현실의 갈등을 해결할 수 없다는 것을 자각하고 있다는 이야기다.

산사의 저녁

정철

우수수 나뭇잎 지는 소리
성근 빗소리로 잘못 알았네.
중 불러 문밖에 나가 보라 했더니
시냇가 남쪽 나무에 달만 걸려 있다고 하네.

山寺夜吟 산사야음

蕭蕭落木聲 소소낙목성
錯認爲疎雨 착인위소우
呼僧出門看 호승출문간
月掛溪南樹 월괘계남수

477

깊고 고요한 산 속의 어느 절방에 누워 잠을 청하는데 밖에서 서걱서걱거리며 비가 오는 듯한 소리가 들려온다. 나가서 확인해 보고 싶지만, 누운 자리에서 일어나기 싫어 옆방의 중에게 비가 오는지 한 번 보고 오라고 시킨다.

잠시 후 돌아온 중이 하는 말, "시냇물 건너편 나무에 달만 걸려 있던걸요."

낙엽 지는 소리를 비 오는 소리로 착각했다지만, 한밤에 기어이 밖으로 내보내 비가 오는지 확인하려는 손님에게 중은 엉뚱한 소리로 궁금증을 누르는 것이다.

손님의 물음에 뚱딴지같은 스님의 대답이 재미있다. 스님이 만약, "비 안 오네요. 낙엽 지는 소리를 비 오는 소리로 잘못 들으신 것 같네요."라고 대답했다면, 이것은 시가 되지 못했을 것이다. 직접 말하지 않고 사물이 대신 말하게 하는 것. 이것이 한시에서 말을 건네는 방법이다. 비가 안 온다는 사실을 입에 담지 않고, 달이 떴다는 말로 대신한다. 그리고 시인은 그 말을 듣고 빗소리가 아니라 낙엽지는 소리구나 하고 깨닫는다. 중간 과정은 다 말하지 않은 채 생략해 버리고 말았지만, 말하는 사람도 듣는 사람도 다 알아듣는다. 말하지 않고도 말하는 한시의 방법이다.

송강정에서 머물러 자면서

정철

밝은 달은 빈 뜰에 남아 있는데
주인은 어디로 갔을까.
낙엽은 사립문을 가리고
바람과 소나무가 밤 깊도록 이야기하네.

宿松江亭舍 숙송강정사

明月在空庭 명월재공정
主人何處去 주인하처거
落葉掩柴門 낙엽엄시문
風松夜深語 풍송야심어

어느 적막한 산 속의 집. 주인은 어디를 갔는지 집은 비어 있는데 밝은 달이 떠 달빛만이 빈 뜰에 가득하다. 사립문 가에는 낙엽이 수북하게 쌓여 있는 것으로 보아, 주인이 집을 비운 지 오래된 것 같기도 하다.

바람이 불자 소나무가 흔들리니 바람과 소나무가 이야기를 나누는 듯하다. 밤새 들리는 소리라고는 소나무에 부는 바람 소리뿐이니 속세를 떠나 은둔하고 있는 이의 고적함이 충분히 전해진다. 그가 교감을 나누는 것은 달빛과 바람 소리, 그가 들고 나는 것은 집 주변의 소나무들과 수북이 쌓인 낙엽들뿐. 그가 어디로 나갔는지 아는 이는 없겠으나 그가 옆에 두고 있는 달과 솔과 바람은 그를 알고 있다. 바람 소리를 이야기 소리라 하는 시인은 그의 곁에 있는 변함없는 자연물들에 이미 동화되어 있기 때문이다.

보름달

송익필

보름달이 될 때까지는 하도 더디다 했는데
보름달이 되어서는 어찌 그리도 쉬이 이지러지는가.
한 달 중에 둥근 날은 하루 밤인 것을
인생 백 년의 심사도 모두 이와 같다오.

望月 망월

未圓常恨就圓遲 미원상한취원지
圓後如何易就虧 원후여하이취휴
三十夜中圓一夜 삼십야중원일야
百年心思總如斯 백년심사총여사

● 송익필宋翼弼, 1534~1599

조선 중기의 때의 문인, 학자. 자는 운장(雲長)이며, 호는 구봉(龜峰)이다. 천첩 소생으로 신분이 미천하였다. 율곡 이이, 우계 성혼 등과 함께 성리학에 대한 논변을 펼쳤으며, 예학(禮學)에 특히 밝았다. 후학 양성에도 힘써, 그의 문하에서 김장생(金長生), 김집(金集), 정엽(鄭曄) 등의 학자가 배출되었다. 또한 시문에 모두 능하여, 이산해(李山海), 최경창(崔慶昌), 백광훈(白光勳), 최립(崔岦), 이순신(李純臣), 윤탁연(尹卓然), 하응림(河應臨) 등과 함께 선조대의 8문장가로 일컬어졌다. 문집으로 『구봉집』이 전한다.

● 해설 및 감상

달이 둥글지 못할 때는 언제쯤에나 둥글어질 것인지, 그 느리고 더딘 변화를 한탄스러워하고 아쉬워한다. 겨우 둥글게 보름달이 되었지만, 하루가 지나자마자 곧 이지러지기 시작한다. 달이 완벽하게 둥근 상태를 유지하는 것은 서른 날 밤 중에서 오직 단 하루뿐인데, 사람 사는 세상의 이치도 그와 같다.

어느 한 구석 이지러지지도 모나지도 않은 완벽하게 둥근 달의 상태처럼 사람도 그렇게 완전하고 이상적인 상태에 도달하고 싶으나, 그러한 일은 극히 드물게 올 뿐이다. 현실은 이상과 달라 완벽한 상태가 되기도 어렵고, 간신히 된다 하여도 내내 유지하기란 쉽지 않은 일이다.

달은 서른 밤 가운데 하룻밤이나마 둥글게 되지만, 사람이 마음먹은 이상적인 상태는 어쩌면 달이 둥글게 되는 것보다 훨씬 어려울지 모른다. 그것은 사람의 일이기 때문이다. 사람도 완벽하기 어렵고, 세상일도 완벽한 순간이 존재하기 어렵기 때문이리라.

관직에서 파직되었다는 소식을 듣고

허균

예교가 어찌 자유를 구속하리오

뜨고 가라앉음 다만 정에 맡길 뿐.

그대는 그대 법대로 하게나

나는 내 스스로의 삶을 살아갈 테니.

친한 벗들이 찾아와 위로를 하고

처자식들은 자못 불평스러운 마음이 있네.

흐뭇하여 얻음이 있나니

다행히 이두와 이름을 나란히 하게 되었네.

聞罷官作 문파관작

禮敎寧拘放 예교영구방

浮沈只任情 부침지임정

君須用君法 군수용군법

吾自達吾生 오자달오생

親友來相慰 친우래상위

妻孥意不平 처노의불평

歡然若有得 환연약유득

李杜幸齊名 이두행제명

● 허 균許筠, 1569~1618

조선 중기 때의 문인, 학자. 양천 허씨의 명문가 집안에서 태어났으며, 여성 시인으로 유명한 허난설헌(許蘭雪軒)은 그의 누이였다. 성품이 경박하였다거나, 기녀들을 데리고 놀았다거나, 참선을 하고 불교를 숭상하였다는 이유 등으로 벼슬에서 파직된 경우가 많았다. 벼슬이 순탄치 못했는데, 광해군 때에는 형조판서, 좌찬성까지 이르렀다. 반역을 도모하였다는 이유로 처형을 당했다. 반대하는 무리로부터 '천지간의 한 괴물', '올빼미 같고 개돼지 같은 인물'로 폄하되었지만, 후대에 와서는 '중세를 뛰어넘는' 대표적인 문인, 사상가로 평가된다. 산문에도 뛰어났으며, 소설 〈홍길동전〉의 저자로 유명하다.

● 해설 및 감상

이 시는 1606년 삼척부사로 부임했다가 불상을 모시고 염불을 했다는 이유로 탄핵을 받아 파직당한 뒤 지은 작품이다. 이 시에서 시인은 예교나 법도니 하는 것들로 행동을 규제하는 데 얽매이지 않고 자기대로의 정(情)에 따라서 살아가겠다는 의지를 드러내었다. 1, 2구에서 시인이 "예교가 어찌 자유를 구속하리오 / 뜨고 가라앉음 다만 정에 맡길 뿐"이라는 말한 데에서 이러한 사고를 극명하게 보여준다.

성리학에 근거를 둔 사유에 따르면, 악할 수도 있는 정(情)에 휩쓸리지 말고 선하기만 한 성(性)을 발현해야 참다운 경지에 이를 수 있다고 생각하였다. 하지만 시인은 이런 주장을 반대로 뒤집어 놓아, 허위에 찬 구속에서 벗어나 구체적인 일상 속에서 자연스레 형성된 정이야말로 인간과 문학의 진실성을 보장해 주는 근거라고 하였다.

허균은 일찍이 "남녀 정욕은 하늘이 부여해 준 것이요, 분별의

윤리는 성인의 가르침이다. 하늘이 성인보다 높으므로 성인의 예교
를 어길지언정 천부의 본성을 위배할 수 없다."고 말한 바 있다.
그는 성리학에서는 절대로 용납할 수 없는 짓을 떳떳하게 자기가
하고 싶은 대로 했다.

　마지막 구에 나오는 이두(李杜)는 중국 후한 때의 이응(李膺)과
두밀(杜密)을 가리킨다. 두 사람 모두 당쟁에 연루되어 파직 당하였
던 인물들이다.

부인의 죽음을 애도하며

이계

시집올 때 가져온 옷, 절반이 아직 새 것인데
옷상자 열어 살펴보니 더욱 마음 아파라.
생전에 좋아하던 물건 다 보내어
빈산에 맡겨 모두 먼지가 되리라.

婦人挽 부인만

嫁日衣裳半是新 가일의상반시신
開箱點檢益傷神 개척점검익상신
平生玩好俱資送 평생완호구자송
一任空山化作塵 일임공산화작진

486

● 이계 李烓, 1603~1642

조선 중기 때의 문인. 자는 희원(熙遠)이며, 호는 명고(鳴臯)이다. 1621년
문과에 급제하여, 벼슬은 지평, 선천부사 등을 지냈다. 1641년 청나라에
구금되었다가 이듬해 처형당하였다.

● 해설 및 감상

백발이 될 때까지 해로할 줄 알았던 아내가 먼저 죽고 말았다.
입관 때 관에 채울 옷가지를 챙기려 옷상자를 열어 보니, 시집올
때 해 온 옷들이 아직 다 입지 못해 절반 이상이 새 옷이다.

젊은 아내의 때 이른 죽음이 옷상자의 새 옷으로 인해 더욱 안타
깝고 마음 아프다. 아내는 곱고 아름다운 그 옷들을 아끼느라 다
입지 못했을 것이고, 어쩌면 그 옷을 다 입지 못할 정도로 남편과
같이 한 시간이 짧았는지도 모른다. 자신이 그 옷을 다 입어보지도
못하고 불귀의 객이 될 줄은 상상도 하지 못했으리라. 남편과 해로
하며 그 고운 옷들을 꺼내어 쓰다듬으며 신혼 시절을 회상하기도
하고, 차마 아껴 입지 못한 옷들은 딸에게 물려주었을 수도 있다.
그렇게 생전에 아끼던 옷들을 다 모아 보내니, 그 옷들은 아내의
주검과 함께 묻혀 썩어 먼지로 화할 것이다.

그래서 아직 새 옷인 아내의 옷을 챙기는 남편은 아내의 이른
죽음에 대한 안타까움으로 목이 멘다. 죽음으로 아내와 남편은 영
영 가는 길이 갈리게 되었으니, 인연의 무서움과 허망함에 손이
떨린다. 아내와 아내의 옷은 아무도 모르게 땅 속에서 먼지가 되고,
아내와의 기억도 스러지리라는 생각에 허망함은 더욱 깊어가는 것
이다.

봄의 애상

박엽

붉은 꽃 연초록 풀이 아침 햇살 머금고

꾀꼬리 읊조리고 제비는 지지배배 애간장을 끊는구나.

이슬 맺힌 이끼는 비취빛으로 함초롬 젖었는데

살구꽃은 눈 내린 듯 희고 연지처럼 향기로워라.

傷春曲 상춘곡

妖紅軟綠含朝陽 요홍연록함조양
鶯吟燕語愁人腸 앵음연어수인장
苔痕漬露翡翠濕 태흔지로비취습
杏花樣雪臙脂香 행화양설연지향

● 해설 및 감상

봄은 무르익어 진홍색 꽃과 연초록 풀이 산뜻하니 아름답다. 아침 햇살을 받은 꽃과 풀 빛깔이 선명하기 그지없는데, 봄을 노래하는 꾀꼬리와 제비 소리가 낭랑하다. 여기까지로 보아선 밝고 따스한 봄 햇살 아래 아름다운 봄 풍경의 묘사인데, 이런 고운 풍경과 새소리가 '애간장을 끊는다'라고 하니 시에는 사연이 있을 듯하다.

그 사연은 시의 제목과 연결된다. '상춘곡(賞春曲)'이 아니라, '상춘곡(傷春曲)', 즉 봄을 상찬하는 시가 아니라 봄의 시름을 노래하는 시다. 화자의 외롭고 슬픈 마음과 봄의 화사한 정경은 선명한 대비를 이룬다. 봄이 아름다워서 서러움과 시름이 깊어지고, 서러움이 깊어 봄의 아름다움이 더 선명하게 부각된다. 3구와 4구는 이러한 대비가 더 선명하다. 함초롬이 젖은 이끼는 비취 같이 아름다운 녹색을 띄고 있는데, 그 고운 녹색 바탕 위에 연분홍색 살구꽃이 눈이 날리듯 하롱하롱 떨어진다. 진홍, 연초록, 비취빛, 연분홍 등의 색채 대비의 시각적 심상, '연지 향기롭다'의 후각적 심상, 꾀꼬리 제비 소리 등의 청각적 심상. 이 같은 다양한 감각이 동원되어 봄날의 화사함을 감각적으로 전하고 있는데, 거기에 봄날의 시름이 겹쳐진다. 삶은 무상하고 인연은 허망하기만 한데, 만개한 봄은 이토록 아름답게 빛나는 것이다.

489

제주에서

광해군

몰아치는 비바람 속에 성 앞을 지나니

후덥지근한 장독 기운이 백 척 누각에 자욱하구나.

푸른 바다의 성난 파도 어스름 저녁에 들이치고

푸른 산의 슬픈 빛은 가을 기운을 띠고 있네.

돌아가고픈 마음에 봄풀을 실컷 보았고

나그네 꿈은 제주에서 자주 깨었네.

고국의 존망은 소식조차 끊어지고

안개 낀 강 위의 외로운 배에 누워 있네.

濟州 제주

風吹飛雨過城頭 풍취비우과성두

瘴氣薰陰百尺樓 장기훈음백척루

滄海怒濤來薄暮 창해노도래박막

碧山愁色帶淸秋 벽산수색대청추

歸心厭見王孫草 귀심염견왕손초

客夢頻驚帝子洲 객몽빈경제자주

故國存亡消息斷 고국존망소식단

烟波江上臥孤舟 연파강상와고주

490

● **광해군光海君, 1675~1741**

조선 15대 임금. 재위 기간은 1608년부터 1623년까지이다. 임진왜란이 일어났을 때 세자로 책봉되었으며, 세자의 자리에 있으면서 전국을 돌아다니면서 민심을 수습하고 군대를 모집하는 등 국가적 위기를 극복하는 데에 많은 노력을 기울였다. 전쟁이 끝난 후 임금에 올라, 안으로는 대동법을 실시하고 궁궐 재건에 힘쓰는 한편 밖으로는 명나라, 후금, 일본 등 외국과의 외교 관계에서도 능숙한 솜씨를 보였다. 인조반정이 일어난 뒤 폐위되어 강화도에 유배되었다가 제주도로 옮겨졌으며, 그곳에서 세상을 마쳤다.

● **해설 및 감상**

광해군은 인조반정이 일어나고 나서 폐위된 뒤에도 18년을 더 살았다. 왕으로 재위한 기간보다 오히려 유배 기간이 더 길었던 셈이다. 폐위가 된 후 그는 인간적으로 많은 고초로 겪었다. 폐세자는 사약을 받고 죽었으며, 세자빈은 자살을 하였다. 그리고 그 충격으로 인해 그의 아내였던 폐비 유씨는 유배 생활 2년이 안 되어 생을 마감하였다. 이곳저곳으로 유배지를 옮겨다니다가 제주도로 옮겨온 광해군은 유배 생활 19년 만인 1641년 67세의 나이로 세상을 마쳤다. 이 시는 광해군이 제주도에 유배되어 있을 때에 쓴 작품이다. 바깥세상과의 소식이 끊어진 채 다시 돌아가고픈 그리움에 잠 못 이룬다. 가을 석양빛이 비추는 가운데 시인은 비바람이 몰아치고 후덥지근한 기운이 감도는 바닷가로 나와 있다. 성난 파도가 오늘따라 더욱 거세게 일렁거리고, 가을산은 시름에 젖어 있는 듯하다. 임금의 자리에서 쫓겨나 유배객의 처지에 놓여 있는 시인의 무상감과 비감한 심정을 읽을 수 있다. 『인조실록』의 기사에 따르면, 당시 식자들이 이 시를 보고 슬픔에 젖었다고 한다.

심양에서 아내 남씨에게

오달제

부부의 은정 중하기만 한데
만난 지 두 해도 못 되었구려.
이제는 만리 먼 길 헤어졌으니
백년해로의 약속 헛되어 저버렸오.
길이 멀어 편지도 보낼 길 없고
산은 높아 꿈길도 더딘가 보오.
내 목숨 어찌될 지 알 수 없으니
뱃속의 아이를 잘 부탁하오.

瀋陽寄內南氏 심양기내남씨

琴瑟恩情重 금슬은정중
相逢未二朞 상봉미이기
今成萬里別 금성만리별
虛負百年期 허부백년기
地闊書難寄 지활서난기
山長夢亦遲 산장몽역지
吾生未可卜 오생미가복
須護腹中兒 수호복중아

● 해설 및 감상

백년의 가약을 맺고 부부가 된 지 채 두 해도 되지 못했는데,
남편은 전란 후 전범으로 만리타국 청나라 심양의 옥에 갇히고 말
았다. 고국에 혼자 남아서 남편 걱정에 애가 탈 부인을 생각하며
마음이 아리고 걱정스러우나, 머나먼 이국의 감옥에서 편지를 보
낼 수도, 사람을 보내 소식을 전할 길도 없다.

백년을 함께 살며 늙어가자 약속했건만, 그 약속을 지킬 도리가
없어진 것이다. 더구나 아내와 헤어질 때 아내는 임신 중이었으니,
혼자 아기를 낳아 키워야 할 아내도, 장차 아비 없이 자라날 아이도
생각해보면 가여울 뿐이다.

자신은 아마도 머나먼 이국의 감옥에서 죽어 다시는 고향땅을
밟을 일도, 아내와 아이를 볼 일도 없을 것임을 알고는 있지만,
아내는 행여나 하는 마음으로 남편을 기다리고 있을 것이다. 언젠
가 아내와 아이에게 전해질 수도 있으리란 마음으로 시를 쓰는 마
음이 어떠하였겠는가. 자기가 죽어 돌아가지 못해도 태어날 아이를
잘 길러 달라는 마지막 구절이 유언인 듯 비장하고 슬프다.

493

월계 가는 길에

유희경

산은 비를 머금고 물에는 안개 피어나는데
호숫가 푸른 풀에 백로가 졸고 있네.
해당화 꽃 아래로 굽이져 돌아드는 길에는
가지 가득 향기로운 눈이 휘두르는 채찍에 흩날리네.

月溪途中 월계도중

山含雨氣水生煙 산함우기수생연
靑草湖邊白鷺眠 청초호변백로면
路入海棠花下轉 노입해당화하전
滿枝香雪落揮鞭 만지향설낙휘편

조선 중기 때의 시인. 자는 응길(應吉)이며, 호는 촌은(村隱)이다. 자세한 가계는 알 수 없는데, 허균(許筠)이 쓴 『성수시화(惺叟詩話)』에서 그를 천한 신분으로 한시에 능하였다고 평했다. 어려서부터 효성으로 이름이 높았으며, 임진왜란 때에는 의병으로 공을 세워 선조로부터 포상을 받기도 했다. 그는 집 뒤에 대를 쌓아 만든 뒤 '침류대(枕流臺)'라 이름하고, 이곳에서 당시의 문인들과 시를 주고받는 모임을 가졌다. 또한 양반 출신이 아닌 백대붕(白大鵬), 박계강(朴繼姜), 최기남(崔奇男) 등과 교유를 하며 시사 모임을 만들기도 하였다. 문집으로 『촌은집』이 전한다.

● 해설 및 감상

　산에는 비 기운이 가득하고 물에는 안개가 피어오른다. 호숫가의 푸른 풀 위에는 하얀 해오라기가 꼼짝 않고 졸고 있다. 마치 물안개 피어오르는 조용한 호숫가의 어느 새벽을 사진으로 찍은 듯한 정경이다. 산과 물, 비와 안개가 대구를 이루고 푸른 풀과 흰 해오리가 시각적 대비를 이루고 있다.

　이러한 한 폭의 고요하고 아름다운 풍경 사진에 보다 동적인 시구가 뒤따른다. 해당화 나무 그늘 속을 돌아가는데, 채찍을 휘두르니 가지에 가득 피어 있는 꽃들이 하얀 눈처럼 흩날린다. 1, 2구는 대상을 멀리서 바라보는 것이라면 3, 4구는 대상 속에 섞여 들어가 행동하는 것이라 할 수 있다. 아름다운 해당화가 가득 핀 가지에서 떨어지는 꽃들의 향기가 종이에서 배어나올 것 같다.

취하여 읊다

백대붕

슬에 취해 수유꽃가지 꽂고 홀로 즐기다가
달빛 가득한 산에 빈 슬병 베고 누웠네.
사람들이여, 무엇 하는 놈인가 묻지 마소
풍진 세월에 늙어버린 전함사 관청의 종이라오.

醉吟 취음

醉揷茱萸獨自娛 취삽수유독자오
滿山明月枕空壺 만산명월침공호
旁人莫問何爲者 방인막문하위자
白首風塵典艦奴 백수풍진전함노

● 해설 및 감상

9월 9일 중양절, 하루의 귀한 휴가를 얻게 되자 산에 올라 홀로 술을 마신다. 당시 중양절(重陽節)의 풍속에 따라 머리에 수유 열매 가지를 꽂고 한잔 두잔 술을 마시다보니 어느새 해는 지고 달이 뜬다. 아무도 없는 빈 산, 달빛 아래 빈 술병을 베개 삼아 누워본다. 달빛 휘영청한 산에 취해 혼자 누워 있자니 만감이 교차한다. 누가 있어 뭐하는 사람이냐 물어볼 리 없건만, 오늘만은 자기가 누구인지 새삼 생각하고 싶지 않다.

전함사(典艦司, 함선의 일을 맡아보던 관청)의 노비인 자신의 신분을 말하기도 생각하기도 싫은 하루이다. 평생을 노비라는 천한 신분의 굴레에 깔려 천대받고 괴로워하며 살다 보니 머리 허연 노인네가 되어 버렸지만, 그놈의 질긴 신분의 굴레는 벗어날 길이 없다.

통한의 한평생을 살아오며 마음으로 삭이고 누른 한이 얼마나 깊고 질겼으랴. 그러니 중양절 마시는 술은 호쾌한 음주가 아니라 자조 가득한 폭음일 수밖에. 그래서 사람들과 어울려 마시는 술이 아니라, 홀로 마시는 서글픈 술인 것이다. 허옇게 세어버린 머리카락에 그의 괴로운 굴종의 세월의 한이 서린 듯하다. 한시를 지을 정도의 지성과 감성을 가졌건만, 신분의 한을 풀 길 없는 반인간적 사회의 부조리에 대항할 수 없기에 빈 술병을 베개 삼아 달빛 아래 쓰러져 괴로워할 뿐이다. 그의 운명, 그의 한, 그의 서러움과 분노가 '전함노(典艦奴)'라는 한 단어에 집약되어 보인다.

후서강에서

한호

넓디 넓고 맑은 물결이 거울처럼 빛나고
난간에 비스듬히 기대어 창랑가를 읊조리네.
갈대 핀 양쪽 강언덕으로 가을 바람 세찬데
무수한 돛단배들 여기저기 석양에 어지럽구나.

後西江 후서강

千頃澄波一鑑光 천경징파일감광
曲欄斜倚賦滄浪 곡난사의부창랑
蒹葭兩岸西風急 겸하양안서풍급
無數飛帆亂夕陽 무수비범난석양

● 한호韓濩, 1543~1605

조선 중기 때의 서예가. 자는 경홍(景洪)이며, 호는 석봉(石峰)이다. 한석봉으로 더 많이 알려져 있다. 글씨를 잘 써서, 사자관(寫字官)의 직책을 맡아 국가의 많은 문서 및 명나라에 보내는 외교 문서 등을 썼다. 벼슬은 가평군수, 흡곡현령 등을 역임했다. 왕희지와 안진경의 서체를 배웠으며, 해서(楷書), 행서(行書), 초서(草書) 등 각 서체에 뛰어났다.

● 해설 및 감상

시인은 어느 정자 난간에 비스듬히 기대앉아 강을 내려다보고 있다. 넓은 강의 물결은 가을 햇빛을 받아 거울처럼 반짝이니 절로 흥이 일어 노래를 읊조리게 된다. '창랑의 물이 맑으면 갓끈을 씻고, 물이 탁하면 발을 씻으리라.'라는 창강가(滄浪歌)를 읊조리자니, 저 흐르는 물처럼 세상 돌아가는 대로 흘러가라던 한 어부의 이야기를 곱씹게 된다.

강가의 갈대숲은 세찬 저녁 바람으로 마구 흔들리는데, 해 지는 석양 무렵인데도 사방에서 들고 나는 배들이 많아 복잡하기 그지없다. 무수한 돛배들의 흰 돛들이 붉은 석양을 배경으로 강 위를 내달리는 것이 어지럽기도 하고 아름답기도 하다.

시인은 한발 비껴 앉아 그 모습을 관조하고 있다. 강물 위를 분주히 오가며 생활을 꾸리는 저 많은 사람들에게서 떨어져서 그들의 모습을 석양을 배경으로 오가는 수많은 흰 돛이란 풍경화로 바라보고 있는 것이다. 그러나 인생사란 흐르는 물처럼 맺힌 곳도 머무는 곳도 없이 그렇게 가볍게 흘러 갈 수만은 없는 법, 그래서 오늘 그의 관조가 더 여유롭고 한가로워 보일 뿐이다.

심양 감옥에서 가을을 보내며

김상헌

문득 타국에서 가을을 보내니
한 해가 물살처럼 흘러갔구나.
하늘에 잇닿은 시든 풀들, 가을바람 세차고
사막을 덮은 차가운 구름, 저물녘에 시름겹네.
소무는 어느 때에나 고국으로 돌아갔나
중선이 올랐던 누각은 어디에 있는가.
시인 열사의 한은 끝이 없어
지하에서도 상심하며 머리가 세겠구나.

瀋獄送秋日感懷 심옥송추일감회

忽忽殊方斷送秋 홀홀수방단송추
一年光景水爭流 일년광경수쟁류
連天敗草西風急 연천패초서풍급
冪磧寒雲落日愁 멱적한운낙일수
蘇武幾時終返國 소무기시종반국
仲宣何處可登樓 중선하처가등루
騷人烈士無窮恨 소인열사무궁한
地下傷心亦白頭 지하상심역백두

501

● 김상헌 金尚憲, 1570~1652

조선 중기 때의 문인. 자는 숙도(叔度)이며, 호는 청음(淸陰)이다. 1596년에
문과에 급제한 후, 벼슬은 대사헌, 좌의정 등을 역임했다. 병자호란이 일어
났을 때 청나라와의 화친을 끝까지 반대하였으며, 인조가 청나라에 항복을
하자 벼슬에서 물러나 은거하였다. 이후 청나라가 요구한 출병을 반대하는
상소를 올렸다가 청나라로 잡혀갔으며, 4년여 지난 후에 귀국하였다. 문집
으로『청음집』이 전한다.

● 해설 및 감상

　김상헌은 병자호란 때 임금의 항복을 반대했고 항복 이후 자결을
기도하기도 했던 대표적인 척화파의 한 사람이었다. 이 때문에 청
나라에 밉보여 1641년 심양에 끌려가 4년여간 억류되어 있었다.
이 시는 심양 감옥에서 자신의 감회를 적은 것이다.

　화자는 지금 머나먼 청나라 심양으로 끌려와 옥에 갇혀 가을을
보내고 있다. 세월은 빠르게 흐르는 물살처럼 사정없이 흐르니 이
국의 감옥에서 맞이하는 또 한 해가 서글프다.

　하늘까지 닿은 광막한 벌판의 가을 풀에 서풍이 불고 사막에는
모래바람이 분다. 차가운 늦가을의 구름 사이로 지는 해를 보니
슬픈 마음이 절로 인다. 흉노에게 잡혀 가 19년이나 억류되어 있었
던 소무(蘇武)는 어떻게 그 길고 긴 세월을 견디었을까. 고국으로
돌아갈 수 있으리란 희망은 가지고 있었을까. 긴 긴 세월을 앞날을
알지 못하며 이방의 오랑캐 속에서 묶여 살았던 그의 마음을 알
듯도 싶다. 왕찬(王粲, 자는 중선, 삼국시대 때의 시인)은 누각에 올라
고향을 그리워하면서 시를 지었는데, 언제나 그와 같이 고향에 돌
아갈 수 있을까.

전쟁에 패배해 임금이 머리 풀고 무릎 꿇고 치욕적인 항복을 했으니 그를 막지 못한 선비의 부끄러움과 한은 끝이 없다. 마음은 청에게서 받은 굴욕을 되갚고 나라의 주권을 되찾고자 하는 열망으로 끓어오르지만, 몸은 옥에 갇혀 아무런 일도 할 수 없으니 원한은 깊어지고 머리까지 하얗게 세고 있다.

영동에서 고향 생각

임숙영

여러 해 갈림길서 티끌먼지 괴롭더니
다시금 교주 향해 나루를 묻는도다.
근심 속에 늦가을을 큰 적 만난 듯 겁을 내고
술 취해 밝은 달을 가인인 양 사랑하네.
누각 올라 강산이 아득함을 점차 깨닫고
사물 보며 계절이 새로 바뀜 자주 놀란다.
만리 길 지친 노님 돌아가지 못하니
갈 바람 꿈 불어가 동해 바다 물가일세.

嶺東歸思 영동귀사

多年苦厭路歧塵 다년고염로기진
又向喬州試問津 우향교주시문진
愁怯暮秋如大敵 수겁모추여대적
醉憐明月若佳人 취련명월약가인
登樓漸覺江山遠 등루점각강산원
覽物頻驚節候新 람물빈경절후신
萬里倦遊歸未得 만리권유귀미득
西風吹夢海東濱 서풍취몽해동빈

504

본관 풍천(豊川). 자 무숙(茂叔). 호 소암(疎庵). 초명 상(湘). 조선 중기 문신. 1613년 주서(注書) 때 계축화옥(癸丑禍獄)이 일어나자 신병을 핑계로 사직했다가 1623년 인조반정으로 검열(檢閱)에 등용되어 사관을 겸했다. 이어 부수찬 등을 지내고 사가독서(賜暇讀書)했으며 그 후 지평(持平)이 되었다. 부제학이 추증, 광주(廣州) 귀암서원(龜巖書院)에 배향되었다. 문집『소암집』이 있다.

● 해설 및 감상

여러 해 동안 세상길의 티끌을 뒤집어 쓴 채 괴로웠다. 안주(安住)의 꿈은 허망해서 다시금 교주(喬州) 땅을 향해 가며 길을 묻는다. 늦가을은 마치 큰 강적과 마주한 듯 마음에 깊은 그늘을 드리워 겁이 난다. 그래도 술 취해 올려다보는 밝은 달은 어여쁜 연인을 마주한 듯 아련하고 오련하다. 다락에 올라 걸어온 길을 되돌아보니 고향을 떠나 얼마나 먼 길을 왔는지 새삼 실감이 난다. 마주한 사물마다 계절의 체취가 물씬하다. 지친 나그네는 이제 그만 떠돌이 삶을 멈추고 고향으로 돌아가고 싶다. 하지만 가을바람에 깬 꿈은 여전히 동해 바닷가를 헤매고 있다. 지방관으로 보낸 몇 해의 삶을 돌아보며, 집 그리는 마음을 말 없는 가운데 그릴 듯이 잘 담았다.

감흥

장유

쯧쯧 무엇을 탄식하는가
아득히 갈림길에 임하여 섰네.
군자는 외롭고 곧은 맘 품어
당인들이 비방하며 질투한다네.
뉘라 알리 복사꽃과 저 오얏꽃이
본래는 말 없는 나무인 줄을.
허유는 천하 줘도 달아났었고
이인은 신 훔쳤나 의심했다네.
떠나가서 탁한 세상 아예 끊고서
깊은 마음 태소에 노닐으리라.

感興 감흥

喞喞何所歎 즉즉하소탄
悠悠臨歧路 유유임기로
君子抱孤貞 군자포고정
黨人多病妬 당인다병투
誰知桃李花 수지도리화

506

本是無言樹 본시무언수
許由逃天下 허유도천하
里人疑竊屨 이인의절구
去去絶濁世 거거절탁세
冥心遊太素 명심유태소

● 해설 및 감상

〈감흥〉이란 제목으로 지은 5수 중 제3수다. 세상을 살다가 불쑥 일어난 느낌을 적었다. 첫구의 '즉즉(喞喞)'은 가을 풀벌레의 울음소리를 형용할 때 쓰는 표현이다. 갈림길에 서서 탄식한다고 했으니, 무언가 답답한 일이 있었던 게다. 고정(孤貞)은 군자의 마음가짐이다. 군자의 마음은 늘 곧다. 곧은 길은 아무도 가려 들지 않으니, 외로움을 또 어쩔 수가 없다. 하지만 패거리 짓기를 좋아하는 저 당인(黨人)들은 그 외롭고 고단한 길조차 그저 두지 않고 못 마땅하게 여겨 질투의 시선을 보낸다.

도리화(桃李花), 즉 봄날 피어나는 복사꽃과 오얏꽃은 봄볕에 아첨하는 당인의 무리들을 지칭한다. 그들도 본래는 말이 없는 무거운 군자의 삶을 꿈꾸었던 자들이다. 이제 저렇듯 조잘대며 남을 비방하고 헐뜯어 제 무리의 이익을 챙기려 드는 것은 누가 시켜 그렇게 된 것인가? 그 옛날 허유는 순임금이 천하를 주겠다고 하자, 차마 못들을 말을 들었다며 귀를 씻고 자리를 피했다. 그 친구 소부(巢父)는 허유의 말을 듣더니, 그 귀 씻은 물을 내 소에게 먹일 수

508

없다며 상류로 거슬러 올라갔다. 군자는 어찌 보면 사서 고생하는 사람들이다. 그들에게 돌아오는 것은 고작해야 신발을 훔쳤다는 마을 사람의 엉뚱한 비난뿐이다. 티끌 세상에 살면서 이런 일을 겪지 않을 수야 없는 법. 시인은 이쯤에서 바깥을 향하던 마음을 거두고 저 아득한 태소(太素)의 세계에 마음을 맡기겠다고 했다.

새로 온 제비

이식

온갖 일 유유히 한 웃음에 부쳐두고
초당의 봄비에 솔 사립을 닫는다.
얄미워라 주렴 밖의 새로 온 제비는
흡사 마치 사람 향해 시비를 말하는 듯.

詠新燕 영신연

萬事悠悠一笑揮 만사유유일소휘
草堂春雨掩松扉 초당춘우엄송비
生憎簾外新歸燕 생증염외신귀연
似向閒人說是非 사향한인설시비

● **이식李植**, 1584~1647

본관 덕수(德水). 자 여고(汝固). 호 택당(澤堂). 시호 문정(文靖). 조선 중기
인조 때의 문신. 벼슬은 대사헌·형조판서·이조판서에 이르렀다. 장유(張
維)와 더불어 당대의 이름난 학자로서 한문4대가(漢文四大家)의 한 사람으
로 꼽힌다. 『선조실록(宣祖實錄)』의 수정을 맡아 하였다. 저서에 『택당집』,
『초학자훈증집(初學字訓增輯)』 등이 있다.

● **해설 및 감상**

새봄이 왔다. 제비도 돌아왔다. 하지만 주인은 웬 일인지 만사가
심드렁해져서 헛웃음만 짓는다. 진흙 풀리는 봄비에 허름한 사립문
마저 닫아걸고 깊이 들어앉았다. 만사를 한 웃음에 떨쳐버린다 한
것에서 뭔가 불평한 기운이 느껴진다. 바로 그때다. 주렴 밖에서
강남 갔던 제비가 옛 집을 찾아와서 지지배배 지지배배 쉴 새 없이
조잘댄다. 저는 반갑다고 하는 인사지만 듣는 나는 갑자기 미워하
는 마음이 생겨난다. 무슨 말일까? 제비의 지지배배 대는 소리가
시인에게는 마치 시시비비(是是非非) 하는 소리로 들렸기 때문이다.
마치 제비는 내게 이렇게 말하는 듯하다. "옳은 건 옳고 그른 건
그른 것 아닌가요? 왜 옳으면서도 따지지 않고 그저 문 닫고 가만
계시겠다고 하시는가요?" 시비를 오불관언(吾不關焉) 하며 문 닫아
걸겠다는 제비의 추궁은 그렇게 하면 세상 공도(公道)는 어떻게 행
해지겠느냐고 나무라는 것만 같다. 말장난으로 제비의 울음소리를
포착한 재치가 돋보인다.

예전부터 제비 울음소리로 연상을 빚어 재미난 상상을 이끌어낸
것이 많다. 『어우야담』에 제비가 『논어』를 안다고 한 말도 있다.
『논어』〈위정(爲政)〉편에 "아는 것을 안다고 하고 모르는 것을 모

른다고 하는 것, 이것이 아는 것이다. 知之爲知之, 不知爲不知, 是知也."라 한 구절의 원문을 빨리 읽으면 제비 울음소리와 비슷하게 들리기 때문에 한 말이다.

수종사

이명한

저물녘 높은 다락 제일층에 기대이니
석단의 가을 잎에 이슬 꽃이 엉겼네.
뭇산들 울멍줄멍 세 고을에 서려 있고
큰 강물 도도히 이릉에 문안한다.
안개 속에 배 부름은 술 사려는 나그네요
달 아래 석장 날림 강 건너는 스님일세.
술 얼큰해 포단을 잠깐 빌려 잠을 자니
옛 벽의 엷은 꽃이 불등에 비치누나.

水鍾寺 수종사

暮倚高樓第一層 모의고루제일층
石壇秋葉露華凝 석단추엽노화응
群山袞袞蟠三縣 군산곤곤반삼현
大水滔滔謁二陵 대수도도알이릉
烟際喚船沽酒客 연제환선고주객
月邊飛錫渡江僧 월변비석도강승
酣來暫借蒲團宿 감래잠차포단숙
古壁薄花照佛燈 고벽박화조불등

513

● **이명한**李明漢, 1595~1645

본관 연안(延安). 자 천장(天章). 호 백주(白洲). 시호 문정(文靖). 조선 중기의 문신. 성리학에 밝았고, 시와 글씨도 뛰어났다. 이괄의 난 때 왕을 공주(公州)로 호종하였다. 주요작품으로 문집 『백주집』이 있다.

● **해설 및 감상**

운길산 꼭대기에 있는 수종사에 올랐다. 남한강과 북한강이 하나로 합쳐지는 두물머리가 한 눈에 내려다보인다. 깊어가는 가을, 시든 잎에는 이슬 꽃이 엉겼다. 울멍줄멍 솟은 산들은 지세를 따라 세 고을로 나뉘고, 두물머리에서 한데 합쳐진 한강물은 도도히 흘러흘러 이릉(二陵)에 문안이라도 여쭈려는 듯한 기세다. 이릉(二陵)은 조선 성종의 능인 선릉(宣陵)과 중종의 능인 정릉(靖陵)을 가리킨다. 현재 강남 봉은사 곁에 있다. 임진왜란 당시 왜병들이 두 무덤을 도굴하여 파헤친 수모를 겪었다. 안개 속에서 배를 부르는 저 사람은 강 건너로 술을 사려는 사람이다. 달빛 아래 석장을 날리며 강을 건너는 이는 필시 스님일 게다. 저물녘 높은 산 위에서 강물을 굽어보던 나그네는 한 잔 한 잔 마신 술에 어느새 까부룩 취해 포단(蒲團)에 누워 잠이 들었다. 낡은 벽 위로 박화(薄花)가 어른댄다. 무언가 싶어 보니 불등이 가물댈 때마다 불꽃의 그림자가 벽 위로 어른대는 것이다. 취한 사람은 웅크린 채 잠이 들고 등불 혼자 저렇게 가물대며 가을밤이 깊어간다.

원사

최기남

제게는 마름꽃 거울이 있어
당신이 처음 줄 때 생각합니다.
님은 가고 거울만 혼자 남아서
다시는 눈썹을 안 비춰 봐요.

怨詞 원사

妾有菱花鏡 첩유능화경
憶君初贈時 억군초증시
君歸鏡空在 군귀경공재
不復照蛾眉 불부조아미

515

● 최기남崔奇男, 1586~?

본관 천녕(川寧). 자 영숙(英叔), 호 구곡(龜谷)·묵헌(默軒). 조선 중기의 시인. 시재에 뛰어나 1648년 통신사 윤순지(尹順之)를 따라 일본에 갔을 때 문명을 떨쳤다. 1660년 동료인 여항시인들과 함께 동인지 『육가잡영』을 간행하였다. 천성이 재물에 욕심이 없어 평생 가난한 삶을 살았으나 당시 여항시인들에게 스승으로 존경을 받았다. 문집인 『구곡집』이 있다.

● 해설 및 감상

최기남은 여항시인으로, 특히 염정체 시가에 능했다. 이 시 또한 남녀 간의 사랑을 주제로 노래한 작품이다. 임이 사랑의 정표로 내게 준 마름꽃 문양이 새겨진 구리거울. 파랗게 녹이 슨 그 거울을 꺼내 만질 때마다 처음 그 거울을 제게 주시던 임의 모습이 떠올라 애틋해집니다. 사랑하던 그 임은 떠나시곤 안 오시니, 이제 그 거울 호호 불어 거기에 제 얼굴 비춰가며 화장 할 일이 다시는 없어요. 제목 〈원사(怨詞)〉는 원망의 노래다. 버림받은 여인이 지난 사랑을 떠올리며 부르는 서글픈 연가다. 그대는 가고 거울만 남았다. 더 곱고 예쁘게 보일 임이 없으니, 거울은 이제 아무런 쓸모가 없어 저 혼자 그렇게 녹슬어간다. 아! 사랑은 슬프다.

처마 밑을 걸으며

이민구

나막신에 빈 뜨락 가를 거니니
옷과 두건 저녁 이슬 살풋 젖는다.
성근 별 추워서 더욱 빛나고
하현달 가는데도 외려 환하네.
오랑캐 문서는 맹약 요구 잦은데
변방 계책 이기는 일 아주 드무네.
남쪽 가지 깃들어 사는 까치가 있어
지팡이 짚고 잠시 멈춰 의지하노라.

步檐 보첨

步屧虛庭畔 보첩허정반
衣巾夕露微 의건석로미
疎星寒更潤 소성한갱윤
缺月細猶輝 결월세유휘
虜牒要盟數 노첩요맹삭
邊籌決勝稀 변주결승희
南枝有棲鵲 남지유서작
拄杖暫相依 주장잠상의

517

● 이민구李敏求, 1589~1670

본관 전주(全州). 자 자시(子時). 호 동주(東洲)·관해(觀海). 조선 중기의 문신. 문장이 뛰어나고 사부(詞賦)에 능했다. 강도검찰부사(江都檢察副使), 경기우도 관찰사 등을 지냈다. 저서에『동주집』,『독사수필(讀史隨筆)』,『간언귀감(諫言龜鑑)』,『당률광선(唐律廣選)』등이 있다.

● 해설 및 감상

저물녘에 공연히 마음이 가라앉지 않아 마당에 나와 처마 밑을 서성인다. 옷과 두건에 저녁 이슬 기운이 살풋 느껴진다. 초저녁 성근 별도 찬 날씨에 더욱 젖어 보인다. 흰 눈썹달이 창백하게 빈 하늘에 걸렸는데, 그 빛은 여려서 더욱 환하다. 무엇이 그로 하여금 다 늦은 저녁에 이렇게 수심에 잠기게 했을까? 항복을 요구하는 청나라 오랑캐의 공문서는 하루가 멀다 하고 이어지고, 변방의 승전 소식은 애초에 전해 올 기미가 없다. 시인의 눈길은 큰 나무의 남쪽 가지에 작은 둥지를 마련하고 깃든 까치집에 가서 멎었다. 지팡이를 짚고서 물끄러미 바라본다.

청나라의 침입을 맞아 임금을 모시고 남한산성에 호종했을 당시에 지은 작품이다. 남쪽 가지에 겨우 둥지를 마련한 까치는 남한산성에 겨우 사직의 잔명을 내맡긴 당시 조선의 처지와 한 가지다. 3구의 성근 별빛과 4구의 이지러진 달도 모두 당시 바람 앞의 등불 같던 조선의 국운을 상징한다. 항복을 요구하는 청국의 문서가 빗발치는 가운데, 전세를 되돌릴 기미는 아예 없어 보인다. 시인이 다 늦은 저녁에 마음을 가누지 못하고 마당을 배회했던 것도, 지팡이를 짚고 서서 물끄러미 까치둥지를 바라보며 생각에 잠겼던 것은 모두 연유가 있다.

전원 즉사

정두경

버들 드린 그늘 속에 한 줄기 길 희미한데
나무엔 온갖 꽃들 풀도 우거졌구나.
시인 혼자 술 따르며 시구를 짓다가
촌로와 서로 만나도 시비함이 없다네.
봄물에 흰 고기는 어찌나 생생한지
들밭의 참새는 홀로 날아다니네.
적공은 한거의 흥취를 알지 못해
대문 앞에 수레와 말 찾지 않음 한했었지.

田園卽事 전원즉사

垂柳陰中一逕微 수류음중일경미
雜花生樹草芳菲 잡화생수초방비
騷人獨酌有詩句 소인독작유시구
村老相逢無是非 촌로상봉무시비
春水白魚爭潑潑 춘수백어쟁발발
野田黃雀自飛飛 야전황작자비비
翟公未解閒居興 적공미해한거흥
枉恨門前車馬稀 왕한문전거마희

519

● 정두경鄭斗卿, 1597~1673

본관 온양(溫陽). 자 군평(君平). 호 동명(東溟). 조선 중기 문신 겸 학자. 홍문관제학에서 예조참판·공조참판 겸 승문원제조 등에 임명되었으나 노환으로 나가지 못했다. 시문과 서예에 뛰어났고 대제학에 추증되었다. 문집에 『동명집』이 있다.

● 해설 및 감상

정두경은 고문과 고시에 벽이 있어, 당나라 이후의 시는 거들떠도 보지 않았다는 시인이다. 특히 사마천의 『사기』에 깊이 매료되어, 구절마다 용사를 즐겨 썼다. 한 구절도 유래가 없는 구절이 없다는 평가를 들었을 만큼 바탕 공부가 단단했다.

이 시는 한갓진 전원생활에 대한 예찬을 담았다. 버들가지 늘어진 사이로 작은 길 한 줄기가 희미하게 나 있다. 그 곁에는 이런저런 꽃들이 나무에 피어 있고, 풀들은 향기롭다. 그것들을 물끄러미 바라보며 시인은 혼자 무료한 술잔을 기울이다, 시구가 떠오르면 끄적이곤 한다. 이따금씩 촌로가 오가지만 그러려니 할 뿐 이러쿵저러쿵 따져 시비하는 법이 없다. 봄물에서는 흰 비늘의 물고기가 이따금씩 뛰어오르고, 들밭의 참새는 무엇이 바쁜지 이리저리 날아다닌다. 모든 것이 다 한가롭고 여유롭다.

7, 8구 적공(翟公)의 이야기는 고사가 있다. 후한 때 적공이 높은 지위에 있을 때 그 집 문 앞에는 청탁을 하려는 사람들로 늘 북적거렸다. 그러다가 적공이 벼슬에서 쫓겨나 야인으로 돌아가자, 그 북적대던 대문 앞에 발길이 뚝 끊겼다. 대문에 거미줄이 얽히고, 참새가 제 집인 양 시끄러웠다. 그러다가 그가 다시 벼슬에 복귀하자, 다시 대문 앞은 그를 찾는 발길이 북적대기 시작했다. 어느

날 적공은 방문을 붙였다. 그 방문은 이러했다. "일사일생(一死一生)에 교정(交情)을 알겠고, 일빈일부(一貧一富)에 교태(交態)를 알겠고, 일귀일천(一貴一賤) 하매 교정이 드러난다." 찾아온 사람들이 머쓱해서 낯을 붉히며 돌아갔다. 시인은 말한다. 적공의 이러한 행동은 너무 야박하지 않은가? 그는 아직도 명리의 길에서 초탈하지 못한 것이 틀림없다. 나처럼 이렇듯 전원의 삶을 즐거워한다면, 그까짓 사람이 찾아오고 찾지 않음을 가지고 어찌 마음에 둘 것이 있단 말인가?

단군사당

정두경

성인께서 동해에 태어나시매

그때에 방훈을 나란히 했네.

부상은 흰 해를 맞이하였고

단목엔 푸른 구름 피어올랐지.

천지는 처음 세움 기다렸었고

산하는 기운 아직 안 나눠졌네.

무진년 천 년의 수 누리시니

나 또한 우리 임금께 바치려 하네.

檀君祠 단군사

有聖生東海 유성생동해

于時幷放勳 우시병방훈

扶桑賓白日 부상빈백일

檀木上靑雲 단목상청운

天地候初建 천지후초건

山河氣未分 산하기미분

戊辰千歲壽 무진천세수

吾欲獻吾君 오욕헌오군

　단군의 사당을 노래했다. 1구의 동해는 우리나라를 가리킨다.
단군이 동방의 비조가 되어 방훈(放勳)을 아우르자, 부상에 백일이
환해지고, 신령스런 단목(檀木)에는 푸른 구름이 피어났다. 천지는
아직 미개한 상태에 놓여 있었고, 산하는 문명의 세례를 입지 못하
던 시절이었다. 무진년에 일어나 천세의 수명을 누리고 세상을 떠
났다. 나는 단군의 그 장구한 수명을 지금의 우리 임금께 그대로
바치고 싶다. 『삼국유사』에는 "당고(唐高) 즉위 50년 경인년에 평양
성에 도읍하여 처음으로 조선이라 일컬었다. 또 백악산 아사달에
도읍을 옮겨, 나라를 다스린 것이 1,500년이었다."고 적었다. 이때
만 해도 우리 민족사에서 단군의 상징성은 아직 부각되어 있지 않
을 때였다. 정두경의 이 시는 그런 점에서도 의미가 있다.

꿈을 적다

송준길

평생에 퇴도옹을 흠앙하여 우러렀더니
사위잖은 정신이 여태도 감통했네.
이 밤 꿈속에서 가르침 받자옵고
깨고 보니 산 달이 창문에 가득하다.

記夢 기몽

平生欽仰退陶翁 평생흠앙퇴도옹
沒世精神尚感通 몰세정신상감통
此夜夢中承誨語 차야몽중승회어
覺來山月滿窓櫳 각래산월만창롱

● 해설 및 감상

꿈에 평생 앙모하던 퇴계 선생을 만나 가르침의 말씀을 듣고는 일어나 감격하여 지은 작품이다. 평소에 얼마나 선생의 학문을 높이 우러렀으면, 꿈속에까지 나타났을까? 선생은 이미 흙으로 돌아가신 지 오래인데도, 그 정신만은 여태도 형형히 살아서 내 사모하는 마음과 감통하셨던 게다. 그는 꿈을 깨고 나서도 설레고 흥분되는 마음을 가누지 못한다. 여태도 생시의 일인 것만 같아서 정신을 차리고 사방을 둘러본다. 산달이 들창 너머로 살며시 들어와 온 방안을 환히 비추고 있다. 선생의 한 자락 남은 정신의 광휘가 온 방안에 가득하다.

낙서재 우음

윤선도

눈에는 청산 있고 귀에는 거문고라
세간의 어떤 일이 내 마음에 이를꼬.
마음 가득 호기를 아는 이 하나 없어
한 곡조 미친 노래 혼자서만 부른다.

樂書齋偶吟 낙서재우음

眼在靑山耳在琴 안재청산이재금
世間何事到吾心 세간하사도오심
滿腔浩氣無人識 만강호기무인식
一曲狂歌獨自吟 일곡광가독자음

● 윤선도 尹善道, 1587~1671

본관 해남(海南). 자 약이(約而). 호 고산(孤山)·해옹(海翁). 시호 충헌(忠憲). 조선 중기의 문신, 시인. 치열한 당쟁으로 일생을 거의 벽지의 유배지에서 보냈으나 경사(經史)에 해박하고 의약·복서(卜筮)·음양·지리에도 통하였으며, 특히 시조(時調)에 더욱 뛰어났다. 그의 작품은 한국어에 새로운 뜻을 창조하였으며 시조는 정철(鄭澈)의 가사(歌辭)와 더불어 조선시가에서 쌍벽을 이루고 있다. 사후인 1675년(숙종 1) 남인의 집권으로 신원(伸寃)되어 이조판서가 추증되었다. 저서에 『고산유고(孤山遺稿)』가 있다.

● 해설 및 감상

낙서재는 고산 윤선도가 보길도 부용동에 원림을 가꾸며 살 적에 그의 살림집의 이름이다. 움푹 패어 항아리 속처럼 편안히 감싸 안은 골짜기 안에 국세(局勢)가 뭉쳐 국면이 열린 곳에 낙서재가 자리 잡았다. 마루에 나와 앉으면 푸른 산 위로 동천석실이 올려다 뵈고, 귀에 들리는 것은 거문고 소리뿐이다. 푸른 산으로 눈을 씻고, 거문고 가락으로 귀를 헹군다. 이런 저런 티끌세상의 일들에는 아무 관심이 없다. 이런 푸른 날들이 쌓여 마음 가득히 호연한 기상이 돋아난다. 비록 남이 알아주는 법은 없어도, 나는 이따금 한 곡조 미친 가락에 주체치 못할 홍취를 실어 혼자서 긴 노래를 부르곤 한다. 당시 고산은 병자호란 이후 이곳에 은거하여 세상과 담을 쌓고 살았다. 그이인들 왜 세상일에 마음이 쓰이지 않았겠는가? 하지만 어찌해 볼 수도 없는 터였기에, 밖으로 터져 나오는 호기(浩氣)를 이렇게 미친 가락에 얹어 풀어낼 수밖에 없었다.

북쪽 변방으로 귀양 가며

윤선도

미친 노래 탄식하느라 곡조차 소리 잃어
사나이 뜻과 기운 평안키가 어렵구나.
서산에 해는 져서 까마귀 떼 어지럽고
북새의 서리 추위에 외기러기 울고 가네.
천리라 나그네 맘 한 해 늦음 놀라나니
온 지방의 백성 뜻은 하늘 기욺 두려워하네.
두 눈도 아예 없고 아울러 귀도 없이
임천에 가서 누워 이 삶 마침만 못하리라.

被謫北塞 피적북새

歎息狂歌哭失聲 탄식광가곡실성
男兒志氣意難平 남아지기의난평
西山日暮群鴉亂 서산일모군아란
北塞霜寒獨鴈鳴 북새상한독안명
千里客心驚歲晚 천리객심경세만
一方民意畏天傾 일방민의외천경
不如無目兼無耳 불여무목겸무이
歸臥林泉畢此生 귀와임천필차생

528

고산 윤선도가 직간으로 비방을 입어 함경도 땅으로 귀양 가며 지은 시다. 정의를 실현하자고 바른 말을 해서, 얻은 것은 죄뿐이다. 공분으로 터져 나온 미친 노래는 이내 통곡으로 바뀐다. 통곡도 바로 목이 메어 소리조차 나오지 않는다. 사나이의 장한 뜻은 간 데가 없고, 갈기갈기 찢긴 마음은 아무래도 가라앉힐 수가 없다. 이제 곧 날이 저문다고, 빨리 하룻밤 묵어 갈 보금자리를 찾아 가라며 갈가마귀 떼가 어지러이 악악댄다. 저만치 내려앉는 땅거미에 가슴이 철렁 내려앉는다. 먼 변방 서리 추위에 대오에서 이탈한 외기러기 울음이 슬프다. 악악대는 갈가마귀 떼의 악다구니 속에 불안하게 날아가는 외기러기의 가녀린 울음은 상처 받은 작가 자신의 투영일 뿐이다. 한치 앞을 내다볼 수 없는 불투명한 시계 속에 한해가 저물어간다. 어지러운 나라 일로 백성들의 마음에는 두려움만 켜켜이 쌓인다. 나는 차라리 눈도 없고 귀도 없는 봉사에 귀머거리가 되고 싶다. 본 것이 없어야 갈등이 없고, 들은 것이 없어야 할 말도 없지 않겠는가? 차라리 눈 막고 귀 막은 채 임천으로 돌아가, 변함없는 자연을 벗 삼아 이 상처받은 영혼을 위로해주고 싶다.

금강산

송시열

산과 구름 모두다 온통 희어서
구름 산의 모습이 분간 안 되네.
구름 가자 산이 혼자 우뚝 섰구나
일만이야 이천봉 금강이라네.

金剛山 금강산

山與雲俱白 산여운구백
雲山不辨容 운산불변용
雲歸山獨立 운귀산독립
一萬二千峰 일만이천봉

530

● 송시열 宋時烈, 1607~1689

본관 은진(恩津). 자 영보(英甫). 호 우암(尤庵)·화양동주(華陽洞主). 시호 문정(文正). 아명 성뢰(聖賚). 조선 후기 문신 겸 학자, 노론의 영수. 주자학(朱子學)의 대가로서 이이(李珥)의 학통을 계승하여 기호학파(畿湖學派)의 주류를 이루었으며 이황(李滉)의 이원론적(二元論的)인 이기호발설(理氣互發說)을 배격하고 이이의 기발이승일도설(氣發理乘一途說)을 지지, 사단칠정(四端七情)이 모두 이(理)라 하여 일원론적(一元論的) 사상을 발전시켰으며 예론(禮論)에도 밝았다. 저서에 『송자대전(宋子大全)』, 『우암집』, 『송서습유(宋書拾遺)』, 『주자대전차의(朱子大全箚疑)』, 『정서분류(程書分類)』, 『주자어류소분(朱子語類小分)』, 『논맹문의통고(論孟問義通攷)』, 『심경석의(心經釋義)』, 『사계선생행장(沙溪先生行狀)』 등이 있다.

● 해설 및 감상

금강산은 온통 뼈만 하얗게 남아 개골산(皆骨山)이라고도 부른다. 흰 바위에 흰 구름이 어우러지니 눈앞의 모든 것이 다 희다. 어디까지가 구름이고, 어디부터가 산인지 분간이 되지 않는다. 그러다가 구름이 바람에 내몰려 밀려가자, 웅장한 금강산 일만 이천 봉우리가 웅장한 그 자태를 한꺼번에 드러내 보인다. 이 시는 그저 금강산의 웅장한 기상을 노래한 것에 그치지 않는다. 금강산 일만 이천 봉이 본체라면, 구름은 그 본체와 뒤섞여 때로 본체를 가리는 미망(迷妄)이다. 우리의 공부란 수시로 내 삶 속에 끼어드는 미망과 집착을 걷어내어 성성한 정신의 푯대를 높이 세우자는 것이다. 구름은 수시로 본체를 가리지만, 그 구름이 산을 다 가려도 결코 본체가 사라진 것은 아니다. 다만 눈에 보이지 않아 분간을 할 수 없을 뿐이다. 정신의 날을 더욱 벼려서 허상에 매몰되지 않고, 본질을 직시하는 형형한 정신을 잃지 않도록 해야 하겠다.

바람을 읊다

송시열

어디로 조차 와서 어드메로 가는가
냄새 형상 아예 없고 소리만 있구나.
구름 되고 비도 되어 하늘 기추 움직이고
바다와 산 뒤흔들어 지축조차 기울었네.
적벽에선 조조의 배 불어서 불태우고
수양에선 항우 군대 불어서 흩었었네.
내 집 지붕 다 불어가 덮은 띠를 다 날려서
아침 해 새어 들 제 마음 밝게 비춰주렴.

詠風 영풍

來從何處去何處 내종하처거하처
無臭無形只有聲 무취무형지유성
飜雲覆雨天樞動 번운복우천추동
盪海掀山地軸傾 탕해흔산지축경
赤壁吹焚曹子艦 적벽취분조자함
睢陽嘘散項家兵 수양허산항가병
捲我屋廬茅蓋盡 권아옥려모개진
朝暉穿漏照心明 조휘천루조심명

바람을 노래했다. 바람은 어디서 와서 어디로 가는가? 냄새도 없고 형상도 없다. 다만 소리가 있어 그 존재를 알 뿐이다. 바람이 한번 번드치면 올라가 하늘의 구름이 되고, 그 구름이 다시 한 번 뒤집어져 비가 되어 흩뿌린다. 바다 위에서는 파도를 일으키고, 산에서는 우레와 번개가 된다. 바람은 기운의 흐름일 뿐이지만, 하늘의 기추(機樞)가 이를 통해 운전되고, 바람의 기운으로 지축이 흔들린다. 적벽대전에서 조조의 백만대군을 불바다로 밀어 넣은 것도 이 바람이고, 한 번도 전쟁에 패한 적이 없던 항우의 군대를 궁지로 몰아넣은 것도 이 바람의 장난 때문이었다. 바람아! 내 가난한 초가삼간 위에도 사정없이 몰아쳐 다오. 그래서 내 초가집 위에 얽은 띠를 말끔히 말아가 불어가 다오. 내일 아침 밝은 해가 텅 빈 천정 위로 비쳐들면 그것으로 내 마음을 환하게 밝히고 싶구나.

이 시 또한 위 금강산 시와 마찬가지로 단순한 바람을 묘사한데 그치지 않고, 학자의 포부와 기개를 잘 드러낸 시다. 바람은 한 기운인데, 여기서 구름과 비가 나오고, 파도와 우레로 변화한다. 하나의 이치[一理]가 만 가지 조화[萬化]로 변화하는 이치도 이와 다를 게 없다. 하지만 현상이 아무리 우리의 마음을 뒤흔든다 해도, 저 햇살에 환히 드러나는 이 마음의 빛만큼은 덮어 가릴 수가 없다. 일종의 이학시(理學詩)에 해당한다.

들판에서 잠을 자며

정희교

지는 해 먼 산에 내려앉으니
슬픈 바람 고목에서 일어나누나.
몇 리 가도 마을을 만나지 못해
밝은 달밤 들판에서 잠을 자누나.

野宿 야숙

落日下遙山 낙일하요산
悲風生古木 비풍생고목
數里未逢村 수리미봉촌
月明野中宿 월명야중숙

● 정희교鄭希僑

문인. 자 혜이(惠而). 호 학주(鶴洲). 본관 경주. 생애에 대해서는 특별히
알려진 것이 없다.

● 해설 및 감상

노숙하는 나그네의 신산스런 마음이 잘 드러난 작품이다. 눈앞에
는 아득히 먼 산이 가로 놓였고, 그 너머로 장엄한 하루해가 진다.
바람은 고목 사이를 지나면서 슬픈 외마디 비명을 지른다. 길은
아무리 가도 들판으로 이어질 뿐, 세 집 사는 작은 마을조차 만날
수가 없다. 깊은 산 속으로 들어가려니 산 짐승이 무섭고, 길 잃고
헤맬까 걱정이다. 결국 그는 더 나아갈 기운을 잃고, 그나마 환한
달빛을 동무 삼아 이 밤을 들판에서 노숙할 작정을 한다. 지친 발걸
음, 허기진 배, 덮을 것 하나 없는 빈 들판 구석에 곤한 몸을 옹송그
려 화톳불을 놓는다. 인생은 왜 이다지 차고 슬픈가?

산 기운

허목

별 언덕 봄기운이 아직 이른데
산새는 혼자서 서로 친하네.
물아를 둘 다 모두 잊은 곳에서
비로소 백수가 길듦 깨닫네.

山氣 산기

陽阿春氣早 양아춘기조
山鳥自相親 산조자상친
物我兩忘處 물아양망처
始覺百獸馴 시각백수순

● **허 목許穆**, 1595~1682

본관 양천. 자 문보(文甫)·화보(和甫). 호 미수(眉叟). 시호 문정(文正). 조선 중기 학자 겸 문신. 사상적으로 이황(李滉)·정구의 학통을 이어받아 이익(李瀷)에게 연결시킴으로써 기호 남인의 선구이며 남인 실학파의 기반이 되었다. 저서에 편집한 문집『기언(記言)』, 역사서인『동사(東事)』를 비롯하여 예서(禮書)인『경례유찬(經禮類纂)』,『방국왕조례(邦國王朝禮)』,『정체전중설(正體傳重說)』, 삼척 읍지인『척주지(陟州誌)』등이 있다.

● **해설 및 감상**

산비탈 양지 녘에도 아직 찬 기운이 남은 것을 보니 봄은 좀 더 기다려야 할까 보다. 하지만 볕바라기가 즐거운 산새는 그새를 못 참아 밖으로 나와 재잘재잘재잘 봄마중이 한창이다. 그 하는 양을 바라보고 있으려니 저와 나 사이에 간격이 허물어진다. 그 마음을 내가 알겠다. 내가 산새가 되어 함께 조잘대는 것만 같다. 너와 나의 간격이 허물어진 곳, 빈틈없이 만나 분별도 구분도 다 사라져 버린 지점, 그곳에서 나도 뭇 생명들처럼 자연과 하나가 된다.

종정도 놀이

홍우원

명리야 애초부터 부질없음 알았지만
도리어 종이 위에서 구함 홀로 비웃누나.
총욕이 하도 빨라 등한한 일이 되니
한단의 꿈속에서 노닒인가 싶도다.

從政圖 종정도

固知名利本來浮 고지명리본래부
自笑還從紙上求 자소환종지상구
一愓寵辱渾閒事 일척총욕혼한사
疑是邯鄲夢裏遊 의시한단몽리유

538

● 홍우원洪宇遠, 1605~1687

자는 군징(君徵), 호는 남파(南坡), 시호는 문간(文簡). 본관 남양(南陽). 조선 후기의 문신. 1645년(인조 23) 별시문과에 병과로 급제, 1651년(효종 2) 예안현감이 되어 시폐(時弊)를 논하는 장문의 소를 올렸다. 벼슬길의 부침이 많았다. 숙종 즉위 초 2차 예송논쟁(禮訟論爭)에서 승리한 남인이 집권하자 응교로 복직되었다. 승지·부제학·이조참의·대사헌·공조참판을 거쳐 이조판서가 되고, 1678년 공조판서가 되어 각 아문(衙門)의 둔전을 혁파하고 훈련도감·총융청·수어청·어영청 등 4군영문의 재정은 은포(銀布)로 징수할 것을 주장하였다. 1680년 경신대출척으로 남인이 몰락하자 허적(許積)의 역모사건에 연루되어 명천으로 유배되었다가 나이가 많다고 하여 문천으로 이배, 현지에서 죽었다. 1689년 기사환국으로 복작(復爵)되었다. 학문이 고명(高明)하고 성품이 직절(直節)하다 하여 파직되었을 때마다 조정에서는 서용할 것을 국왕에게 진언하였다. 안성의 백봉서원(白峰書院)에 제향되었다. 저서에 『남파집』이 있다.

◉ 해설 및 감상

종정도(從政圖)는 옛 사람들이 즐겨하던 놀이의 이름이다. 윷판처럼 벼슬의 품계를 주욱 적어 놓고, 말을 놀려 나온 점수에 따라 승진과 하강을 겨뤄 제일 높은 위치에 먼저 올라가는 사람이 이기는 게임이다. 말을 어떻게 놀리느냐가 승부를 가른다. 벼슬길의 오르내림도 어쩌면 이와 다를 게 없다. 똑똑해서 높은 지위에 오르는 것이 아니고, 못나서 낮은 신분에만 머물지도 않는다. 잘 나서 질시를 받아 밀려나기도 하고, 못났는데 운을 만나 영의정에 오르기도 한다. 세상의 명리란 결국 한판의 윷놀이나 다를 바 없다. 이 공정치 못한 세상사에 신물이 날 법도 한데, 사람들은 그 달콤한 꿈을 잊지 못해 종이 위에 그림까지 그려놓고 승부를 가르자고 난리다. 총애 받아 승승장구하는 일과 욕을 입어 밑바닥에 내동댕이 처지는 일이 잠깐의 운수에 달렸다. 여관집 아이가 도사 여몽의 베개를 빌어 인생의 온갖 부귀영화를 다 누리는 꿈을 실컷 꾸고 깨어나니, 잠들기 전 안쳤던 메조밥이 이제 막 익었더라는 저 한단몽(邯鄲夢)의 고사가 생각난다. 덧없는 인생이 덧없는 세상에서 덧없는 꿈만 꾸다 간다.

단오첩

김만중

해시계 느릿느릿 상림원을 맴돌고
높은 성의 귀한 나무 푸른 그늘 짙어있다.
상서론 빛 머금은 강 금 거울을 펼쳤고
미풍이 부는 전각 옥금 소리 들려온다.
좋은 시절 양덕이 성대함을 보게 되니
단비에 큰 은혜 깊음을 함께 하네.
오색실로 임금 보좌 보람 없음 부끄러워
빙호 같은 한 조각 맘 간직하려 애를 쓰네.

端午帖 단오첩

畵漏遲遲轉上林 주루지지전상림
層城瑤樹翠陰陰 층성요수취음음
江涵瑞色開金鏡 강함서색개금경
殿納微風拂玉琴 전납미풍불옥금
令節正看陽德盛 영절정간양덕성
甘霖還共渥恩深 감림환공악은심
五絲補袞慚無效 오사보곤참무효
只勗永壺一片心 지욱빙호일편심

541

● 김만중金萬重, 1637~1692

본관은 광산(光山), 자는 중숙(重叔), 호는 서포(西浦), 시호는 문효(文孝). 조선시대의 문신·소설가. 전문 한글인 〈구운몽〉으로 숙종 때 소설문학의 선구자가 되었다. 한글로 쓴 문학이라야 진정한 국문학이라는 국문학관을 피력하였다. 저서에 〈구운몽〉, 〈사씨남정기(謝氏南征記)〉, 『서포만필(西浦漫筆)』, 『서포집』, 『고시선(古詩選)』 등이 있다.

● 해설 및 감상

단오를 맞아 쓴 첩자(帖子)다. 해마다 이날에는 조정의 신하들이 여러 가지 축원의 말을 담은 단오첩을 써서 올렸다. 해시계가 상림원을 느릿느릿 빙빙 돈다는 것은, 궁궐에 상서론 기운이 어리어 가시지 않는 모양을 형용한다. 층성요수(層城瑤樹)는 대궐이다. 상림원엔 따스한 햇볕이 감돌고, 대궐엔 푸른 그늘이 시원하다. 강물은 금거울을 펼친 듯 잔잔하고, 건듯 부는 미풍에 거문고 줄이 혼자 운다. 태평성세의 조화로운 풍경이다. 대지엔 양(陽)의 기운이 온통 가득하고, 임금의 사랑은 저 때 맞춰 내리는 감로의 빗줄기처럼 넘친다. 이 좋은 시절 못난 신하는 임금의 우악한 은혜를 한 몸에 입고 있으면서도 바르게 보좌하지 못한 것이 참으로 부끄럽다. 하지만 빙호처럼 차고 시원한 마음만큼은 잊지 않고 지켜, 나라를 위하고 임금을 모시는 도리에 부끄럽지 않으려 노력한다고 다짐했다.

참새

남구만

미산이 남긴 말을 내가 슬퍼하노니
맛난 음식 먹을 땐 죽어 괴로을 때 생각해야지.
이제 너희 열 몸뚱이 한 그릇이면 충분하니
밥상 앞에 수저 놓고 다시금 탄식한다.

黃雀 황작

眉山有語我悲之 미산유어아비지
食美須思死苦時 식미수사사고시
今爾十身充一飯 금이십신충일반
對盤停箸更嗟咨 대반정저갱차자

● **남구만**南九萬, 1629~1711

본관 의령(宜寧). 자 운로(雲路). 호 약천(藥泉)·미재(美齋). 시호 문충(文忠). 조선 후기의 문신. 서인(西人)으로서 남인(南人)을 탄핵하였다. 우의정, 좌의정을 거쳐 영의정까지 지냈다. 기사환국 후에는 유배되기도 하였다. 송준길(宋浚吉)의 문하에서 수학, 문장과 서화에 뛰어났다. 시조 "동창이 밝았느냐 노고지리 우지진다…"는 그의 작품이다. 문집에 『약천집』이 있다.

● **해설 및 감상**

　미산(眉山) 소동파(蘇東坡)가 일찍이 말했다. 좋은 음식을 탐하지 마라. 죽어 괴로울 때를 생각해서, 탐욕을 줄이고 단촐한 삶을 살아라. 시인은 참새 떼가 조잘대며 모여들어 모이를 먹는 것을 보다가 갑자기 소동파의 이 말을 떠올렸다. 참새에 밥 한 그릇이면 열 마리가 배를 다 채우고도 남음이 있다. 그런데 우리 인간은 그렇지가 않아서 탐욕이 끝이 없다. 더 가져야 하고 다 가져야 직성이 풀린다. 욕심 사납게 그러모으고, 탐욕스럽게 먹어치운다. 밥상을 앞에 두고 조잘대는 참새 떼를 바라보다가, 사나운 식성이 민망해져서 잠시 젓가락을 내려놓고 탄식을 내뱉는다. 그는 서슬 푸른 당쟁의 와중에 부대끼며 살았다. 벼슬은 영의정까지 올랐으나, 그로 인해 유배도 가는 등 부침과 신산이 없지 않았다. 작은 양식에도 배를 채우고 만족할 줄 아는 참새 떼를 보는 시선이 그래서 예사롭지 않게 들린다.

삼전도 비를 지나며 느낌이 있어 읊다

남용익

육국 병합 기이한 공 대악에다 새기었고
천년 갚을 큰 공열은 영주에다 세웠다네.
슬프다 너는 똑같은 딱딱한 돌이로되
동방에 실려 와서 만고에 부끄럽네.

過三田碑感吟 과삼전비감음

幷六奇功鑴岱嶽 병륙기공준대악
報千洪烈立靈州 보천홍렬입영주
憐渠同是頑然物 연거동시완연물
獨載東方萬古羞 독재동방만고수

● **남용익**南龍翼, 1628~1692

본관 의령(宜寧). 자 운경(雲卿). 호 호곡(壺谷). 시호 문헌(文憲). 조선 중기
의 문신·학자. 통신사(通信使)의 종사관으로 일본에 다녀왔으며 예조판서,
이조판서 등을 지냈다. 기사환국 이후 유배지에서 세상을 떠났다. 문장에
능하고 글씨에 뛰어났다. 문집에『호곡집』, 저서에『기아(箕雅)』,『부상록
(扶桑錄)』등이 있다.

● 해설 및 감상

　진시황이 전국시대 여섯 나라를 병합하여 천하를 통일한 후 자신
의 큰 공을 태산 절벽 위에 크고 뚜렷하게 새겨 놓았다. 만세에
그 공업이 전해지기를 바랐던 것이다. 당 태종은 정관(貞觀) 20년
(646)에 회흘(回紇) 등을 평정하고 손수 시를 지어 영주(靈州)에 큰
비석을 세웠다. 이제 이 삼전도비는 같은 돌에 새긴 비석이로되,
치욕스런 역사를 새겨 넣었으니 보기에 민망하다. 인조 임금이 청
태조 앞에 길게 무릎을 꿇고 항복문서를 바쳤다. 다시는 대국에
딴 마음 먹지 않고, 말 잘 듣겠으니 제발 이 나라 사직만은 보존케
해달라고 두 손 모아 사정했다. 그 치욕의 역사, 그 수치스런 기억
이 이 돌에 그대로 새겨져서 오랜 세월 속에 부끄러움을 증언하고
있다.

수락산 허리를 넘으며

박태보

시냇길 몇 번이나 감도는 동안
중봉이 곳곳에서 보이는구나.
이끼 낀 바위 가을빛 깨끗도 한데
저물녘 솔바람 소리 차구나.
해를 가려 숲길 가기 마침 맞지만
안개 짙어 골 나서기 어려웁구나.
사람 만나 앞길을 물어보려니
붉은 구름 저 끝을 가리키누나.

踰水落山腰 유수락산요

溪路幾回轉 계로기회전
中峯處處看 중봉처처간
苔巖秋色淨 태암추색정
松籟暮聲寒 송뢰모성한
隱日行林好 은일행림호
迷烟出谷難 미연출곡난
逢人問前路 봉인문전로
遙指赤雲端 요지적운단

547

● **박태보**朴泰輔, 1654~1689

본관 반남, 자 사원(士元), 호 정재(定齋), 시호 문열(文烈). 조선 후기의 문신. 예조좌랑, 교리, 이조좌랑, 호남의 암행어사 등을 역임했다. 기사환국 때 서인을 대변, 인현왕후의 폐위를 강력히 반대하다 모진 고문을 당한 뒤 유배 도중 죽었다. 학문과 문장에 능하고 글씨도 잘 썼으며, 비리를 보면 참지 못하고 의리를 목숨보다 소중히 여겼다. 문집『정재집』, 편서『주서국편(周書國編)』, 글씨〈예조참판박규표비(禮曹參判朴葵表碑)〉, 〈박상충비(朴尙衷碑)〉 등이 있다.

● **해설 및 감상**

가을날 수락산을 건너는 산행 길이다. 시내를 따라 올라가는 비탈은 벌써 몇 굽이째 감돌아 나간다. 방향을 틀 때마다 중봉의 위치를 확인해 보지만, 번번이 중봉은 저 높은 곳에 우뚝이 서서 행인을 안심시킨다. 이끼 낀 바위에 내려앉은 가을빛이 정갈하다. 날이 저물어 가면서 소나무 가지 사이를 바람이 헤집고 지나는 소리가 문득 차갑다. 깊은 숲은 해를 가려 나그네를 편하게 해주더니, 저물녘 안개는 골짜기를 가득 메워 얼마나 더 가야 이 골짜기를 벗어나려나 싶어 나그네의 조바심이 더해진다. 다행히 반대편에서 한 사람이 걸어온다. 비로소 휴 하며 가슴을 쓸어내린다. 그에게 길이 얼마나 더 남았느냐고 물어본다. 그는 말없이 저 노을로 타는 붉은 구름 끝자락을 가리키며, 아직도 한참을 더 가야한다고 다짐을 받는다. 쓸어내렸던 가슴이 다시 다급해진다.

산사

조성기

산 비가 갓 개자 맑은 기운 새로운데
바위 꽃은 비단 같고 풀잎은 방석 같다.
꽃 사이 소롯길을 구름 뚫고 가노라니
시내 위 따슨 바람 각건에 불어온다.

山寺 산사

小雨初晴淑氣新 소우초청숙기신
巖花如錦草如茵 암화여금초여인
花間細路穿雲去 화간세로천운거
溪上和風吹角巾 계상화풍취각건

● 해설 및 감상

　내리던 보슬비가 개었다. 해맑은 기운이 확 끼쳐온다. 흥취를
못 이겨 산보를 나선다. 바위틈에 핀 꽃은 비단 같이 곱고, 파릇파
릇한 풀밭은 방석을 깔아 놓은 듯하다. 비 갠 숲은 생기가 넘친다.
나도 몰래 흥에 겨워 꽃 사이로 난 소롯길을 따라 자옥히 깔려
내려오는 구름길을 뚫고 간다. 이대로 그저 가다보면 그냥 안개
속으로 내가 지워져 버릴 것만 같다. 냇가에 멈춰서니 따순 바람
이 건듯 불어 땀이 촉촉이 밴 각건 위로 불어온다. 물아일체가 따
로 없다. 도학자의 온유돈후한 성정이 사물과 만나 아름다운 한
폭의 풍경을 빚었다.

수종사

김창집

옛 절은 가파른 봉우리 아래
송라 그늘 소롯길이 나뉘었구나.
누각은 두물머리 임하여 있고
처마는 반산 구름 둘러있구나.
돛 그림자 선창에 떨어지더니
지나던 객 종소리가 들리는도다.
쌍림을 자꾸만 고개 돌리니
푸른빛이 자옥하니 어지럽구나.

水鍾寺 수종사

古寺危峯下 고사위봉하
蘿陰細路分 나음세로분
樓臨兩江水 누임양강수
簷帶半山雲 첨대반산운
帆影禪窓落 범영선창락
鍾聲過客聞 종성과객문
雙林屢回首 쌍림누회수
蒼翠漫氤氳 창취만인온

551

● 김창집金昌集, 1648~1722

본관 안동. 자 여성(汝成). 호 몽와(夢窩). 시호 충헌(忠獻). 조선 후기의 문신. 기사환국 때 부친이 사사되자 은거하였다. 후에 영의정까지 올랐다. 경종 때 왕세제[뒷날의 영조]의 대리청정을 주장하다가 소론파의 반대로 대리청정이 취소되자 관직에서 물러났다. 이어 신임사화가 일어나 유배되었다가 사사되었다. 저서에 『국조자경편(國朝自警編)』, 『오륜전비언해(五倫全備諺解)』 등이 있고, 문집에 『몽와집』이 있다.

● 해설 및 감상

　수종사는 운길산 높은 자락에 자리 잡은 절이다. 가파른 봉우리가 조금 주춤해지는 서슬에 옛 절이 터를 잡았다. 송라(松蘿) 그늘 사이로 소롯길이 갈라져, 나그네는 가쁘던 숨을 겨우 가눈다. 마침내 절집 누다락에 올라보니, 장하게 툭 트인 시계(視界) 아래로 남한강과 북한강이 하나로 합쳐지는 두물머리의 경관이 한 눈에 들어온다. 산이 높아 처마 아래로 산을 반쯤 가린 구름이 둘러선다. 먼 강물 위에는 돛단배 그림자 언뜻 보이는가 싶더니 구름이 어느새 이를 지운다. 석양의 종소리가 댕그렁 울려 풍경에 취해있던 과객의 정신이 화들짝 돌아온다. 이제 갈 때가 되었다. 나그네는 다시 하산길로 접어든다. 앞서 갈래길로 다시 내려선다. 두 갈래로 나뉜 쌍림이 조금씩 멀어지고, 아쉬운 마음에 자꾸 고개를 돌아본다. 숲은 푸르스름한 이내[嵐]가 자옥하다. 속세를 벗어나 산사로 갔다가 돌아오는 길, 티끌 기운 다 씻어내니 몸과 마음이 다 개운하다.

산 백성

김창협

말 내려 사람 사는 마을 물으니
아녀자가 문을 나와 내다보누나.
초가집 처마 아래 손님 앉히고
손님 위해 반찬을 갖춰 내오네.
바깥양반 어디에 있냐 물으니
쟁기 매고 아침 일찍 산에 갔다고.
산밭은 갈기가 너무 힘들어
저물도록 여태 아직 못 온다 하네.
사방을 둘러봐도 이웃도 없고
개닭 소리 묏부리에 아득하여라.
숲 속엔 사나운 범이 많아서
나물 캐도 소쿠리에 못 채운다네.
슬프다 이곳 홀로 무에 좋아서
가파른 산골짝 사이 사는고.
즐거워라 저 아래 평지 땅에는
가려해도 고을 관리 겁이 나지요.

山民 산민

下馬問人居 하마문인거
婦女出門看 부녀출문간
坐客茅屋下 좌객모옥하
爲客具飯餐 위객구반찬
丈夫亦何在 장부역하재
扶犁朝上山 부리조상산
山田苦難耕 산전고난경
日晚猶未還 일만유미환
四顧絶無隣 사고절무린
雞犬依層巒 계견의층만
中林多猛虎 중림다맹호
採藿不盈盤 채곽불영반
哀此獨何好 애차독하호
崎嶇山谷間 기구산곡간
樂哉彼平土 낙재피평토
欲往畏縣官 욕왕외현관

● **김창협**金昌協, 1651~1708

본관 안동. 자 중화(仲和). 호 농암(農巖)·삼주(三洲). 시호 문간(文簡). 과천 (果川) 출생. 조선 후기의 학자·문신. 숙종 때 대사성 등의 관직을 지냈다. 기사환국으로 아버지 김수항이 사사(賜死)된 뒤 은거하고 관직도 사양하였 다. 그는 문학과 학문으로 이름 높았다. 그의 학설은 이기설(理氣說)로 이이 (李珥)보다는 이황(李滉)에 가까웠다. 문집에『농암집』, 저서에『농암잡지 (農巖雜識)』,『주자대전차의문목(朱子大全箚疑問目)』, 편서에『강도충렬록 (江都忠烈錄)』,『문곡연보(文谷年譜)』등이 있다.

● **해설 및 감상**

말 타고 산길을 가던 나그네는 뉘엿해지는 산그늘에 슬쩍 겁이 난다. 이대로 마을을 만나지 못한 채 산속에서 어둠을 맞는다면 여간 낭패가 아니다. 말도 배가 고픈지 자꾸 투정을 부리고, 나그네 도 시장기를 느낀 지 이미 오래다. 바짝바짝 조바심이 더해 갈 즈음 해서 산기슭에 자리 잡은 화전민의 오두막 한 채가 눈에 들어온다. 와락 반가워 그 집 앞에 말을 내린다. '이리 오너라'를 몇 번 한 뒤에야 움막집 문이 빼꼼이 열리더니, 부스스한 머리를 매만지며 여인네가 나온다. 마을까지의 거리를 묻고, 요기를 청하자 손님을 위해 차린 것 없는 거친 밥상을 내온다.

"바깥양반은 어디 갔소?"

"아침 일찍 쟁기 매고 화전을 일구러 갔습지요. 산비탈 밭이라 갈기가 고되, 이렇게 날이 저물어 가는데도 아직 못 오고 있네요."

"이웃도 없이 이 깊은 산속에서 어찌 이리 사오?"

"말도 마세요. 저 숲에는 사나운 범이 삽니다. 나물 캐러 갔다가 도 범이 무서워 소쿠리를 다 못 채우고 얼른 돌아오곤 하지요."

"내려가 살지, 무에 좋은 게 있다든가? 이 가파른 산골짝 구석이 말일세."

"나으리! 모르는 말씀 마세요. 그래도 사람 없는 이 산속이 저 산 아래 마을보단 백 배 낫지요. 범이 아무리 무섭대도 고을 관리만 이야 할까요. 차라리 범에 물려 죽는 게 낫지, 저 관리의 토색질은 배겨날 도리가 아예 없는 걸요."

나그네는 그만 목이 메어 와, 다급하던 시장기가 저만치 달아나 버린다.

사실 이 시는 『논어』에 나오는 "가혹한 정치는 범보다 사납다(苛政猛於虎)"를 풀이한 내용이다. 시 속의 상황은 실제여도 좋고, 설정이어도 상관없다. 학정(虐政)에 시달리는 민초들의 고단한 삶을 애정을 담아 응시했다.

갈역잡영

김창흡

울타리 앞에서 무얼 보았나
대맥과 소맥이 누렇게 익었네.
남과 나의 배부름을 어이 가르리
생의로움 길게 펴짐 문득 깨닫네.

평소처럼 밥을 먹고 사립문을 나서니
어디선가 호랑나비 나를 따라 날아온다.
삼밭을 뚫고 지나 보리밭을 돌아가니
풀꽃의 까끄라기 옷에 쉬 달라붙네.

葛驛雜詠 갈역잡영

籬前何所見 이전하소견
大小麥黃黃 대소맥황황
那分人我飽 나분인아포
生意覺舒長 생의각서장

尋常飯後出荊扉 심상반후출형비

557

輒有相隨粉蝶飛 첩유상수분접비
穿過麻田迤麥壠 천과마전이맥롱
草花芒刺易胃衣 초화망척역견의

● 김창흡金昌翕, 1653~1722

본관 안동. 자 자익(子益). 호 삼연(三淵). 시호 문강(文康). 서울 출생. 조선 후기의 학자. 기사환국 때 아버지가 사사되자 형 창집·창협과 함께 은거하였다. 후에 관직이 내려졌으나 모두 사양하였다. 성리학에 뛰어나 형 창협과 함께 이이 이후의 대학자로 이름을 떨쳤으며, 낙론(洛論)을 지지하였다. 문집에 『삼연집』, 저서에 『심양일기(瀋陽日記)』, 『문취(文趣)』, 편서에 『안동김씨세보(安東金氏世譜)』가 있다.

● 해설 및 감상

〈갈역잡영〉은 5언시가 173수, 7언시가 176수에 달하는 연작시다. 이 가운데 5언과 7언절구 각 한 수 씩 가려 뽑았다.

먼저 첫째 수. 울 앞에는 대맥과 소맥이 누렇게 익어 때 아닌 황금벌판을 이루었다. 혹독한 춘궁기지만 저걸 보면 그만 배가 부르다. 저것이 내 보리건 아니건 굳이 따질 일이 못 된다. 그걸 보아 흐뭇한 마음속에는 이미 그런 분별이 없지 않은가? 생각이 이에 미치는 순간 마음속에 일말의 생기가 돋아 밀고 나오는 것을 느낀다.

다시 이어지는 둘째 수다. 여느 때처럼 밥을 먹고는 산보 삼아 사립문을 나선다. 천천히 뒷짐 지고 걸어가는데, 어디선가 호랑나비 한 마리가 저도 함께 가자며 따라 나선다. 그래 너도 심심한 게로구나. 동무 삼아 함께 가자. 느릿느릿한 걸음은 삼밭을 뚫고 지나 저 멀리 보리밭 가를 돌아나간다. 까마중 같은 풀꽃들이 저도 함께 데려가 달라고 옷깃에 매달린다. 그래 나비가 따라 왔으니 너희도 함께 가야겠구나. 꽃과 나비를 거느린 호사스런 산보가 자꾸만 길어진다.

스님에게 주다

홍만종

석장 짚고 구름 따라 들 정자 지나가니
호젓한 바람에는 불경이 들었구려.
만폭동과 쌍계사의 경치 얘기 옮겨 가자
스님의 혀 끝에 푸른 산이 있다네.

贈僧 증승

錫杖隨雲過野亭 석장수운과야정
蕭然一橐負禪經 소연일탁부선경
談移萬瀑雙溪勝 담이만폭쌍계승
山在山人舌上靑 산재산인설상청

● 홍만종洪萬宗, 1643~1725

본관 풍산(豊山). 자 우해(宇海). 호 현묵자(玄默子)·장주(長洲). 조선 후기 학자 겸 문인. 김득신(金得臣)·홍만주(洪晩洲) 등과 친교하였다. 저서에 『순오지(旬五志)』, 『역대총목(歷代總目)』, 『시화총림(詩話叢林)』, 『소화시평(小華詩評)』, 『해동이적(海東異蹟)』, 『명엽지해(蓂葉志諧)』 등이 있다. 『시화총림』은 우리나라 역대 시화를 편집하여 집대성하였다.

● 해설 및 감상

낯선 스님네가 석장(錫杖)을 짚고 들 정자 곁을 지나간다. 안 그래도 심심하던 시인은 말벗이나 하려고, 스님을 불러 세운다.

"여보 스님! 구름 따라 가는 걸음인데 무에 그리 바쁘우. 그저 휙 가지 말고, 예 올라와서 조금 쉬었다 가우."

눈 빛 맑은 스님은 두 말 않고 정자 위로 성큼 올라서더니 등에 진 바랑을 벗어 곁에 내려놓는다.

"목 좀 축이시구랴. 그래 그 바랑 안에 든 것이 무엇이요."

"부처님 말씀올시다. 명색이 중 노릇이니, 불경 몇 권 지니고 다닙지요."

"어디서 오시는 길이신가?"

"금강산 만폭동에서 옵니다."

"원래 그곳 절에 계시우?"

"아닙니다. 지리산 쌍계사에 있는데, 이번에 큰 마음 먹고 훌쩍 다녀온 참입니다."

"그래 금강산과 지리산, 어디가 더 좋습디까?"

한번 말문이 터진 스님은 이제 거침이 없다. 폭포처럼 쏟아지는 금강산 지리산 품평에 두 산의 풍광이 혀끝에서 녹는다. 이렇게

대화로 풀면 한참이나 이어질 내용을 7언 4구의 간결한 형식 속에
녹여 넣은 솜씨가 대단하다.

기러기 울음소리를 듣고

홍세태

봄날이라 강남의 기러기들이
줄 지어 다시금 북으로 난다.
올 적에 내 동생 보았거들랑
어이 해 함께 오지 아니했더냐.

聞雁 문안

春日江南鴈 춘일강남안
連行復北飛 연행부북비
來時見吾弟 내시견오제
何事不同歸 하사부동귀

● 홍세태洪世泰, 1653~1725

본관 남양(南陽). 자 도장(道長). 호 유하(柳下)・창랑(滄浪). 조선 후기 문인. 경사(經史)에 밝고 시(詩)에 능하여 김창협(金昌協)・김창흡(金昌翕) 등과 수창(酬唱)하여 그들의 칭송을 받았으며, 1682년 통신사(通信使)를 따라 일본에 갔을 때 여러 사람들이 그의 시묵(詩墨)을 얻어 가보(家寶)처럼 간직하였다. 청나라 사신이 와서 조선의 시를 보고자 할 때 좌의정 최석정(崔錫鼎)의 추천으로 시를 지어 보였다. 이문학관(吏文學官)・승문원 제술관을 거쳐 울산감목관을 지냈으며, 저서로『해동유주(海東遺珠)』,『유하집』등이 있다.

● 해설 및 감상

기러기는 좋겠다. 가을엔 강남 가고, 겨울엔 북녘으로 돌아가니, 기러기는 참 좋겠다. 가고파도 못 가고 보고파도 못 보니, 몸 무거운 나는 기러기가 부럽다. 기럭아, 기럭아! 줄지어 나는 기럭아! 남쪽서 올라 올 적에 내 아우는 못 보았더냐. 너희만 오지 말고 내 아우도 함께 왔으면 좋았으련만. 지난 가을 남쪽으로 내려가는 기러기 편에 아우에게 그리운 마음을 실어 보냈던 형은 겨울이 지나 봄이 오고 나서도 소식을 알 수 없는 아우 생각에 애꿎은 푸념을 무심한 기러기에게 풀어 놓았다. 사물에 마음을 실어 얹는 은근함이 다정하다.

금릉에서

이병연

말 타고 서둘러 읍내를 나서려니
작은 다리 동편에 들 구름만 허전하다.
서늘한 관로엔 메밀꽃 피어 있고
저물녘 인가에는 풀벌레가 우는구나.
아스라이 강 반쪽엔 지는 해 남아 있고
듬성듬성 몇 고을은 온통 가을바람일세.
누런 닭 낟알 쪼아 그 흥을 알만하고
타작 마당 곁에는 노옹이 서 있구나.

金陵 금릉

鞍馬翛然出邑中 안마소연출읍중
小橋東畔野雲空 소교동반야운공
微凉官路照蕎麥 미량관로조교맥
薄暮人家鳴草虫 박모인가명초충
渺渺半江餘落日 묘묘반강여낙일
離離數郡盡秋風 이리수군진추풍
黃鷄啄粒知渠興 황계탁립지거흥
打稻場邊立老翁 타도장변립노옹

조선 후기의 시인. 본관은 한산(韓山). 자는 일원(一源). 호는 사천(槎川) 또
는 백악하(白嶽下). 김창흡(金昌翕)의 문인으로, 벼슬은 음보(蔭補)로 부사
(府使)에 이르렀다. 시에 뛰어나 당대 최고의 시인으로 일컬어졌고, 중국에
서까지 시명을 떨쳤다. 일생 동안 무려 1만여 수에 달하는 많은 시를 썼다고
하나, 현재 시집에 전하는 것은 500여 수뿐이다. 그의 시는 대부분 산수·
영물시로, 대개 서정이 두드러지고 깊은 감회를 불러일으킨다. 특히 매화
를 소재로 55수나 되는 시를 지었다. 중국의 자연시인 도연명(陶淵明)의
의경을 흠모하였다. 80세가 넘도록 시작 생활을 계속하였다. 저서로는 『사
천시초』가 전한다.

● 해설 및 감상

금릉은 강진(康津)의 옛 이름이나, 이 시 속의 지명이 강진인지는
분명치 않다. 말에 안장을 얹어 서둘러 읍내를 나서는 길이니 바쁜
볼일이 있었던 모양이다. 작은 돌다리를 건너 마을 어귀를 나서는
데, 문득 고개 들어 하늘을 올려다보니 바쁜 내 마음과는 상관없다
는 듯 들구름이 한가롭게 떠 있다. 낮엔 덥더니 저물녘이 되자 소매
끝이 선듯하다. 메밀꽃이 눈처럼 흐뭇이 핀 길을 따라 간다. 말의
발걸음도 덩달아 느려진다. 풀벌레 소리도 어느새 요란하다. 강가
엔 노을 빛 한 자락이 살짝 남았다. 몇 개 마을을 지나는 동안,
내 뺨을 스쳐간 것은 분명 가을바람이었다. 가을걷이 끝난 마당엔
누런 닭들이 낟알을 쪼느라 아예 신이 났다. 노인은 장정들이 도리
깨를 내려칠 때마다 사방으로 튀어 오르는 벼이삭을 보며 아주 흐
뭇해서 뒷짐을 보며 먼 산을 본다.

말을 타고 지나는 시선 속에서도 시인의 포착은 참으로 눈이 부
시다. 여러 장면을 한꺼번에 주욱 나열했는데, 이것들이 계열을

이루며 펼쳐진다. 처음 바쁘던 마음이 허전한 들구름에 차분해졌고, 메밀꽃과 풀벌레 울음에 쓸쓸해진 마음이 타작 마당을 보며 풍성해졌다. 그러고 보니 감정의 흐름도 사물과 반응하여 변했다.

일본 죽지사

신유한

천험의 부상 땅에 으뜸가는 적관이니
해문의 대포와 창, 산을 따라 늘어섰네.
다락배의 살기는 삼엄하기 어제 같아
노엽다 풍신수길 옛 싸움 하던 물가일세.

황금빛 선박에는 자주 비단 휘장이니
대판의 번화함은 제일로 기이하다.
24교 붉게 익은 감귤 가운데
집집마다 구슬주렴 고운 계집 감추었네.

비파호 위에는 갈고리 같은 달빛
백리라 돛대는 거울 수면 노니누나.
바닷가 천만 굽이 두루 다 지나고서
바람 안개 가장 곱다 강주가 가깝구나.

日本竹枝詞 _{일본죽지사}

天險扶桑最赤關 _{천험부상최적관}
海門砲戟夾叢山 _{해문포극협총산}
樓船殺氣森如昨 _{누선살기삼여작}
髮竪豐臣古戌灣 _{발수풍신고수만}

黃金船舶紫綾帷 _{황금선박자릉유}
大坂繁華第一奇 _{대판번화제일기}
二十四橋紅橘裏 _{이십사교홍귤리}
家家珠箔鎖名姬 _{가가주박쇄명희}

琵琶湖上月如鉤 _{비파호상월여구}
百里帆檣鏡面遊 _{백리범장경면유}
踏遍海上千萬疊 _{답편해상천만첩}
風煙最愛近江洲 _{풍연최애근강주}

● 신유한申維翰. 1681~?

조선 후기의 문신·문장가. 본관은 영해(寧海). 자는 주백(周伯), 호는 청천
(靑泉). 1705년(숙종 31) 진사시에 합격하고, 1713년 증광문과에 병과로 급
제하였다. 1719년 제술관(製述官)으로서 통신사 홍치중(洪致中)을 따라 일
본에 다녀왔으며, 봉상시첨정에 이르렀다. 시문으로 이름이 높았다. 최성
대(崔成大)와 친하였다. 저서로는 『해유록』·『청천집』·『분충서난록(奮忠紓
難錄)』 등이 있다.

● 해설 및 감상

1719년(숙종 45) 일본통신사 일행의 제술관으로 일본에 따라 갔을
때 지은 〈일본죽지사〉 34수 중 세 수를 가려 뽑았다. 원 제목은
〈일동죽지사(日東竹枝詞)〉다.

적관(赤關)은 적간관(赤間關)이니 시모노세키다. 이곳은 바다의
관문으로 천험의 요새였다. 산들이 굽이굽이 바다를 안아 감도는
데, 곳곳에 대포와 기치 창검이 늘어서 있다. 높다란 일본의 군선
(軍船)에서는 여전히 살기가 느껴진다. 풍신수길이 그 옛날 전쟁을
일으켰던 이곳에 서니, 분한 마음에 머리칼이 곧추 섬을 느낀다.

행차는 어느새 대판(大坂), 즉 오사카에 닿았다. 번화한 상업도시
답게 선박들은 황금빛으로 칠을 했고, 자줏빛 비단 휘장으로 둘러
쳐 있어, 눈이 어지러울 정도다. 강에는 다리가 연이었고, 집집마
다 붉은 감귤이 주렁주렁 매달렸다. 4구에서는 기생집 이야기를
적었다. 신유한은 『해유록』에서 "창녀와 기생이 있는 거리를 노화
정(蘆花町)이라 하는데 10리에 잇닿은 집들은 비단으로 화려하게
꾸미고, 여자는 미인이 많아 제각기 얼굴을 자랑하며 돈에 팔려
갖은 애교를 다하고 있으니, 하룻밤 화대가 백금짜리도 있다."라고

570

적고 있다.

비파호는 가장 크고 아름다운 호수로, 통신사 일행이 반드시 거쳐가는 곳이었다. 호수 위에 뜬 달빛을 바라보며, 거울 같은 수면으로 배가 미끄러져 간다. 굽이굽이 돌아설 때마다 펼쳐지는 절경에 입을 다물 틈이 없다. 그 사이에 배는 이미 강주(江州) 즉 강호(江戶) 어귀로 접어들었다. 최종 목적지가 멀지 않은 것이다.

늙은 소를 탄식함

이광사

진창 빠져 넘어져 다만 음머 하고 울고
높은 평지 무거운 짐 끌고감 어림없네.
아침엔 초록 언덕에 누워 해 그림자 의지하다
밤엔 외양간서 배곯으며 날 밝기만 기다린다.
갈까마귀 등을 쪼다 수척한 것 슬퍼하고
망가진 쟁기 허리 걸쳐 밭 갈던 일 생각하네.
쓸모없어 버려짐은 예부터 그러하니
저가 다만 하비에서 명성 있음 불쌍쿠나.

老牛歎 노우탄

陷泥蹶塊但雷鳴 함니궐괴단뢰명
無望高平引重行 무망고평인중행
朝臥綠坡依日晷 조와녹파의일구
夜饑空圂待天明 야기공돈대천명
寒鴉啄背悲全瘠 한아탁배비전척
敗耒橫腰憶舊耕 패뢰횡요억구경
用盡身捐終古事 용진신연종고사
憐渠秖有下邳名 연거지유하비명

572

조선 후기의 문인서화가. 본관은 전주(全州). 자는 도보(道甫), 호는 원교(圓嶠) 또는 수북(壽北). 예조판서를 지낸 진검(眞儉)의 아들이다. 소론이 영조의 등극과 더불어 실각함에 따라 벼슬길에 나가지 못하였으며, 50세 되던 해인 1755년(영조 31) 소론일파의 역모사건에 연좌되어 진도로 귀양 가서 그곳에서 일생을 마쳤다. 정제두(鄭齊斗)에게 양명학(陽明學)을 배웠고, 윤순(尹淳)의 문하에서 필법을 익혔다. 시·서·화에 모두 능하였으며, 특히 글씨에서 그의 독특한 서체인 원교체(圓嶠體)를 이룩하고 후대에 많은 영향을 끼쳤다. 그림은 산수와 인물·초충(草蟲)을 잘 그렸다. 인물에서는 남송 원체화풍(南宋院體畫風)의 고식(古式)을 따랐으나, 산수는 새롭게 유입된 오파(吳派)의 남종화법(南宗畫法)을 토대로 소박하면서 꾸밈없는 문인취향의 화풍을 보였다. 저술에 『원교서결(圓嶠書訣)』을 비롯하여 『원교집선(圓嶠集選)』을 남겼다.

● 해설 및 감상

제목이 '늙은 소의 탄식'이다. 발은 진흙에 푹푹 빠지고, 흙덩이에도 고꾸라진다. 힘에 부쳐 자꾸 비명을 질러댄다. 높은 곳 평지에서 쟁기를 끌며 가던 젊은 시절은 더 이상 없다. 아침에는 초록 언덕에 길게 누워 햇볕 따라 지내다가, 한밤중에는 빈 외양간에서 주린 배를 안고 날 새기만 기다린다. 올라 앉아 등에 붙은 등에를 쪼던 갈까마귀도 뼈만 남은 내 등짝이 안쓰러운지 잠깐 앉았다간 다시 날아가 버린다. 망가진 쟁기를 허리에 얹어도 힘든 줄 모르고 사래 긴 밭을 썩썩 갈아붙이던 때가 내게도 있었다. 이제 다 늙어 쓸모없게 되니, 아무도 거들떠보지 않는다. 주인을 위해 죽도록 애를 썼건만, 이제 남은 것은 쓸쓸히 죽을 날을 기다리는 것뿐이다. 늙은 소의 탄식 위에 늙고 병든 자신을 돌아보는 연민을 겹쳐 읽었다. 끝 구절의 '하비명(下邳名)은 당나라 한유(韓愈)가 〈하비후혁화

전(下邳侯革華傳)〉을 쓴 것이 있는데, 소를 의인화해서 지은 희문이다. 풍자의 뜻을 담은 작품이다. 여기서는 공연히 실속도 없이 이름만 남았다는 뜻으로 자조한 것이다.

느낌이 있어

최성대

도문의 곡소리는 가을 풀을 슬퍼하나
괴관의 생가에 길 가던 이 느낌 인다.
슬프다 백 년 뒤에 함께 흙에 돌아가면
황혼녘의 노래와 곡 다시금 새로우리.

有感 유감

都門挽哭悲秋草 도문만곡비추초
槐館笙歌感路人 괴관생가감로인
怊悵同歸百年後 초창동귀백년후
黃昏歌哭復如新 황혼가곡부여신

575

● 최성대崔成大, 1691~?

조선 후기의 문신. 본관은 전의(全義). 자는 사집(士集), 호는 두기(杜機). 음사로 별제(別提)가 되었으며, 1732년(영조 8) 정시문과에 병과로 급제, 세자시강원설서를 거쳐 지평·장령을 지낸 뒤에 춘방대사간을 역임하였다. 시문에 뛰어나, 김창흡(金昌翕) 이후의 제일인자라 칭해졌다. 신유한(申維翰)과 친교를 맺고 화답한 것이 많았다. 『두기시집(杜機詩集)』이 전한다.

● 해설 및 감상

제목에서 '유감(有感)'이라 했으니, 우연히 마주한 어떤 일에서 느낌이 일어나 지은 시다. 자세한 정황은 알 수 없으나, 도문(都門城) 안에서는 가을 풀처럼 스러진 어떤 죽음을 슬퍼하여 곡을 하고 있는데, 괴관(槐館) 즉 높은 벼슬아치의 집에서는 피리 소리에 노랫가락이 한창이다. 슬피 울부짖는 곡소리 사이로 흥에 겨운 노래가락이 파고든다. 다른 이의 슬픔 아랑곳없이 저 혼자 즐거운 노랫가락에 왈칵 노여움이 솟는다. 하지만 문득 생각한다. 백 년 후엔 저나 나나 모두 흙으로 돌아가고 말 것이 아닌가? 그때에는 저 노랫소리와 이 곡소리도 모두 새삼스런 일이 될 것이다. 지금 여기 내가 살아 있음을 슬픈 곡과 흥겨운 노랫가락에서 문득 느낀다. 눈앞의 삶이 참 소중하지 않은가.

태고음

이만부

태고의 빛깔을 보자 했더니
고운 달빛 하늘에 돌아왔구나.
태고의 소리를 들으려 하매
맑은 바람 대숲 아래 일어나누나.
태고의 이치를 알고자 하니
측은함 마음 가득 인이로구나.
이 빛깔 보고
이 소리 듣고
이 이치 알면
바로 그 사람이 태고의 사람인 것을.

太古吟 태고음

欲見太古色 욕견태고색
好月天中回 호월천중회
欲聞太古聲 욕문태고성
淸風竹下來 청풍죽하래
欲知太古理 욕지태고리

577

惻隱滿腔仁 측은만강인

見此色 견차색

聞此聲 문차성

知此理 지차리

便是太古人 편시태고인

● 이만부李萬敷, 1664~1732

조선 후기의 학자. 본관은 연안(延安). 자는 중서(仲舒), 호는 식산(息山). 아버지는 예조참판 옥(沃)이다. 1678년(숙종 4) 15세 때 송시열(宋時烈)의 극형을 주장하다가 탁남(濁南)에게 몰려 북청(北靑)에 유배된 아버지를 따라가 그곳에서 여러 해 동안 시봉하며 학문을 닦았다. 이후 벼슬을 단념하고 학문에만 전념하였다. 영남으로 이거(移居)하여 후진양성과 풍속교화에 힘쓰며 저술활동을 하였다. 영조 때 학행(學行)으로 장릉참봉(長陵參奉)과 빙고별제(氷庫別提)에 임명되었으나 모두 사퇴하였다. 퇴계를 정주학의 적전(嫡傳)으로 존숭하였다. 저서로 문집인『식산문집』외에『역통(易統)』, 『대상편람(大象編覽)』, 『사서강목(四書講目)』, 『도동편(道東編)』, 『노여론(魯餘論)』등이 있다.

● 해설 및 감상

변치 않는 빛깔 보고, 변함없는 소리 듣고, 바뀌잖는 이치 알아, 한결 같은 사람이 되고 싶다. 저 달빛, 태고 적 그때나 지금이나 달라진 것이 하나 없다. 대바람 소리, 언제나 듣는 이의 흉금을 시원하게 해준다. 사물을 아끼고 사랑하고 연민하는 가슴 가득한 인(仁)의 마음은 태고의 성인이나 나나 한 가지다. 우리는 달빛을 더 많이 바라보자. 가슴 속에 늘 대바람 소리를 흐르게 하자. 인의 마음을 잠시도 잊지 말자. 그래서 우리의 나날 속에 태고의 삶이 흐르게 하자.

5언 6구는 같은 구문을 세 번 되풀이 했고, 이를 다시 3언 3구로 받아, 끝의 한 구절로 마무리했다. 주제는 태고인(太古人)이다. 태고의 사람이란 어떤 사람인가? 따뜻한 심성과 해맑은 정신, 어진 마음을 지닌 사람이다.

북한

이광려

이공성 밖으로 시야가 툭 트이니
한가한 날 올라가 나그네 기쁨 다해본다.
군사 양식 창고 높아 참새 쥐만 찾아오고
번승은 절 피폐해 벼슬아치 싫어하네.
다리 누각 폭포소리 시내 바람 세게 불고
절 계단엔 비 들이쳐 꽃나무가 차갑구나.
이 속에서 수석 구경 다하기를 기다려서
날 개이면 다시금 민암을 보러 가리.

北漢 북한

李公城外眼初寬 이공성외안초관
暇日登臨盡客歡 가일등림진객환
兵粟倉高來雀鼠 병속창고래작서
番僧寺弊厭衣冠 번승사폐염의관
瀑喧橋閣溪風急 폭훤교각계풍급
雨暎禪階花木寒 우영선계화목한
正待此中窮水石 정대차중궁수석
天晴更去閔庵看 천청갱거민암간

580

● 이광려李匡呂, 1720~1783

조선 후기의 실학자. 본관은 전주(全州). 자는 성재(聖載), 호는 월암(月巖)
또는 칠탄(七灘). 진수(眞洙)의 아들이다. 문장이 뛰어났으며, 학행이 높아
천거를 받아서 참봉이 되었다. 이만수(李晚秀)는 "국조(國朝) 300년의 문교
를 받아 이광려 선생을 낳았다."고 하여 그의 문학을 높이 평가하였다. 인품
이 훌륭해 제자가 많았고 존경을 받았다. 생애는 자세히 알려진 것이 없다.
저서에 『이참봉집(李參奉集)』이 있다.

● 해설 및 감상

오랜만에 북한산 나들이를 했다. 이공성(李公城) 너머로 건네다
보니 안계(眼界)가 툭 틔여 걸릴 것이 없다. 모처럼 한가하여 높은
곳에 올랐다. 세속의 찌든 회포를 다 풀고 가리라. 유사시 군사들의
양식을 보관해둔 곡식 창고는 워낙 높은 데 있고, 쓸 일이 없는
지라, 참새와 쥐들의 차지가 되었다. 창고는 절집 옆에 있어, 절의
승려가 번(番)을 선다. 툭하면 찾아드는 양반님네들의 행차에, 가뜩
이나 가난한 절 살림에, 중들의 미간에 싫은 내색이 역력하다. 아무
렴 그렇다 한들 모처럼만의 나들이에 주눅이 들 수야 없지. 다리
위 누각에 올라서자 맞은 편 폭포에서 쏟아내는 물소리가 소란스럽
다. 절로 골을 이룬 냇가엔 바람 소리가 제법 거세다. 비까지 비쳐
드니 잔뜩 기지개를 펴던 꽃나무도 잔뜩 움츠렸다. 비 그치기를
기다려 이곳 풍광을 다 구경하고 나면, 다시 민암(閔庵) 쪽으로 걸음
을 옮겨 구경을 마저 해야겠다. 이공성과 민암은 북한산에 있던
지명인데, 구체적인 위치는 알 수 없다.

581

배를 띄우고

이천보

돛 너머 아스라이 물결은 허공 치고
다락 배 옮겨 가서 해문 동쪽 기대었네.
강산은 관방 험함 다하지 아니하고
한묵은 의기 속에 서로를 만났구려.
먹장 구름 지나가자 노정이 어둑한데
넓은 호수 붉은 깃발 거꾸로 꽂혀 있네.
때로 전함 정돈하니 한가해 일이 없어
생가를 사뭇 실어 늦바람에 내려간다.

泛舟 범주

帆外微茫浪拍空 범외미망낭박공
柁樓徙倚海門東 타루사의해문동
河山不盡關防險 하산부진관방험
翰墨相逢意氣中 한묵상봉의기중
雲壓橫過爐井黑 운압횡과노정흑
湖平倒插畫旗紅 호평도삽화기홍
時淸戰艦閒無事 시청전함한무사
穩載笙歌下晚風 온재생가하만풍

582

● 해설 및 감상

붉은 깃발을 꽂은 전함이 돛을 높이 걸고 해문(海門)의 동편으로 나선다. 관방(關防)의 험요(險要)인지라 잠시도 방비를 게을리 할 순 없지만, 오늘은 군사 훈련이 아니라 시문으로 서로 풍류 의기(意氣)를 겨루는 한묵장(翰墨場)이다. 물결은 아스라이 허공을 치고, 낮게 깔린 구름은 가로걸려 배위를 지나간다. 자칫 비장하다. 울긋불긋 장식을 둔 그림 깃발은 드넓은 호수에 붉은 그림자를 드리웠다. 하지만 한가로워 일 없는 태평성세라, 배에 실은 것은 병장기가 아니라 생가(笙歌)의 풍류다. 노꾼들이 리듬에 맞춰 일제히 노를 젓는 높직한 다락배가 늦은 바람에 두둥둥 풍류를 싣고 해문을 향해 내려간다. 군사 훈련을 겸해 배를 움직이고, 잔치를 아울러 회포를 푼다.

운자를 정해 좌중의 손님들이 서로 겨뤄 지은 작품이다. 홍취를 즐기되 도를 넘지 않았다. 풍류 재상의 기상이 넘쳐흐른다.

583

우연히 짓다

윤두서

작은 누각 티끌 없고 개인 볕이 환한데
주렴 물결 꼼짝 않고 산들 바람 가볍다.
온 땅의 푸른 이끼 비단 자리 깐 듯한데
정향화 아래서 낮닭이 우는구나.

偶題 우제

小閣無塵霽景明 소각무진제경명
簾波不動惠風輕 염파부동혜풍경
滿地綠苔如舖錦 만지녹태여포금
丁香花下午鷄鳴 정향화하오계명

584

● 윤두서尹斗緖, 1668~1715

조선 후기의 선비화가. 본관은 해남(海南). 자는 효언(孝彦), 호는 공재(恭齋). 정약용(丁若鏞)의 외증조이자 윤선도(尹善道)의 증손이다. 장남인 덕희(德熙)와 손자인 용(愹)도 화업(畵業)을 계승하여 3대가 화가 가정을 이루었다. 정선(鄭敾)·심사정(沈師正)과 더불어 조선 후기의 삼재(三齋)로 일컬어졌다. 1693년(숙종 19) 진사시에 합격하였으나 벼슬을 포기하고 학문과 시서화로 생애를 보냈으며, 1712년 이후 만년에는 해남 연동(蓮洞)으로 귀향하여 은거하였다. 그의 말그림과 인물화는 예리한 관찰력과 뛰어난 필력으로 정확한 묘사를 보여준다. 〈자화상(自畵像)〉을 대표작으로 꼽는다. 이밖에 〈노승도(老僧圖)〉·〈심득경초상(沈得經肖像)〉·〈출렵도(出獵圖)〉·〈우마도권(牛馬圖卷)〉·〈심산지록도(深山芝鹿圖)〉 등이 유명하다. 저서에 『기졸(記拙)』과 『화단(畵斷)』이 있다.

● 해설 및 감상

정갈한 작은 누각에 누웠다. 누각 마루에 볕이 빗겨드니 티끌 하나 보이지 않는다. 햇살이 놀러와 저 혼자 논다. 드리운 주렴은 산들 바람에 움직임도 없이 고요하다. 먼지 하나 없는 투명한 햇살, 주렴조차 숨을 죽인 가벼운 바람. 땅 위 푸른 이끼는 비단을 편 듯 곱다. 아무 것도 움직이지 않는 대낮, 정향화(丁香花) 붉은 꽃그늘에서 권태를 못 이겨 낮닭이 저 혼자 운다. 시경이 한 폭 그림 같다.

느낌이 있어

이용휴

솔숲을 뚫고 가자 세 갈래 길 나오는데
언덕 가에 말 세우고 이씨 집을 찾는다.
농부는 호미 들어 동북쪽 가리키니
까치둥지 있는 마을 석류꽃 보이는 집.

有感 유감

松林穿盡路三丫 송림천진노삼차
立馬坡邊訪李家 입마파변방이가
田父擧鋤東北指 전보거조동북지
鵲巢村裏露榴花 작소촌리노류화

586

조선 후기의 학자. 본관은 여주(驪州). 자는 경명(景命), 호는 혜환재(惠寰齋). 침(沈)의 아들이며, 잠(潛)의 조카로 실학의 대가 가환(家煥)의 아버지이다. 작은 아버지 성호 이익(李瀷)의 문하에서 배웠다. 진사시에 합격하였으나 과거를 보지 않고, 시속의 풍조를 벗어나 경전에 모법을 두고 고인지법(古人之法)에 맞는 문장을 이룩하는 데 모든 노력을 쏟았다. 음보(蔭補)로 벼슬이 첨지중추부사에 이르렀다. 그의 작품은 자기 가통의 작품을 따라 천문·지리·병농 등 실학의 학문에 조예가 깊었으므로, 그와 같은 사상에 입각한 것이 많다. 그는 문인의 사명과 창작하는 방법을 진지하게 생각하였고, 당대 30여 년을 문장가로서 남인계의 문권을 잡았다. 작품으로는 신광수(申光洙)가 연천고을 원으로 부임할 때 지어 준 〈송신사군광수지임연천(送申使君光洙之任漣川)〉 등이 있고, 저서로는 『탄만집(歎數集)』·『혜환시초』 등과 『혜환잡저』가 있다.

● 해설 및 감상

벗의 집을 찾아가는 길이다. 솔숲을 한참 지나자 길이 세 갈래로 갈라졌다. 갈림길 언덕 가에 말을 세운다. 어느 길로 가야 하나. 가늠이 잘 안 된다. 그저 아무 길이나 갈 수도 없고 난감하다. 둘러보니 마침 산비탈 밭두둑에 농부가 나와 김을 매고 있다. "여보게! 말 좀 묻세나. 근처에 아무 벼슬 지냈던 이공(李公) 집을 가려는데, 어느 길로 가야 하는가?" 얼굴 검게 그을린 농부는 김매던 호미를 들어 오른편 길을 가리킨다. "나으리. 저 길 따라 저 끝 저편에 까치 집 있는 느티나무가 보이시지요? 그 마을로 들어서서 석류꽃 불붙은 것처럼 피어 울타리 너머로 환한 집이 그 집입니다."

이용휴의 시는 이렇듯 감각적인 소묘가 뛰어나다. 푸른 솔숲과 흙 언덕, 그리고 붉게 타는 석류꽃의 색채 대비가 선명하다.

동대

신광수

밝은 달, 텅 빈 강, 눈 온 뒤의 누대는
수정의 궁전이 상원궁에 열린듯해.
날이 차서 백탑이 더욱 선명하게 보이고
눈 개이자 청산의 양안이 선명하네,
이대의 문장도 도리어 적막해라
몇 사람 천지에서 이곳에 배회했나.
어이해야 도화 뜬 물 노를 두드리면서
이끼 낀 바위에서 그대 함께 낚시할꼬.

東臺 동대

明月空江雪後臺 명월공강설후대
水晶宮殿上元開 수정궁전상원개
寒多白塔三更出 한다백탑삼경출
霽盡靑山兩岸來 제진청산양안래
異代文章還寂寞 이대문장환적막
幾人天地此徘徊 기인천지차배회
何當扣枻桃花水 하당구설배회수
與爾垂竿石上苔 여이수간석상태

588

● 신광수申光洙, 1712~1775

조선 영조 때의 문인. 본관은 고령(高靈). 자는 성연(聖淵), 호는 석북(石北) 또는 오악산인(五嶽山人). 남인으로 향리에서 시작에 힘쓰며, 채제공(蔡濟恭)·이헌경(李獻慶)·이동운(李東運) 등과 교유하였다. 윤두서(尹斗緖)의 딸과 혼인하여 실학파와 유대를 맺었다. 39세 때 진사에 올라 벼슬을 시작하였으며, 49세에 영릉참봉(寧陵參奉)이 되고, 53세에 금오랑(金吾郎)으로 제주도에 갔다가 표류하여, 제주에 40여 일 머무르는 동안 〈탐라록(耽羅錄)〉을 지었다. 1772년 61세 때 기로과(耆老科)에 장원하여 돈령부도정(敦寧府都正)이 되었다. 과시(科詩)에 특히 능하여, 〈등악양루탄관산융마(登岳陽樓歎關山戎馬)〉(關山戎馬로 약칭됨)는 창(唱)으로 널리 불렸다. 사실적 필치로 당시 사회의 모습을 그려 농촌의 피폐상, 관리의 부정과 횡포 및 하층민의 고난을 시의 소재로 택하였다. 악부체(樂府體)의 시로서는 〈관서악부(關西樂府)〉가 유명하다. 그의 시에 대해 채제공은, "득의작(得意作)은 삼당(三唐)을 따를 만하고, 그렇지 못한 것이라도 명나라의 이반룡(李攀龍)과 왕세정(王世貞)을 능가하며 동인(東人)의 누습을 벗어났다."고 하였다. 동방의 백낙천(白樂天)이라는 칭을 받기도 하였다. 저서에 『석북집』과 『석북과시집』이 전한다.

● 해설 및 감상

동대(東臺)는 평안도 약산(藥山)에 있던 누대다. 텅 빈 강물 위로 달빛만 흐르는 밤, 눈까지 내려 온 천지가 은세계로 변했다. 옥황상제 계시는 하늘나라 상원궁(上元宮)에 수정궁전이 들어서면 이처럼 아름다울까? 눈 쌓인 동대의 소슬한 지붕이 마치도 어둠 속에 솟은 흰 탑만 같다. 이윽고 눈이 개자 흰 빛이 스러지고 양쪽 기슭에 푸른 산이 다시금 늘어선다. 시인은 도저한 흥취를 못 이겨 서성이다 누각 위에 적힌 전대 시인묵객의 시를 둘러본다. 그들은 모두 흙으로 돌아간 지 이미 오래다. 어차피 인생이란 천지 사이를 배회하다 떠나가는 나그네가 아니겠는가? 바쁘게 아옹다옹 할 것 없다.

도화 뜬 맑은 물에 배 한 척 띄워 놓고, 뱃전을 두드리며, 창랑의
물이 맑으면 내 갓끈을 씻고, 창랑의 물이 흐리거든 내 발을 씻으리
라던 굴원의 〈어부사〉를 부르거나, 이끼 낀 물가 바위에 낚싯대
하나 드리워 놓고, 그대와 함께 평생에 시름없을 일을 의논하며
한 세상을 건너가고 싶은 것이다.

길 위에서 본 것을 읊다

강세황

물결 걷듯 비단 버선 사뿐사뿐 가더니만
중문으로 들더니만 문득 묘연 하구나.
다정할사 잔설이 그대로 남아 있어
짧은 담장 그 곁에 신발 자욱 찍혀 있네.

路上有見 노상유견

凌波羅襪去翩翩 능파나말거편편
一入重門便杳然 일입중문편묘연
惟有多情殘雪在 유유다정잔설재
屐痕留印短墻邊 극흔유인단장변

591

● **강세황**姜世晃, 1713~1791

조선 후기 문인, 서화가. 본관은 진주, 자는 광지(光之), 호는 첨재(忝齋)·
산향재(山響齋)·박암(樸菴)·의산자(宜山子)·견암(蠒菴)·노죽(露竹)·표암
(豹菴)·표옹(豹翁)·해산정(海山亭)·무한경루(無限景樓)·홍엽상서(紅葉尙
書) 등 여러 개를 썼다. 할아버지 백년(柏年), 아버지 현에 이어 71세 때
기로소(耆老所)에 들어감으로써 이른바 삼세기영지가(三世耆英之家)로 칭송
받았다. 김홍도(金弘道)와 신위(申緯)가 그에게 그림을 배웠다. 61세에 처음
벼슬길에 올라 64세 때 기구과(耆耉科), 66세 때 문신정시에 수석합격하였
다. 관직은 영릉참봉(英陵參奉)·사포별제(司圃別提)·병조참의·한성부판
윤(漢城府判尹) 등을 두루 거쳤다. 시·서·화 삼절(三絕)로 일컬어졌다. 한
국적 남종문인화풍(南宗文人畵風)의 정착에 크게 기여하였고, 진경산수(眞
景山水)의 발전과 풍속화·인물화의 유행, 새로운 서양화법의 수용에도 많
은 업적을 남겼다. 54세 때 쓴 자서전인 『표옹자지(豹翁自誌)』에 들어 있는
2폭의 자화상을 비롯하여 7, 8여 폭의 초상화를 남긴 사실이 독특하다.
시호는 헌정(憲靖). 문집 『표암유고』가 남아 있다.

● **해설 및 감상**

어여쁜 여인이 사뿐사뿐 비단 버선 신은 신코를 치마 자락 끝으
로 살짝살짝 보이며 걸어간다. 수줍은 그녀는 곁눈도 주지 않고,
큰 대문을 밀고 들어가더니, 다시 중문을 삐걱 열고서 아예 자취를
감추고 말았다. 중문 닫히는 소리에 귀를 기울이다 무연해진 마음
을 가눌 길 없다. 그래도 미련이 남아 차마 걸음을 떼지 못하는데,
아쉬운 눈길이 까치발로 들여다보던 짧은 담장 가에 선명히 찍혀진
방금 전 그녀가 남기고 간 발자국에 가서 멈췄다. 3구의 잔설(殘雪)
이란 표현에 묘미가 있다. 쉬 잊히지 않는 그녀의 잔상(殘像)을 거기
찍힌 발자국에 겹쳐 놓았다. 짧은 일별(一瞥)에 흔들린 마음을, 뉘댁
따님일까 하는 궁금증을 28자 속에 넘치게 담아 놓았다.

동양서재

정내교

늙어가매 이 내 몸 병도 많은데
어이하다 해서 땅에 머물고 있나.
문 열면 일천 그루 나무의 빛깔
높은 베게 꾀꼬리 한 마리 운다.
술통은 텅 비어 드러누웠고
서첩은 흩어져 어지럽구나.
나그네 시름에다 이별 한 더해
공연히 저문 구름 낮게 깔렸네.

東陽書齋 동양서재

垂老吾多病 수로오다병
胡爲滯海西 호위체해서
開門千樹色 개문천수색
高枕一鶯啼 고침일앵제
酒榼空仍臥 주합공잉와
書籤散不齊 서첨산부제
羈愁兼別恨 기수겸별한
故故暮雲低 고고모운저

● 정내교鄭來僑, 1681~1757

조선 후기의 시인·문장가. 본관은 하동(河東). 자는 윤경(潤卿), 호는 완암
(浣巖). 출신은 비록 한미한 사인(士人)이었으나 시문에 특히 뛰어나 당대
사대부들의 추중(推重)을 받았다. 1705년(숙종 31) 역관으로 일본에 가서
시문으로 명망이 높았다. 그의 시문은 홍세태(洪世泰)의 계통을 이어 시와
문장이 모두 천기(天機)에서 나왔다는 평을 들었다. 저서로『완암집』이 전
한다.

● 해설 및 감상

중년인데 안 아픈 데 없이 쑤시고 결린다. 황해도 낯선 땅에 와서
머물다 겨울을 보냈다. 내가 여기서 왜 이러고 있나 생각하니 갑자
기 답답해진다. 문을 활짝 열고 밖을 내다본다. 어느새 푸르러진
숲이 신록을 내뿜는다. 베개를 높이 베고 누웠자니, 노란 꾀꼬리
한 마리가 푸른 가지 사이를 이리저리 오가며 기운 좀 내보라고
까불까불 조잘댄다. 그래도 시인은 좀체 생기를 잃고 심드렁하게
방안을 둘러본다. 간 밤 마신 술통이 텅 빈 채 바닥을 뒹군다. 공부
하다 끼워둔 책갈피는 산란스런 내 마음처럼 들쭉날쭉 어지럽다.
나그네 근심에 이별 한까지 더했는데, 저물녘 구름까지 암울한 내
마음처럼 낮게 깔렸다.

4구의 '일앵(一鶯)'으로 계절이 봄임을 밝혔다. 봄은 왔는데 내
마음은 여전히 우중충하다. 화사한 경물도 눈에 들어오지 않는다.
그리운 사람들이 내 곁에 없는 까닭이다.

가을의 회포

최북

백록성 곁으로 지는 해 기우는데
몇 그루 누런 잎이 바로 우리 집이로다.
올해는 8월인데 맑은 서리 일찍 내려
울타리 국화 마음먹고 하마 꽃을 피웠네.

秋懷 추회

白麓城邊落日斜 백록성변낙일사
數株黃葉是吾家 수주황엽시오가
今年八月淸霜早 금년팔월청상조
籬菊生心已作花 이국생심이작화

● 최북崔北

조선 후기의 화가. 본관은 무주(茂朱). 초명은 식(埴). 자는 성기(聖器)·유용
(有用)·칠칠(七七), 호는 월성(月城)·성재(星齋)·기암(箕庵)·거기재(居其齋)
·삼기재(三奇齋) 또는 호생관(毫生館). 그는 49세의 나이로 일생을 마쳤다
고만 전해져 있으나, 1720년(숙종 46)에 출생한 것으로 보인다. 1747년(영
조 23)에서 1748년 사이에 통신사를 따라 일본에 다녀왔다. 심한 술버릇과
기이한 행동으로 많은 일화를 남겼다. 금강산의 구룡연(九龍淵)을 구경하고
즐거움에 술을 잔뜩 마시고 취해 울다 웃다 하면서 "천하명인 최북은 천하
명산에서 마땅히 죽어야 한다."고 외치고는 투신하려 했던 일이나, 어떤
귀인이 그에게 그림을 요청하였다가 얻지 못하여 협박하려 하자 "남이 나를
손대기 전에 내가 나를 손대야겠다."고 하며 눈 하나를 찔러 멀게 한 이야기
등은 그의 괴팍한 성격을 잘 보여준다. 〈서상기(西廂記)〉와 〈수호전〉을 즐
겨 읽었고, 김홍도(金弘道)·이인문(李寅文)·김득신(金得臣) 등과 교유하였
다. 산수화는 크게 진경산수화와 남종화 계통의 두 가지 경향으로 나뉜다.
대표작으로 〈공산무인도(空山無人圖)〉와 〈수각산수도(水閣山水圖)〉 등이
있다.

● 해설 및 감상

백록성 너머로 하루해가 저문다. 나무 잎도 물이 들어 한 해가
또 기울어 가는구나. 지는 해 시든 잎에 빈 집에 혼자 앉아 물끄러
미 한 해 일을 돌아보는 마음 처연하다. 올해는 어쩌자고 8월에
벌써 서리가 저리 일찍 내리더니, 울타리 가에 심어둔 국화는 벌써
꽃을 피웠다. 아직 한 해를 마무리 할 준비도 되지 않았는데, 매운
꽃 한번 피워 보지도 못했는데, 이른 서리에 철없이 핀 국화가 민망
하다. 석양빛에 붉은 단풍, 서리 맞아 핀 노오란 국화, 쓸쓸히 젖어
오는 마음을 그릴 듯이 잘 표현했다.

회령 마시장

홍양호

회령의 개시는 어찌나 번화한지
말발굽 소뿔 삼대처럼 빽빽하다.
큰 소 네댓 마리 말 한 필과 바꾸니
자류마, 청총마, 흰 코의 공골말이라.
채찍 날리며 대를 지어 천마령 쪽으로 모니
모두 장안 재상집으로 가는 것일세.

會寧市 회령시

會寧開市何繁華 회령개시하번화
馬蹄牛角簇如麻 마제우각족여마
大牛四五易一馬 대우사오역일마
紫騮靑驄白鼻騧 자류청총백비와
揚鞭作隊驅向磨天嶺 양편작대구향마천령
盡歸長安卿相家 진귀장안경상가,

● 홍양호洪良浩, 1724~1802

조선 후기의 문신. 자는 한사(漢師), 호는 이계(耳谿)다. 정조 조정에서 요직을 두루 거쳤으며, 외직으로 평안도 관찰사를 지냈다. 학문과 문장에 뛰어나 『영조실록(英祖實錄)』·『국조보감(國朝寶鑑)』 등 각종 편찬사업에 참여하였다. 두 차례의 연행(燕行)을 통하여 대구형(戴衢亨)·기효람(紀曉嵐) 등 청의 학자들과 교유하였고, 이를 바탕으로 조선의 고증학 발전에 기여하였다. 중국과 일본, 고대 한반도 일대의 막대한 골동품들을 소장했던 것으로도 유명하다. 문집으로 『이계집(耳溪集)』이 있다.

● 해설 및 감상

1777년 10월 경흥 부사로 좌천되었을 때 지은 〈북새잡요(北塞雜謠)〉 중 한 편이다. 〈북새잡요〉는 경흥의 풍속·민요·민정 현황 등을 묘사한, 시로 지은 경흥 풍물지(風物誌)이다.

회령개시는 두만강 주변에 형성되었던 국제공무역시장 중 하나이다. 경흥 지방의 독특한 풍물일 뿐 아니라 정치적으로도 중요한 것이었다. 그 개시의 마시장을 목민관의 시선으로 관찰하고 있는 시이다. 분주하고 활기찬 마시장의 풍경에 더하여 말의 거래가격과 종류 등에까지 관찰의 시선이 닿고 있다. 나아가 이 말들이 모두 서울 세도가들에게 보내진다고 덧붙여 은근한 시정 비판까지 곁들였다. 이곳에서 멀리 떨어진 중앙 조정엔 더없는 현장 보고서일 것이다. 한시란 이런 역할도 하는 것이다.

〈북새잡요〉는 운율이 자유로운 장단구 등 다양한 길이의 고시 형태를 주로 이용했다. 현장 분위기를 전하고, 민요적 정서를 살리기 위한 형식적 고안이다.

형님

박지원

우리 형님 모습이 누구와 닮았던가.

아버님 그리울 때마다 형을 뵈었지.

이제 형이 그리우면 어디서 뵙나?

의관 갖추고 냇물에 내 모습 비춘다.

燕岩憶先兄 연암억선형

我兄顔髮曾誰似 아형안발증수사
每憶先君看我兄 매억선군간아형
今日思兄何處見 금일사형하처견
自將巾袂映溪行 자장건메영계행

● 박지원朴趾源, 1737~1805

조선후기 실학자이며 문인. 자는 중미(仲美), 호는 연암(燕巖)이다. 일찍 과거를 포기하여 만년에 약간의 음직을 지냈을 뿐이다. 홍대용(洪大容)·박제가(朴齊家)와 함께 북학파(北學派)의 대표적 인물이다. 연행의 경험을 기록한『열하일기(熱河日記)』를 통하여 조선의 사회·문화 전반에 걸친 비판과 개혁을 논하였다. 독창적인 문체를 구사한「열하일기」는 문체반정(文體反正)의 단초가 되기도 하였다. 조선의 대표적인 문장가의 한 명으로 꼽힌다. 이덕무(李德懋)·박제가·유득공(柳得恭)·이서구(李書九) 등이 그의 문학적 제자들이다. 저서에『연암집(燕巖集)』이 있다.

● 해설 및 감상

박지원의 큰형 희원(喜源)은 박지원이 51세였던 1787년에 58세로 돌아갔다. 그 형을 연암 골에 있는 형수의 무덤에 합장하고 나서 쓴 시이다.

늙을수록 부자와 형제는 서로 닮아간다. 나이 들수록 돌아가신 아버지의 모습을 닮아가는 형에게서 아버님의 모습을 뵙곤 하였는데, 이제 그 형이 떠나고 나니, 문득 내게 그 모습이 있다는 것을 발견하게 된다. 나중에 내 손자는 내 아들에게서 내 모습을 볼 것이다. 이렇게 생각하다 보면, 내 앞과 뒤로 길게 이어지는 핏줄의 인연이 새삼 따뜻하고 엄숙해진다. 그리고 돌아가신 분들에 대한 애통은 한결 숨 돌릴 만한 것이 된다. 그러나 이런 달관에 이른다고 해서 덜 그리운 것은 아니다. 자지러지지 않아도 오히려 더욱 묵직한 것이 된다. 소박하고 천진한 진정(眞情)이 인지상정의 진솔한 언어로 표백되어 있다. 이 시를 읽은 이덕무는 눈물을 흘렸다고 한다.

등

이언진

기름등잔 불똥이 한 치나 길었는데
졸린 눈꺼풀 문지르니 눈이 까끌타.
한가운데 하나 콩알만 한 부처님이
온 몸에 자금색 원광 둘러쓴 듯하군.

燈 등

油燈結穗寸來長 유등결수촌래장
睡睫摩挲眼盡芒 수첩마사안진망
一個當中如豆佛 일개당중여두불
通身圍繞紫金光 통신위요자금광

● 이언진李彦瑱, 1740~1766

조선후기 여항 문인. 자는 우상(虞裳), 호는 송목관(松穆館)·창기(滄起)이
다. 역관 집안 출신으로, 이용휴(李用休)의 제자이다. 계미사행(癸未使行)
에 수행하여 일본에서 크게 시명을 떨쳤으나, 27세로 요절했다. 죽기 전
모든 원고를 불살라 버려, 타고남은 원고만이 수습되었다고 한다. 박지원
(朴趾源)의『우상전(虞裳傳)』의 주인공이기도 하다. 저서로『송목관신여고
(松穆館燼餘稿)』·『우상잉복(虞裳剩馥)』이 있다.

● 해설 및 감상

졸린 눈을 비벼보면, 눈자위가 까칠까칠해지면서 초점이 흩어져
빛이 난반사하는 것을 경험할 수 있다. 그런 눈에 비친 등잔의 모습
이다. 심지는 빨갛게 한 마디나 자라났고, 심지 주변의 불빛은 사방
으로 뻗쳐 나간다. 콩알만 한 크기지만, 자금색 원광에 휩싸여 휘황
한 빛을 사방으로 발산하고 있는 것이 영락없는 부처의 모습이다.
'콩알 부처님'이라고 장난스럽게 농담하지만, '콩알'은 '여래장(如來
藏)'을 연상시키기도 한다. 사바세계 대중의 가슴 어디나 있는 여래
의 씨앗이다. 빨갛게 달아오른 등잔 심지와 그 주변을 휘두른 원광
에서, 그렇게 부처는 천지에 미만한 것임을 발견했다고나 할까?
그런 깨달음과 발견이 졸음 겨운 우리의 미망 속에 환하게 떠오르
는 순간을 노래한 것이리라. 전체적으로 장난스러운 분위기지만,
어딘가 불교의 게송을 닮았다. 그것은 아마 불교의 게송이나 오도
송(悟道頌)이 중생의 습관적 사고를 깨부수는 기상천외의 발상을
바탕으로 깨달음의 순간을 노래하기 때문일 것이다. 그리고 농담이
야말로 경직된 사고를 깨부수는 유용한 도끼이기도 하다.

새벽길

이덕무

관사 동쪽 새벽닭소리 끊이지 않고
새벽 별과 달빛은 허공에서 반짝인다.
말발굽 소리 갓 그림자 몽롱한 벌판
아내의 한 조각 꿈속으로 밟아간다.

曉發延安 효발연안

不已霜鷄郡舍東 불이상계군사동
殘星配月耿垂空 잔성배월경수공
蹄聲笠影曚曨野 제성립영몽롱야
行踏閨人片夢中 행답규인편몽중

조선후기의 문신. 자는 무관(懋官), 호는 형암(炯庵)·아정(雅亭)·청장관(靑莊館) 등이다. 서얼 출신으로 젊어서부터 학문과 문학으로 명성을 떨쳤다. 박지원(朴趾源)을 중심으로 형성되었던 백탑파 시인의 한 사람이다. 그의 초기 시는 박제가(朴齊家)·유득공(柳得恭)·이서구(李書九)와 함께 『한객건연집(韓客巾衍集)』으로 묶여 청에 전해져 '사가(四家)'로 칭해졌다. 규장각 검서관으로 등용되어, 여러 서적의 편찬 교감에 참여하였다. 연행에도 참여하여 청의 문사들과 교유하였다. 박학의 학풍으로 유명하였고, 청조 고증학의 성과를 수용하여, 후배들의 고증학적 학풍을 선도한 것으로 평가된다. 저서로는 『청장관전서(靑莊館全書)』가 있다.

● 해설 및 감상

계절은 늦가을, 음력 시월 스무이틀이다. 첫닭이 우는 신 새벽, 따뜻한 잠자리에서 빠져나와 말에 오른다. 오싹한 추위가 엄습한다. 새벽 별빛과 달빛이 비추는 텅 빈 벌판, 말 잔등에서 흔들리는데, 안개 낀 벌판은 몽롱하다. 몽롱한 것은 벌판뿐 아니라 아직 다 가시지 않은 잠기운이기도 하다. 몽롱한 의식 속에 유난히 크게 울리는 내 말발굽 소리, 길게 끌리는 갓 그림자―이러한 몽롱함이 결구의 '조각 꿈'과 오버랩 된다.

이 시에서 번역하기 어려운 부분은 결구이다. 결구의 해석은 '규인'의 정체에 대한 이해에 따라 달라질 수밖에 없다. 방금 빠져나온 잠자리에 남겨놓고 온 정인이라고 해석하는 이도 있고, 남편을 멀리 보내고 홀로 잠들어 있을 고향의 아내라고 해석하는 사람도 있다. 전자라면 화자가 가물가물 졸다 깨다 하면서 방금 헤어진 정인과의 잠자리 여운에 잠겨있는 것이다. 후자라면 몽롱한 현실의 벌판으로부터 아내의 꿈속으로 걸어 들어간다는 표현인 것이다. 어느

쪽이 맞을까? 시인이 의도했든 아니든, 어느 쪽으로도 해석이 가능한 이런 시적 애매함은 이 시를 여운이 긴 시로 만든다.

번민

이가환

앙상한 나뭇가지 찬 서리 내리니
강남에 나그네 된 세월이 오래다.
천불동 바람과 구름, 눈앞에 펼쳐지고
오관산 얼음과 눈, 옷을 갈아입는다.
늙은 얼굴로 백성의 통곡을 대하고보니
지난 날 조정의 향훈 헛되이 쫓았구나.
저물녘 사립문에 지팡이 짚고 서서
시든 풀 아득한 벌판 시름겹게 바라본다.

遣悶 견민

蕭條錦樹落天霜 소조금수락천상
爲客江關日月長 위객강관일월장
千佛風雲供坐臥 천불풍운공좌와
五山氷雪變衣裳 오산빙설변의상
衰顔賓對蒼生哭 쇠안빈대창생곡
往歲虛隨粉署香 왕세허수분서향
薄暮柴門扶杖立 박모시문부장립
愁看荒草野茫茫 수간황초야망망

606

● 이가환李家煥, 1742~1801

조선후기의 문신. 자는 정조(廷藻), 호는 금대(錦帶)·정헌(貞軒)이다. 이익(李瀷)의 종손(從孫)이며, 이용휴(李用休)의 아들이다. 정조 대 조정에서 남인 시파(南人時派)의 지도자로 활동했다. 천주교에 연루되어 신유사옥(辛酉邪獄) 때 옥사하였다. 이익의 학문을 이은 실학자로, 특히 천문학과 수학에 정통했다. 문학적으로도 아버지와 함께 조선후기 시풍의 전환점으로 일컬어질 만큼 명성을 떨쳤다. 저서로 『금대집(錦帶集)』이 있다.

● 해설 및 감상

가슴에 묵직하게 얹힌 '번민을 풀어내는(遣悶)' 시이다. 향수를 노래하는 듯하지만, 그것만이 아니다. 경세적 포부와 현실 사이에서 느끼는 지식인의 무기력이 쓴물처럼 올라오는 시이기도 하다.

객수를 자아내는 타향의 경치로서, 천불동과 오관산으로 대를 맞추었다. '풍운(風雲)'과 '빙설(氷雪)'은 시적 화자가 느끼는 심정적 풍경이기도 하다. 그를 끊임없이 공격하는 적대적인 세상의 표상이기도 할 것이다. 그러나 시름의 진짜 내용은 경련에 등장한다. 지난날 조정에서 국사를 논의하던 시절, 무엇을 했던가? 태평성대를 만나 백성을 위한 정치를 한다고 동분서주했었다. 그러나 늘그막에 민생 현장에 서고 보니 무기력하기만 한 자신을 발견하게 된다. 그러한 회한이 경련의 절묘한 대구에 집약되어 있다. 자신의 젊은 날과 늙은 얼굴, 백성의 곡성과 조정 뜰에 피워놓은 향훈이 대로 놓여서, 둘 사이의 간격을 선명하게 드러내고 있다. 이 모든 대조의 핵심은 '빈(賓)'과 '허(虛)'—두 글자의 대우로 집약된다.

미련의 마지막 단어 '망망(茫茫)'은 벌판이 아득히 펼쳐진 모습이지만, 시든 풀들이 가득한 가을 벌판만큼이나 '막막한' 심정적 모습이기도 하다. 사회적 책임을 외면할 수 없는 지식인의 고뇌이기도 하고, 목민관의 책임을 다하지 못하는 관리로서의 고뇌이기도 할 것이다. 최고의 시인을 꼽혔으나, 역시 시인보다는 경세가가 본색인 시인의 모습이 드러난다.

고려

유득공

황량한 이십팔 왕릉

해마다 비바람 칠등조차 까무룩하다.

진봉산 산 속의 붉은 철쭉은

봄내 제 혼자 층층이 피었다.

高麗 고려

荒凉二十八王陵 황량이십팔왕릉

風雨年年暗漆燈 풍우년년암칠등

進鳳山中紅躑躅 진봉산중홍척촉

春來猶自發層層 춘래유자발층층

조선후기 문인. 자는 혜풍(惠風)이고, 호는 영재(冷齋)·영암(冷菴)·고운당(古芸堂) 등이다. 서얼 출신으로 규장각 검서관으로 발탁되어 봉직했다. 박지원(朴趾源)을 중심으로 한 소위 백탑파 동인의 한 사람으로, 박제가(朴齊家)·이덕무(李德懋)·이서구(李書九)와 더불어 후사가(後四家)로 불린다. 두 차례의 연행 경험을 바탕으로 문학과 역사 방면에 뛰어난 저술을 남겼다. 그의 「발해고(渤海考)」는 한국 고대사 연구의 획기적인 업적으로 손꼽힌다. 저서로 『영재집(冷齋集)』이 있다.

● 해설 및 감상

유득공의 대표작으로 알려진 「이십일도회고시(二十一都懷古詩)」 중 한 편이다. 여기서 진봉산은 고유명사이면서 한편 '봉황이 나는 산'이라는 글자 그대로의 뜻으로도 읽힌다. 이름은 여전히 '진봉산'이건만 '봉황은 사라지고' 왕도는 폐허로 변해버렸다. 이름과 실상 사이에 쓸쓸한 아이러니가 존재한다. 그 진봉산은 왕릉의 칠등이 드러내는 암울함 반대편에서 눈부시게 철쭉을 피워내고 있다. 철쭉은 소쩍새가 토한 피가 피워내는 꽃이라고 한다. 망국의 한을 지닌 촉나라 황제의 넋이 소쩍새로 환생했다고도 한다. 인간이 철쭉과 진봉산에 덧씌워놓은 인문적 이미지와 무관하게 진봉산과 철쭉은 여전히 '산'과 '꽃'으로 자재한다. 그러니 진봉산 속 붉은 철쭉이 '여전히 상관없이(猶自)' 피어있다는 '유(猶)'와 '자(自)' 두 글자가 이 시의 핵심인 셈이다.

세검정

박제가

성곽을 나선지 이삼 리

가슴 속엔 시가 서린다.

아름다워라, 진짜 모습은

예전 미추를 답습치 않네.

작은 벼루엔 샘물 소리 지나고

벗은 짚신엔 국화 그림자 어려

뒷사람은 다른 걸 보겠지만

이 순간은 정녕 이러하구나.

洗劒亭水上余結趺石坡草畫處 세검정수상여결부석파초화처

出郭二三里 출곽이삼리

胸中略有詩 흉중략유시

可憐眞物態 가련진물태

不襲古姸媸 불습고연치

小研泉聲歷 소연천성력

空鞋菊影窺 공혜국영규

後人應見異 후인응견이

此刻定如斯 차각정여사

611

● 박제가朴齊家, 1750~1805

조선후기의 문인. 자는 차수(次修)·재선(在先)이며, 호는 초정(楚亭)·정유
(貞蕤) 등이다. 서얼 출신으로, 규장각 검서관으로 발탁되어 봉직하였다.
북학파의 거장으로, 시·서·화에 모두 뛰어난 예술가이기도 했다. 소위 백
탑파 동인 중 한 사람으로, 이덕무·유득공·이서구와 함께 『한객건연집(韓
客巾衍集)』을 통해 중국에 소개되었고, 후사가(後四家)로 불린다. 네 차례
의 연행 경험을 바탕으로 「북학의(北學議)」를 저술하여, 북학을 통해 이용
후생을 달성할 것을 역설하였다. 저서로는 『정유집(貞蕤集)』이 있다.

● 해설 및 감상

세검정은 도성 밖 가까이에 있으면서도 경치가 뛰어나 한양 거주
자들의 좋은 유상지였다. 세검정을 읊은 유명한 기문이나 시들이
많은 것은 그 때문이기도 하다. 그러나 사물의 진정한 아름다움이
란 주체와 객체가 조우하는 단 한 순간 빛나는 일회적인 것일 뿐이
다. 사람도 변하고 사물도 변한다. 그러니 세상에는 결코 반복되는
'진짜 아름다움'이란 없다. 세검정의 아름다움에 대해 세상에서 떠
드는 온갖 미사여구는 그것이 처음 내뱉어지던 순간에는 '진짜'였
겠지만, 다음 순간 세검정의 아름다움에 대한 '기억'일 뿐이다. 그
래서 진짜 사물의 모습은 과거의 아름다움이나 추함을 결코 답습하
지 않는다. 이 시의 미련에서는 말한다. '훗날 다른 사람이 이 자리
에 온다면 다른 아름다움을 보겠지만, 이 순간 세검정이 내게 드러
낸 모습은 바로 이것이었노라'고. 박제가가 시로 쓴 인식론이며
예술론이다.

일섭원

천수경

쌓인 노을과 바윗돌들

그 위로 한가한 소나무

이 때문에 여기에 집 짓고

시냇가 사립은 닫아두었네.

무릎이나 펼만한 처마며 마루

얼굴이 펴지는 숲의 나무들

가끔 흰 구름 바라보고

종일 푸른 산 마주하네.

살림살이 절로 한적하니

사람 사는 세상 같질 않네.

日涉園 일섭원

堆霞復拳石 퇴하부권석   上有松樹閒 상유송수한

誅茅寔爲此 주모식위차   柴扉溪上關 시비계상관

軒窓容我膝 헌창용아슬   林木怡我顔 림곡이아안

有時看白雲 유시간백운   鎭日對靑山 진일대청산

生事自蕭條 생사자소조   不似在人間 불사재인간

613

조선 후기의 여항 문인. 자는 군선(君善), 호는 송석원(松石園)·송석도인(松石道人)이다. 당대 위항문학의 맹주 노릇을 하며 여항문학을 이끌었다. 그가 결성한 송석원시사(松石園詩社)는 이후 중인 시사의 모체가 되었다. 시사에서 읊은 시를 모아 『옥계아집첩(玉溪雅集帖)』·『송석아회첩(松石雅會)』 등을 편찬하였으며, 『풍요속선(風謠續選)』을 간행하여 『소대풍요(昭代風謠)』 이후 60년간 위항문학이 성장한 자취를 보여주었다. 저서는 없고 『풍요속선』에 시 7수가 전한다.

● 해설 및 감상

일섭원은 송석원시사의 동인인 김낙서(金洛瑞)의 거처다. 중인들의 시사 모임터 중 가장 아름다운 곳이었다고 한다.

'일섭원'이라는 이름은 〈귀거래사(歸去來辭)〉 중 "날마다 동산을 거니는 것으로 취미를 삼으니, 문은 있어도 항상 잠겨 있네(園日涉以成趣, 門雖設而常關)"에서 따온 것이다. 이에 맞추어 천수경의 시도 전체 시상이나 소재, 시어가 대부분 〈귀거래사〉에서 왔다. 특히 네 번째와 다섯째 구는 〈귀거래사〉의 "뜰의 나뭇가지를 바라보며 웃음 짓는다(眄庭柯以怡顔)"·"작은 집의 편안함을 깨닫는다(審容膝之易安)"을 직접 가져온 것이다. 도연명의 한정(閒情)은 조선의 사대부들 대부분이 추구했던 것이기도 하다. 그러나 신분 때문에 출신이 제한되었던 중인들이기에, 아예 출세를 백안시하며 자족적 삶을 구가하려 했던 도연명은 더욱 절실한 동일시의 대상이었을 수도 있겠다.

〈귀거래사〉의 중간 한 토막을 재창조한 것이기는 하지만, 이 시는 나름의 자족적 완결성이 있다. 셋째 구는 '초당 앞 이백 년 묵은 녹나무, 바로 이 나무 때문에 이엉을 베어 여기에 집터를 정했다(誅茅卜居總爲此)'고 노래한 두보의 시(〈枏木爲風雨所拔歎〉)에서 가져왔다. 짙은 노을에 감싸인 바위들 위로 우뚝 서있는 일섭원의 노송을 노래하기 위해 가져온 것이다. 이처럼 이 시는 다양한 전고를 활용해 재창작한 것이지만, 그러면서도 일섭원의 현실적 모습을 함께 짜 넣었다. 그래서 이 노래는 도연명의 〈귀거래사〉이면서, 동시에 김낙서와 천수경의 〈귀거래사〉이기도 한 묘미를 갖추고 있다.

저녁 산보

이서구

솔뿌리에 앉아 책을 읽자니
솔방울이 책 속에 떨어진다.
지팡이 짚고 일어서려니
산허리 걸린 하얀 구름.

早秋歸洞陰弊廬晚步溪上作三首 조추귀동음폐려만보계상작삼수
讀書松根上 독서송근상
卷中松子落 권중송자락
支筇欲歸去 지공욕귀거
半嶺雲氣白 반령운기백

● 이서구李書九, 1754~1825

조선후기 문신이며 학자·문인. 자는 낙서(洛瑞), 호는 척재(惕齋)·강산(薑
山)이다. 문과에 급제해 우의정에까지 올랐다. 젊은 시절 박지원이 중심이
된 백탑파의 동인으로 활동하였고, 그의 시가 박제가(朴齊家)·이덕무(李德
懋)·유득공(柳得恭)과 함께『한객건연집(韓客巾衍集)』으로 묶여 중국에 소개
되었다. 때문에 이들과 함께 한시사대가(漢詩四大家)로 일컬어진다. 그러나
현달한 사대부 가문출신인 그의 시는 여타 사가(四家)들의 시와는 달리 관조와
침잠의 맑고 온화한 경지를 드러낸다. 문집으로『척재집(惕齋集)』·『강산초
집(薑山初集)』이 있다.

● 해설 및 감상

'초가을 동음의 낡은 집에 돌아와 저녁에 개울가로 산보 나가
지었다.'는 세 수의 연작시 중 마지막 수이다. 초가을 맑은 햇살
속, 저녁나절이다. 해가 기울며 햇살이 깊은 숲속까지 우려 되비치
는 시간, 산책을 나섰다(첫째·둘째 수). 홀로 나선 그 고요한 산보
끝에 솔뿌리에 걸터앉아 책을 읽는다. 문득 읽던 책 속으로 솔방울
이 툭 떨어진다. 비로소 독서삼매에서 빠져나와 지팡이를 짚고 일
어선다. 무심히 들려진 시선이 먼 고개 마루에 걸린다. 그 시선에
포착된 한가한 흰 구름 한 송이. 속기 하나 없는 맑은 경지이다.
시인의 감각과 정신은 이미 우주를 향해 활짝 열려서, 내외의 구분
이 없다. 시각, 촉각, 청각이 어우러져 하나의 시경을 형성해내지
만, 호들갑스러운 감각 이미지는 없다. 회화적인 시들이 흔히 사용
하는 선명한 색채 대비 대신 청·백의 맑은 색채 감각, 그리고 그에
어울리는 사물들이 한 마디 현학적인 말 없이도 정신이 도달한 고
답적인 경지를 고스란히 드러낸다.

손님께

장훈

울타리 곁엔 아내가 절구질
나무 밑엔 아이가 글을 읽지.
찾지 못할까 걱정할 것 없네.
여기가 바로 내 오막살이니.

答賓 답빈

籬角妻舂粟 리각처용속
樹根兒讀書 수근아독서
不愁迷處所 불수미처소
卽此是吾廬 즉차시오려

● 장혼張混, 1759~1828

조선후기의 여항 문인. 자는 원일(元一), 호는 이이엄(而已广)·공공자(空空
子)이다. 중인 출신으로 출세에 제한이 있었고 다리를 절었으나, 시와 글씨
에 뛰어났다. 천수경(千壽慶)과 함께 송석원시사(松石園詩社)를 주도하였
다. 26년간 교서관 사준(校書館司準)으로 재직하면서 서적의 교정과 인쇄
를 담당하였고, 스스로 이이엄자(而已广字)를 만들어 여항문인들의 시문집
을 많이 인간하였다. 문집으로 『이이엄집(而已广集)』이 전한다.

● 해설 및 감상

〈손님께(答賓)〉 세 수는 인왕산 기슭 옥류동에 있는 자신의 거처
─이이엄(而已广)을 찾아오는 길을 일러주는 시이다. 굽이지고 휘
어지는 시내 길을 따라 짚신 속이 모래진흙으로 가득 찰 정도로
걸어야 할 것이다. 산기슭에 도착하면 푸른 산색을 배경으로 빛바
랜 이엉을 인 초가집 십여 채가 나타날 것이다. 그 마을의 골목
남쪽 어귀를 찾아, 다시 문 안에 은행나무 두 그루가 심겨진 집을
찾으면 드디어 장혼의 집이다.(첫째·둘째 수) 마치 다큐 카메라가
원경에서 근경으로 앵글을 좁혀가듯이 집을 찾아가는 과정이 묘사
된다.

드디어 문안풍경이다. 주부는 절구질을 하고 소년은 공부를 한
다. 평화로운 일상의 한 장면이다. 그리고 화자는 말한다. 여기가
바로 내 집이니, 집을 못 찾아 헤맬 걱정 없다고. 어지러운 시정에
서 멀리 떨어져, 단순하고 소박해서 성스럽기까지 한 일상이 바로
내 삶의 진면목이라고 다소 장난스러운 호기를 섞어 말하고 있다.

아조

이옥

초록빛 상사비단을 말라

쌍침질해 귀주머니 만들었죠.

삼층으로 나비매듭 맺어선

예쁜 손으로 낭군께 바쳐요.

雅調 아조

草綠相思緞 초록상사단

雙針作耳囊 쌍침작이낭

親結三層蝶 친결삼층접

倩手捧阿郎 천수봉아랑

● 이옥李鈺, 1760~1812

조선후기의 문인. 자는 기상(其相)이고, 호는 문무자(文無子)·경금자(絅錦子)·매화외사(梅花外史)·도화유수관주인(桃花流水館主人) 등이다. 성균관 시절에 문체반정의 숙청 대상으로 지목되어 결국 벼슬길에 나가지 못했다. 일찍부터 문예성이 높은 전(傳)의 작가로 주목받았던 그의 작품세계에는 실험성 강한 소품체 문장들과 서정성이 강한 부(賦)들, 한국 한문학사에서는 드문 사(詞)가 다수 포함되어 있다. 희곡 「동상기(東廂記)」의 작가이기도 하다. 조선시대 작가로는 드물게 전문적 작가의 면모를 보여주는 문인이다. 저술로는 '담정총서(潭庭叢書)'에 수록된 11권의 작품과 「예림잡패(藝林雜佩)」·「동상기(東廂記)」 등이 전한다.

● 해설 및 감상

이옥이 남긴 연작시 「이언(俚諺)」 65수에는 18세기 한양 시정에 사는 여성들의 생생하고 다양한 생활 감정이 여성 화자의 목소리로 그려진다. 나비매듭 귀주머니를 만들어 낭군에게 달아주는 순진한 새색시의 사랑노래가 들리고, 바늘을 옷섶에 꽂아두고 『숙향전』을 읽는 아내의 행복한 목소리가 들리기도 한다. 그런가 하면 남편 옷에 묻은 입술연지를 두고 다투는 부부싸움 소리가 들리기도 한다. 또 한편으론 드잡이하는 남편을 향해, '아들이 없기에 망정이지, 제 아비 닮은 아들을 낳았더라면 여생도 내내 눈물바람이었을 것'이라고 원망하는 소리도 들린다. 음식 사치, 의복 사치에 몰두하는 여성의 목소리가 들리는가 하면, 노골적으로 유혹하는 기녀의 관능적 목소리도 등장한다. 동시대의 신윤복(申潤福)이 여성과 관능을 제재로 도회적 풍속화 연작들을 그렸다면, 그 문학적 쌍둥이가 이옥의 『이언』이다.

양물 자른 사건

정약용

갈밭 젊은 아낙 기나긴 곡성
관청 문을 향해 울부짖다 하늘을 부른다.
전쟁 나가 못 돌아온 지아비야 있을 법도 하련만
들지도 못했소, 남자가 양물을 잘랐단 소린.
시아빈 벌써 상을 마쳤고 아인 배냇물도 안 말랐는데
삼대의 이름이 군보에 올랐소.
가서 사정해 보려도 관청 문엔 호랑이가 막아섰고
이정 놈은 으르렁거리며 마구간 소를 끌고 갔다오.
칼 갈아 방으로 뛰어들더니 돗자리에 피가 낭자해
'아이 낳아 이 꼴 당하지' 저 혼자 푸념합디다.
잠실의 궁형이 어찌 그만한 허물 있어서일까?
민 땅에서 제 자식 거세함도 참으로 기막힌 짓.
생명을 이어가는 이치는 하늘이 내린 것,
하늘 닮아 아들 되고 땅 닮아 딸이 되지.
돼지나 말 불 까는 것도 가엾다 하는데
하물며 대 잇기를 바라는 사람임에랴?

622

부잣집은 일 년 내내 피리불고 거문고 타며
한 톨 쌀도 한 치의 베도 내놓지 않으니
모두 똑같은 우리 백성인데 이토록 불공평한지,
나그네 처지에 거듭 〈시구〉편이나 읊조린다.

哀絶陽 애절양

蘆田少婦哭聲長 노전소부곡성장
哭向縣門號穹蒼 곡향현문호궁창
夫征不復尙可有 부정불복상가유
自古未聞男絶陽 자고미문남절양
舅喪已縞兒未澡 구상이호아미조
三代名簽在軍保 삼대명첨재군보
薄言往愬虎守閽 박언왕소호수혼
里正咆哮牛去皁 이정포효우거조
磨刀入房血滿席 마도입방혈만석
自恨生兒遭窘厄 자한생아조군액
蠶室淫刑豈有辜 잠실음형기유고
閩囝去勢良亦慽 민건거세량역척
生生之理天所予 생생지리천소여
乾道成男坤道女 건도성남곤도여
騸馬豶豕猶云悲 선마분시유운비
況乃生民思繼序 황내생민사계서
豪家終歲奏管弦 호가종세주관현
粒米寸帛無所捐 입미촌백무소연
均吾赤子何厚薄 균오적자하후박
客窓重誦鳲鳩篇 객창중송시구편

623

조선후기 문신. 자는 미용(美庸)이고, 호는 다산(茶山)·여유당(與猶堂)·사암(俟菴) 등이다. 조선후기 실학의 집대성자로 평가되며, 당대 최고의 시인으로 손꼽히기도 했다. 규장각 초계문신을 거쳐 정조의 최측근으로 관직생활을 했다. 천주교 신봉 경력이 문제가 되어 노론벽파의 공격을 받다가, 결국 신유사옥(辛酉邪獄) 때 천주교도로 몰려 장기(長鬐)에 유배되었다. 뒤에 황사영 백서사건(黃嗣永帛書事件)에 연루되어 다시 강진(康津)으로 이배되었다. 이후 18년간의 유배생활 동안 학문에 몰두하는 한편 '다산학단(茶山學團)'으로 지칭되는 제자 그룹을 양성하였다. 저서로는 『여유당전서(與猶堂全書)』가 있다.

● 해설 및 감상

정약용이 강진 유배 시절 직접 목도한 절양(絶陽) 사건을 시화하고 있다. 군포(軍布)의 남징(濫徵)에 대한 저항으로 갈밭(蘆田)에 사는 한 사내가 스스로 생식기를 벤 사건이었다. 극단적인 자해를 수단으로 한 일종의 조세 저항 사건이었다. 그 아내가 아직도 피가 떨어지는 그 생식기를 들고 관가에 호소하러 갔으나 문지기가 막아 버렸다고 했다. 이 시기 실록에는 이러한 절양 사건이 여럿 등장한다. 한 체제가 여기까지 가면 끝까지 간 것이라고 할 수 있을만한 사건들이다.

이 시는 일종의 잘 의도된 기소문이라고 할 수 있다. 시는 두 부분으로 이루어져 있다. 전반은 현장의 생생한 전달을 위해 절양한 사내의 아내로 하여금 직접 사건을 말하도록 했다. 그리하여 통곡 섞인 아낙의 목소리가 시의 전면에 부각되고, 독자는 우선 감정적으로 감염된다. 반면 뒷부분에서는 시인 자신의 목소리가 전면에 나선다. 시인은 거세와 관련된 고사들을 나열하며, 그것이 얼마나 비인도적인 일인지를 서술한다. 그 다음 이 현상이 사회적 불평등의 결과임을 주장한다. 이 부분에선 이성과 논리가 전경화된다. 하나의 시에서 서정적 감염효과와 의론적 설득이 동시에 발휘될 수 있도록 기획되어 있는 것이다. 그리고 그것을 통해 이 절양 사건을 효과적으로 기소하고 있다. 물론 그 피고가 봉건체제 자체이거나 왕은 아니라는 점에서 여전히 중세적 사유의 범위 안에 머물러 있는 것이기는 하다.

정약용에게 시는 본질적으로 역사적 증언이며, 정치적 행위이다. 그러나 그는 문학적으로도 뛰어난 시인이다. 이 시가 그로테스크한 소재에서만 충격적인 것이 아니라, 서정적 감염력과 논리적 설득력을 함께 발휘할 수 있도록 잘 고안되어 있다는 사실은 그가 단지 목소리만 높은 이류의 시인이 아니라는 것을 보여준다. 한국 한시사에서 사회적 발언의 전통은 이 〈애절양〉에 와서 그 절정에 이르렀다.

농가의 여름

정약용

동글동글 검은 산 앵두

곱디고운 붉은 들 딸기

집안엔 참새들만 남아있고

숲속엔 아이들이 흩어졌다

심다 남은 모포기 언덕에 쌓였고

주워 담은 보리이삭 광주리 가득

높은 천수답엔 먼지 날리니

혼자말로 하느님께 빌어본다.

又次陸放翁農家夏詞六首 우차육방옹농가하사육수

晥晥山櫻黑 완완산앵흑

鮮鮮野苺紅 선선야매홍

屋中餘鳥雀 옥중여조작

林裏散孩童 림리산해동

委賸秧堆岸 위잉앙퇴안

收遺麥滿籠 수유맥만롱

高田飛堀堁 고전비굴과

私語禱天公 사어도천공

626

● 해설 및 감상

여름날 농가의 일상을 묘사한 여섯 수 연작시 중의 한 편이다. 여름날의 농가란 산 앵두와 들 딸기가 익어가고, 참새들과 아이들이 어울려 노는 곳일 뿐 아니라, 모를 내고 보리 이삭을 줍고, 천수답 때문에 마른 날씨를 걱정해야 하는 곳이다. 외상 술값을 가리고 김매기 품삯을 계산하는 일상이 영위되는 곳이기도 하다. 이 일상은 화려하거나 세련되진 않지만 엄숙하고 아름답다. 삶은 그 자체로 생명력으로 가득 차 있는 것이기도 하다.

그것이 대구를 통해 절묘하게 형상화되어 있다. 이 시는 함련(頷聯)과 경련(頸聯)뿐 아니라 수련(首聯)까지 대구로 지어졌다. 동글동글/곱디고운, 검은/붉은, 산/들, 앵두/딸기－이렇게 지었다. 대구가 제일 예쁜 효과를 거둔 건 함련이다. 집/숲, 안/속, 참새/아이들, 남았고/흩어졌다－ 이렇게 대구를 지으면서 참새와 아이들을 겹쳐 놓았다. 집에 남아있어야 할 아이들은 숲속에 흩어져 놀고, 숲에 있어야할 참새들은 집에 남아있다고, 참새와 아이들－이 두 건강한 생명력을 도치된 상황으로 겹쳐 놓았다. 참새 같은 아이들, 아이들 같은 참새이다. 건강한 일상의 삶과 그 생명력을 이렇게 형상화하고 있다.

선죽교

조수삼

풀 섶에 잠긴 다리 밑 물결도 목메니
선생은 여기서 마침내 인을 이루셨도다!
하늘과 땅 다 헤져도 붉은 마음은 남고
비바람이 갈아대도 새파란 피가 새롭다.
무왕께서 의사를 떠받들었다 해도
문천상이 유민 되었단 소린 없었다.
무정물도 한스러워 거친 빗돌 젖었으니
귀부 위에 눈물 뿌릴 사람 필요 없으리.

善竹橋 선죽교

波咽橋根幽草沒 파열교근유초몰
先生於此乃成仁 선생어차내성인
乾坤弊盡丹心在 건곤폐진단심재
風雨磨來碧血新 풍우마래벽혈신
縱道武王扶義士 종도무왕부의사
未聞文相作遺民 미문문상작유민
無情有恨荒碑濕 무정유한황비습
不待龜頭墮淚人 불대귀두타루인

● 조수삼趙秀三, 1762~1849

조선후기 위항 문인. 자는 지원(芝園), 호는 추재(秋齋)이다. 역과중인(譯科中人) 출신이다. 송석원시사(宋石園詩社)의 핵심 인물로, 조희룡(趙熙龍)·정지윤(鄭芝潤)·천수경(千壽慶)등과 교유하였고, 김정희(金正喜)·조인영(趙寅永) 등 사대부 문인과도 교유하였다. 여섯 차례나 연행을 하며, 청의 문사들과도 교분을 맺었다. 시문 이외에도 의학·바둑·글씨·담론 등에 모두 뛰어난 재능이 있었다고 한다. 저서로 『추재집(秋齋集)』이 있다.

● 해설 및 감상

선죽교를 노래한 시들 중 최고로 꼽히는 작품이다.

이 시는 고사를 많이 사용하여, 시 전체의 맥락이 고사들의 의미적 연쇄를 통해 짜여있다. 우선 함련엔 장홍(萇弘)의 고사가 쓰였다. '새파란 핏자국(碧血)'은 주(周)의 충신 장홍이 자결한 후 그가 흘린 핏자국이 새파랗게 변했다는 고사에서 가져온 말이다. '벽사(碧史)'와 마찬가지로, 이 푸를 '벽(碧)'자는 시간을 넘어서는 정의에 대한 인간의 열망을 암시하는 글자요, 그 색채 이미지이다. 그것이 '단심'의 붉을 '단(丹)' 자와 어울려 보색효과를 이루며 강렬한 시각적 이미지를 이끌어내고 있다.

경련에선 두 가지 고사를 썼다. 안짝은 백이·숙제(伯夷·叔齊)가 주(周) 무왕(武王)이 노인을 잘 봉양한다는 말을 듣고 그에게 의탁하러 갔었던 일을 사용했다. 바깥짝은 남송의 문천상(文天祥)이 원(元)에 저항하다 체포되자 끝내 전향을 거절하고 죽음을 택했던 일을 사용하였다. 조선의 신하로써 결코 선죽교에서 정몽주를 살해한 이성계를 비난할 수는 없는 일이다. 그래서 안짝에서는 슬쩍 이성계를 의사를 보호하였던 주 무왕에 빗대고, 바깥 구에서는 그래도 문천상이 자신의 절개를 굽히지는 않았다고 해서 이성계를 욕보이지 않으면서 정몽주를 현양하는 전략을 구사하고 있다.

미련에선 '타루비(墮淚碑)'의 고사가 쓰였다. 타루비란 진(晉)의 양호(羊祜)를 기념하여 세운 비석인데, 이 비를 보는 이마다 그의 덕을 사모하여 눈물을 흘렸기 때문에 붙은 별명이다. 이 고사를 사용하되, 이미 거친 빗돌조차 정몽주를 추념하는 눈물에 다 젖었으니, 굳이 눈물 흘릴 사람이 필요하지도 않다고 뒤집어 놓았다.

이 시는 자신의 신념을 위해 목숨을 바친 정몽주를 추념하는 시다. 그런데 고사를 사용하는 수사법은 유구한 인문적 전통을 기반으로 이루어지는 것이다. 이러한 수사를 통해서 〈선죽교〉 시는 정몽주에 대한 추념의 노래일 뿐 아니라 인문적 역사 전체를 배경으로 '정의로운 인간'-'인(仁)'을 실현한 인간에 대한 추념의 노래로 확대된다.

평양

신위

급한 피리가락 술잔 재촉, 이별 가까워

술도 취하지 않고 노래조차 되질 않네.

하늘은 강물을 서쪽으로 흐르게만 해

연인들 위해 동으로 물길 뒤집지 않네.

西京次鄭知常韻 서경차정지상운

急管催觴離思多 급관최상리사다
不成沈醉不成歌 불성침취불성가
天生江水西流去 천생강수서류거
不爲情人東倒波 불위정인동도파

조선 후기의 문신·문인. 자는 한수(漢叟), 호는 자하(紫霞)·경수당(警脩堂) 등이다. 규장각 초계문신을 거쳐, 이조·병조·호조의 참판을 지냈다. 외직으로 곡산부사와 춘천부사를 지냈다. 연행의 경험과 청나라 문인들과의 교유는 그의 시세계에 많은 영향을 미쳤다. 조선에서 시 작품의 수가 제일 많은 시인으로, 김택영(金澤榮)은 그를 '오백 년 이래의 대가'라고 칭송하였다. 시뿐 아니라 그림과 서예에도 뛰어나 시(詩)·서(書)·화(畵)의 삼절(三絕)로 불렸다. 특히 묵죽화가 뛰어나 조선의 3대 묵죽화가로 손꼽힌다. 저서로 『경수당전고(警脩堂全藁)』·『분여록(焚餘錄)』 등이 있다.

● 해설 및 감상

정지상(鄭知常)의 〈송인(送人)〉을 차운한 시들 중 첫손가락에 꼽히는 시이다.

이별 직전 전별연의 모습을 잡아내었다. 이별이 눈앞까지 다가온 걸 모두가 안다. 남은 시간이 적으니 마음이 급하다. 피리소리도 다급해지고, 술잔 재촉도 심해진다. 그러나 초조할수록 술도 편안하게 취하질 않고 노래도 제대로 곡조가 살질 않는다. 그 초조한 끝에 돌연 강물은 서쪽으로만 흐른다고 트집이다. 물결도 시간도 한 방향으로 흘러서 되돌아오지 않는다. 물길의 방향을 통째로 바꿀 수 있다면, 그처럼 시간도 통째로 되돌릴 수 있으련만. 기·승구를 이어 내려오는 초초한 가락은 전구의 돌출한 딴전에 이어 '물결을 통째로 뒤집는다'에 와서 절정에 달한다. 거대한 강줄기를 거꾸로 뒤집는다는 이 억세고 대담한 발상이 이 시의 핵심이다. 〈송인〉의 주제와 운자를 그대로 가져다 쓴 차운시이면서도, 곱고 여린 〈송인〉의 정조와는 전혀 다른 억센 기류가 전체를 관통한다.

연못 정자

신위

푸른 눈의 잠자리 서로 포개졌고
붉은 가슴 제비는 쌍쌍이 난다.
석양 저녁 바람 이는 연못가 집
물결무늬 숲 그림자 어리는 창문

池亭 지정

碧眼蜻蜓相戴 벽안청정상대
紅襟燕子交飛 홍금연자교비
落日晩風池館 낙일만풍지관
水紋林影窓扉 수문림영창비

육언시는 칠언에 비해 실험성이 강하다. 이 육언시에서는 서술어에 해당할 만한 글자가 생략되어, '석양/저녁바람/연못가의 집', '물결무늬/숲 그림자/창문'이 그냥 사물·단어로 병치되었다. 전체로서 이미지를 만들어내지만 그것은 설명적이지 않고, 그만큼 시에 여백을 많이 함축하게 된다. 물론 이러한 함축이 고도의 시적 애매성을 달성하고 있다고 할 정도까진 아니지만, 서술어가 절제됨으로서 언어의 함축성은 한 층 밀도가 높아졌다고 하겠다.

네 구 모두 각각 대구로 놓았다. 특히 앞 두 구는 '청홍대(靑紅對)'를 중심으로, 글자마다 서로 대를 이루는 매우 정교한 대구를 만들어 놓았다. 이러한 정교한 대구가 리듬감을 만들어내고 시의 분위기에 화사함을 더한다. 물론 청홍대의 선명한 색채대비가 그 화사한 경쾌함을 만들어내는 기본이 되고 있다. 시·서·화 삼절로 일컬어지는 신위의 시답게 '그림이 시요, 시가 그림인' 경지가 무엇인지 선명하게 보여주는 시이다.

박연폭포

신위

잔교 굽어보며 굽이굽이 내려와
돌아보니 지나온 길 까마득히 걸렸다.
바위가 날아온 듯 땅에서 솟은 산
시내 곤두선 듯 하늘에서 드리운 폭포
허공의 음악소리만이 들릴 뿐
온갖 시끄러운 소리 조용하다.
그렇구나, 어제 밤 묵은 곳이
흰 구름 산마루 깊디깊은 곳이었군.

朴淵 박연

俯棧盤盤下 부잔반반하
回看所歷懸 회간소력현
巖飛山拔地 암비산발지
溪立瀑垂天 계립폭수천
空樂自生聽 공악자생청
衆喧殊寂然 중훤수적연
方知昨宿處 방지작숙처
幽絶白雲巓 유절백운전

박연폭포는 높이 37m의 거대한 폭포다. 이 장대한 폭포를 어떻게 언어로 담아냈는가?

수련과 미련은 시점의 이동을 주축으로 시 전체의 틀을 만들고 있다. 까마득히 허공에 걸린 잔교를 아래만 내려다보면서 굽이굽이 조심조심 내려왔다. 겨우 다 내려와서 문득 돌아서서 올려다보니 지나온 길이 까마득한 허공에 걸렸다. 그제야 어젯밤 묵었던 저 폭포 위쪽이 흰 구름이 걸린 깊디깊은 산맥 속이었음을 새삼스럽게 깨닫는다고 했다. 그림으로 치자면 부감법(俯瞰法)에서 고원법(高遠法)으로의 이동이다.

이러한 시점 변화 사이에 경련과 함련이 놓인다. 경련과 함련은 '뒤돌아 올려다보는' 시점에서 잡힌 폭포의 모습이다. 그림으로 치자면 아주 가파른 고원법으로 묘사된 폭포다. 바위덩어리가 날아가는 듯 산은 땅으로부터 불끈 솟아있고, 시내가 벌떡 일어서기라도 한 듯 폭포는 하늘에서 쏟아진다. '날아가고(飛) 일어선다(立)'고 묘사되는 바위와 시내는 매우 역동적인 기세를, '뽑히고(拔) 늘어졌다(垂)'고 표현되는 산과 폭포는 압도적인 감을 만들어낸다. 결과적으로 거대한 절벽과 폭포가 비상하며 동시에 나를 향해 쏟아지는 듯 압도적인 느낌을 만들어낸다. 함련의 '모든 소리들을 침묵시키는' 폭포소리에 대한 묘사는 그러한 느낌의 청각적 재현이다. 회화에서도 고원법은 자연의 위압감이나 웅대한 느낌을 강조하기 위해 사용하는 방식이다. 폭포의 압도적인 웅장함을 표현하는 가장 효과적인 시점이 채택된 것이다.

이 〈박연폭포〉 시는 그야말로 '소리 내는 그림(有聲畵)'이다. 시·

서·화 삼절(詩書畵三絶)로 일컬어졌던 신위의 특징이 한껏 효과를 발휘한 시라고 할 수 있을 것이다. 김택영은 이 시를 박연폭포를 읊은 시들 중에 가장 잘된 것으로 꼽았다.

모내기 노래

이학규

가느다란 쌍납가락지

다섯 손가락으로 문지르니

멀리서는 달이더니

가까이 보니 자기일세.

을 오라비 고운 입매

말씀 너무 경솔하니

나 자는 곳에

코고는 소리 쌍나팔 같더라네.

나는야 참말로 국화꽃이라

어려서도 행동 조신했다오.

어젯밤엔 남풍 사나워

문풍지가 휘휘 울었더라오.

秧歌五章 앙가오장

纖纖雙鑞環 섬섬쌍납환
摩挲五指於 마사오지어
在遠人是月 재원인시월

至近云是渠 지근운시거
家兄好口輔 가형호구보
言語太輕疏 언어태경소
謂言儂寢所 위언농침소
鼾息雙吹如 한식쌍취여
儂實黃花子 농실황화자
生小愼興居 생소신흥거
昨夜南風惡 작야남풍악
紙窓鳴噓噓 지창명허허

● 이학규李學逵, 1770~1835

조선 후기의 문인. 자는 성수(醒叟), 호는 낙하생(洛下生)이다. 이용휴(李用休)의 외손으로 성호가문의 실학적 분위기 속에서 자랐다. 촉망받는 청년 학사로, 포의로 『규장전운(奎章全韻)』 편찬에 참여하는 등 정조의 각별한 지우를 받았다. 신유사옥(辛酉邪獄)에서 천주교도(天主敎徒)로 몰려, 24년 간 김해에서 유배생활을 하였다. 유배기엔 정약용의 영향을 받은 현실주의적 작품들을 남겼으나, 해배 이후엔 신위(申緯) 등과 교유하면서 독특한 서정적 시세계를 구축하였다. 저서로는 『낙하생고(洛下生藁)』가 있다.

● 해설 및 감상

김해에서 오래 유배생활을 한 이학규는 이 지방 민요를 채집해 한시로 바꾸어 놓는 작업을 많이 했다. 이 시는 모내기 노래를 한역했는데, 원래의 민요는 다음과 같은 것이었을 것이다.

쌍금쌍금 쌍가락지, 호작질로 닦아내어
멀리 보니 달일레라, 젓에 보니 처잘레라
그 처녀 자는 방에, 숨소리가 둘일레라
홍당 박씨 오라반님, 거짓 말씀 말으시오.
동남풍이 디리 불어, 풍지 떠는 소리라오

민요는 부자연스러운 윤리적 규범들을 가볍게 조롱하고 넘어선다. 아니 처음부터 그런 것에 매이지 않는다. 그래서 민요는 천기(天機)의 표현이다. 그리고 그것은 처녀 총각의 정분에서 가장 적나라하다. 보름달같이 훤한 처자는 누가 봐도 탐스럽다. 간밤, 그녀의 방에서 코고는 소리가 쌍으로 나더라는 조롱도 유쾌하다. 사실이든 억울한 누명이든 그것은 그녀가 보름달처럼 탐스러운 처녀이기 때문이다. 그 탐스러운 꽃에 벌 나비와 찾아드는 것을 탓할 수 없는 것이리라. 민요란 '천지 사이의 조탁하지 않은 시(不琢之詩)이며 절주에 맞추지 않은 노래(不節之詠言)'라는 이학규의 문학관이 잘 반영된 작업이기도 하다.

친구 김태욱 만사

박윤묵

거친 밥 누더기로도 태연자약했으며

약바르고 세련되지 못함은 천성을 지킨 것.

일생 흥을 붙여 시사에서 노래했고

만사 정 깊어 술 실은 뱃전 두드렸지

뒷짐 지고 청산을 걷다간 곡성을 터트리고

턱을 괴고 대낮에도 앉은 채 잠들곤 했지.

고해 같은 티끌세상 오래 염증 냈었으니

어딘가 신선세계에서 취선이나 되었으리.

挽睡軒故人金泰郁 만수헌고인김태욱

糲飯弊衣意晏然 려반폐의의안연
迂疎自是得天全 우소자시득천전
一生興寄吟詩社 일생흥기음시사
萬事情深拍酒船 만사정심박주선
負手靑山行放哭 부수청산행방곡
支頤白晝坐成眠 지이백주좌성면
應知久厭塵埃苦 응지구염진애고
何處蓬壺作醉仙 하처봉호작취선

642

● 박윤묵朴允默, 1771~1849

조선후기 위항 시인. 자는 사집(士執), 호는 존재(存齋)이다. 중인 출신이다. 규장각 서리(書吏)로 봉직하면서 많은 서적의 간행에 참여하였고, 평신진 첨사로 있을 때는 선정을 베풀어 송덕비가 세워졌다. 시문과 글씨로 유명하였다. 송석원시사(松石園詩社)의 구성원으로 활동하였고 이를 계승한 서원시사의 창설에도 깊이 간여하였다. 서예는 왕희지(王羲之)·조맹부(趙孟)의 필법을 이어받았다. 문집으로『존재집(存齋集)』이 있다.

● 해설 및 감상

　박윤묵이 친구 김태욱을 위하여 쓴 만시(輓詩)이다. 원체 세상에는 맞지 않는 선골이었다. 한평생 시를 읊는 것으로 홍 풀이를 했고, 술 실은 뱃전을 두드리며 노래하곤 했었다. 그러나 이런 홍겨운 모습 뒤에는 전혀 딴 얼굴이 숨겨져 있다. 뒷짐 지고 청산을 걷다가는 느닷없이 통곡을 터트리고, 한낮에도 앉은 채 턱을 괴고 잠들곤 했다. 심드렁하고 시름겨운 인간살이 그가 얼마나 고통스러워했고 지루해했는가를 인상 깊은 스케치로 잡아내고 있다. 그러니 이제 그 고통스럽고 지루하던 인간을 떠나, 어디 봉래산쯤에서 취선이나 되었을 것이라고 짐짓 애도를 거둬들인다. 통곡하지 않으나 쓰라린 애도다.

　이 만사에는 고인의 삶과 인품만이 아니라 그에 공명하는 작가의 삶과 인품이 겹쳐있다. 길을 걷다가 문득 통곡하고 앉아 있다가 그대로 잠들곤 하는, 이 불시착한 팔색조가 어찌 김태욱뿐이랴. 그 정체를 알아보는 박윤묵 자신의 초상이기도 했으리라. 나아가 이 부조리한 세상에 불시착한 모든 뛰어난 중인들의 초상이기도 할 것이다.

가을날 누대에 올라

홍석주

기러기 뒤로 비낀 푸른 가을 하늘
서풍은 타향의 감회 불러일으킨다.
밥 짓는 연기가 비늘 기와 위로 모이고
산세는 짐승 형상 없은 성문에서 나뉜다.
승지에 어울리는 새 노래 가진 적 없고
부질없이 작은 녹봉에 평생을 그르쳤다.
중양절 다가와 높이 오른 것이 아닐세,
곧장 북으로 가는 구름, 거기가 한양이니.

秋日登樓 次圃翁韻 추일등루차포옹운

秋色蒼然雁際橫 추색창연안제횡
西風吹動異鄕情 서풍취동이향정
人煙遠簇魚鱗瓦 인연원족어린와
山勢平分獸角城 산세평분수각성
未有新詞酬勝地 미유신사수승지
空將微祿負平生 공장미록부평생
登高不爲重陽近 등고불위중양근
直北歸雲是漢京 직북귀운시한경

644

● 홍석주洪奭周, 1774~1842

조선 후기의 문신·문장가. 자는 성백(成伯), 호는 연천(淵泉)이다. 정조대
에 출사하여 정조 사후 세도정권 하에서 좌의정에 올랐다. 두 차례 청나라
에 다녀왔고, 실록총재관으로『순조실록(純祖實錄)』편찬에 참여하였다.
홍길주(洪吉周), 홍현주(洪顯周)와 함께 삼형제가 문명을 날렸다. 그 자신은
정통 고문가로써, 김매순(金邁淳)과 더불어 '연대문장(淵臺文章)'으로 병칭
되었다. 문집에『연천집(淵泉集)』이 있다.

● 해설 및 감상

아마도 전라도나 충청도 관찰사로 나간 즈음일 것이다. 중양절
가까운 어느 가을날, 갈바람이 부니 객수는 부쩍 심해진다. 그래서
높은 곳 - 성문 밖 누대에 올랐다. 높은 누대에 오른 것은 가족들이
있는 북쪽 한양이 더 잘 보일까봐서이다. 가을날 높은 곳에 올라
사람 사는 거리를 내려다보고 있자니 새삼스레 자신의 삶을 돌아
보게 된다. 부질없이 세상공명에 얽매여 정작 소중한 것을 잃고
산다는 회한이 가슴을 친다. 그러나 장한(張翰)처럼 고향의 순채국
과 농어회가 그리워진다고 곧장 벼슬을 버리고 떠나지도 못한다.
누대에서 바라보는 구름만 망설임 없이 '곧장(直)' 북으로 돌아갈
뿐이다. 그러니 이 '곧장(直)' 한 글자에 여러 가지 마음이 집약되어
있다.

시냇가에서

김매순

눈 닿는 곳마다 붉은 꽃에 오솔길도 흐릿
지팡이 한가로이 시내 건너편에 이르다.
간밤 한 자락 비, 누가 재기라도 했을까?
꽃 피기엔 딱 좋고 길은 질지 않을 만큼.

出溪上得一絶 출계상득일절

觸眼紅芳逕欲迷 촉안홍방경욕미
杖藜閒步到溪西 장려한보도계서
夜來一雨誰斟酌 야래일우수짐작
纔足開花不作泥 재족개화불작니

● **김매순**金邁淳, 1776~1840

조선후기의 문신·문장가. 자는 덕수(德曳), 호는 대산(臺山)이다. 규장각 초계문신을 거쳐 예조와 병조의 참판에 이르고, 외직으로 강화부 유수를 지냈으나, 정치적인 부침을 겪었다. 당대에 유행하던 고증학에 맞서 정통 정주학을 계승하고자 노력했으며, 공리공론을 비판하고 실천적 학문을 주장했다. 문학적으로는 정통 고문가로서의 입장을 견지하여 홍석주와 함께 '연대문장(淵臺文章)'으로 병칭되었다. 문집에 『대산집(臺山集)』이 있다.

● **해설 및 감상**

비 갠 봄날 아침의 산책길을 읊고 있다. 간밤의 봄비로 꽃들이 활짝 피어 세상은 한껏 화사하다. 그렇다고 산책길이 빗물로 질척이지도 않는다. 비를 흠뻑 먹은 뒤 아침 햇살을 받은 흙길은 폭신하게 부풀어 올랐다. 꽃들로 가득한 세상, 부드러운 흙을 밟으며 걷자니 꽃 냄새와 땅 냄새가 코에 스민다. 마음이 한없이 부드러워지고 이 순간만은 참으로 행복하다. 아, 누가 있어 이처럼 딱 알맞게 안배했을까? 꽃은 활짝 피고, 땅은 부드럽게 부풀어 오를 만큼, 딱 그만큼. 조물에 대한 찬미가 절로 나온다. 천리(天理)의 오묘한 운행에 흡족히 젖어드는 순간을 노래한 철리시(哲理詩)의 냄새도 난다.

시골집

김정희

장독대 동쪽엔 맨드라미 두어 포기
외양간엔 새파란 호박 덩굴 올랐다.
조그만 마을의 꽃 일을 챙겨보니
접시꽃이 한 길이나 붉게 피는 때.

村舍 촌사

數朶鷄冠醬瓿東 수타계관장부동
南瓜蔓碧上牛宮 남과만벽상우궁
三家村裡徵花事 삼가촌리징화사
開到戎葵一丈紅 개도융규일장홍

648

● 해설 및 감상

서너 집이나 살 작은 촌마을, 꽃이라야 별 것도 없다. 장독대
옆의 맨드라미, 외양간을 타고 오르는 호박 넝쿨, 층층이 붉게 핀
접시꽃 -소박하고 정다운 꽃들이 거기 사는 사람들만큼이나 무심하
게 피었을 뿐이다. 이 소박한 촌집에 무슨 기화요초가 필 리 없으
니, 전구에 쓰인 '화사(花事)'란 말엔 살짝 농담기가 섞인다. 결구에
서도 말장난을 했다. 접시꽃의 한자 말이 '융규(戎葵)'지만, 또 다른
이름은 '일장홍(一丈紅)'이다. 그래서 결구는 두 가지로 읽을 수 있
다. '융규라 일장홍이 피는 때'로 읽을 수도 있고, '한 길이나 되게
키 큰 접시꽃이 층층이 붉게 피었다'로 읽을 수도 있다. 꽃의 이칭
을 가지고 하는 이러한 말장난에서도 가벼운 농담기가 읽힌다. 소
박하고 정다운 촌집의 풍경에 가벼운 농담이 곁들여져, 흐뭇하고
흥겹다.

유배지에서 아내를 보내며

김정희

어찌하면 월하노인과 저승에 송사해서

내세엔 우리 부부 입장 바꿔 태어나겠소?

나는 죽고 그대 천리 밖에 살아남아

그대가 내 슬픈 맘을 알게 하련만.

配所輓妻喪 배소만처상

那將月姥訟冥司 나장월모송명사
來世夫妻易地爲 내세부처역지위
我死君生千里外 아사군생천리외
使君知我此心悲 사군지아차심비

제주 유배지에서 아내 예안 이씨의 부고를 받고 쓴 도망시(悼亡詩)이다. 김정희는 부인이 돌아간 지 한 달 뒤에야 부고를 받았다. 이씨가 운명하는 날에도 그는 아내에게 편지를 부쳤다. 병환 소식에 '부디 당신 한 몸으로만 알지 마옵시고 이 천리 해외에 있는 마음을 생각해서 십분 섭생을 잘하여 가시기 바란다'고 했는데, 돌아온 답은 부고였다. 그 심정을 시로 읊었다.

생이별 중에 맞이한 배우자의 죽음이니, 회한은 더욱 기막히다. 그러나 이미 죽음이 낯설지 않은 나이이다. 장부가 흐드러지게 통곡할 수도 없는 일이다. 그러니 다만 '그대가 내 처지가 되어 보면 그제야 내 맘 알 것'이라고 말할 수밖에 없다. 칠언절구 스물여덟 자에 우겨넣은 온갖 심회는 그 깊이가 끝이 없다. 부부의 정을 지극하게 표현하면서도 체모를 잃지 않은 명편이다. 조선 사대부가 쓴 도망시의 백미로 일컬어지는 시이다.

길 위의 꿈

이상적

털옷 뒤집어쓰고 앉아 포근한 쪽잠
하염없는 돌아가는 꿈은 집에 갔네.
눈 갠 냇가 집, 쓰는 사람 없고
한 그루 매화, 학이 문을 지킨다.

車中記夢 거중기몽

坐擁貂裘小睡溫 좌옹초구소수온
依依歸夢訪家園 의의귀몽방가원
雪晴溪館無人掃 설청계관무인소
一樹梅花鶴守門 일수매화학수문

● 이상적李尚迪, 1804~1865

조선후기의 시인. 자는 혜길(惠吉), 호는 우선(藕船)이다. 한어역관(漢語譯官)으로 열두 차례나 청나라를 오가면서 저명한 중국문사들과 교우를 맺었고, 시집도 중국에서 간행되었다. 교서관으로 각종 서적의 편찬에도 참여하였다. 서화·골동·금석에도 조예가 깊었다. 문집으로 『은송당집(恩誦堂集)』이 있고, 『해린척소(海隣尺素)』가 전한다.

● 해설 및 감상

동지사 사행을 따라 북경을 오가는 수레 안, 꽁꽁 언 몸에 담비 갓옷을 뒤집어쓰고 수레의 흔들림에 몸을 맡기고 있다. 담비가죽의 온기와 수레의 규칙적인 움직임에 그만 깜빡 잠이 든다. 그 쪽잠에도 마음은 어느새 고향집 문을 들어서고 있다. 흰 눈으로 덮인 대문 어귀에 화사하게 꽃을 피운 매화 한 그루, 뜰의 학 한 마리가 나를 맞는다. '매화 아내, 학 아들(梅妻鶴子)'다.

시는 전체적으로 이가 시리게 싸늘한 감각을 기조로 하고 있다. 그러나 그 추위가 공격적이지는 않다. 풋잠의 온기와 고향집의 화사함으로 인해 길 위의 날카로운 추위는 맹위를 잃는다. 냉기 속의 화사한 온기, 그 두 가지 냉온 감각이 겹쳐져서 시 전체의 통일성을 이루고 있다. 그것이 이 시인의 정신세계이기도 할 것이다.

군더더기를 찾을 수 없는 깔끔한 말솜씨에 여러 가지 생각을 넣어놓았다. 청의 문사들 사이에서 그가 '학수문(鶴守門)'으로 불렸다는 일화가 실감이 난다.

삿갓 노래

김병연

흔들흔들 내 삿갓은 빈 배 같아
한 번 쓰자 한 평생 마흔 해일세.
목동의 행색, 들 송아지나 따르고
어옹의 신세, 강 갈매기와 짝일세.
한가하면 벗어 나무에 걸고 꽃구경
흥이 일면 쥐고 누대에 올라 달구경
속인들 의관이야 모두 걸치레,
하늘 가득한 비바람 홀로 근심 없어라.

詠笠 영립

浮浮我笠等虛舟 부부아립등허주
一着平生四十秋 일착평생사십추
牧豎行裝隨野犢 목수행장수야독
漁翁身勢伴江鷗 어옹신세반강구
閑來脫掛看花樹 한래탈괘간화수
興到携登翫月樓 흥도휴등완월루
俗子衣冠皆虛飾 속자의관개허식
滿天風雨獨無愁 만천풍우독무수

654

● 해 설 및 감 상

삿갓을 시상의 중심에 놓은 영물시(詠物詩)이다. 사물을 읊되 자신의 상념을 오버랩해놓는 것이 영물시의 본질이다. 본명보다 김삿갓으로 행세했던 시인이니, '삿갓의 노래'는 두말할 것 없이 그의 자화상이다.

흔들거리고 부유하며 어디 한 군 데 머물 곳이 없는 인생, 그것이 삿갓과 빈 배로 표상되는 그의 자화상인 것이다. 처음엔 천형(天刑)처럼 씌워진 삿갓이지만, 어느덧 한 몸이 되어 한 평생 자유롭고 유유자적한 삶을 살게 된 듯도 하다. 제법 흥겨운 분위기까지 돈다.

사대부로서 입신하겠다고 과장에 들어가 조부를 탄핵하는 글을 썼던 그다. 그 기막힌 운명의 장난 앞에 그가 추구했던 사대부의 의관이 무슨 의미가 있었는가? '껍데기의 허무함'을 한껏 비웃으며, 세상풍파로부터 벗어난 오연한 자유인으로서의 자화상을 그린 듯하지만, 어딘지 처연하다.

제목을 잃다

정지윤

미친 본색 드러내고 근엄한 척 그만두니
이름 감추고 술집에서 죽는 것이 제 격.
그대 아는가?
아이가 태어나며 곡부터 터트리는 까닭을.
인간 세상에 떨어지면 만 가지가 시름이니.

失題 실제

疎狂見矣謹嚴休 소광현의근엄휴
只合藏名死酒樓 지합장명사주루
兒生便哭君知否 아생변곡군지부
一落人間萬種愁 일락인간만종수

656

● 정지윤鄭芝潤, 1808~1858

조선 후기의 위항시인. 자는 경안(景顔), 호는 하원자(夏園子)이다. 본명보다 수동(壽銅)이란 별호로 더 유명하다. 왜어역관(倭語譯官) 집안 출신이다. 광인처럼 분방한 삶을 살았고, 세상을 풍자하는 기행이 일화로써 많이 전한다. 그의 시는 간결하면서도 격조가 높은 것으로 평가된다. 홍세태(洪世泰)·이언진(李彦瑱)·이상적(李尙迪)과 함께 '역관사가(譯官四家)'로 불린다. 시집으로 『하원시초(夏園詩抄)』가 있다.

● 해설 및 감상

이름 모를 주정뱅이로 어느 허름한 술집 구석에서 객사하기에 딱 알맞다고, 자신을 형편없이 비하하고 있다. 그러나 '소광(疎狂)'이란 현실적으로 가당치 않을 만큼 이상이 높고(狂), 처세에 세련되고 능란하지 못한(疎) 것을 의미하는 글자이다. 그렇다면 이와 대를 이루고 있는 '근엄'이란 세상사에 통용되는 허위의식—껍데기로서의 근엄이다. 그러니 자조는 그대로 세상에 대한 신랄한 비아냥이다. 아이가 울음을 터트리며 태어나는 것은 만 가지 고통의 바다인 인간에 태어남을 스스로 애도하는 것이라니, 자기 비하는 또한 자신에 대한 애도이리라. 정지윤은 출생의 한계로 평생 고통 받았던 사람이다. 세상에 대한 극도의 혐오가 적나라하게 드러나는 시이면서, 해학과 장난, 술로 위장하고 있는 내면의 상처가 신랄한 어투로 터져 나오고 있는 시이기도 하다.

쌍계사 방장

강위

해질녘 석문에서 옷깃 가다듬으니
골짝 안엔 신비한 이내 자욱하다.
흐르는 쌍계의 물은 고운의 유묵,
푸른 두 학 봉우리는 육조의 마음.
스님이 엮은 대 울 빈틈없이 호랑일 막고
절집서 먹는 솔잎 가차 없이 속인은 내친다.
상방의 일곱 부처를 만나거들랑
기원정사 땅에 깔았던 금화 보시하시게.

雙溪方丈 쌍계방장

斜日石門整客襟 사일석문정객금
洞中仙霞望沈沈 동중선하망침침
雙溪水活孤雲墨 쌍계수활고운묵
二鶴峰靑六祖心 이학봉청육조심
僧縛竹籬防虎密 승박죽리방호밀
寺餐松葉拒人深 사찬송엽거인심
上方七佛如相見 상방칠불여상견
許施祇園布地金 허시지원포지금

● 해설 및 감상

쌍계사를 방문하고 쌍계사와 절 주변의 여러 경물에 대한 감회를
적은 시이다. 쌍계사 입구에는 '쌍계'·'석문'이라 최치원의 글씨가
새겨져 있는 석문이 있다. 석문을 통과해 경내에 들어서고 다시
청학·백학 두 학봉을 바라보며 금당으로 찾아들고, 다시 그 위에
있는 칠불암을 찾아드는 화자의 행적이 시의 진행을 따라 그려져
있다. 이 행로는 그대로 부처를 만나러 가는 구도의 행적이기도
하다. 그리하여 미련에서는 마침내 '부처를 만난다.'

전체적으로 화자의 진입을 따라 시상이 전개되지만, 함련과 경련
의 두 대구는 쌍계사의 과거와 현재를 대구 형식으로 집약하고 있
다. 고운 최치원의 자취로 유명한 것이 쌍계사이다. 또한 쌍계사는
육조 혜능의 두상을 봉안하며 건립된 절이기도 하다. 그 쌍계사의
내력은 여전히 콸콸 흐르는 쌍계사의 계곡물처럼 '살아있고(活)',
여전히 두 학봉처럼 '새파랗다(靑)'. 지명과 고사를 적절하게 엮어
넣으며 쌍계사의 과거와 현재를 노래하고 있는 것이다.

함련이 내력이라면 경련은 현재이다. 대나무 울을 빽빽하게 엮어

서 호랑이를 막아야 할 만큼 절은 깊은 산속에 있다. 솔 잎 공양은 속인의 입맛에는 도무지 감당이 안 된다. 이렇게 이 절은 호랑이와 속인의 출입을 '막고(防)' '거절한다(拒)'. 청정도량에 침입하는 사납고 세속적인 것을 지키고 거절하는 것이다.

이런 세계에서 새로운 부처가 탄생한다. 칠불암은 선원이다. '칠불'의 이름은 가락국의 일곱 왕자가 여기서 한꺼번에 성불하였다는 전설에서 시작된 이름이다. 그것은 가락국 시대의 일이기도 하지만 현재와 미래의 일이기도 하다. 그러니 그대, 쌍계사 칠불암 선실에서 일곱 부처를 만나거들랑 먼 옛날의 수달 장자처럼 모든 걸 던져 부처께 공양하시라. 수달은 싯다르타 부처님께 바칠 정사의 터를 얻기 위해서 자신의 전 재산을 내놓았던 것이니, 그처럼 땅을 금화로 까는 공양도 기꺼이 하시라.

상방이나 방장이란 주지를 가리키는 말이기도 하니, "상방은 칠불을 뵙는 듯하니, 땅에다 금을 까는 보시를 허락하소서."라고 해석할 수도 있겠다.

안중근이 나라의 원수를 갚다

김택영

평안 장사 두 눈 부릅뜨고
양을 잡듯 나라 원수 시원케 죽였다.
죽기 전에 좋은 소식 듣게 되니
국화 곁에서 광란의 춤과 노래라.

聞義兵將安重根報國讐事 三首 문의병장안중근보국수사삼수

平安壯士目雙張 평안장사목쌍장
快殺邦讐似殺羊 쾌살방수사살양
未死得聞消息好 미사득문소식호
狂歌亂舞菊花傍 광가란무국화방

● 김택영金澤榮, 1850~1927

조선 말기의 문신·문인. 자는 우림(于霖), 호는 창강(滄江)·소호당주인(韶護堂主人)이다. 개성의 사족 출신으로, 을사조약 체결 뒤 중국으로 망명하였다. 망명 후에는 남통(南通)의 한묵림서국(翰墨林書局)에서 일을 보며, 『여한구가문초(麗韓九家文鈔)』의 편집을 비롯하여 한국 한문학사의 정리 작업을 했고, 국민 계몽을 위한 한국사 서술에 힘을 기울였다. 『연암집(燕巖集)』을 비롯한 한국 문인들의 문집을 간행하기도 했다. 한말 한문학의 대가로, 시에서는 황현(黃玹)과, 문장에서는 이건창과 병칭된다. 저서로는 시문집인 『창강고(滄江稿)』와 『소호당집(韶護堂集)』이 있고, 그 외 『한국소사(韓國小史)』를 비롯한 역사서들이 있다.

● 해설 및 감상

1909년 10월 26일 안중근은 이토 히로부미(伊藤博文)를 하얼빈 역에서 사살하였다. 김택영은 망명지 남통에서 이 소식을 듣고 통쾌한 심정을 세 수의 연작시로 읊었다. 그 중 첫 번째 시이다. 안중근을 두 눈을 부릅뜬 관운장 같은 장사로, 이토 히로부미는 도살당하는 양처럼 무력한 존재로 극단적으로 대조하여, 이 거사를 한껏 통쾌한 것으로 만들었다.

다만 결구의 '국화'는 시 전체의 기세로 볼 땐 어딘지 의아하다. 안중근의 거사일은 국화가 피는 때이다. 그래서 '국화 옆에서'라고 했는가? 그뿐만 아닐 것이다. 망국의 기세가 돌이킬 수 없이 짙어지는 때에, 서리 내린 뒤에 피는 한 떨기 국화 같은 의사가 안중근이라는 말일 것이다. 그러나 '두 눈을 부릅뜨고 양을 도살하듯 원수를 도살하였다'고 한 기·승구의 호쾌한 기세나 전투적 어조를 잇기에는 '국화'는 이미 너무 정적이고 관습적인 감이 있다.

목숨을 끊으며

황현

새 짐승도 슬피 울고 해양과 산악도 찡그리니
무궁화 세상은 이미 침몰하고 말았네.
가을밤 등잔 밑에 책 덮고 천고를 헤아리니
인간 세상에서 지식인 노릇 참으로 어렵구나.

絶命詩四首 절명시사수

鳥獸哀鳴海嶽嚬 조수애명해악빈
槿花世界已沈淪 근화세계이침륜
秋燈掩卷懷千古 추등엄권회천고
難作人間識字人 난작인간식자인

조선말기 우국지사이자 문인. 자는 운경(雲卿), 호는 매천(梅泉)이다. 강화
학파(江華學派)의 일원으로 일컬어진다. 한말의 격동기를 지내면서『매천야
록(梅泉野錄)』·『오하기문(梧下記聞)』을 저술하여 당대사에 대한 증언을 남
겼다. 을사조약을 체결되자 중국으로의 망명을 시도하였으나 실패하고, 한
일합방이 되자 절명시(絶命詩) 4편을 남기고 음독 순국하였다. 문학에서는
강위(姜瑋)·이건창(李建昌)·김택영(金澤榮)과 함께 한말사대가(韓末四大
家)로 손꼽힌다. 저서로는『매천집(梅泉集)』·『매천야록(梅泉野錄)』·『오
하기문(梧下記聞)』·『동비기략(東匪紀略)』등이 있다.

● 해설 및 감상

매천은 1910년 음력 8월 6일 새벽, 더덕 술에 아편을 타 마시고
자결하였다. 유서와 〈절명시(絶命詩)〉 네 수가 남겨져 있었다. 그
중 세 번째 수이다.

유서에서 그는 '나는 벼슬하지 않았으니 죽음으로써 지켜야할
의리는 없다.'고 했다. '죽어야 할 의리가 없는' 재야의 지식인이
자결하면서 남긴 이 말은 위정자들을 향한 통렬한 질책이다. 나라
가 망하면, 그 조정에 참여하여 녹을 받은 자들은 모두 죽어야 마
땅하다. 시대를 잘못 이끈 책임이 있기 때문이다. 그런데 너희들
은 왜 그렇게 멀쩡한 얼굴로 살아있는가? 그렇다고 해도 지식인
으로서의 책임은 남는다. "국가가 선비를 기른 지 오백년인데 나
라가 망한 날에 국난에 한 사람도 죽는 자가 없다면 어찌 통탄할
노릇이 아니겠는가?"(유서) 자신이 속한 체제의 마지막을 조문하
고, 자신의 독서를 배반하지 않으려 했던 지식인의 매서운 기개를
보여준다.

울며 어머님을 이별하다

신사임당

흰 머리 어머님은 강릉 계신데
나 혼자 한양으로 가는 이 마음
고개 돌려 북촌 땅 바라보니
흰 구름 밑 저문 산만 푸르다.

泣別慈母 읍별자모

慈親鶴髮在臨瀛 자친학발재임영
身向長安獨去情 신향장안독거정
回首北村時一望 회수북촌시일망
白雲飛下暮山靑 백운비하모산청

조선 중기 여성 예술가. 호는 사임당(師任堂/思任堂/師妊堂)·시임당(媤妊堂)·임사재(任師齋) 등이다. 학문과 예술적 재능을 겸비한 예술가로 특히 시와 그림에서 재능을 발휘했다. 안견(安堅)의 영향을 받은 화풍은 섬세하고 정묘하여 조선 제일의 여성화가라는 평을 듣는다. 문학작품은 이이의 「선비행장(先妣行狀)」에 「유대관령망친정(踰大關嶺望親庭)」, 「덕수이씨가승(德水李氏家乘)」에 「사친(思親)」 두 수만이 현전한다. 그림으로는 「자리도(紫鯉圖)」·「산수도(山水圖)」·「초충도(草蟲圖)」·「노안도(蘆雁圖)」·「연로도(蓮鷺圖)」 등이 널리 알려져 있다.

● 해설 및 감상

〈유대관령망친정(踰大關嶺望親庭)〉이라는 별칭으로도 많이 알려진 시이다. 신사임당은 결혼 후에도 친정인 강릉에서 어머니를 모시며 살았다. 그 어머니를 떠나 한양 시댁으로 가는 길에 대관령을 넘으며 읊었다고 전해지는 시이다.

대관령 꼭대기에서 내려다보는 강릉 쪽 풍경을 그린 결구엔 흰 구름 아래로 아득히 저물어가는 산들이 선명한 색채 이미지로 잡혀 있다. 강릉과 한양의 분기점에 서서, 앞으로 가야하는 몸과 뒤로 끌리는 마음 사이의 갈등이 그 저문 산의 색채에 고스란히 투영되어 있다. 먹먹하고 쓸쓸한 감성이 선명한 시각적 이미지로 잡혀져 있는 것이다. 그래서 '흰 구름(白雲)'에 숨겨진 고사를 알지 못해도 그 애틋한 심상은 감각적으로 고스란히 전달된다.

이 심상해 보이는 단어 '흰 구름'은 적인걸(狄仁傑)의 고사를 품고 있다. 벼슬살이 떠난 적인걸이 태행산에 올라 흰 구름 밑이 어버이 계신 곳이라며 하염없이 바라보다 구름이 옮겨가고 나서야 그 자리를 떠났다는 이야기이다. 그래서 율곡은 이 시가 '흰 구름의 그리움

(白雲之思)'을 읊었다고 했다.

그러나 고사의 삽입은 매우 감쪽같이 이루어져 때운 흔적이 전혀 없다. 고사를 사용하는 지적인 작업을 이처럼 흔적 없이 이미지로 전환시키는 솜씨는 예사로운 것이 아니다. 신사임당이 그저 '시집간 딸의 마음'을 읊는 여성일 뿐만 아니라 얼마나 세련된 시인인지를 보여주는 것이다.

연밤 따는 노래

허초희

맑고 넓은 가을 호수 벽옥 같은 물
연꽃 깊은 곳에 목란 배 매어두고
임 만나 물 건너로 연밤 던졌다가
남에게 들키곤 반나절 부끄러웠네.

採蓮曲 채련곡

秋淨長湖碧玉流 추정장호벽옥류
荷花深處繫蘭舟 하화심처계란주
逢郎隔水投蓮子 봉랑격수투련자
遙被人知半日羞 요피인지반일수

조선 중기의 여성 시인. 자는 경번(景樊), 호는 난설헌(蘭雪軒)이다. 허균(許筠)의 누이로, 이달(李達)에게 시를 배웠다. 유선시(遊仙詩)에 특히 뛰어났으며, 사(詞)에도 재능을 발휘했다고 한다. 중국과 일본에서도 평가를 받아, 중국에서는 『명시종(明詩綜)』, 『열조시집(列朝詩集)』 등에 시가 수록되었고, 일본에서도 1711년 분아이야 지로(文台屋次郎)에 의해 시집이 간행되었다. 시집으로 『난설헌집(蘭雪軒集)』이 있다.

● 해설 및 감상

중국이나 조선이나 처녀총각이 만나 눈 맞는 대표적인 장소가 연 밭이다. 이 연 밭의 밀회에서 불리는 노래가 '연밥 따는 노래'다.

상주 함창 공갈못에, 연밥 따는 저 처녀야.
연밥 줄밥 내 따 주께, 이 내 품에 잠자 주소(상주 민요, 부분).

예교로 물들지 않은 건강한 남녀의 사랑노래가 노동의 현장에서 불리는 노동요의 형태로 만들어진 것이다. 이 민요 모티브의 역사는 아주 오래다. 허난설헌의 시는 이 오래된 '연밥 따는 노래(採蓮曲)' 모티브를 한시로 재창작한 의고시이다.

상주 민요에서 보이듯이 '연밥 따는 노래'는 일반적으로 총각이 연밥을 미끼로 처녀를 유혹하는 노래인 법이다. 그런데 허난설헌의 시는 거꾸로 총각을 유혹하는 어린 아가씨를 그려놓았다. 그렇게 유혹해놓곤 제물에 빨개져서는 반나절을 부끄러웠다고 했다. 천진한 어린 아가씨의 대담함과 어쩔 수 없는 수줍음이 동시에 잡혀 있어서, 아주 사랑스러운 광경을 연출하고 있다.

시상이 황보송(皇甫松)의 〈채련자(采蓮子)〉와 흡사해, 표절시비가 있는 시이기도 하다. 의고시에서 표절의 범위를 어떻게 말해야 할지는 또 다른 시비거리이기도 하다.

아이들을 곡하다

허초희

작년에 사랑하는 딸을 잃고
올해 사랑하는 아들을 잃어
슬프디 슬픈 광릉 땅
두 개의 무덤이 마주 솟았구나.
쉬쉬 바람은 백양나무에 불고
도깨비불은 솔숲에서 번쩍인다.
지전을 살라 너희 혼을 부르고
술을 따라 너희 무덤에 붓는다.
너희 형제의 혼은
밤마다 서로 만나 놀고 있겠지
뱃속에 아이가 있다만
어찌 자라길 바라겠니.
하염없이 황대사 노래 부르며
슬픈 피눈물을 속으로 삼킨단다.

哭子 곡자

去年喪愛女 거년상애녀
今年喪愛子 금년상애자
哀哀廣陵土 애애광릉토
雙墳相對起 쌍분상대기
蕭蕭白楊風 소소백양풍
鬼火明松楸 귀화명송추
紙錢招汝魄 지전초여백
玄酒奠汝丘 현주전여구
應知弟兄魂 응지제형혼
夜夜相追遊 야야상추유
縱有腹中孩 종유복중해
安可冀長成 안가기장성
浪吟黃臺詞 랑음황대사
血泣悲吞聲 혈읍비탄성

672

허난설헌의 시세계는 16세기 조선 여성의 것이라곤 생각하기 힘들만큼 분방하다. 자신의 욕망과 자기애를 표현하는 데도 거침없다. 그녀의 언어적 세련은 허균의 시라는 의심을 살 만큼 뛰어나다. 그런데 「아이들을 곡함」에선 그러한 분방한 상상력이나 언어적 세련과는 거리가 먼, 애끓는 통곡이 그대로 쏟아져 나온다. 언어적 단련을 거친 '시'라기보다는 애도의 말을 쏟아내는 제문에 가깝다. 시상의 전체적 전개도 산만하다. 산 어머니가 죽은 자식들을 향해 횡설수설 쏟아내는 넋두리에 가깝다. 그런데 이러한 어조는 오히려 다른 측면에서 일관성이 있다. 즉 입에서 나오는 그대로의 탄식, 정리되지 않는 횡설수설, 그래서 오히려 더 생생한 고통의 언어라는 점이다. 기막힌 고통은 언어를 허용하지 않는다. 언어적 세련이란 그만큼 대상과의 미학적 거리를 전제로 한다. 그것이 불가능한 자리에 이런 넋두리가 존재하는 것이다. 그 진정성은 섣부른 미학적 판단을 용납하지 않는다.

자적

이옥봉

빈 처마 낙숫물 소리, 실 빗발
새벽 이부자리엔 살짝 한기가 든다.
꽃 지는 뒤뜰 안, 봄잠 달콤한데
재잘대는 제비는 발 걷으라 한다.

自適 자적

虛簷殘溜雨纖纖 허첨잔류우섬섬
枕簟輕寒曉漸添 침점경한효점첨
花落後庭春睡美 화락후정춘수미
呢喃燕子要開簾 니남연자요개렴

조선 중기의 여성 시인. 선조 연간에 이봉(李逢)의 서녀로 태어났다. 호가 옥봉(玉峰)이다. 조원(趙瑗)의 소실이 되었으나 남에게 시를 지어준 일이 빌미가 되어 의절당하고 임진왜란 중에 죽었다. 뛰어난 시재로 당대에 이미 허난설헌(許蘭雪軒)과 병칭되었다. 조선에서보다 중국에서 먼저 인정받아 『명시종(明詩綜)』·『열조시집(列朝詩集)』·『명원시귀(名媛詩歸)』 등 중국 측 선집에 작품이 수록되었다. 시집으로 『옥봉집(玉峰集)』이 『가림세고(嘉林世稿)』의 부록으로 전한다.

● 해설 및 감상

밤이 짧아지고 날이 따뜻해지는 봄날, 새벽잠은 유난히 달콤하다. 반쯤 잠이 깬 몽롱한 의식 속에 바깥의 소리가 들어온다. 간밤엔 봄비가 내렸는가? 처마에선 아직 떨어지는 낙숫물 소리가 들리고, 가는 봄비는 비단 고치실을 풀어놓은 듯 곱고 가늘다. 깊은 후원 안뜰, 실비가 장막을 만든 그 정밀한 고요 속에서는 꽃 지는 소리조차 들릴 듯하다. 새벽에서 점점 아침으로 밝아가며 실비도 그쳐 가는지, 제비 소리가 명랑하다. 더불어 의식도 점점 분명해지고 있다. 그러나 아직 새벽의 봄추위가 남아있는 때, 온기가 남은 포근한 이부자리 속에 묻혀 그 소리를 즐기고 있다. 감각이 외부를 향해 활짝 열려서 충만한 일체감을 누리는 이 순간, 포근하고 몽롱하면서도 화사한 봄 아침의 감각, 그 나른한 충족감을 읊고 있다.

소세양 판서를 보내며

황진이

달 아래 오동잎 마지막 지고
서리 속 들국화 노랗게 폈다.
다락이 높아 하늘까지 겨우 한 자
사람은 얼큰히 취했으니 술이 천 잔.
강물은 거문고와 어울려 싸늘하고
매화는 피리에 서리어 향기롭다.
내일 아침 헤어지고 나면
그리움은 푸른 물결 기나길려니.

奉別蘇判書世讓 봉별소판서세양

月下梧桐盡 월하오동진
霜中野菊黃 상중야국황
樓高天一尺 누고천일척
人醉酒千觴 인취주천상
流水和琴冷 유수화금랭
梅花入笛香 매화입적향
明朝相別後 명조상별후
情與碧波長 정여벽파장

676

조선조 중기의 기녀시인. 개성 출신으로, 기명은 명월(明月)이다. 양반의 서녀로 태어나 기적에 투신했다고 전한다. 사서삼경(四書三經)에 통달했으며, 시·서·음률에 모두 뛰어나, 문인·학자들과 교유하며 일대를 풍미했다. 서경덕(徐敬德)·박연폭포와 함께 송도삼절(松都三絶)로 불리기도 했다. 작품집이 따로 전하지는 않고, 「만월대 회고(滿月臺懷古)」·「박연(朴淵)」·「봉별소판서세양(奉別蘇判書世讓)」 등의 한시와 몇 편의 시조가 전한다.

● 해설 및 감상

이별 전야, 봉황이 깃들었던 오동은 이제 마지막 잎마저 다 떨어뜨렸다. 대신 가을꽃인 국화가 노랗게 피었다. 뜨거운 열정으로 가득했던 여름날, 봉황과의 날들은 이제 끝나고 그 열정의 뒷자리에 가을꽃의 시간이 도래한 것이다. 수련의 시간은 미련으로 이어진다. 더운 여름은 다했듯이, 이별의 시간은 문밖까지 와있는 것이다.

함련과 경련은 그 두 시간 사이에 있다. 미련의 시간을 지연시키는 오늘밤, 연인 간의 마지막 전별연 현장이다. 허공에 솟은 듯 높은 누대는 하늘까지 겨우 한 자나 될까 싶게 까마득하다. 그 위에서 서로 취해가는 마지막 술자리. 까마득한 이념의 높이 위에서 둘 사이에 이루어졌던 합일—운우지정(雲雨之情)을 확인하는 순간이다. 함께 연주하는 거문고와 피리 소리가 주거니 받거니 얽히고 풀려가는 순간, 누대 주변을 흐르는 강물의 서늘함도, 갓 핀 매화의 맑은 향도 이 가락에 함께 얽혀든다. '유수(流水)'와 '매화'는 악곡의 이름이기도 하니, 묘하게 중의적인 말놀음이기도 하다. 거문고·피리의 소리와 물소리의 싸늘함, 그리고 매화의 향내가 하나의 완벽

677

한 공감각적 이미지를 형성한다. 이 순간 이들이 누리고 있는 정신적 합일도 그만큼 완벽하다. 어지러운 남녀의 정 이상의 예술적 합일의 경지이다. 차고 향기롭다.

그리고 미련이다. 이 순간이 끝나면 이제 긴긴 그리움만 남을 것이다. 그러나 이 시는 여느 기녀들의 이별시처럼 그 이별에 목매고 매달려 애달파하지 않는다. 절정의 순간은 순간으로 충분하다. 그 순간이 지나면 시간의 흐름에 떠밀려 함께 흘러갈 뿐이다. 그것을 담담히 받아들일 수 있는 것은 인생에 대한 깨달음 때문이기도 하고, 그 절정의 순간에 대한 추억 때문이기도 하다. 이래서 황진의 명성이 있는 것이다.

소세양(蘇世讓)은 중종 때 문명이 높았던 명재상이다. 임방(任埅)의 『수촌만록(水村漫錄)』에는 소세양이 이 시에 감탄하여 차마 떠나지 못하고 다시 주저앉아 버렸다는 일화도 전한다.

박연폭포

황진이

골짝을 갈아 뿜어나는 긴 물결
백 길 용소에 콸콸 쏟아지는 물
거꾸로 쏟아지는 샘은 은하수인가?
가로 걸린 성난 폭포는 흰 무지개.
어지럽게 치닫는 우박과 우레, 골에 가득하고
잘게 부셔진 옥가루, 푸른 하늘에 뿌려진다.
길손아, 여산의 아름다움 되뇌지 말라.
해동의 으뜸은 천마산이니.

朴淵瀑布 박연폭포

一派長川噴壑礱 일파장천분학롱
龍湫百仞水潨潨 용추백인수총총
飛泉倒瀉疑銀漢 비천도사의은한
怒瀑橫垂宛白虹 노폭횡수완백홍
雹亂霆馳彌洞府 박란정치미동부
珠舂玉碎徹晴空 주용옥쇄철청공
遊人莫道廬山勝 유인막도려산승
須識天磨冠海東 수식천마관해동

서경덕(徐敬德)·박연폭포(朴淵瀑布)와 함께 '송도삼절(松都三絶)'
로 불렸던 황진이가 그 송도삼절의 하나인 박연폭포를 묘사했다.
이 시를 두고 전통 한시 비평에서는 "어조가 극히 맑고도 호쾌하니
화장한 여자가 미칠 수 있는 바가 아니다."고 했다. 이 시의 어조가
여성의 것이라고 믿을 수 없을 만큼 맑고 호쾌하다는 것이다. 압도
적인 크기나 기세를 지닌 대상을 언어화한다는 것은 쉽지 않다.
대상에 압도되어 미학적 거리를 확보하기 어렵기 때문이다. 천마산
바위 골짜기를 흘러내리는 삼십칠 미터의 장대한 박연폭포 역시
그것에 압도되지 않고 휘어잡을 만한 기백을 갖추지 않고서야 쉽사
리 언어화하기 힘든 대상이다. '여성'의 시임에도 그러한 기세가
있다고 해서 '여성답지 않은 시'라는 평가를 받았을 것이다.

한숨

이매창

봄 한기에 솜옷 바느질
비단 창에 햇빛 드는 때.
고개 숙이고 손 놀리자니
눈물방울 바늘땀에 진다.

自恨 자한

春冷補寒衣 춘냉보한의
紗窓日照時 사창일조시
低頭信手處 저두신수처
珠淚滴針線 주루적침선

● 이매창李梅窓, 1573~1610

조선 중기의 기녀시인. 본명은 향금(香今), 자는 천향(天香)이고, 매창(梅窓)은 호이다. 계생(癸生)·계랑(癸娘·桂娘)이라고도 한다. 부안의 아전 이탕종(李湯從)의 딸이다. 시문과 거문고로 당대를 풍미하며, 개성의 황진이와 명기로 쌍벽을 이루었다. 유희경(劉希慶)·허균(許筠)·이귀(李貴) 등과 교유가 깊었다. 시집으로 『매창집(梅窓集)』이 있다.

● 해설 및 감상

시를 읽으면, 봄볕이 따뜻하게 내려쬐는 창가에 앉아 바느질에 열중하고 있는 여인의 모습이 우선 잡힌다. 그러나 전구에선 '손 가는 대로(信手)'라고 했으니, 마음이 바느질에 있는 것은 아니다. 문득 눈물방울이 바느질감에 떨어진다. 여인의 마음은 어딜 헤매고 다녔는가. 햇살 드는 봄 창가에 앉아있건만, 오히려 한기가 오슬오슬 스며든다. 봄볕이 화사할수록 내면의 어둠은 강조되는 법이다. 화사한 봄볕에 오히려 눈물 떨어뜨리게 하는 한이야 여러 가지일 것이다. 그러나 누군가에게 입힐 옷을 바느질하며 흘리는 눈물이니, 아마도 곁에 두고 보지 못하는 사람에 대한 그리움일 가능성이 높다. 이매창은 당대 제일의 명기로, 평생 매화와 거문고만을 사랑한다던 자부심 드높은 시인이었지만, 28살 연상이었다던 유희경(劉希慶)과의 사랑을 평생 간직했던 사람으로도 유명하다. 짧은 만남과 평생 계속되는 그리움으로 만들어진 인연이었지만, 그 인연은 여러 편의 명시를 낳았다. '이화우 흩뿌릴 제 울며 잡고 이별한 님' 하는 유명한 시조처럼, 이 시도 그런 시들 중의 하나일 것이다.

새장의 새

이매창

한번 새장에 갇히자 돌아갈 길 없고
곤륜산은 어디인가 낭풍이 아득하다.
청전에 날 저물어 하늘 길도 끊기고
구령엔 달 밝은데 꿈길만 고달프다.
여윈 그림자 짝 없이 홀로 섰는데
저녁 까마귀만 신나 온 숲이 떠들썩.
긴 깃털 병든 날개는 다 꺾여버리고
슬픈 울음 해마다 옛 언덕을 그린다.

籠鶴 농학

一鎖樊籠歸路隔 일쇄번롱귀로격
崑崙何處閬風高 곤륜하처낭풍고
青田日暮蒼空斷 청전일모창공단
緱嶺月明魂夢勞 구령월명혼몽로
瘦影無儔愁獨立 수영무주수독립
昏鴉自得滿林噪 혼아자득만림조
長毛病翼摧零盡 장모병익최령진
哀唳年年憶舊皐 애려년년억구고

683

　매창은 '동가식서가숙하는 버릇 평생 부끄럽게 여겼고, 달빛에 비친 싸늘한 매화만 사랑했다(平生恥學食東家, 獨愛寒梅映月斜, 〈愁思〉)'고 도도하게 읊조린다. 그러나 이처럼 도도한 자의식은 '동가식서가숙'하는 기녀의 현실과는 화해할 수 없는 대립을 만든다. 신선세계인 청전과 구령에 산다는 신선의 학－그것이 그녀가 자의식의 표상으로 선택한 이미지이다. 그 신선의 학이 까마귀들만 짖어대는 세상에 불시착해서, 새장에 갇힌 채 고독에 떤다. 이 둘 사이의 절망적 거리가 그녀가 겪었던 절망의 깊이이다. 떨쳐낼 수 없는 불시착의 느낌, 그 비극적 자의식을 노래하고 있다.

　'새장에 갇힌 새'는 여러 계층의 여성시인들에게서 반복적으로 나타나는 심상이다. '여성'과 '신분'이라는 이중의 장벽에 갇혔던 조선시대 여성들이 즐겨 선택한 자아표상인 것이다. 매창의 시는 그런 시들 중에서도 그 비극성이 최고로 고조된 시에 해당한다. 자의식과 현실의 낙차가 그만큼 크기 때문일 것이다.

밤에

김호연재

달빛 잠긴 온 산 고요하고
샘에 비친 별빛 두엇 맑다.
댓잎은 안개 속에 흔들리고
매화에는 이슬이 엉긴다.
생애는 석 자 칼날
마음은 내건 등불
서글퍼라, 한 해가 저무니
흰 머리 해마다 또 느는구나.

夜吟 야음

月沈千嶂靜 월침천장정
泉影數星澄 천영수성징
竹葉風煙拂 죽엽풍연불
梅花雨露凝 매화우로응
生涯三尺劍 생애삼척검
心事一懸燈 심사일현등
惆悵年光暮 추창년광모
衰毛歲又增 쇠모세우증

685

● 김호연재金浩然齋, 1681~1722

조선후기의 여성시인. 호연재는 호이다. 아버지 김성달(金盛達)뿐 아니라 어머니인 연안 이씨(延安李氏)도 시를 잘해서, 일상적으로 가족 시회가 열리는 분위기에서 생장했다. 송요화(宋堯和)에게 출가한 뒤로도 시작 활동을 계속하였으며, 시가의 종질들과 시회를 열기도 했다. 그의 「자경편(自警篇)」과 시집(詩集)은 언해되어, 관련 가문들의 여성들 사이에서 유전되었다. 많은 작품을 남겼을 뿐 아니라 작품 수준도 높아, 조선전기의 허난설헌과 대비될 만하다는 평가를 받는다. 저서로『오두추도(鰲頭追到)』·『호연재유고(浩然齋遺稿)』·『호연재유고(호연지유고)』·『자경편(自警篇)』등이 있다.

● 해설 및 감상

밤에 혼자 깨어 앉았다. 달빛이 온 누리를 덮고, 뫼 봉우리들은 고요 속에 가라앉는데, 시내에 비친 별 빛 두엇은 맑디맑다. 여기에 댓닢에 부는 바람소리, 이슬에 젖은 매화 향기―풍경이지만 그녀의 정신세계를 표상하는 이미지이기도 하다. 그러나 경련의 범상치 않은 거센 어조는 이 고요하고 명상적인 분위기를 단번에 뒤엎는다. 석 자 칼 날 위를 걷는 듯 언제나 위태로웠던 삶, 그래도 마음만은 높이 내걸린 등불처럼, 한 점 부끄러움 없이 자랑스럽고 당당하다고 하였다. 자의식과 고난의식의 커다란 낙차는 이 한 연을 대단한 충격을 지닌 것으로 만들어놓는다. 그리곤 쓸쓸한 적막감으로 마무리 되었다.

호연재의 대표작으로 여러 군데서 보이는 시이다. 그러나 이 시가 미학적으로 '잘 빚어진 항아리'인지는 알 수 없다. 수·함련에 비해 경련은 돌연한 느낌이 있고, 미련도 앞의 시상을 무리 없이 갈무리하기에는 자연스럽지 않다. 오히려 사념의 전변을 따라 시상도 그렇게 자연스럽게 전개되었다고 보인다. 그러나 경련의 단호하면서도 거침없고, 그러면서도 고통에 찬 목소리는 이 시를 호연재의 대표작으로 꼽힐 만한 것으로 만든다. 자신의 삶을 장악하기 위한 투쟁을 끝내 포기하지 않는 치열한 아름다움이 여기엔 있다.

운을 부르다

서영수합

시정 멀찌감치 집터 잡고
약초 심고 이엉 풀 베었네.
꽃 앞에서 술에 취하고
버들 아랜 문 두드리는 이 없다.
책과 그림 늘 방에 가득하고
생선과 나물 또 부엌에 넉넉하다.
지극한 즐거움 원래 여기 있으니
속물들 조롱이야 괘념치 않네.

呼韻 호운

卜居遠朝市 복거원조시
種藥又誅茅 종약우주모
酒有花前醉 주유화전취
門無柳下敲 문무류하고
圖書常滿室 도서상만실
魚菜更餘庖 어채갱여포
至樂元斯在 지락원사재
不嫌俗子嘲 불혐속자조

● 서영수합徐令壽閣, 1753~1823

조선후기의 여성시인. 호가 영수합(令壽閣)이다. 서형수(徐逈修)의 딸로 김원행(金元行)의 외손녀이다. 시를 잘 했을 뿐 아니라, 경학에도 밝았고 특히 수학에 정통해 당대 최신의 이론에 통달하였다고 한다. 그의 세 아들—석주(奭周)·길주(吉周)·현주(顯周)는 당대 최고의 정치가요 문장가로 이름을 날렸다. 딸 유한당(幽閑堂) 원주(原周)도 시를 잘해, 일가족이 모두 개인 시집이 남아있다. 시집으로『영수합고(令壽閣稿)』가 남편 홍인모의 문집『족수당집 足睡堂集』제6권에 부록되어 전한다.

● 해설 및 감상

남편 홍인모(洪仁謨)가 지방관으로 나갔던 시절의 것인 듯한데, 영수합은 은거생활이라도 하는 듯 즐기고 있다.

시는 매우 소박하다. '이엉 풀 벤다(誅茅)'는 심약(沈約)의 〈교거부(郊居賦)〉에서 온 것이지만, 그 외엔 특별한 기교 없이 율시의 형식에 맞추어 얌전하게 말을 놓았다. 그래도 소박하면서도 기품 있는 모습이 드러난다. 생선에 나물을 배불리 먹고, 약초나 심으며 책에 둘러싸여 지내는 삶—'진짜' 즐거움이란 바로 이런 것이다. 진짜가 뭔지 모르는 속물들이 이러쿵저러쿵하는 것쯤이야, 그깟 것 괘념치 않을 만한 자부심과 자족감이 있다. 조선을 통틀어 가장 복 많은 여인으로 꼽히는 영수합은 전형적인 조선 사대부가 안방마님이다. 당대 최신의 수학 이론에 정통했던 지성의 소유자이기도 했다. 그만큼 지적인 기품과 세련됨이 있다. 현실적 부귀영화에 휩쓸리지 않고 균형과 절제, 소박함을 추구할 줄 아는 고급한 취향을 이런 시에서 보게 된다.

밤에 앉아

강정일당

밤 깊어 모든 움직임 그치자
빈 뜰에 환한 달이 밝아온다.
마음 씻은 듯 맑았으니
활짝 본 마음이 드러난다.

夜坐 야좌

夜久群動息 야구군동식
庭空皓月明 정공호월명
方寸淸如洗 방촌청여세
豁然見性情 활연현성정

● 강정일당姜靜一堂, 1772~1832

조선후기의 여성 성리학자·문인. 호가 정일당(靜一堂)이다. 성리학적 수양
을 평생의 목표로 삼고 실천한 학자이다. 철학적 문답을 기록한 비망록이
있었으나 망실되었다고 하며, 현재 남겨진 것은 대부분 남편과 주고받은
짧은 척독들이거나, 대부작(代夫作)으로 지어진 철학적 문답의 서신들이
다. 시문과 서예에도 뛰어났으나, 알려지기를 원치 않았다고 한다. 남겨진
시문은 대개 철학적 깨달음을 노래하거나 학문적 실천을 다짐하고 권면하
는 내용들이다. 저서로『정일당유고(靜一堂遺稿)』가 있다.

● 해설 및 감상

깊은 밤에 혼자 앉아 있다. 낮의 분주함이 다 잠든 자리에 달이
환하게 떠오른다. 일상에 가려 드러나지 않던 본질이 드러나는 순
간이다. 진리가 현현하는 순간인 것이다.

삼라만상에 편재하는 순수하게 선하고 아름다운 도(道/理)가 인
간의 마음으로 모습을 갖추었을 때 그것을 '성정(性情)'이라 한다.
그것이 제대로 발현되려면 현실적 존재로서의 온갖 욕망과 미망에
서 놓여나야 한다. 그것들에 가려서 인간의 본래적 선함, 진리다움
이 발현되지 못하기 때문이다. 그래서 밤의 텅 빈 뜰처럼, 마음이
씻어낸 듯 맑은 상태가 되었을 때, 달빛이 그 본래의 훤한 모습을
뚜렷이 드러내는 것처럼 인간 본래의 마음이 활짝 드러나게 되는
것이다. 정일당은 이 시에서 달밤의 서정이 아니라 달밤의 철학적
사색을 노래하고 있다.

691

앓고 나서

박죽서

앓고 나니 살구꽃 시절 벌써 지났고
마음은 매지 않은 배처럼 흔들린다.
아무 일도 없는 것 나무토막이나 한 가지고
깊이 묻힌 삶도 신선을 배우자는 것 아닐세.
상자 속 짧은 노래엔 누가 화답해주랴,
거울 속 마른 모습에 문득 스스로 가엾다.
이십삼 년, 무엇을 하며 살았나?
바느질로 반, 시로 반이었네.

病後 병후

病餘已度杏花天 병여이도행화천
心似搖搖不繫船 심사요요불계선
無事只應同草木 무사지응동초목
幽居不是學神仙 유거불시학신선
篋中短句誰相和 협중단구수상화
鏡裏癯容却自憐 경리구용각자련
二十三年何所業 이십삼년하소업
半消針線半詩篇 반소침선반시편

● **박죽서**朴竹西, 1817 이후~1851 무렵

조선 후기의 여성 시인. 호는 반아당(半啞堂)이다. 박종언(朴宗彦)의 서녀로
태어나, 서기보(徐箕輔)의 소실이 되었다. 경전과 역사, 그리고 옛 시문을
탐독하였고, 특히 소식(蘇軾)과 한유(韓愈)를 좋아하였다고 한다. 결혼 뒤에
는 남편의 임지를 따라 한양과 강서현 등에서 살았다. 한강 변의 삼호정(三湖
亭)에서 금원(錦園)·부용(芙蓉)·경춘(瓊春)·경산(璟山) 등 소실 출신 시
인들이 모여 만들었던 '삼호정시사(三湖亭詩社)'의 일원이기도 한다. 저서로
『죽서시집(竹西詩集)』이 있다.

● 해설 및 감상

홀로 앓고 일어나보니 봄은 어느새 다 지나가고 있다. 겨우 스물
세 살인데, 아주 오래 산 듯 느껴지는 순간이다. 무엇을 했던가?
시부모 봉양하고 자식들 기르고－인간사 온갖 애환이 얽힌 그런
일상은 소실인 그녀의 몫이 아니었다. 함련의 어조는 나직하지만
거칠다. 내게 이 '한가한 은거'는 사실 나무토막처럼 살라는 강요라
고, 내 거처는 그저 인간에서 쫓겨난 자의 거처일 뿐이라고. 그러고
보니 시와 바느질로만 버텨온 삶이었다. 시는 삶을 버티게 해준
지주이기도 했지만, 사실 일상을 나눌 상대 하나 없었던 삶의 결과
이기도 했다. '매어놓지 않아서 흔들리는 배'는 이 세상 어디에도
누구에게도 매인 끈이 없는 시인의 서글픈 자화상인 것이다. 맑고
담백한 시를 쓰는 여성시인이지만 평생 병약했던 이 시인의 이런
시는 처연하다. 『죽서시집(竹西詩集)』의 서문을 쓴 서돈보(徐惇輔)는
아무도 알아주지 않는 그녀의 시를 '깊은 숲속의 아름다운 꽃이
잡초들 사이에서 혼자 폈다가 혼자 지는 것 같다'고 했는데, 이
시는 사실 그녀의 존재자체가 그런 것이었음을 읊고 있다.

번역 시제목 색인

ㄱ

가야산 독서당에서 40
가을날 누대에 올라 644
가을날 성 위에서 304
가을밤 비 소리에 34
가을의 회포 76, 595
각로의 화폭에 179
갈역잡영 557
감로사에서 57
감흥 506
강가의 밤 455
강가의 정자에서 아침에 일어나 우
  연히 읊조리다 330
강가 정자에서 338
강남땅에서 290
개성사에서 55
경주 용삭사에서 44
경포대 177
고기잡이 늙은이 71
고기잡이 배를 그린 그림에 370
고려 609
고향을 그리며 28

과부 441
관동와주 105
관직에서 파직되었다는 소식을 듣
  고 483
국도에서 344
국화가 피지 않아 슬퍼 짓다 206
군인 아내의 원망 143
군인의 아내 449
궁녀의 노래 252
그네타기 400
그리움 317
금강산 530
금강산 보덕굴 115
금강산을 유람하고 298
금릉에서 565
금전화 469
급한 돛 108
기러기 울음소리를 듣고 563
길 위에서 본 것을 읊다 591
길 위의 꿈 652
길을 가다가 439
김거사를 찾아가다 159

꿈을 적다 524

ㄴ

나홍곡 208
낙서재 우음 526
낙화암에서 328
남쪽 언덕 버드나무 88
남포 181
낭천의 사랑 노래 467
노래 소리를 듣고 463
농가 아낙네 391
농가의 여름 626
농부를 대신하여 82
누추한 마을 173
눈 내리는 날 친구를 찾았다 만나
  지 못하다 80
눈 오는 밤 100
느낌이 있어 575, 586
늙은 소를 탄식함 572
늦은 봄 꾀꼬리 소리를 듣고 73

ㄷ

다시 택지에게 화답하다 272
단군사당 522
단오첩 541
대동강 52
대동강 노래 406

대은암 남지정의 고택에서 414
대추 터는 아이들 393
대탄에서 326
도롱이 준 사람에게 감사하며 187
도심 스님에게 288
도중에 비를 피하다가 117
독서당에 비가 내린 뒤의 풍경 366
동년 최익령의 경포 별장에서 창방
  의 시에 차운하다 284
동대 588
동양서재 593
동자를 보내며 31
두류산을 유람하다 화개현에 이르
  러 228
들판에서 잠을 자며 534
등 601
떨어진 배꽃 94
뜻을 적다 155

ㅁ

마천령에서 352
말없이 헤어지다 404
모내기 노래 638
목숨을 끊으며 663
문득 흥이 일어 145
미인도 276

ㅂ

바람을 읊다 532
박연폭포 635, 679
밤 잔치 98
밤에 685
밤에 앉아 169, 244, 690
밤에 앉아 두시에 차운하다 135
밤에 앉아서 471
배꽃 191
배로 저자도를 지나며 342
배를 띄우고 582
번민 606
벗에게 준다 322
변방에서 412
보락당 286
보름달 481
보천탄에서 213
복령사에서 274
봄날 201, 420
봄날 성남에서 167
봄빛 147
봄의 애상 488
봄의 흥취 139
부벽루 132
부벽루에서 356
부인의 죽음을 애도하며 486
북으로 가는 윤신걸을 보내며 102

북쪽 변방으로 귀양 가며 528
북한 580
분성에서 헤어지며 주다 260
불일암에서 389
비를 마주하고서 청주 동헌에 쓰다
   224

ㅅ

사면을 받고 함원역에서 465
사월 십오일 459
4월 16일 동궁 이어소의 숙직하는
   방 벽에 쓰다 266
사주 구산사를 지나다가 50
산 기운 536
산 백성 553
산길을 가다가 217
산사 549
산사의 저녁 477
산속에서 358
산속의 집 348
산수 그림에 부쳐 197
산에 살며 385
산에 살면서 65
산장에 비오는 밤 59
산중 161
산중 객관에서 409
산중에 눈 내린 뒤 112

산중의 비 126

삼각산 문수사 395

삼일포에서 340, 398

삼전도 비를 지나며 느낌이 있어
　읊다 545

삼짇날 성남에서 234

삼척 죽서루에서 320

삿갓 노래 654

새로 온 제비 510

새벽길 603

새장의 새 683

서강에서 한식날에 232

석죽화 61

선죽교 628

성산의 기생에게 240

세검정 611

소세양 판서를 보내며 676

손님께 618

송강의 무덤을 지나며 446

송강정에서 머물러 자면서 479

수나라 장수 우중문에게 24

수락산 허리를 넘으며 547

수종사 513, 551

술을 끊고 475

스님에게 주다 560

스님의 시축에 차운하여 424

시골 아낙의 탄식 124

시골집 69, 149, 648

시냇가에서 646

시를 지어 뜻을 보이다 387

신광사에 쓰다 250

심양 감옥에서 가을을 보내며 501

심양에서 아내 남씨에게 492

쌍계사 방장 658

o

아이들을 곡하다 671

아조 620

안중근이 나라의 원수를 갚다 661

앓고 나서 199, 692

압록강 봄 조망 248

양구읍을 지나며 157

양근에서 밤에 누워 즉석에서 시를
　지어 동료에게 보이다 302

양물 자른 사건 622

양주에서 정든 이와 이별하며 110

어떤 나그네 220

어버이 생각 189

여름날 204

연꽃 감상 86

연못 정자 633

연밥 따는 노래 426, 668

영남루에 붙은 시에 차운하다 256

영동에서 고향 생각 504

영동의 고을원으로 가는 당질 원량
　과 헤어지면서　282
영보정에서　270
영호루　90
예성강에서 바람에 막혀　119
옛 절에서 꽃을 찾아　230
외로운 바위　26
용만 행재소에서 삼도의 병사들이
　한양으로 진격한다는 소식을 듣
　고　432
용천사 운봉 스님에게 주다　430
우물 속의 달　78
우연히 읊다　238, 372, 376
우연히 짓다　171, 354, 584
운을 부르다　688
울며 어머님을 이별하다　665
원사　515
원숭이 그림　306
월계 가는 길에　494
유민의 노래　278
유배지에서 아내를 보내며　650
윤주 자화사에 올라　37
의주에서　334
이 늙은이　378
이른 아침 말 위에서　92
이천에서　444
일본 죽지사　568

일본에 사신 가며　141
일본으로 사신을 가는 사명대사에
　게 주다　435
일섭원　613

ㅈ

자규 소리에　183
자적　175, 674
작은 배　381
작은 복숭아　374
잠자리에서 일어나　422
잡흥　63
장안의 봄날　42
저녁 산보　616
전원 즉사　519
절　151
절구　48, 350
절해고도에서　292
정주 가는 길에　137
정한림의 이별시에 답하여　254
제목을 잃다　656
제목이 없는 시　222
제운루에 올라　195
제주에서　490
조령에 올라　226
조처사의 집을 찾아서　364
종정도 놀이　538

좌의정 상진의 기러기 화첩에 쓰다
　294
죽음에 임하여　185
죽장사에서　163
중국 사신 가는 길에　428
지리산 천왕봉　336
진도 벽파정에서 사람을 기다리며
　324
진주 촉석루에서　346

ㅊ

참새　543
처마 밑을 걸으며　517
처음 산을 나와 심장원에게 주다
　362
천마록 뒤에 쓰다　268
천수사 벽에 쓰다　67
첫눈　153
청풍 한벽루에서　368
충주석　451
취대에 올라　312
취하여 읊다　496
치술령　215
친구 김태욱 만사　642
친구 조원기 집에서 솔뿌리 샘물을
　길어 마시고　315
친우의 시에 차운하다　332

ㅌ

탄금대에서　258
태고음　577
태수 박조가 술을 싣고 찾아왔기에
　262
통주에서　246

ㅍ

8월 18일 밤　264
평양　631
풍악으로 가는 스님에게　165

ㅎ

하는 일 없어　309
학교　96
한가롭게 읊조리다　84
한강에서 성보와 헤어지며　418
한강을 떠나며　383
한산도의 밤　473
한송정곡　46
한숨　681
한포에서 달과 놀다　128
함흥　193
합포영에서　122
허백당에 쓰다　296
형님　599
홍겸선의 제천정 시에 화답하다

211

홍경사 416

화석정 360

화판에 글을 쓰다 457

회령 마시장 597

회포를 적다 236, 300

회포를 풀다 130

후서강에서 499

원문 시제목 색인

ㄱ

葛驛雜詠 557

感興 506

江南 290

江夜 455

江亭偶吟 338

開聖寺八尺房 55

車中記夢 652

遣悶 606

遣懷 130

涇州龍朔寺 44

鏡浦坮 177

高麗 609

孤石 26

哭子 672

過三田碑感吟 545

過松江墓有感 446

過楊口邑 157

關東瓦注 105

國島 344

菊花不開 悵然有作 206

宮詞 252

記夢 524

寄星山妓 240

紀懷 300

金剛山 530

金陵 565

金錢花 469

ㄴ

囉嗊曲 209

樂書齋偶吟 526

落梨花 94

落花岩 328

南堤柳 88

南浦 181

狼川艷曲 467

路上有見 591

老牛歎 572

籠鶴 683

陋巷 173

ㄷ

檀君祠 522

701

端午帖　541

答賓　618

代農夫吟　82

大同江　52

對雨題清州東軒　224

大隱巖南止亭故宅　414

大灘次韻　326

途中　439

途中避雨有感　117

東臺　588

東陽書齋　593

燈　601

登潤州慈和寺　37

登烏岾　226

登吹臺　312

ㅁ

挽睡軒故人金泰郁　642

望月　481

望鄕詩　28

暮春聞鶯　73

無語別　404

無爲　309

無題　222

聞歌　463

聞赦到摩天嶺　352

聞雁　563

聞義兵將安重根報國讐事　三首
　661

聞子規　183

聞罷官作　483

美人圖　276

ㅂ

朴淵　635

朴淵瀑布　679

撲棗謠　393

朴太守稠載酒見訪　262

訪金居士野居　159

訪曹處士山居　364

配所輓妻喪　650

帆急　108

泛舟　582

碧亭待人　324

邊思　412

病餘獨吟　199

病後병후　692

普德窟　115

保樂堂　286

寶泉灘卽事　213

步檐　517

福靈寺　274

奉別蘇判書世讓　676

浮碧樓　132, 356

婦人挽　486

北漢　580

盆城贈別　260

佛日菴贈因雲釋　389

ㅅ

使宋過泗州龜山寺　50

四月十五日　460

四月十六日　書東宮移御所直舍
　壁　266

謝人贈簑衣　187

思親　189

赦後到咸原驛　465

山居　65, 348

山居雜詠　385

山氣　536

山民　554

山寺　549

山寺夜吟　477

山庄夜雨　59

山中　161, 358

山中雪後　112

山中雨　126

山行卽事　217

三日浦　340, 398

賞蓮　86

孀婦　441

上巳城南　234

上霽雲樓　195

傷春曲　488

西江寒食　232

西京次鄭知常韻　631

書天壽僧院壁　67

書畫板　457

書懷　236

石竹花　61

善竹橋　628

雪中訪友人不遇　80

洗釼亭水上余結趺石坡草晝處
　611

小艇　381

送童子下山　31

送僧之楓岳　165

送尹樂正莘傑北上　102

睡起有述　422

酬鄭翰林留別韻　254

水鍾寺　513, 551

宿松江亭舍　479

述志　155

示友人　322

新雪　153

失題　656

瀋陽寄內南氏　492

瀋獄送秋日感懷　501

703

尋花古寺　230
雙溪方丈　658

ㅇ

雅調　620
鴨江春望　248
秧歌五章　638
哀絕陽　623
野宿　534
夜宴次韻　98
夜吟　685
夜坐　244, 471, 690
夜坐次杜工部詩韻　135
楊根夜坐卽事示同事　302
梁州客館別情人　110
漁翁　71
漁舟圖　370
燕岩憶先兄　599
嶺東歸思　504
詠笠　654
永保亭　270
詠新燕　510
詠井中月　78
詠風　532
映湖樓　90
禮成江阻風　119
龍江別成甫　418

龍灣行在　聞下三道兵進攻漢城
　432
龍泉寺　贈雲峰上人　430
偶吟　238, 372, 376
偶題　171, 354, 584
又次陸放翁農家夏詞六首　626
怨詞　515
月溪途中　494
有感　575, 586
有客　220
遊頭流到花開縣　228
流民歎　279
有所思　318
踰水落山腰　547
遊楓岳　298
泣別慈母　665
義州　334
已斷酒　475
伊川　444
梨花　191
日本竹枝詞　569
日涉園　613
臨死賦絕命詩　185

ㅈ

自適　175, 674
自恨　681

作詩見志　387

雜興　63

長安春日有感　42

再和擇之　272

抵遠期家 汲松根水以飮　315

田家行　391

田婦歎　124

田園卽事　519

絕句　48, 350

絕國　292

絕命詩四首　663

征婦怨　143, 449

定州途中　137

題伽倻山讀書堂　40

題閣老畫幅　179

題高峰郡山齋　409

題山水畫　197

題尙左相震畫雁軸　294

題松都甘露寺次惠遠韻　57

題僧舍　151

題神光寺　250

濟州　490

題天磨錄後　268

題學宮　96

題合浦營　122

題虛白堂　296

題畫猿　306

早朝馬上　92

朝天途中　428

早秋歸洞陰弊廬晩步溪上作三
　首　616

從政圖　538

舟過楮子島　342

竹西樓　320

竹杖寺　163

卽事　145

贈別堂姪元亮潛之任嶺東郡　282

贈四溟山人往日本　435

贈釋道心　288

贈隋右翊衛大將軍于仲文　24

贈僧　560

池亭　633

ㅊ

次嶺南樓韻　256

次文殊僧卷　395

次僧軸韻　424

次玉堂小桃韻　374

此翁　378

次友人寄詩求和韻　332

次子剛夜坐韻　169

採蓮曲　426, 668

天王峰　336

淸風寒碧樓　368

初出山贈沈景混長源　362

矗石樓　346

村家　69

村居　149

村舍　648

崔同年鏡浦別墅次昌邦韻　284

秋夜雨中　34

秋日登樓　次圃翁韻　644

秋日書懷　76

秋日城頭　304

鞦韆曲　401

秋懷　595

春望　420

春色　147

春日城南即事　167

春日　201

春興　139

出溪上得一絶　646

忠州石　效白樂天　452

醉吟　496

鵄述嶺　215

ㅌ

彈琴臺　258

太古吟　577

通州　246

ㅍ

八月十八夜　264

浿江歌　406

被謫北塞　528

ㅎ

夏日即事　204

漢江留別　383

閑山島夜吟　473

寒松亭曲　46

閑中雜詠　84

漢浦弄月　128

咸興　193

縣齋雪夜　100

湖堂雨後即事　366

呼韻　688

湖亭朝起偶吟　330

弘慶寺　416

洪武丁巳奉使日本作　141

花石亭　360

和洪兼善濟川亭　次宋中樞處寬
　韻　211

黃雀　543

會寧市　597

曉發延安　603

後西江　499

작가 색인

ㄱ

강극성(姜克誠) 330, 331

강세황(姜世晃) 591, 592

강위(姜瑋) 658, 659

강정일당(姜靜一堂) 690, 691

강혼(姜渾) 240, 242

강희맹(姜希孟) 199, 200

강희안(姜希顔) 197, 198

고경명(高敬命) 370, 371

고조기(高兆基) 59, 60

곽예(郭預) 86, 87

광해군(光海君) 490, 491

권근(權近) 167, 168

권부(權溥) 98, 99

권응인(權應仁) 346, 347, 348

권필(權韠) 446, 447, 449, 451

기대승(奇大升) 354, 355, 356

기준(奇遵) 304, 305

길재(吉再) 155, 156

김굉필(金宏弼) 236, 237

김구(金坵) 94, 95

김구용(金九容) 108, 109

김극기(金克己) 69, 70, 71

김덕령(金德齡) 387, 388

김만중(金萬重) 541, 542

김매순(金邁淳) 646, 647

김병연(金炳淵) 654, 655

김부식(金富軾) 57, 58

김상헌(金尙憲) 501, 502

김성일(金誠一) 383, 384

김시습(金時習) 217, 218, 220, 222

김안국(金安國) 260, 261, 262

김인후(金麟厚) 312, 313, 315, 317

김정(金淨) 288, 289, 290, 292

김정희(金正喜) 648, 649, 650

김종서(金宗瑞) 181, 182

김종직(金宗直) 211, 212, 213, 215

김지장(金地藏) 31, 32

김창집(金昌集) 551, 552

김창협(金昌協) 553, 555

김창흡(金昌翕) 557, 559

김택영(金澤榮) 661, 662

김호연재(金浩然齋)　685, 686

ㄴ

나식(羅湜)　306, 307

남곤(南袞)　250, 251

남구만(南九萬)　543, 544

남용익(南龍翼)　545, 546

남효온(南孝溫)　232, 233, 234

노수신(盧守愼)　324, 325, 326

ㄷ

단종(端宗)　183, 184

ㅂ

박상(朴祥)　254, 255, 256, 258

박순(朴淳)　364, 365, 366, 368

박엽(朴燁)　488, 489

박윤묵(朴允默)　642, 643

박은(朴誾)　270, 271, 272, 274

박인량(朴寅亮)　50, 51

박인범(朴仁範)　44, 45

박제가(朴齊家)　611, 612

박죽서(朴竹西)　692, 693

박지원(朴趾源)　599, 600

박태보(朴泰輔)　547, 548

박팽년(朴彭年)　189, 190

백광훈(白光勳)　416, 417, 418, 420

백대붕(白大鵬)　496, 497

변계량(卞季良)　169, 170

ㅅ

서거정(徐居正)　201, 202, 204, 206

서경덕(徐敬德)　296, 297

서영수합(徐令壽閤)　688, 689

설손(偰遜)　126, 127

설장수(偰長壽)　147, 148

성간(成侃)　208, 210

성삼문(成三問)　185, 186

성석린(成石磷)　165, 166

성수침(成守琛)　385, 386

성현(成俔)　224, 225

성혼(成渾)　372, 373

소세양(蘇世讓)　294, 295

송시열(宋時烈)　530, 531, 532

송익필(宋翼弼)　481, 482

송준길(宋浚吉)　524, 525

송한필(宋翰弼)　376, 377

신광수(申光洙)　588, 589

신광한(申光漢)　282, 283, 284, 286

신사임당(申師任堂)　665, 666

신숙주(申叔舟)　195, 196

신위(申緯)　631, 632, 633, 635

신유한(申維翰) 568, 570

신흠(申欽) 422, 423, 424, 426

ㅇ

안축(安軸) 105, 106

안평대군(安平大君) 179, 180

안향(安珦) 96, 97

양사언(楊士彦) 344, 345

어무적(魚無迹) 276, 278

어무적魚無迹 277

오달제(吳達濟) 492, 493

우탁(禹倬) 90, 91

원감(圓鑑) 84, 85

원천석(元天錫) 157, 158

월산대군(月山大君) 230, 231

유득공(柳得恭) 609, 610

유몽인(柳夢寅) 441, 442, 444

유방선(柳方善) 171, 172

유성원(柳誠源) 193, 194

유호인(俞好仁) 226, 227

유희경(劉希慶) 494, 495

윤두서(尹斗緒) 584, 585

윤선도(尹善道) 526, 527, 528

을지문덕(乙支文德) 24, 25

이가환(李家煥) 606, 607

이개(李塏) 191, 192

이계(李烓) 486, 487

이곡(李穀) 117, 118, 119

이광려(李匡呂) 580, 581

이광사(李匡師) 572, 573

이규보(李奎報) 78, 79, 80, 82

이달(李達) 389, 390, 391, 393

이달충(李達衷) 124, 125

이덕무(李德懋) 603, 604

이만부(李萬敷) 577, 579

이매창(李梅窓) 681, 682, 683

이명한(李明漢) 513, 514

이민구(李敏求) 517, 518

이병연(李秉淵) 565, 566

이산해(李山海) 378, 379, 381

이상적(李尙迪) 652, 653

이색(李穡) 128, 129, 130, 132

이서구(李書九) 616, 617

이수광(李睟光) 435, 436, 439

이순신(李舜臣) 473, 474

이숭인(李崇仁) 149, 150, 151, 153

이식(李植) 510, 511

이안눌(李安訥) 459, 462, 463

이언적(李彦迪) 309, 310

이언진(李彦瑱) 601, 602

이옥(李鈺) 620, 621

이옥봉(李玉峯) 674, 675

이용휴(李用休)　586, 587

이이(李珥)　358, 359, 360, 362

이인로(李仁老)　65, 66, 67

이정구(李廷龜)　428, 429, 430

이제현(李齊賢)　112, 113, 115

이주(李胄)　244, 245, 246

이천보(李天輔)　582, 583

이첨(李詹)　175, 176

이학규(李學逵)　638, 640

이항복(李恒福)　471, 472

이행(李荇)　264, 265, 266, 268

이호민(李好閔)　432, 433

이황(李滉)　332, 333, 334

이후백(李後白)　350, 351

이희보(李希輔)　252, 253

임숙영(任叔英)　504, 505

임억령(林億齡)　320, 321, 322

임제(林悌)　400, 402, 404, 406

임춘(林椿)　73, 74

ㅈ

장연우(張延祐)　46, 47

장유(張維)　506, 508

장혼(張混)　618, 619

전록생(田祿生)　122, 123

전우치(田禹治)　340, 341

정내교(鄭來僑)　593, 594

정도전(鄭道傳)　159, 160, 161

정두경(鄭斗卿)　519, 520, 522

정렴(鄭磏)　342, 343

정몽주(鄭夢周)　139, 140, 141, 143

정법사(定法師)　26, 27

정사룡(鄭士龍)　298, 299, 300, 302

정습명(鄭襲明)　61, 62

정약용(丁若鏞)　622, 624, 626

정여창(鄭汝昌)　228, 229

정이오(鄭以吾)　163, 164

정지상(鄭知常)　52, 53, 55

정지윤(鄭芝潤)　656, 657

정철(鄭澈)　475, 476, 477, 479

정총(鄭摠)　173, 174

정추(鄭樞)　137, 138

정포(鄭誧)　110, 111

정희교(鄭希僑)　534, 535

정희량(鄭希良)　248, 249

조성기(趙聖期)　549, 550

조수삼(趙秀三)　628, 629

조식(曹植)　336, 337, 338

조신(曹伸)　238, 239

조운흘(趙云仡)　145, 146

조헌(趙憲)　352, 353

진화(陳澕)　76, 77

ㅊ

차천로(車天輅)　455, 456, 457

천수경(千壽慶)　613, 614

최경창(崔慶昌)　409, 410, 412, 414

최광유(崔匡裕)　42, 43

최기남(崔奇男)　515, 516

최립(崔岦)　395, 396, 398

최북(崔北)　595, 596

최성대(崔成大)　575, 576

최유청(崔惟淸)　63, 64

최자(崔滋)　88, 89

최충(崔冲)　48, 49

최치원(崔致遠)　34, 35, 37, 40

최해(崔瀣)　100, 101, 102

ㅎ

하위지(河緯地)　187, 188

한수(韓脩)　135, 136

한호(韓濩)　499, 500

허균(許筠)　483, 484

허목(許穆)　536, 537

허봉(許篈)　465, 466, 467, 469

허초희(許楚姬)　668, 669, 671

혜초(慧超)　28, 29

홍간(洪侃)　92, 93

홍만종(洪萬宗)　560, 561

홍석주(洪奭周)　644, 645

홍세태(洪世泰)　563, 564

홍양호(洪良浩)　597

홍우원(洪宇遠)　538, 539

홍춘경(洪春卿)　328, 329

황정욱(黃廷彧)　374, 375

황진이(黃眞伊)　676, 677, 679

황현(黃玹)　663, 664

황희(黃喜)　177, 178

한국한시감상

2010년 6월 24일 1판 1쇄 펴냄
2012년 2월 25일 2판 1쇄 펴냄
2017년 3월 30일 2판 2쇄 펴냄

지은이 김진영·박무영·안대회·안영훈·이종묵·정 민·정우봉
엮은이 국어국문학회
펴낸이 김흥국
펴낸곳 도서출판 보고사

책임편집 이경민
표지디자인 안현숙

등록 1990년 12월 13일 제6-0429호
주소 경기도 파주시 회동길 337-15 보고사 2층
전화 031-955-9797(대표)
      02-922-5120~1(편집), 02-922-2246(영업)
팩스 02-922-6990
메일 kanapub3@naver.com / bogosabooks@naver.com
http://www.bogosabooks.co.kr

ISBN 978-89-8433-969-9 93810
ⓒ 김진영 외, 2010

정가 25,000원